U0124006

杨花飞

YANGHUA FEI

谢挺选集

谢挺／著

广西师范大学出版社

GUANGXI NORMAL UNIVERSITY PRESS

·桂林·

图书在版编目（CIP）数据

杨花飞：谢挺选集 / 谢挺著. —桂林：广西师范大学
出版社，2017.3
（黔山七峰）
ISBN 978-7-5495-9545-7

Ⅰ．①杨… Ⅱ．①谢… Ⅲ．①中篇小说－小说集－
中国－当代②短篇小说－小说集－中国－当代 Ⅳ．①I247.7

中国版本图书馆 CIP 数据核字（2017）第 032096 号

出　版：广西师范大学出版社
　　　　　广西桂林市中华路 22 号　　邮政编码：541001
网　址：http://www.bbtpress.com
出版人：张艺兵
发　行：广西师范大学出版社
　　　　　电话：（0773）2802178
印　刷：广西民族印刷包装集团有限公司
　　　　　南宁市高新区高新三路 1 号　　邮政编码：530007
开　本：880 mm × 1 240 mm　　1/32
印　张：13.625　　　　字数：280 千字
版　次：2017 年 3 月第 1 版　　2017 年 3 月第 1 次
定　价：36.00 元

如发现印装质量问题，影响阅读，请与印刷厂联系调换。

总　序

　　上世纪九十年代以来,以行政区域或文化范畴为作家群命名,并进行推介、阐释、评价的方式,已然成为当代文学的一种突出态势或现象。2015 年 8 月 28 日,来自全国各地的当代中国文学评论家数十人聚集贵阳,召开了"贵州作家群高峰论坛",首次以"黔山七峰"的群体命名方式,推出了贵州文坛上创作突出的七位贵州作家。其宗旨和目的在于以"全国视野看贵州",通过贵州作家的创作实践与全国评论家的互动,向外界推介贵州作家群,让更多的贵州作家进入全国评论家和读者的视野,得到更大范围的关注,从而激活贵州文坛活力,引领贵州作家不断创新突进。

　　贵州是一个多民族聚居的省份,有着极为丰富和浓郁的民族民间文化;与此同时,贵州又是一个移民省份,历史上有过多次大规模的移民潮,为贵州带来了不同地域的异质文化。本土文化与外来文化长期互动融合,最终形成了贵州独特的多元、多样、多层面的开放式文化生态。这一生态,无疑也深刻影响了生活在这一地域的文学创作者的文化人格与创作实践，同样形成了贵州独特的多元、多样与多层面的文学生态景观。"黔山七峰"文学群体中的成员们，相互之间生活经历迥异、题材偏好有别、艺术追求多样，非常突出地表现了贵州文学生态的这一特点。特别应该指出的是，因为时代的进步和历史的变迁，"黔山七峰"就整体而言，在题材的拓展、思想的深度和艺术手法的多样性等诸方面，相较之前的贵州文学，都有了新的发展和提升。这是历史的必然，时代的必然，也是艺术发展规律的必然。

没有传承，也就不可能有发展。"黔山七峰"的出现不是偶然的，而是在贵州前辈作家所创立和积淀的文学沃土上传承和发展的结果。作为一个历史阶段的文学代表群落，"七峰"没有，也不可能囊括当下贵州创作的全部事实和成果，它只是一个窗口，外界由此可以窥探贵州文学全豹之一斑。

欧阳黔森

目 录

沙城之恋

第一章

一

    林飞第一次去北京是在 1996 年 2 月,当时春节刚刚过去,早春的北京还被严寒笼罩着。对一个没有经历过北方冬天的人来说,这的确像一次冒险,毕竟零下十摄氏度的情形无法想象。如果换种理由,如果不是因为吴小蕾,林飞都不会选择这个时候去北京,但说起来人就是一种奇怪的动物,你可能畏首畏尾,怕热畏寒,但需要的时候这些东西都可以为更高的目标让步,何况林飞是为了爱情,拯救爱情,已经想不出比这更悲壮的理由了。

    春节那段假期林飞是和吴小蕾一起回家度过的。当时吴小蕾已经借调到了部委,事后来看,那时候她就应当有了和他分手的念头,因为照他们的计划,春节本来是他们订婚的时间,但被吴小蕾以种种理由推迟了。如果这些能称为迹象，那么吴小蕾似乎又在掩盖这些迹象，她装作若无其事，甚至还趁大人们外出拜年时和他睡了一觉。这些对林飞来说自然已经超出了他能容忍的范围，他无法理解了，一个准备和你分道扬镳的人在分手的当口却和你睡了一觉！所以等春节后吴小蕾回北京，他回广东，吴小蕾在追身电话里支支吾吾告诉他想分手时，林飞所能感到的已经不是震惊了，他开始怀疑自己的耳朵，开始怀疑那个和他说话的人究竟是不是吴小蕾。真相的确如此，随后的电话中他逐渐证实了这一点，吴小蕾也分批分步骤地交代了她和一个叫程天鹏的人的交往，他是她去年去北京出差时认识的，正是靠着这个叫程天鹏的人她才借调到了北京。

事情至此给人一种真相大白的感觉，换个人也许真会像吴小蕾希望的那样和气地分手，体面地退出，即使骂上几句也仅仅是为了出口恶气。但林飞却犯了混，他固执地认为他和吴小蕾的感情其实很有基础，只是吴小蕾糊涂了，才会做出这种错误的决定，她迟早都要为这个决定后悔的。那个星期他们光长途话费就打了近一千，反正吴小蕾后来什么样的绝情话都说出来了，但它们都对林飞无效，因为在他看来这些话其实都不真实，都是迫不得已的。他要拯救吴小蕾。

吴小蕾哭了，在电话里抽抽搭搭，让林飞替她着想，其实她也不想这样。林飞说："那你回来吧，我们就像从前一样，就当什么也没发生过。"

问题是怎么可能呢？

去北京是他临时的主意，忽然间闪现的念头，却把吴小蕾吓坏了。"何必呢?"她说,"打电话不是一样,我们不是都说清楚了?"

林飞却猛然在那边悲愤起来,对着话筒大喊:"我们五年了,五年了——总不能就这么随随便便几句话说完就完了吧?!"吴小蕾不说话,她故意沉默着。的确,想象不出这种时候这种情形下一个失恋的男人会在北京干出点什么。

后来为了缓和气氛,林飞开玩笑说:"至少我也应该去把那只钻戒拿回来吧,那可是我送给孩子他妈的。"这么说吴小蕾才无法阻拦,她有些无可奈何地说:"那,来吧,你来吧。"

林飞放下电话时头有些发晕。他就在这种眩晕的状态下开始请假,买车票,买皮衣、毛衣,他甚至考虑到北京的天气,但又想只穿一次的东西,也不用买得太好。他在商店和店主讨价还价时说的理由也是只穿一次。他应当非常健康,即使这种情况下还能够不忘记讨价还价,还能不忘记钱的重要,那个"只穿一次"的说辞也把他潜意识里对这段感情的期望暴露无遗,因此对这次北京之行,对吴小蕾是否回心转意,包括他的衣物能否抵御北京零摄氏度以下的寒风,他其实都没有把握。茫然中,他甚至希望这次北上其实是个没有终点的旅行,这样他将永远都在路上,他也就永远都不用去面对吴小蕾。

二

林飞和吴小蕾是通过朋友介绍认识的,当时林飞的一个好朋友正在和吴小蕾的好朋友恋爱,就把他们也撮合到一起。其实从一开始他们就不被看好，因为在别人，包括他们的介绍人看来，林飞和吴小蕾从各方面都不登对，林飞无疑太弱，而吴小蕾蠢蠢欲动的性情也不像可以长久就范，所以他们的交往在别人眼里也许更像是一种增加阅历的游戏。但当事人的感受可能不尽一样，他们一下子就找到契合点，而且一气就相处了五年——一对不被看好的朋友能相处五年，这本身就应该算是奇迹，如果不是后来冒出个程天鹏，吴小蕾借调北京，他们也许就顺理成章地结婚生子了。这世界上貌似不合理的存在原本也很多，人的眼睛未必能一下子找到更深刻的道理。

他们的父母亲同样不看好他们俩，林飞的母亲嫌吴小蕾虚荣，太自私，而吴小蕾的母亲又嫌林飞没出息，看不到前途，女儿迟早要吃亏。关于吃亏的说法，林飞从一开始就有些体会，那时候他还是一家小工厂的助理工程师，收入比吴小蕾略多，但男人的尊严不是靠这几十块钱就能随随便便建立起来，更何况吴小蕾正在她们局里飞快地走红，很难说哪天就发起紫来。所以和活泼可爱的吴小蕾在一起时，林飞心满意足的同时多多少少会有些自卑，这种不安全因素也不知从什么时候开始的，他担心别人说他配不上吴小蕾，说吴小蕾和他在一起吃亏了。当时正在流行所谓"一家两制"，所以林飞决定下海。

下海当然是一种模糊而动听的说法，因为做生意叫下海，到民企当副总也可以叫下海，像林飞这种条件下海却只能去替别人打工。用林飞的母亲的话，她儿子纯粹是为了吴小蕾才把铁饭碗丢掉的，纯粹是吴小蕾教唆的结果。那几天老人家哭天抹泪，想不通儿子为什么会放着好好的工作不干而要去替别人打工，在她看来儿子即将做的事和从前地主家的长工差不多，他的将来已经被毁掉了。林飞被他母亲一闹，一通眼泪鼻涕下来，也有些后悔，但他和吴小蕾商量时，吴小蕾却冷漠得不近人情，她说："随便你，你考虑吧。"真正让林飞下决心去广东的还是他们的厂长，厂长说："噢，想走的时候走想来的时候来啊，你当我这里是什么了，没这么便宜！"结果回厂可以，得下车间扫三个月的地！当天晚上林飞就买了车票去了广东。他先在东莞找了家工厂做技术员，月薪七百，三个月后工资涨到一千，半年后他跳了一次槽，月薪三千，而且是港币，那已经是吴小蕾工资的十倍了。1996年，也就是吴小蕾借调北京时，他已经成了这家小工厂的股东，月薪近万，但这终究没让吴小蕾抵住程天鹏，抵住北京的诱惑。

在火车上那两天两夜的旅程中，林飞其实已经明白他正在做的是一件徒劳的事，这个北上迁移的过程一边折磨着他的神经，一边又让他痛苦地清醒——他很可能要永远地失去吴小蕾了。这种想法让他伤心，尤其车厢里放着周华健那首老歌，"爱到尽头，覆水难收"一句更让他有了感同身受的绝望。这首歌他在卡拉OK厅都不知唱了多少遍，他这时候好像终于明白了，为什么"你这样一个女人"会"让我欢喜让我忧"。不过，很快，他又像所有的失意者一样，开始培植另一种希望，那就是吴小蕾见到他很可能会因为最后的一丝眷顾而不顾一切地跟他回去。当然，这种想法又引来他的自嘲，他知道这不像吴小蕾能办到的。后来，他退了一万步，这么想，哪怕见见面也好吧！

火车进入河南后，似乎也随之进入了荒野，灰黄色的土地朝着地平线的尽头平铺直去，没有绿色，树木枯干，只剩下纤弱的躯干，在没有春天的背景下原野袒露着荒芜。这一路甚至很少见到人，偶尔看到一位，也瑟缩着脖子，不知是老是少，背上驮着一捆柴，他前面那一堆，如果不蠕动的话，很可能就被当成岩石了，但那是几只羊，羊正在慢慢地在田埂边寻找那些只有它们才能辨认的嫩草。羊倌终于转过身，是个孩子，他用一张憨厚的笑脸迎着正在与他擦肩而过的列车——林飞心里涌过一阵复杂的情绪，他想起怜悯这个词，却因为羊倌脸上灿烂的笑靥而无法办到，至少他无法确定他们俩谁更值得怜悯。

他终于到了北京，裹在看不到首尾的人流中出了站，站在车站广场时他却有些茫然了，因为别人都在飞快地离去，目标明确地进入北京，他却不知道接下来该做什么。第一件事可能都出乎他自己的意料，林飞本来应当立即给吴小蕾打电话，他却没这么做，而是拦了辆出租车直奔天安门。去天安门，去天安门广场！尽管这是个临时决定，但为了这一天似乎等了很多年，所以一旦决定下来不仅不显得突兀，反而有种理所当然的痛快！也许与吴小蕾相比，天安门才更像一种急于兑现的情感。

司机师傅显然和他开了个玩笑，拉着他一路往东，不时介绍一些景点给这位初来乍到的年轻人，然后掉头往北，绕二环路，也就是围着北京的老城墙狂奔起来。现在老城墙早已荡然无存了，但它仍然是一种界线，一边是老式的四合院，另一边才是越来越高的大楼。

那个几乎完整的圆圈给林飞留下了对北京最初也是最直观的印象。北京巨大、宽敞的街道，尤其是北京用地的慷慨让他吃惊。他曾在南方几个大城市走动过，可那些地方与北京一比，都显得小气了。林飞的身体不自觉地在车座上转来转去，无论左边低矮的老城，还是右边林立的高楼，都令他流连，这种对比在他脑子里留下异常强烈的印迹，仿佛如此才能承载更多的阳光，而他们前面那条路也像一条不曾拐弯的通衢大道，永远都走不到头——他有些走神了，以至司机师傅问他是不是头次到北京也没有太留意。等他离开时再来追索这句话的意义，林飞不禁哑然失笑，那时他的心境已不大相同，对这些顽劣的小动作倒不太在意，他甚至想，还有什么法子能一下子对北京有这样一个完整的印象呢，而了解了北京，也就是了解了吴小蕾。

后来司机把车停在人民大会堂旁的一个车站，等林飞付完钱，又让他朝前走几步。那时候，他已经看到天安门的红墙了，微微地斜着，只是因为日照的原因，而且不是照片或电视里看到的那种标准形象，他才没有意识到。这么茫然地走了几步，面前豁然一空，世界上那个最大，也是他有生以来最想看到的地方就这么完整地出现了。

那就像是一刹那间发生的事。林飞心里一点防备都没有，所以那时候他站在广场边，面对着天安门一动不动，鼻子竟不可思议地开始发酸。

三

林飞在广场上一直待到降旗仪式结束，奇怪的是就在他准备打电话时，吴小蕾又一次落选了，头一次她输给了天安门，这一次她输给了一个叫王岚的女人。

那时候天色已经转暗，太阳虽然还没有完全落下，但像一只鲜嫩慵懒的卵黄一样稳稳地挂在一排建筑物上。温度明显降低，风却大了，冲进鼻孔里隐隐生痛，林飞听到自己的肚子咕咕叫着，忙掏出通讯簿找电话亭打电话。的确，都这个时候了他还什么都没安排，他也因此有些着急。通讯簿上有他的体温，打开来，不是他的亲人就是朋友、同学，很多人已经很久没有联系了，他翻到吴小蕾那一页，上面有她在老家的电话、现在的电话，老电话没有被划去，当然即使划去他也背得出。电话占线，忙音，再拨还是忙音，就在他第七遍或第八遍拨号的时候看到了王岚的名字，林飞便犹豫了，要不要先给她打一个，或者打不通再跟吴小蕾联系？

王岚是他一位同事的同学，也是林飞在北京除吴小蕾之外唯一可以建立联系的人。当初他和吴小蕾的事在公司里传开了，其实失恋这种事用不着当事人自己宣扬，那几天林飞都魂不守舍，一副落魄的样子，上班时不停地看表，打哈欠，只等着下班好去打电话，谁都会猜到些缘由。大家于是都挺同情他，而王岚呢，则是这种同情的副产品，他同事说："你到了找她吧，如果她没去美国的话，肯定会帮你的，至少找个住处应该没什么问题。"

他开始给王岚拨电话，这次是通了没人接，铃声一直响着。林飞开始想，一个人都找不到吗？老天爷要他一个人都找不到吗？好在就在他快要放弃之前终于有人来了，拿起听筒。

"喂，请问王岚在吗？我找王岚。"

"林飞吧?"林飞一直奇怪为什么王岚一下子就能猜到是他,这难道就是常说的那种直觉?

"到了是吧？肖洁上午给我打过电话了——那你现在,在天安门？那过来吧,你打个车吧,打面的,十块钱就够了——"随后王岚又告诉林飞走的方向和地址。

林飞听到自己在哦哦地答应,心里悄悄地升起一股暖意,在偌大的京城终于有了一个很实际的可以靠近的目标,他只能感动。也就在这一刻林飞觉得自己和北京忽然间亲近了,北京现在具体而微,刚才还是吴小蕾、长城、故宫、天安门,现在它只是一个叫王岚的女人。一辆黄色的长安车经过时,他很果断地扬起了手。

王岚家住在海淀,一幢15层高楼里,按她的说法这还不是最高的,顶上应当还有一层。他们的见面倒没遇到什么波折,很顺利,基本上是按电话里事先的约定,在离王岚家不远一家大超市门前那个金属城雕下碰的头。城雕是个举鸽子的女人,高耸的银质胸脯上落满了尘埃。王岚领着林飞到家,换了鞋,才引着林飞参观了一下她的二居室。她的房间出乎意料的朴素、整洁,连一点女孩喜欢的装饰品都没有,房间里倒是很热,坐两分钟外衣就穿不住了。林飞因为初来乍到,兴趣应当还在这幢楼的高度上,他到过一些饭店顶楼的旋转餐厅,却从没到过这么高的住家,于是忍不住把头贴到玻璃上去看外面的街景。王岚看他这样,便把他带到阳台上,从这儿据说还能隐隐地看到西山,甚至最后一线夕阳被灰色的云层吞没的情景也正在上演。

过了会儿，林飞搓着手兴致勃勃地回来了，这是他高兴时最放肆的动作，林飞说："你住这么高，头不晕啊？"王岚愣了一下，不知道该怎么答这个问题。"咋个会啦？"她突然冒出一句方言，这一次轮到林飞愣了一下，两个人便一起笑起来。

对他们来说，还有一层容易亲近的关系，他们俩是老乡，都是他们那座小城市中的三百万分之一，用王岚后来的话，他们在老家都没遇上却在北京遇到了，这就是缘分。当然，王岚现在是正式的北京人，有住房和户口，所以他们不再用家乡话交谈，而是使用普通话，也只有细细分辨，才能找到她不正宗的儿话音。

这时候林飞注意到，他同事让他带给王岚的一个铁观音礼盒已经被她拆开了。王岚解释家里没茶叶了，她又不怎么喝茶，总忘记买。这个举动顿时让林飞有些不安，坐在这儿喝自己带来的茶，好像坐下去的理由都失掉了，所以他忙不迭地说："可惜，可惜。"王岚则轻轻地笑了笑。

茶叶大多沉在杯底，需要二道水才能完全泡开，但不断上涌的气泡还是让茶汤慢慢地渗出些绿色。两个人这时候都看着茶杯，似乎真要从茶叶分解的过程研究出什么重要的道理。王岚先端起杯子，闻了闻，再喝了口，连赞味道不错："蛮好闻的，不过我也不太懂茶。"林飞这时候也跟着喝了一口，然后装出很老练的样子说："如果是陶杯就更好了。"

王岚又是一笑，她看了看林飞，肖洁在电话里介绍的那个小老乡,在她想象中应当就是这个样子——他进门时的兴奋以及接下来的不知所措、莽撞、冒失,应该还是个孩子吧,也只有这样的人才会在大冬天毫无预见地从广东跑到北京。甚至在林飞身上,王岚还看到她弟弟的影子,都是这种浓眉毛、细长眼,这是他们那儿的人共有的长相。刚才她下楼去接他时,他就这么站在寒风地里,鼻子里大声发着吸溜声,但皮衣却冲着风口敞着。

"你——"

"肖——"

这一次两个人几乎同时开口,于是他们又笑了。"肖洁怎么样,还好吧?"王岚等了等才开口。

"她不错,精着呢,才几个月,就是人事部主管了。"说到别人时,林飞的语气就顺畅了。都是这样,故事总是从不相干的人身上开始的。

"肖洁刚去的时候在门面上,每天都得开关卷闸门,开还好说,关的时候就费劲了,你知道肖洁的个子。(王岚笑起来)有一次我们老板去那儿办事,她就请他帮她做这做那——她不知道是老板——结果呢,老板就把她调到办公室去了。"两个人一起因为肖洁笑了会儿,林飞接着说:"肖洁说还是你混得好,嫁了个好老公,顺利的话很快就要去美国了。"

"我吗?"王岚沉吟地反问,却没有继续下去,她停了停,借倒水的工夫问林飞:"准备玩多久,这一次准备在北京待几天?"

这的确很难回答,林飞想了想,说:"办完事吧,办完事就走。"显然这个事就是吴小蕾,但在他的猜测中吴小蕾不希望他来,自然也不想让他多待。

"那你住在楼下怎么样,我们楼下有家招待所,还不错。"

林飞笑了笑,他想起来,这件事他还没来得及安排,也许吴小蕾也会这么说的。

王岚显然误会了,忙说:"真的挺好的,不是地下室,我家来亲戚朋友也都住那儿的。"

他赶紧解释不是这个原因,他只是想起一点别的事。

吃饭前他们先去了楼下那家招待所把住处落实好。林飞只交了一天的房钱,因为他还是想第二天就搬到别的地方,尽管到什么地方他还没有想好,还只是个念头,但最起码应当离吴小蕾近些。登记时,王岚远远地在房门边站着,样子看上去像在读旅店的管理手册。林飞一个人很沉着地伏在窗口前的一张桌子上填那个复杂的表格。他的身份证还是老家的,所以要照实填,只是在填来京目的这一栏,他想了想,终于想到了出差,然后就胡乱地填上去。

四

给吴小蕾打电话是在他们在饭馆等着上菜的时候,有那么一段时间,似乎能说的话该说的话都已经讲完了,他们便隔着旁边那块巨大的落地玻璃墙看街景。外面的寒风中走过一对遛狗的夫妻，小狗在每一棵树下都颤动着鼻翼，流连忘返。街上快速地跑过去一排排车队，虽然只是一瞬间，林飞也能分辨出它们是凌志、宝马、奔驰或者奥迪——能做的事情都做完了，他必须做点什么来填补一下这突然间与天同大的寂寞。打电话，他必须打个电话了，一旦念头产生竟然就不可扼制，他变得坐卧不宁了——他要知道吴小蕾在干什么，猜想中吴小蕾也在等他的电话，和他一样焦急却更加无助。幻象终于让林飞站起来，他做出一个非常有责任感的架势告诉王岚他要去打个电话。王岚点点头，指了指柜台，示意那儿就有部电话。

电话还是占着线，这时候是高峰期，经验告诉他这也是最不容易打进电话的时间。吴小蕾说过她住的宿舍走廊上有一部公共电话，但这时显然被人占着。林飞放下话筒，等了会儿再打过去，仍然占线。林飞开始骂这个煲电话粥的，但他很快反应会不会是吴小蕾，吴小蕾正在给什么人通电话。他第三次拨号，电话终于通了，显然他骂对了，刚才的人一定不是吴小蕾。一个女人的声音替他召唤："小吴，电话——"他听到那声音在走道里闷闷地传出去，接着，另一头似乎有人应答，不知道是不是吴小蕾。"你等着啊!"电话被搁下了。他当然只能等。

这段时间可太长了，长过了百年，他猜吴小蕾在做什么，方便还是化妆？这么猜着终于听到一阵高跟鞋声，是跑过来的，但也不急，平稳地跑来。接着就是他再熟悉不过的那声"喂——"

他一激动就想不起说什么了，半天才说："是我——"

"你才到啊，不是下午的车?"他感到一股暖意，如果不在乎他，是用不着记住这些的。他只得说下午去了天安门，但随即又担心这种回答吴小蕾会不会责备。

"你住下了吗?"

"嗯。"

"吃了吗?"

"吃了。"他也不知道为什么要这样回答，他忽然害怕这时候吴小蕾提出要见他。但没有，吴小蕾只是说："那就好。等会儿，我得出去办点事儿——工作方面的。"后一句解释当然是通知他今天肯定不能见面了，但她没告诉他是哪种工作，又为什么选择这个时候。于是他又有些不甘："那——"

"要不明天中午怎么样，上午你去故宫看看，中午你给我打电话，我们一起吃饭?"虽然是商量的口吻，他却没有选择的余地。

林飞放下电话回来时，菜已经上齐了。他坐下来时，脸色有些发灰，显然刚做的事并没有让他满足。王岚问他："打通了吗?"他也只是点点头。"那吃饭吧!"他把筷子拿起来，才发觉桌上只有三个菜，一个汤，便又放下筷子，重新拿起菜谱对王岚说："再加个菜吧，有一道菜，不知你吃过没有，我推荐给你。"林飞笑着翻菜谱，他发觉这时候他就是想挥霍一下，找个理由多花些钱，王岚想拦阻都来不及。

那是家粤菜馆，老板是个中年胖子，听到他们要加一份脆皮乳鸽,毫不掩饰地欢喜,忙叫伙计抱着一只鸽子出来给他们看。林飞却问:"这是标本吧?""什么?"老板一时没弄明白,但还是听出话里的挑衅。林飞又说:"等会端上来的肯定是它?"老板不高兴了,让林飞去厨房守着看他们开膛破肚,去毛下锅。王岚说:"算了吧,你们这么活活地拿上来,还怎么忍心吃?"但林飞说:"就它吧!"坚持让他们赶紧去开膛破肚,去毛下锅。这顿饭原本是他想做东的,但结果呢,却让王岚抢了先,她趁上洗手间的工夫抢先把账给结了。

他们出来时,风已经停了,北京的夜晚深邃、宁静,而寒冷又将这种感觉凝聚起来,使能够知觉的空间变得更阔更大。这时候大概是晚上九点来钟,可他们却有种夜半三更的错觉,林飞说:"在我们那儿大概最热闹的时候才刚刚开始吧!"王岚也说了她的印象,因为她刚来北京时,北京人休息得那么早她还不适应。这时候一方面因为时间还早,另一方面也因为该花的钱没花出去,在口袋里乱跳,所以林飞就提议去什么地方坐坐。王岚笑了,这半天她对林飞算有了些了解,知道不花些钱,他会一晚上都睡不着,所以就同意了。她摇了摇头说:"我们那儿的人都耿直得要命。"耿直得要命,她又一次用了乡音。

他们选了一家酒店,在大厅夹层,也就是相当于二楼的一个偏僻的座位坐下来。林飞替王岚要了现榨的果汁,以及一些开心果、话梅之类的零食,他自己则要了两瓶啤酒。林飞喜欢喝啤酒,用他的说法他的肚子都让啤酒给撑大了。王岚说:"那你吃饭时怎么不喝?"林飞只好说:"忘了。"也许是真忘了,当时他的确没顾及。

大厅里一直在演奏一些舒缓的钢琴曲,不久又有一把小提琴或大提琴加入进来。林飞几口啤酒喝下去,心里就有了越来越强烈的倾诉欲望。那天他是不打自招的,王岚出于尊重倒没有刻意追问,但此情此景,尤其小提琴如泣如诉的声音响起时,他和吴小蕾五年的故事也在他脑子里活鲜鲜地蹦跳着。这时候坐在他对面的王岚,就像他的一位大姐,尽管他们刚刚认识不久,却让他信赖也让他依赖。他真的有点收刹不住了。

这也是林飞第一次向别人讲自己的故事,他和吴小蕾五年来聚少离多的交往过程、他的相思之苦,以及吴小蕾的薄情寡义,即使这样他还是在用词上选择那些听起来更柔和的。虽然王岚从她同学的电话中已经知道了一些细节,但那毕竟是用最平静的语音讲的一个旁人的故事,只有一个大概,而现在才是最完整的呈现,叙述者的语调、抒情的音乐都在构成这个故事的背景。当然,它很普通,只是一个平常人的感情故事,也是很健康的故事,甚至没有晚报上随便一则故事那么曲折,但王岚还是感动了。尤其,到最后林飞的眼角已经溢出了泪花,她心里竟突然地痛了一下,于是王岚赶紧低下头去喝了口饮料,为的就是要避开这双眼睛。

其实每个人都一样,都认为自己的爱情最浪漫,最值得大书特书,是一部最最精彩的爱情小说。所以等到王岚发表意见时,她说的是"人各有志""恋爱这种事不能勉强"这种再普通不过的道理。她不想站在林飞的角度再为他的感情推波助澜，其实从林飞的讲述，结局她已经看到了，她比他大几岁，经验这种东西自己会说话，所以她相信林飞其实也看到了，只是看他愿不愿意承认。林飞同意王岚的观点，他说"是、是"，但下一话题开始时，显然又把它抛在了一边，他仍然在自己的感情中沉溺着。

就在这时候响起了一个女歌手的歌声，是歌剧片段，《图兰朵》或者《蝴蝶夫人》。林飞对歌剧一知半解，但他和王岚几乎同时都被这明净高亢的歌声吸引住，他们把刚才的话题搁置一边，专心致志地开始听歌。这时候几乎整个大厅里促膝交谈的人都和他们一样停了下来，静静地欣赏这段与他们的生活不尽合拍的旋律。林飞在钢琴旁找到正在放歌的女歌手，她一袭白裙，一只手轻轻地搭在钢琴上。歌里的内容林飞显然听不懂，但他却被歌曲的气势征服了。那是首情歌吗？可它那么气派而骄傲，歌者的声音也是极天然的，没有麦克风，却用一种最质朴的力量找到了直冲云霄的感觉，整个大厅，整个玻璃穹顶都在一瞬间充满了豪情，都在振动，它让每个人都放弃了窃窃私语，放下了自己。

林飞显然被感动了，他正在容易被感动的时期，所以不能例外，也不能自持，演唱一结束，他就迫不及待地鼓起掌来。于是大厅里响起他孤零零的掌声，只有他一个人在鼓掌，其他人一定都见过大场面，也比他克制。女歌手微微地欠身向他致意时，林飞才有些不好意思，他发现王岚饱含慰问的眼神正对着他，说要是问问女歌手这首曲子的名字就好了。

这是个完美的夜晚，充满了悬念和奇迹，一段感情走向了尾声，于是又为另一段感情的开场做足了铺垫。有时候林飞会想其实老天爷是善待他的，并不想让他灰心，并不想让他在感情的问题上从此一蹶不振。那叫补偿吗？或者拯救？

他们的故事是从午夜开始的，当时王岚吃惊地发现时间不知不觉已经到了十一点，她说："坏了，坏了，得赶紧了，十一点半电梯就关了，爬楼可得爬死我。"于是他们慌慌张张地结了账，赶紧打了个车往回赶。但他们注定是来不及了，也就是说他们今晚上注定要在搀扶和喘息中爬上15楼。到三环的时候他们遇上了临检，司机师傅突然回过头说："你们是认识的吧，赶紧问个名字！"他们还在糊涂时，车已经被拦下，车门两边分别站着两名警察，他们被请下来，然后被带到马路两边，一条宽阔的街道把他们隔离开来。

林飞一直记得那个长青春痘的小警察，他用一种喉咙底才能发出的声音，懒声懒气地问他"哪儿的，来北京干什么？"又问到他和王岚的关系。林飞一边掏着身份证，一边说："我们是老乡，是同学。"这当然是乱说了，但他偷偷地看马路对面的王岚，发觉她似乎更乱，她肯定没带身份证，所以在那儿胡乱地比划。她会不会忘了他的名字？最后他看到王岚在翻电话本，手提包却掉在地上，里面的东西落了一地，她应该是气极了，可又无可奈何。林飞忽然间想笑，因为王岚急起来竟也像小姑娘那样跺脚。尽管最后事情终究能搞清楚，但他们爬楼的命运却不可避免。

那天晚上林飞把王岚送到家里,果然电梯已经停运,他们一起爬了15层楼,然后林飞就在王岚家的客厅里住了下来。

唤醒他的是早晨八九点钟的阳光,一缕阳光从窗帘的缝隙中射入,然后准确地降落在他面前那个玻璃茶几上,经过几次反射,屋子的阳光层层叠叠,竟像爆炸一样辉煌。

第二章

一

王岚做着梦。有两种梦她非常爱做,一个是她小时候坐父亲的单车,不知怎么就从后座上掉了下来,她父亲还浑然不觉,兀自朝前骑行,她便坐在地上,不哭也不闹地望着父亲的背影。另一个显然和她在北京的经历有关系,和她住过的炮局那片大杂院有关系,因为总是一条连着一条,仿佛永远没有出口的胡同,都好像去过,都好像似曾相识,每一个转弯处总有一棵老槐树,老槐树下站着一个疯子,疯子冲着她啊呀咦呀地喊,最后她来到厕所,没有围墙,没有门,厕所里是那种老式抽水马桶,水箱悬在半空中。

后一个梦王岚和她的同事讲起过,她们替她圆梦,说这是一个春梦,走不出胡同表示她的焦虑,而没有围墙的厕所则代表了她的性态度,她对性的羞耻。这种分析王岚自然不以为然,当时也一笑而过,因为照弗洛伊德那一套来看,无论什么梦几乎都可以和性扯上关系。那么前一个梦未尝不能解释成她的恋父情结,她看着父亲走远也可以说是她的性态度,她对性总是无可奈何。

王岚是1991年到北京的,那一年她24岁。她到北京倒没有什么特别的原因,单位领导对她不错,与男朋友的关系虽然清淡,但他总算爱护她,但她就是想换个环境。有一天她忽然间觉得如果再在老家那种阴沉沉的天气里待下去，她就要窒息了，她必须出去走一走，闯一闯！当时南方还正热，至少海南之后还有珠海，但她却选择了北京，因为骨子里她认定自己是个不俗气的人，只有俗气的人才会选择广东。她男友是个乐天知命的人，说她血管里奔涌的其实是男人的血液，也可能她太喜欢吃辣椒，才吃得自己豪情万丈，忘乎所以，总想些不安分的问题，他们于是平静地分手了。对此，王岚倒并不觉得有什么可惜。

到北京后她先在苹果园花一百元租了一间农民的房子，接着很快又在一家广告公司找到了一份文案的活儿。她在北京无亲无故，最初的打拼完全是靠着一份信念，甚至仅仅是一种本能支撑着。那段时间她真忘记了自己还是个女孩，还需要个肩膀依靠一下，需要有个安全的对象向他倾诉。清晨，天刚亮的时候，她总是院子里第一个起来的，因为她要去赶车，先坐地铁，再转环线，再转1路公共汽车到海淀。这条两个小时的路线晚上还要再重复一遍，天擦黑的时候她开始替自己做饭，睡觉之前她没精力考虑更多的东西。这样的生活周而复始，当然它也有极限，极限就是你疲乏的时候，当你失去信心的时候，当你反躬自问的时候，生活会在那时候突然间露出它狰狞的面孔。

五月的第一场暴雨来了，气温猛然骤升，房东老太太甚至打起了赤膊。她八十岁了，这么做当然有权利，可王岚却不敢看她，那两只空面口袋一样悬挂的乳房像所有女人的必由之路一样充满了宿命的气味，这部招摇的历史书上褶皱像裂纹一样从脖颈延伸下来——这是枯萎的花,被抽干的生命,也是可以公开的骄傲。老太太的儿子是个木讷的中年人,替王岚着急,劝她:"妈,你就再加上件衣裳吧!"老太太摇着蒲扇,一下一下,坚定而固执:"怎么,丢你的脸了,早先吃奶那会儿你怎么不觉得丢脸?"儿子再无话说,他斗不过赤裸的女人。

大雨之前先来了大风,王岚才知道她住的那间小屋是用白铁皮做的屋顶,风猛的时候,嘣地凹入,风一转小就咚地凸出。她就像坐在一面巨大的鼓里,和着嘣咚的鼓声,她的心也像那面鼓一样被擂击着。雨点却像军鼓,无数的鼓棒轮番攻击她的大脑,然后是身体,它们最终就像落到她身上,再从身体朝外擂击。老太太这时候打着伞出来了,她迈着那双八十岁的小脚朝这边喊:"闺女,漏雨吗?!""大妈,不漏!""要不你过来吧,今儿咱娘俩儿一块儿睡。""不啦!"她一动不动,在床上紧紧抱着双膝,也不想理会老太太的好意。她应该还没有放弃抵抗,她怕自己一松劲就会崩溃,然后前功尽弃。那边已经没声了,老太太大概回去了。

雨声渐密时,她听到一种怪声,怪声渐渐昂扬,原来发自她的喉咙,她的悲泣就像进入无人之境一样放肆。那天她没吃一口饭,没吃一口饭却能有这么放肆的力量,她放纵着自己,趁着雨势,趁着她一个人的时候。她想起她的父母,很久了,她都没有这么好好地想过他们,还有她的男友,分手时他还说混不下去就回来吧!他应该是同情她的,一个女孩还这么不安分!她还想起房东家那条狡猾而肮脏的狗,它总喜欢出其不意地戏弄她,趁她没留意在她小腿上胡乱地划拉一下,又抢在她发火之前扭头跑开,再摆出一副无辜的样子……

那个雷雨交加的晚上,这个叫王岚的女孩终于疲乏了,终于开始问自己到底想要干什么,来北京干什么。她甚至想她需要的东西北京原本就不能给予,也是在这种追问下,她发现自己其实并没有目标,她是个没有目标的人。

二

那应该是她的第二份工作,一家合资公司,同样是企划,同样六百块钱工资,但名声却似乎好听多了。台湾人似乎很讲究效率,上下班都需要打卡,这也是王岚第一次接触这种制度。头一次上班就把她吓了一跳,因为工作前五分钟的例行会上,总经理出场了,竟全体起立,总经理说"早上好",大家回应时又有节奏地鼓起掌来,王岚跟着大家念"早——上——好——"掌声却不能合拍,幸亏她的声音小,可以被忽略。

企划部有三个女孩,中午吃饭时她们几个女的自然要凑在一起,为王岚圆梦的就是其中年纪最大的,据说她信口开河就能预测别人的命运。有一次她说王岚要结两次婚,没结过婚的王岚自然只能笑笑。年纪三十来岁的那个据说在美国留过学,神情也总是慵懒而矜持,因为这份骄傲成了中心。从她们的谈话中王岚知道这位美国留学生刚回来,因为回来报效国家,因此有了一个小车指标,但这位老小姐似乎还没有想好买什么牌子的,所以一连几天她们都在谈论车子。有一天王岚忍不住问她在美国是从哪所学校毕业的。老小姐淡淡淡地说:"斯坦福大学。"王岚头脑中的世界版图大概也就详尽到各个国家的首都,所以又问:"是不是在华盛顿?"老小姐仍然淡淡地:"加州!"

王岚恨死了自己,也恨死了这个愚蠢的问题,再看看老小姐们的文案颇有些不以为然,至少觉得这种水平并不需要去美国才能学到。但老小姐似乎颇得老板赏识,因为老小姐是留过洋的人,斯坦福大学连老板都没念过,这也是他们打成平手的地方,所以老小姐那些诸如从电梯里突然高空坠下、马桶忽然变成喷泉的理念都被认为和她的美式英语一样,具有国际水准。而她的方案却常常被退回来,因为不够刺激,没有时代特色——这个词以后有谁一提起她就会想起那只突然间变成喷泉的马桶。

不久,王岚知道那两位的收入,她只有瞠目结舌的份,老的那个每月一千,留学生更可怕,每月两千。所以她发誓要换个工作,赶紧离开这个鬼地方。

她的住处却有了变化,虽然还是老平房,却从苹果园搬到了北新桥。她在广告公司的一个同事,准确地说是那个公司的一位清洁女工,有一次问她能不能帮她那个混账儿子补习一下,马上就要升高中了,成绩差得没脸说——但她又说:"我可没多少钱,你就当做好事,帮帮我吧。"王岚答应了,笑着说:"我不要你的钱。"于是她见到了那个"混账"儿子,15岁了,奇高,鼻子下已经稀稀拉拉冒出了胡须,但懵懵懂懂的,有一双臭脚和一个榆木脑袋。每次去他母亲就会骂:"还不先把你的脚洗了,看这一屋子的味儿!"女工每天晚上都为她和儿子准备一只酱鸡腿，有时候是酱肘子。王岚其实并不想让她破费，她是真想帮帮她，还有那个"混账"儿子。"那怎么行，老师嘛"——她这个老师竟然还行，硬是抢在会考前让榆木脑袋开窍，虽然只是进了一所职高，但女工已经心满意足了。

北新桥的房子其实是女工家老姨的，为了感激王岚，女工特意上门去说服老姨把那间堆杂物的小耳房腾出来，房租一个月一百，按月付。知道的当然说王岚遇到好人了，因为那个地段再便宜也不可能这个价钱，那几乎跟白住一样。这或许也可以叫好心有好报吧。

她终于看到了小耳房，也明白了耳房的由来，但她还是欢喜不尽，杂物腾出后就在泥墙上糊了一层报纸，又在报纸上再糊上一层白纸。地面是硬土，所以她又找人来铺了一层水泥。小耳房其实终年见不到阳光，都被前面的正屋挡死了，但王岚还是去为它配了两幅绿色的窗帘，关上门后屋里绿阴阴的，即使最热的夏天也透着阴凉。

她的到来，让院子里也跟着热闹了一阵，她前面的正屋里住着一户在医院里打工的安徽人家，也是老姨家的房客；另外一屋则是老姨的叔伯兄弟，两个女儿都已出嫁，家里只有两位老人。老太太对她尤其好。老太太吸纸烟，手里总是叼着一支没嘴的纸烟，遇到什么好笑的事，会像小姑娘一样捂着嘴笑，正经的时候她喜欢说："是这么回事儿。"两位老人都来帮王岚糊过报纸，逢年过节会给她送些"小玩意儿"，冬天时他们还把家里淘汰下来的一只铁炉子借给她，又让煤厂送煤时也替她送来一百块蜂窝煤。

院子里有棵枣树，她刚来时正是枣子成熟的时候，常有邻院的孩子进来碰运气。等叶子落尽,疏朗的枝节竟像水墨画里的一样有力,夜深人静的时候能听到嘎嘎的断裂声,如果是月夜,枝条上会像挂满了冰凌。树下有一根水管,一年四季都潮湿、黑硬,像铁一样。

她的新工作也很快有了眉目,终于抢在天冷之前跳了槽。国庆那几天的秋季人才交流会是全年规模最大的一次,这种活动王岚已经是常客了,因为去得多,所以也摸出些门道。她照例只是慢悠悠地转,填表,索要材料、简章,用北京话说她现在是骑着马找马,所以用不着像那些刚出校门的学生,必须搞掂几家单位才能树立信心。况且她先天条件不好,所以那些大公司、正经的国营单位,也就是那些必须要本地户口的,也不会去触碰,因此在那个热气腾腾、人声鼎沸的人才市场里,她更像一名悠闲的看客,随时都可能在人群里消失。

王岚在一个角落里停下来,吸引她的是一家影视公司信息中心的招聘广告,广告写在一张纸上,墨汁淋漓时就贴到了墙上,字迹尤其糟糕,不像信息中心,倒像一家小饭店招聘服务员。其实这种广告人才市场里到处都是,这种公司多半不正规,很小,也因此显得着急而随意,与那些广告字迹方方正正的大公司相比,唯一的好处是他们从不关心你的来处、是不是北京的、有没有正式户口。

广告下坐着一个西装革履的年轻人,留着板寸,用摩丝喷硬了,头发铮铮直立。这地方不是个热门的地方,所以他跷着二郎腿,脚尖在悠闲地颤着。王岚看广告的时候,年轻人当然也在观察她,他斜着眼睛看她——从头到脚,再从脚到头。后来,王岚知道他就是信息中心的领导,公司的二把手,她未来的头儿。

王岚问了一下工作的性质，因为文字是她擅长的，她在出版社、报社、广告公司都干过。她介绍自己时微微显得有些矜持，有一些当然不是真的，是她临时给自己添上去的，但即使说这些编造的材料时她也能做到不卑不亢、不温不火，倒像是她在给别人机会，北京女人那一套她算是学到家了。年轻人果然感兴趣，看了她的毕业证复印件，就说："那你一定适合的。"他甚至拉来一张椅子示意她坐下，告诉她公司的地址、月薪。那地方离她的住处很近，只坐两站地铁再倒一次车，而工资每月八百，那等于说比她现在的还要高出二百。但王岚控制着自己的心情，面不改色，只说："还要看看再说。"年轻人也说："那你明天来吧。"他是热情而真诚的。王岚注意到他笑的时候露出一排很白的牙齿，这在抽烟的人中很少见，而且他的眼睛也让人联想起某种草食动物，给人一种总是湿漉漉的感觉，这就证明他不可能太坏。其实王岚当时心里就打定主意去上班了。

第二天，她去公司参观时印证了前一天的看法，她甚至立即喜欢上这个地方了，信息中心五个录入员和她一样，都是外地来京务工人员，最近的也是河北。只有她一名编辑，也是唯一一名大学生。她喜欢一个让她觉得自己重要的地方。

三

冬天第一次降温就把院子里的水龙头给冻住了，其实这是常事，后来她就知道了。但第一次的确让她心里起了一些变化。那天她屋里没存水，还是到院里那位大妈家讨来一点水洗漱，于是一整天王岚都觉得惶惶然，就像下雨天却想不起外面是否晾晒了被子。

起初她以为是一种担心，对过冬的担心，对北京冬天的担心，但她买了一件黑呢大衣，又买了一件羽绒衣，那种诚惶诚恐的感觉却依然存在，还是没有消失，她才明白她需要的东西和天气没有关系。她终于安定了，在北京渐渐适应了，有了自己的生活，那逐步松弛也逐步踏实的心情却慢慢地生长出一些黑洞：有时候是寂寞，有时候变作抑郁。她应当比从前敏感而小心了，这当然更靠近她自己了。

那个替她送煤的工人，一口气就抬来五十块煤，一百块煤就跑了两次。她见过前面安徽人家那个儿子，十八岁，最多六七块煤就跑得龇牙咧嘴。付钱之前，她客气地请工人进来坐，又拿了一听可乐给他。那是个三十来岁的小伙子，浑身漆黑，只穿了件工作服，这么冷的天，却敞着，露出里面同样黑却结实的肌肉。王岚想起小时候去父亲的厂里玩，那些工人们包括她父亲都在休息的时候这么敞着衣服，她其实很容易靠近他们的，很容易就回到他们中间。那天她就这么看着那个裸露的身体，心里却一直在发软，身体也在发软，脸上一阵阵涌动着潮红，小伙子发现的话，她一定会抵挡不住。但那天小伙子一直在教她怎样使用蜂窝煤，炉盖盖多少才能封住火而不至于熄灭，后来他又开始向她抱怨起生活，他和老婆在外面打工有多艰难，他们的孩子总是没人管，只好锁在家里。王岚拿了两罐可乐让他带给孩子，然后略有些不耐烦地把他打发走了。

还是天热的时候，她遇到了一件尴尬事，应当是下班的高峰时间，在拥挤不堪的地铁车厢里，那时候总会有事情发生的。当时她身后站着个流氓，流氓把一个硬硬的家伙顶在她的后腰上。他自然是存心的，因为她闪了几次都没有躲掉，而车厢又这么挤。当时她真是又羞又怕，不知道该怎么办。流氓显然也看出这一点，于是用力更大了。车子摇摇晃晃，他们也跟着摇摇晃晃，而她却晕晕乎乎下错了站，甚至连回头找那个流氓的勇气都没有。她坐在车站的长椅上，终于控制不住，委屈地哭，就像被人偷了钱包。之后她定下神来找回去的路，脑子里却一片空白，她似乎把什么都忘记了。这件事自然是她想忘记的，可入冬后她却想过好几次，而她的回忆又是那么清晰。

当然并不是没有人注意她，公司里有个年轻人三天两头过来玩电脑，其实玩游戏时，眼睛却不停地朝她这边瞄。有一次头儿说话了，他说："怎么着，又来看我们王小姐?"这句话不光玩电脑的脸红，连王岚的脸都红了。事后她当然要嗔怪，头儿却说："那孙子，你当他是好人啦，都离两回了，我看他呀，还得离第三回!"

房东老姨一直没出现过，倒是她的女婿来过两次。据说他是某个驻非大使馆的大厨，不过王岚很讨厌他，因为他们第一次见面他第一句话就是："在北京干什么呢?!"粗俗而无礼。就是这么个人有段时间却跑来看她。头一次还老实，只是说了会儿话，第二次却借拍床的时候，边问"被子够不够盖，暖和不暖和"——就像床太小，不够他的巴掌拍的，他的手一下子就拍到她的腿上。吓得王岚只得说出去解手，她在外面逛了半个小时才回来，回来时房门虚掩着，大厨女婿已经不知去向。

那天晚上王岚用椅子倒着抵住门，人也不敢睡得太深，先是不敢，后来却是睡不着。她害怕大厨女婿并没有走，而是藏在什么地方，一等她睡着就钻出来抱着她说："其实啊，我是来给你送钥匙的，还没有把钥匙交给你。"她靠在床沿上，静静地听着院子里的每一丝响动，但没有声音，整个院子都睡着了。这个地方离二环路很近，所以只有奔驰而过的车队发出的轰鸣声，就像一条大河正从她的身边流过去。

转眼间春节就要到了，因为公司效益不错，所以他们快快乐乐地一起吃了一顿自助餐。出门时头儿问她是不是回去，是的话可以送她一段，他刚好要去她住的那一片儿见一个朋友。头儿有部切诺基，不是什么好车，但对他这种性子不定的人来说倒是挺合适。但头儿把她送到炮局时却把见朋友的事给忘了，反而问王岚怎么不请他进去坐。王岚吃了一惊，也想不起早晨起来时是不是叠了被子。因此也反问他不是要去见朋友吗，又说她那儿实在太乱。头儿于是拿出架子说："怕什么？你是我们公司员工，我了解一下总是应该的嘛。"王岚没法，只得硬着头皮领着他朝院子里走，又说："这儿条件不好，可不许笑话。"头儿说："那哪儿会呀，我还不是苦孩子出身！"

那时候王岚肯定变成了另外一个人，这个人挑剔而苛刻，对任何细节都嗤之以鼻。好在她给自己争气，叠了被子，但屋里还是有一股霉味，她赶紧打开窗子把气味散出去。王岚拉窗帘时头儿却多了句嘴，问："怎么，你怕院里的人知道你朋友来了？"王岚忙说："不是。对面那家孩子都快二十了吧，没事就喜欢拿个镜子伸到窗台上，讨厌得很。"她本来想把这说成一个笑话,但说完才发觉并不可笑。

头儿的眼睛还在屋里四下打探,他大概在想象房间最初的样子。"这儿都是你自己弄的?"

"当然,谁帮我啊?"

"不简单,不简单。唉,换了我,要到一个陌生地方去生活还真不知道会是什么样?"

"那是你福气好,你还用去哪儿,不是已经挺好的了?"

她替头儿泡了茶,说:"来,头儿,喝杯茶吧。"

"叫我穆林吧,别头儿头儿的,听着生分。"

她只是笑笑,干脆什么都不叫。头儿喝着茶,然后望着头顶,脚尖在床沿上一颤一颤,这么看着看够了,忽然说:"唉,真的,我在三环那儿有套房子,要不拿给你住得了,我不收你的房租。"

王岚心里跳了跳,她知道越是这种时候越不能显得太高兴,她说:"那怎么好,你不是不方便了?"

头儿正过脸来看看她:"我?"然后又恢复他玩世不恭的样子说:"我的住处多着呢,你别操心!"

当然这件事也是说说就过去了,没有兑现,没有下文。王岚这么告诫自己,不用太认真,不用往心里去,这就是男人,他对你用心时才可能是真的。

四

他们工作外的接触直到春天后才重新开始。那是几家电影公司合办的一次舞会，穆林请她做自己临时的舞伴，他尽量做出很无奈很无辜的样子说："要不小王陪我去吧，都这个时候了，我上哪儿去找人去？"舞会在晚上开始，王岚还是赶回去换了身衣服。她注意到穆林没有穿西装，所以就找了一套黑色的半腰裙来配，胸口点缀一朵红花。妆化得极淡，几乎是轻描淡写，因为她知道这个场合中出入的会有一些腕儿，容貌上她无法和她们较长短，她只能显示自己的本色：素雅和干净。到了碰头地点，她还是让穆林吃惊了。"这么快？"他这么评价她，但看得出他是满意的。

那一天也是王岚第一次领教穆林的社交能力，他几乎可以说如鱼得水，没有他不认识的人、不打招呼的朋友。其实那天更长的时间都是他一个人在四处转悠，他把她一个人丢在角落里，而除了那几个明星大腕，她的目光也更多地集中在穆林身上，她看着他蜻蜓点水又玩世不恭的周旋，觉得有趣。那时候她才注意到他脖子上裹着的蓝底印花丝巾已经敞开了，他谈话最多的那几个显然是他的朋友，他们在调侃他，又一起回头朝她这边张望，她于是朝他们微微点头，把示意全部送到，尽量做得大方得体。

其实那天还是部新片的发布会，制片人兼导演和女主角跳第一支舞，也即宣布舞会开始，那时候他便过来了，他们也开始跳他们的第一支舞,是唯一的。

王岚上一次跳舞应当还是在学校食堂餐厅,那里有布满了油腻和剩菜味的地板,随便用洗衣粉刷刷洗洗就成为舞池,男学生几乎都笨拙而紧张,他们与女生握在一起的手就像很快要融化。而现在自然是另一种光景,王岚闻到穆林身上那股淡而幽的古龙水味,他的动作是柔和的,暗示给的很明确,手掌也冰而干燥,她竟有些飘飘然。

她对穆林说:"你跳得很好嘛,经常跳?"他却一愣,回神一样反问她:"什么?"他是专心于舞步还是在看别人? 这么一想她心里就有了些妒意,于是她踩了他一脚作为他不用心的报复。王岚说:"对不起,我是故意的。"他也忙说:"没事儿、没事儿。"王岚笑时穆林才发觉她的诡计,于是也跟着笑了。那一晚也是他第二次用异样的眼神看她,看得她颇有些得意,顿时觉得自己娇媚无比。

但这场舞会却像一个梦境、一场大雨、一场大风,或像一段故事到了关口,却又花开两朵各表一枝。他们又像从前一样恢复了同事那种有序有距的关系,不冷不热,以致王岚怀疑自己是不是做得不够好,暗示给的还不够。但随即她又推翻了这个念头,她疑心这原本就是她的想象,他对她的好感只是舞会上的眩晕所致,她以为的那种感觉从来就没有发生过,可这又怎么解释那双多情的眼睛呢? 跳完那支舞后他的手指分明在她的手心调皮地划拉了几下,这个隐秘的动作又代表了什么?

她在背地里观察着这个男人,也在等待。她发现很多时候他都显得心事重重的,天秤座的男人总是这么犹犹豫豫,反反复复,让她怜悯又让她无可奈何。有几次办公室只剩下他们俩，她故意走在最后，再故意地问："头儿，还不走？"他甚至不回头，只是举起手做个再见的姿势。她感到绝望了，也是，她是个无根的人，北京话叫"外地的"，谁会为一个"外地的"去浪费时间？她离开时竟真有些伤感，她想起《简·爱》里的一段台词："如果上帝赐予我美貌和财富，我也会让你离不开我，就像我现在离不开你一样……"这是她最喜欢的一部电影，她和简·爱的命运是一样的。

那应该是个飞杨花的日子，以后每到这个时候，王岚的心情都会变得很沉郁。杨花翻飞，像雪片一样，原本就让人乱了心绪，添了烦恼——那个她以为没有结局的故事却突然在这个时候另起一段，开了头。

一天下午下班的时候，穆林把她留下了，他说找她有点事，让她等一会儿。等他忙完后，他才带上她，开着他的切诺基，趁着夜幕驶出了城。那天他们究竟去了哪儿，她一直不知道，也没问过，只知道是个郊外的度假村，旁边有个跑马场。到的时候天已经黑尽了，穆林在服务台开了个房间，就把她领进去。那时候她的心一直在扑通扑通地乱跳："这么快吗，这么快就要交出去了？"服务员暧昧的眼神似乎也在告诉她接下来要发生什么。

但没有，从头到尾穆林都没有碰过她。他只是在抽烟，然后点了一首卡朋特的歌曲放上，他甚至忘记了他们还没吃晚饭，跑了这么远的路，似乎仅仅为卡朋特而来。但她知道不会这样，越是这种开场就越不会简单，于是她等着，唯一的动作就用纸巾擦擦额头，她知道与她有关的一件重要的事就要发生了。

后来,他抽了三支香烟后,第一次开口说话:"我要走了,去一家美资公司——"说这句话的时候他并没有看她。

就为了这件事?"那,我是不是也要离开?"她的声音小得几近于无。

"可以啊,但,为什么?"他似乎没想到她会问这个,转过身第一次看她。她又看到那双眼睛了,一看到它们她就觉得有了希望,它们让她等了那么久。但那一天她知道的是这个世界上的男人中还有一种男人,他们只从男人那儿寻找安慰,遗憾的是她面对的就是这样一个男人。

"我是个同志,同志,知道吧?我从小就这样,你也别奇怪——"

王岚的脑袋里却一阵阵迷糊,发晕,混乱,再空空荡荡的。为什么要对我说这些呢?为什么要对我说这些?为什么要把我唯一一点希望都毁灭掉?!我情愿你什么都别告诉我——但她没说话,只是静静地看着面前这个男人,这个已经注定要影响她一生一世的男人。为了不暴露她的手指尖在颤抖,她把纸巾一张接一张裹在上面。

"我知道你很喜欢我,其实,我也是,很喜欢你的,我需要结一次婚——如果我要找个人结婚,那个人就应该是你这样的——"

为什么是我,就因为我是外地的?她心里忽然恨起来,恨啊,那种不甘心,他凭什么这么有恃无恐,谁给的权利?

"如果你同意的话,当然你也要想好了,只要你同意的话,什么都是现成的,工作啊户口啊都不是问题……"他还在往下说,就像谈一桩生意，也许只有当它们都变得像一桩交易时，他才能保证自己流利地说下去。至少这样他还有点优越感，还能够居高临下。但她还是想问：为什么是我？

"其实我一直憋着，一直想问你，现在我要走了，我想是个机会，你可以先考虑一下。"

汽车停在胡同口，他们就要分手了。这之前王岚竟没有说过一句话，她下车的时候，穆林忽然朝她伸出手，然后笑着说："再见!"那应该是她看到的最最凄惨的笑容吧？王岚忽然一怔，竟不可自抑地开始痛哭。穆林先任着她哭，跟着自己的眼泪也下来了，他试着把王岚抱在怀里，王岚听命地倒过去时，他又一时间忍不住对她歉疚万分，他说："对不起，对不起。"而王岚却在不停地摇头，还是一句话也说不出来，心里不知是委屈还是绝望，但有一点，她恨面前的这个男人。

婚礼是一个月后举行的。如果它是一种交易的话，那更无须准备什么，正像穆林说的所有东西都是现成的。穆林家对王岚当然一百二十万分的不满，因为接下来她的工作调动、户口内迁，都是要他们费心劳神的。当然事后他们会感激她，为了她的处境，为了他们有了这样一个浪子而对她心怀歉疚。但这个时候他们还转不过这个弯，他们正在为这桩不算体面的婚事发愁。

王岚家则显然把这桩婚姻当成了极大的荣耀，顿时对这个平时不怎么起眼的女儿都有点刮目相看的意思，能嫁到北京，姑爷又不瘸又不残，还那么精神体面，实在不知道该怎么表示高兴才好，所以一大家人千里迢迢齐聚北京替她筹办婚事，这也是她再三阻止而无法办到的。印象中那两天她父亲逢谁都会送上一张谦卑的笑脸，好像一下子全首都人民都成了自己的家人。

自然他们的婚姻还是满足了不少人，如果仅从这一点讲，他们无疑是成功的。婚礼上穆林从前的同学都赶来了，那些女同学尤其亲切，见到他都叫他林林，敬酒时她们玩笑着说："林林终于嫁掉了，她们也可以放心了。"一个"嫁"字倒误打误撞地把他们的关系显露出来。洞房闹完，众人散尽，却把一个重要的人遗留下来，他也终于显山露水。穆林向王岚介绍那是他的朋友。似乎是个过了气的二流明星。他们一起平静地吃了夜宵，然后各自睡下。里面的大床归新娘，新娘的新婚丈夫和他的朋友则挤在外面的沙发床上。王岚听着外面不断传来的窃窃私语和压抑的笑声，她以为自己会这么睁着眼睛过上一夜，但实际上，在自己的床上，她的瞌睡也堂堂正正地到来了，于是她很快也很蛮横地睡了过去。

五

那些混沌的阳光让林飞产生了片刻的疑惑，因为一下子想不起自己为什么会睡在一张沙发上，也许五六秒、七八秒钟，那阵短暂的空白过去后，他才醒悟自己看到的是北京的阳光，随即想起他为什么会在一个叫王岚的女人家里。这种发现让他获得一种突然的兴奋，他忙爬起来，用冷水抹了把脸，又在桌上留下一张纸条，然后便从电梯口急匆匆地离开。

其实林飞也知道自己不用走得这么急，但他担心，因为一想起要和王岚睡眼惺忪的样子面对面，心里就会不自在，或者他还有些心虚，在一个女人家里过了夜，她丈夫还不在家。昨晚的事情只是个意外，意外当然还不足以让他遐想。林飞给王岚留的条子上写的是：我走了，谢谢你的帮助，非常感激。从纸条上看他也没有再回来的意思。

外面很冷。林飞几乎刚一出门就打了个寒颤，但之后就好了，慢慢适应，且定下神来，而冷空气怎么说对大脑总是有益的。那时候刚好过了早晨上班的高峰期，街道上呈现的是白天喧闹到来之前的最后一分冷清，也可能是太阳还不及照耀的缘故，地面上悬浮着一层懒洋洋的雾气，过往的汽车把它们撞开，雾气又慢悠悠地恢复原位。气味也互不混淆，各自为政，按浓淡、强弱依次排列着，他从那条街走过去便闻到包子店里的包子味、熟食店里卤菜腻重的香味，当然还有煤烟味，那是种霸道的气味，也只有和头顶那种瓦蓝色的天空配在一起，才代表着干爽。林飞一下子想起老家，冬天时各家各户都生炉子取暖，于是整个冬天空气里全是这种气味。他听到一连串单车的铃铛声，那也是市声中最响亮的，是个闯红灯的小伙子，等他回头时小伙子已经惊险地骑过街口，两个结束晨练的老夫妻，提着一柄木剑和沉甸甸的菜篮迎面朝他走了过来。

林飞做的第一件事当然是去取还放在旅馆里他随身携带的背包，退房之前又去漱了漱口，洗了把脸。服务员当然会奇怪他一夜未归,交了一天房钱只是洗了把脸,但她是北京人,什么事情没见过,自然见怪不怪了。而等林飞重新回到街头,第一缕阳光落到身上,那时候他的心情既轻松又满足,几乎就要在那缕阳光下化成一根飞升的羽毛。人有时候真不可思议,联想到昨天他还那么焦虑、沉郁,现在它们却像他所有的担心一样,都成了历史。他实际上已经从昨天的那个人身上分离了出来,尽管表面上他们一模一样,但那些情绪,绝望、沮丧,分明和那个人一起留在了昨天。他当然很自然把这归结到吴小蕾身上,他正要去赴她的约会,正是这个目标令他快乐,令他悠然神往。于是林飞心里一直响着一首歌,一首天底下最明净,最能代表他此刻心情的旋律,这首歌正是昨天晚上那位白衣女歌手演唱的,可能叫《图兰朵》,也可能叫别的。

这当然是与事实出入的地方,林飞可能忽略了,这首歌其实与吴小蕾无关,她也不足以让他产生类似的快乐,如果要说确凿的联系也仅仅是在听到这首歌之前他正在动情地讲述自己的故事,他的故事里有个叫吴小蕾的女人的影子。但他的脑子里还是有种幻象,甚至只是固执,他希望快乐与自己的情人有关联,所以他会听任情感的惯性带着他一步步靠近吴小蕾,但实际上他的内心却正在不自觉地与这个女人发生疏离,这当然是他无法察觉,也不愿意相信的。

林飞到了故宫,很明显这也是昨天吴小蕾替他安排好的。那地方显然不像天安门,不像昨天他刚到广场时,天安门给他带来的那种无所适从,而他极像一个诚惶诚恐的孩子不知道该如何靠近。故宫给他的印象更像一座大迷宫,尤其是太和殿后面的内城,那些嫔妃们的住处，似乎永远都无穷无尽，又永远地杂乱无章。等他厌倦的时候，林飞发现时间已经接近十二点，他慌忙找了个工作人员，问明了出口，好不容易才从那些死人替他摆的迷魂阵里挣脱出来。记得从故宫后门出来时，他心里竟高兴得仿佛一种解脱。

午餐是在麦当劳吃的，那是他们约的碰头地点，自然又是吴小蕾的安排，如果是他宁愿换到别的地方，当然这些并不重要，重要的是他们终于可以见面了。林飞在王府井大街口站了二十分钟，远远地就看见吴小蕾朝这边走了过来，她穿了件紫色的风衣，一条麻灰色的围巾，罩着她半边头脸。显然她还没看到他，于是停下来东张西望地寻找，她应该没戴眼镜，可能戴着隐形眼镜，也可能没有。那时候也是吃饭的高峰时间，逛完天安门的游客，尤其带孩子的，很容易想到去麦当劳叔叔家做客。所以在那片嘈杂的声音中喊叫是徒劳的，林飞也没有喊叫，他只是伸出手在头顶上挥舞，这并不是个明显的标志，吴小蕾看到他又花去些时间，但那个时候他心里涌动着喜悦，虽然他已经尽量克制，但情绪还是像一口沸腾的泉眼，连带他的牙根都开始幸福地发痒。半个月了，不，整整十六天了，吴小蕾还那么漂亮、健康。

事后来看，吴小蕾选择这么个地方和他见面用心很深，因为在这样无所遮拦的公共环境里，他们的情绪，至少是他的情绪也会像锁在囚牢里的动物一样无法放纵。但当时林飞却根本无从体会，看到吴小蕾时他的头就开始眩晕了，他甚至没有说话，是想不起说什么好，嘴里嗫嚅着，而吴小蕾则口齿清楚地说："走吧，赶紧了，这么多人等会儿连位子都找不着!"吴小蕾没有给他任何一点机会,而这时候他却依然陶醉在那种重逢的喜悦中,甚至忘记了这是个人来人往、摩肩接踵的快餐店。他眼睛里只有吴小蕾,和吴小蕾在一起,无论做什么他都会觉得快乐的。他们用了很长一段时间去排队,研究各自想要的套餐,商店里只会比外面更嘈杂,音乐声竟不时地被来自各地的方言所掩盖。林飞买了一大堆他们根本吃不完的食物,接着兴致勃勃地下楼,替吴小蕾再去买她想喝的一种奶酪。

"怎么样,故宫好玩吗?"

"太大,我在里面都快迷路了,还有很多地方没转到。"

"看完肯定不容易,有个大概就不错了。"

他们的谈话也围绕着北京不咸不淡地开始,就像两个久未见面的朋友或者同学,在试探中慢慢地寻找着重新熟悉的可能性,与那些人不同的是他们还需要回避一些东西。比如吴小蕾问他住在哪儿、昨天休息得好不好,但她没问他为什么住这么远,如果再问下去,她将会知道林飞是睡在一个几乎陌生的女人家里。一想到这儿,尽管吴小蕾没有深究,林飞还是有些愧疚,至少在形式上他背叛了她,他的第一个电话也是打给了另一个女人。

那天他们没有谈到分手,而不谈对他来说就意味着希望,显然吴小蕾也一样,这是一个他们暂时都不愿去触碰的话题。后来,无数批客人从他们身边起落,林飞心里也松弛了许多,他这时才开始渴望靠近吴小蕾,他的蕾蕾。他用极度深情的眼睛看着她,又在桌子底下用腿去寻找吴小蕾的腿,后来他触碰到了,那是她的膝盖。吴小蕾也没有闪避，他又加了点压力，身子向下坐了坐，这样做已经近乎耍赖了。可能是巧合，一分钟后吴小蕾就起身去了洗手间。

一点半时他们离开了麦当劳，因为吴小蕾上班时间快要到了。林飞送吴小蕾去单位，这段路倒是走得有些尴尬，因为一路上他们遇上了许多的恋人，他们或挽着手，或搭着肩，有一对干脆在地下通道里忘情地拥吻，林飞看见了，吴小蕾自然也看见了，但当林飞转过头来向她示意时，吴小蕾却恰到好处地开始理袖口或者头发，把他的盼望错过去。同样的一条路，他们一个觉得短，一个觉得长。好在无论长短，十五分钟后，吴小蕾的新单位就出现在眼前，这种折磨也宣告结束。

吴小蕾的新单位就在长安街上，那是幢十多层的大楼，外面是蓝色的幕墙，气派而威严。走到大门口时吴小蕾明显松了口气，然后她笑着对林飞说："好了，就到这儿吧，我也不去宿舍了，过几分钟就要上班了。"她这么解释就好像不请他去宿舍只是时间问题，他们无法亲近也是时间问题。林飞尽管不甘心，但也只能这样任由吴小蕾一身轻松地离开。他看着她的背影，那个背影在阶梯上走得如此摇曳多姿，让他留恋，让他一辈子都愿意这样看下去。他应该还有好多话，刚才来不及说的和没有想到的，一下子全涌到了嘴边，可他却只能看着她的背影。这时候林飞猛然想起最要紧的，他们并没有约好下一个见面时间，他赶紧喊了一声。吴小蕾没听到，只有大门边的哨兵听到了，于是转过头很严厉地看着他。

六

下午林飞去了雍和宫、北海。这也是吴小蕾中午在饭桌上建议的。他应该算一个听话的男人，也许潜意识中他觉得按吴小蕾的意思去做，这种遵从就足以代表他们的一致，他们已经有了很多的共同点，现在，共同点还在不断增加。故宫、雍和宫、北海，这是从前吴小蕾走过的路线，现在也正在成为他的路线。

林飞走到东四时发现一个人头攒动的地方，四周彩旗飘飘，走近才发觉那是个彩票点——爱心彩票的发行点。主持人正用煽动的语言吸引路人："给自己一个机会吧，也给爱心一个机会！"也许是这句话让林飞动了心，反正他正好有的是无处伸展、无处用武的爱心，于是他凑了上去，开始奉献爱心。这个临时也是投机的小游戏，似乎一下子就暗合了他的心意，如果怎么样就怎么样——它还应当是块试金石，用来测量他在一个陌生地的运气，或者他的将来，他和吴小蕾的气运。这时候林飞一定忘记了，这种爱心奉献在吴小蕾的路线上其实并不存在，他已经把那共同点的想法丢到了一边。

他是十块十块地奉献的，前后一共献了三张爱心卡。刮开一张，再刮第二张，第三张时林飞看到了电视机，他隐约记得这是中奖标志，赶紧问主持人那是什么。"有电视是吧？是毛毯！"电视为什么是不电视，而是毛毯？但主持人已经把他拉上台，要他就好运气发表感想："看一看嘞，这位朋友只用三十块钱就抠到一条名牌毛毯，很容易,是不是?"话筒移到他的嘴唇下。因为他的出现场面显得有些骚动,而林飞显然也被突如其来的成功打哑了,脸涨得通红,他想了半天,终于说:"运气嘛总会慢慢好的吧,坏的去了,好的就来了。"台下一阵哄笑。"还想不想再抽?"这时候他镇定了些,想了想,摇摇头,于是他从主持人手里接过那条毛毯,又在人们羡慕的眼光中从台上走了下来。

虽然只是一床毛毯,却证明了他的好运气——在北京的好运气,他实际上完成了一次身份的跨越,北京将他作为一个宠儿挑选出来,这说明他理应受到珍爱和重视。当然奖品仅仅是条毛毯,这又说明北京对他的爱还不够深厚,如果他坚持下去,说不定后面的奖励会更丰富,也许是一台 29 寸的大彩电,也许是那辆摩托车——他完全有这个机会的,从他的运气来看,他完全可能成为一个所有人都羡慕也嫉妒的宠儿——整个下午林飞都陷入对此次中奖的遐想中,他甚至后悔自己离得太早了,好几次他都准备再次前往摸奖现场,是他那点残存的定力才把他控制在吴小蕾提供的路线上。这个充满激情和动荡的下午,也是很长一段时间后,他才把这个幸运和吴小蕾联系到一起,赌场得意,情场失意,当时他竟只顾高兴了,忘了这句老话,看来他们的分手其实早就注定了。

林飞以走马观花的速度,游览了雍和宫,然后又马不停蹄地转往北海。他此刻的形象已经不再像是一名游客了,因为有一个这么大的提包在手上,而说他是本地人,脸上分明又写着浮躁。当他坐在北海的长椅上时,林飞把提包打开了,毛毯厚实而绵软。它代表了什么呢？他开始想毛毯出现的意义。它是被子，是天冷时盖在身上的，送给他，是因为他需要——这么看，毛毯不像是奖励倒更像是补偿了。他高兴起来，为了这次补偿，像所有人一样，他心里感到踏实，毕竟物质的东西更容易让人产生快乐。

5点钟左右他给王岚打了电话。这很奇怪，表面上看是他出来一天了，他想打个电话问候一下，但骨子里他似乎更愿意相信，整个北京城里也只有王岚会真正地为他这次中奖高兴，哪怕只是一床毛毯。

林飞张口就问王岚"起了没有？"王岚笑了，她说："现在都几点了，你问我起了没有？"他忙改口，说主要担心她昨天没睡好。王岚又问他："在哪儿玩，见到女朋友没有？"他当然都如实回答。

"我中了个奖呢——要不出来，我请你吃饭？"林飞尽量说得轻描淡写，好像是为了请客才不得不透露这件事。

王岚笑了："是吗？那你运气好，中了什么？"

"你猜猜看？猜中了我送给你。"

"电视、洗衣机，一个二十块钱的那种手提包？"

"一条毛毯！"他们一起笑了，好像中毛毯是件很滑稽的事。

"出来吧，我们一起吃饭？"林飞又邀请了一次。他是真心实意的，但王岚说："算了吧，你也别乱花钱了，要不过来吃吧，我去买点菜，就在家里吃，好不好？"

他同意了，好像这才是他最希望的，他正等着这句邀请。于是林飞提着那条毛毯，急急忙忙地打了个车，朝王岚家赶过去。

他到的时候，王岚已经从楼下超市里买来一些净菜，林飞几乎就是跟着她的脚后跟同时进来的，下车后他还跑了一小段路，因此脑门儿竟沁出一层细汗，进门后他第一件事当然就是举着他的战利品——那条毛毯让王岚看。他告诉王岚他实际上有多幸运，抽奖现场已经半天没人中奖，最多只是个末奖，他的出现连举办者都高兴，当然也有人嫉妒。"有一个大胖子，已经抽了好几百，手都酸了，连一个奖都没中，他看我的时候就像要把我吃了。"林飞兴致勃勃地介绍着当时发生的一切，打开拉链让王岚估计毛毯的价格。王岚不知道，但她根据牌子估了个价格。林飞这时候说："那，送给你吧——"王岚连忙摆手，说自己盖的东西最多了，但林飞坚持要送，他说："反正我拿着也没什么用处。"王岚说："别了，你还是送给你女朋友吧，你没用没准她需要呢？"这么说林飞才不吭声，他害羞地笑了笑，表示同意。的确，他几乎忘记了吴小蕾，他还没把这个好消息告诉吴小蕾，甚至没想到要告诉她。

王岚去厨房做饭时，忍不住想这世上都是什么人在渴望着奇迹。林飞突如其来，也是夸张的举动里暗藏着某种不祥的东西，但她也只是怀疑而不敢肯定，但愿这只是她的猜测。这时候林飞在客厅里征询能不能用用她的电话，王岚扯大嗓门说："用吧，不就在沙发边嘛！"

那时候已经是下班时间，整个北京城都被一层紫红色的暮气笼罩着，在他们看不见的地方人们的节奏正在加快，人们纷纷离开单位，从白天进入夜晚。黄昏会给他们增加一点障碍，一点迷乱，一点可能性，它是结束。但接下来无论是一个激情或枯燥的晚上，它都只是开头,因此这时候也是人们想象力最丰富的时候,也是最惆怅最难以取舍的时候。但这个黄昏对林飞没有太大的影响,他给吴小蕾打电话仅仅凭的是他白天来一以贯之的情绪,他还处在白天的兴奋之中。他不想做什么,只是把他的经历、他的奇遇告诉她。电话通的时候,他还在想怎么告诉吴小蕾呢,是直接告诉她,还是让她猜三次,就这样吧,猜中有奖,奖品是名牌毛毯一条。

一个女人接的电话,显然他们还没下班,她替他去叫吴小蕾。他听到脚步声,但听筒拿起来,听到的却是一个男人的声音:"谁啊?"

林飞忽然有些慌,会不会是他打错了电话,那地方刚好也有个叫吴小蕾的男人。"我找吴小蕾。"他又重复了一遍。

"谁呀?"男人的声音有些不耐烦,"你是谁呀?"

"我叫林飞,麻烦你跟吴小蕾说林飞找——"

"噢,林飞啊,知道,知道。"男人做出恍然大悟的样子,并开始笑,"我听小吴常常说起你的,在哪儿呢——"

"你是谁?"这么问显然有些无礼了,但林飞还是隐隐约约勾出他的轮廓:沙哑的声音,带着痰音,不是粗脖子就该有一个猪头脑袋,这个影子正梗在他和吴小蕾中间。

果然男人说:"我就是程天鹏。"林飞不依不饶地问:"吴小蕾呢,我找她!"

程天鹏却不理会,顾自说下去,他绝对是故意的:"——小蕾一直在对我夸你呢,有时间我们一起吃顿饭吧,我们也算是有缘,对不对,你这么大老远跑来,我真应该请你吃顿饭——"

他只是想找吴小蕾，他只是想告诉她今天他遇到的事，把毛毯送给她，她即使不想猜谜也可以送给她。林飞几乎伤心了，对着话筒说："你算老几啊?!"他听出猪头在对面一愣，他大概也没想到他的对手会这么快就翻脸，猪头于是也跟着翻脸："别给脸不要脸啊?!"他们说戗了，在电话里对骂，猪头在那边气急败坏："你信不信，老子找人把你灭了，也不看看在哪儿就撒野!"

他站起来，几乎一个接一个朝外面喷字："那你出来，半个小时老子在你们门口等你，你他妈的，狗日的，王八蛋，不出来!"林飞把电话砰地挂了，然后像只无头苍蝇一样在屋里乱转，他转了半天才想起自己在找背包，后来他发现背包其实一直就躺在沙发上。林飞把背包抓过来，把东西哗啦一声全倒在地上，然后在里面翻拣。其实东西并不多，只有几套秋衣和内裤、几包烟、一些小杂物，但他的手却一直在发抖，这也让他的寻找变得困难，最后他终于看到一个棍棒样的东西，便把它操在手里。

那是一把匕首，他的防身之物，说起来还是当年吴小蕾在他去广州时买给他防身的，他从来没用过，所以这么多年都被他睡在枕头下。那天当林飞决定来北京之前，无意中看到了，他也不知道为什么会把它丢进背包里，当时看着它，还有一种莫名的伤感，现在他终于知道为什么了。

林飞把匕首披在袖口里，然后深吸口气，朝大门走去。但有一个黑影，显然比他的动作更快更麻利，抢在他开门之前把手按在门上，然后她转过来，用身体挡着他，然后影子开口说话："不要这样，你绝不要这样!"

林飞就像不认识她,就像不认识他面前这个人就是王岚,他已经完整地沉浸在自己盛怒的情绪中。他已经被疯狂所控制,现在他只是要去做一件事,这件事他早晚都要去做的,甚至他来北京就是为了完成这件事,从前他可能不清楚,现在他终于明白了,所以没有人能够阻止他。林飞看着王岚,就像一个陌生人,他们原本就是陌生人,没必要成为他的障碍。"让开!"林飞发出低吼,就像一只困兽表示不满,显然他还没把面前这个女人当回事儿。

"不要这样,不要这样,何必呢?"王岚开始苦劝,甚至哀求,她以为这种音调足以让一个男人放弃他的仇恨。

王岚开始动手抢那把刀时林飞才彻底被激怒,他意识到面前的这个女人才是他第一个敌人。她为什么要这么护着他们,还要为他们抢他的匕首。林飞用了些力气,他只是想挣脱,然后从这扇门走出去。但很快他发现,工人的女儿王岚也同样力气惊人,她几乎就要把他的刀夺走。他们开始扭打,目标当然是那把匕首,这样他们的手都扭在了一起。林飞一直在低吼着:放开,你放不放开?! 王岚却不吭声,她粗重的喘息表明她已经在竭尽全力。

后来林飞终于用了蛮力,他一把把王岚推到沙发上,他几乎就要成功了。但王岚倒下去的同时,脚也把林飞绊倒,他几乎有些无可奈何地倒在她的身上,头一下子冲到了王岚的胸脯上。胸脯是绵软的,有弹性,几乎让他一愣,同时他们都感到林飞下身的勃起。他们于是都怔住了,互相睁眼看着。

接下来的动作应当是林飞跳起来,用快且无法捕捉的速度从这个地方逃离,那样的话已经没有任何人可以阻拦他。但中途,林飞却改变了主意,他甚至不再和王岚争夺那把刀,而是由着她握着。他开始撕扯王岚的衣服,接着是他自己。这一次显然他没有遇到多少阻力,他很快就很成功地就进入了她的身体。他在一片苍茫之中陷入一个女人的柔软中,一下接着一下,但那种空虚的成就很快就让他伤心,它们无边无际向他压来,而他竟那么脆弱。于是林飞靠在王岚的肩头上,像一只受伤的狼一样,从喉咙里发出一连串压抑也是悲伤的号啕。

七

王岚坐在马桶上抽烟,已经是第三支了,她把自己关在厕所已经超过了半个小时。半个小时过去,她还不时地颤抖,好像无论怎么调整,都无法平复。林飞还在,十分钟前他来敲过门,问她:"没事吧?"她没回答,于是再也没有消息,但她能感觉到他,他应该就在门外,他像狗一样的鼻息声不时在寂静中抽搐一下。也许他是故意的,用这种方式来告知他没有逃走。

厕所里布满了烟雾,蓝色的烟雾在灯光下摆出一道道不可捉摸而扭曲的线索,它们甚至不动也不变化。这就像她的世界,暧昧却一成不变。王岚很少抽烟,平时也只有受到像今天这样的刺激,她才抽一两支,才会恍惚地进入另一个世界。她的脑子里还被刚才那次有力的进攻占据着，她是不是应该忘却，却无法做到，也无法拒绝。心里则潮湿而混沌，就像默许她的身体里涨起的潮汐，那竟不能算作伤害，其实它应当是一种伤害，就像她的痛感一样实在，但没有，她心里竟没这种感觉了，她的难过仅仅是因为突然，她的被动和不可捉摸的羞愤。于是她只剩下了害怕，害怕她外表完好，就像一个漂亮的暖瓶，内心却早已稀里哗啦，害怕她竟对暴力起了反应。

王岚想起她从前的那位男友，他们紧张的性活动总是草草收场，但那是因为他的爱惜所致。当然还有她的丈夫，那位同志，有一次她甚至去剪了一个男式的短发，目的当然也是要把他纳进她的世界，那是合理的想法、合法的诱惑。她也几乎成功了，那天她丈夫看她的眼神几乎就是情人的眼神，他喝了点酒，然后伏在她身上。那时候她真希望自己看上去像一个男人，乳房可以小一点，再平坦一点——丈夫把变硬的生殖器送进她的身体，后来可能因为体位，因为她的指甲划痛了他的脊背，他竟在里面松软下来。那天的遭遇可能让他觉得难堪，作为惩罚，他搬到客厅里，以后也再没触碰过她。他对她说："你也别苦着自己，找个人吧！""找个人吧"，等于告诉她不要再奢望从他那儿得到什么了。

找个人吧——北京这么大，终究会有人看上她，爱上她，要她的。但她女性的能力似乎就只剩下了怜悯，她动不动就怜悯，怜悯就像她的生理反应，总有落难的，不如意的，比如那个半裸的搬煤工人、地铁里的外地流氓，他们辛苦、憔悴也健壮。后来穆林的母亲把她调进出版社，三编室里外聘的老王，也成了她关注的对象，听说他老婆得乳腺癌死了,他一个人带着一个读高中的儿子。老王身上散发的那股凄凉气息对她竟产生了致命的诱惑。有一次在电梯里,她看着他发白的鬓角,几乎就要告诉他她其实可以安慰他的,他需要的她都可以给他。但他却也像一个同志,阴沉着脸,对她视而不见——她对林飞呢,应当也有怜悯,因为他专情,而且就要被人抛弃了,但不多,否则他不可能向她征讨,一想起这种陌生而刺激的情绪她就有些不自在,是时候了,让他离开。她开始抽第四支烟,抽完这支烟,就准备出去做饭,然后,就让他走!

门开了,外面黑着灯。首先她看见的是烟雾朝外涌动的情景,沙发那儿也闪着一个红色的烟头,随着厕所门打开,那个烟头也跟着站起来。

王岚去厨房的时候,林飞也跟着进来,他看着她的脸,用一种眼巴巴,近乎绝望的眼神在看她的反应,之后她无论做什么,他都跟着,也不说话,只是这么穷追不舍地看着她。好几次王岚都有些心软了,想对他说点什么,但一想刚发生的事,她又硬起心肠,而且她知道现在林飞就在等她的一句话,稍不留神,就可以把他送进天堂。

她把菜端到客厅时,灯还是黑着,这么跑了几次,林飞就来抢她手里的盘子,这么争了一下,就赢了,他似乎很高兴地跑出去。进来时,她终于说:"你不会把灯打开啊?"她想凶一点的,表示她的愤怒,但林飞却更高兴了,嘴里念"好的好的",兴冲冲地去把灯开了。王岚只好苦笑,其实这时候说什么都似乎是错的,对他来说都是机会,果然他又像一只得了宠的小狗一样跑回来,还问她有辣椒面没有,他来做个菜。王岚不吭声,她又变得神色凛然了。

最后一道菜是碗汤,王岚示意林飞把汤端过去,她则把围裙解下来。谁知林飞却放下汤,过来帮忙,竟从后面又一次把她抱住了,两只手把她箍得紧紧的,任她怎么挣扎都无法摆脱。他的头伏在她耳边喃喃地说着话,不是道歉也不是害怕,听了半天才知道是"我要你,我要你"。王岚倒佩服他的胆量,心里骂,嘴里也想这么说,可在林飞接连不断的进攻下,她竟一点反抗的气力都没有。

他把她抱着送到床上,打开那盏床头灯,朦胧的灯光下,她看到他先把自己脱光了,接着又俯下身解她的衣扣。他做得很小心,自然也比刚才从容许多,每露出一点肌肤他就会用嘴去亲一下。她感到他正在分开她的身体,这个男人这时候无论身体还是内心都直指向她,然后,他把她的手从眼睛上拿下来,理由是要看着她。她感到他的进入,而后是让她心悸的体重,他用自己坚实有力的冲击,不仅把她打开,而且那么多年来她苦心构造的战略防御也在他一浪一浪强有力的进攻面前土崩瓦解,她已经不是从前的那个女人了,而他也不再是从前的那个男人。

那个晚上,直到很晚,那个15层的高楼上,还亮着灯,主人正在做爱,吃饭,然后接着做爱,他们就像飘浮在云端,幸福得就像在云端里飘行。后来他们累了,也在云端里相拥而卧,他们靠得那么近,抱得那么紧,几乎就像要把内心深处最柔软的地方裸露出来。

第三章

一

分手的时刻就这么来了。如果按林飞从前的想象那必定是个伤心的日子,因为一想到分手他就会有种钻心的疼痛,他没想到他曾经以为这么难挨的日子竟会变得如此平淡,让他十分随意地就跨了过去。如果不是为了那枚钻戒,他们甚至都可以不见面,打个电话,或者电话都不用打,从此各奔东西。

这当然说明吴小蕾对他不再具有魔力了,她不再吸引他,也不再重要,尽管有时候他也会心生怅惘,但那是对从前的那个吴小蕾发出的,对那个还在老家,爱着他的吴小蕾,现在这个北京的吴小蕾,他已经无动于衷。从他们见面的地点也可以看出这一点,同样是麦当劳,但这一次却是林飞定的,吴小蕾在电话里问怎么把东西交给他,他想都没想就说:"麦当劳吧,下午反正去那儿吃快餐!"

应该说林飞已经成功地从一个磨炼他的沟坎上跨过去,而跨过去后他未来的人生也将泾渭分明。他已经变得成熟,已经学会了放弃,再对他放弃的东西不屑一顾,嗤之以鼻,他甚至抱着一种看戏的态度准备去看吴小蕾最后的表演。

那天王岚也去了,倒是她忽然对吴小蕾产生了浓厚的兴趣,虽然她只是说陪陪林飞,但身份陡变,她脑子里忽然对这个把林飞送到北京，送到她身边来的女人有了点好奇心。她忽然间好像有了种权利和义务，要看看她的样子，吴小蕾究竟长得什么样子？他们下午就出门了，逛了一会儿街，再到麦当劳，点了些吃的，然后分两个桌子坐下。林飞正对着楼梯口，王岚则坐在窗户边，两个人相距不过十几米远，这样上来的人都能很自然地进入她的视野。

那天外面刮起了大风，温度偏低，来吃快餐的人比上一次明显偏少，也显得冷清。林飞听着音乐，这么慢慢地吃了几口汉堡，喝了几口饮料，就看见吴小蕾从楼梯口升了上来。仍然是那件紫色的风衣，这一次她戴了眼镜，看到林飞时脸上立即堆满了笑，很轻松很自然地走过来。

换到几天前他一定会为这种表情伤心，因为他无法想象，也无法理解这种淡然。他不知道该把它当成得意还是无动于衷，或者一种恬不知耻的招摇，但现在这种笑对他已经失去了效力，就因为它不再是刺激的。

林飞没动，而是等吴小蕾落座时才问她："吃不吃点什么？"这当然是客气话，他也知道吴小蕾不会吃的。果然她摆手说："不，不。"就好像林飞已经站起来，准备替她去买食物了。他又问了一遍："真的不要？"这样就逼着她不得不重新客气一遍。

"一个人来的？"林飞靠在椅背上，装作很随意的样子问。吴小蕾先是"啊、啊"，接着又不明确地"唉"了两声。表面上是肯定，其实只有她自己清楚是怎么回事儿，她只是想这么混过去，好早点离开。林飞猜她一定是和那个程天鹏一起来的，那家伙现在准在楼下，这半年来他已经领教吴小蕾说谎的本领，她能骗他这么久，用的几乎就是这种语焉不详、能混则混的口气。

这时候吴小蕾脱去了风衣，朝两边甩了甩头发，然后坐定。那种女人直觉性的东西让她忍不住朝四处打量、张望，她的眼睛甚至久久地停在窗子边一个黑衣女人的身上，似乎吴小蕾也不相信他是一个人来的。只是他们都没有说破，他们连上次林飞和程天鹏在电话中的争吵都绝口不提，这件事当然更没有必要。但林飞还是有些不解，女人对他来说就像一个谜，也许永远都是一个谜。

他们又聊了几句，比如天气等等，吴小蕾才从口袋里拿出一只红色的绒面盒子，沿着桌面，推到林飞面前，她抱歉地说："原来那只盒子我找不到了，另外拿了一个——你看看吧！"他接过来，嘴里说不用，还是不自觉地把盒子打开。那应当是只装项链的盒子，因此那枚钻戒躺在里面出奇的细微。是它没错，他在香港花三千港币买下来的。他还能记得他当时的兴奋。他们第一次一起研究，把它和一些赝品放在一起，灯光下，它炯炯有神的光彩，像爆炸一般的亮度是无法混淆也无法仿效的——他啪地把盒子关上，然后点点头，示意没错，示意这么长时间吴小蕾都保管得很好，戒指看上去还像新的一样。到这儿，他们的交接也正式结束，其实吴小蕾可以走的，他也在等她的告别，但她又坐了会儿，没有说话，似乎有什么要说的，只是没想起来，或一下子说不出口。

她又在假装无可奈何了。如果你还想把气氛搞足，非要弄成你是不得已的，那么对不起，我不会成全你的——林飞笑了一下，对吴小蕾说:"怎么,还有什么忠告要告诉我?"吴小蕾摇摇头,说:"也没什么,我只是希望你幸福——"

林飞不领情,面无表情地点点头,说:"肯定的!"

吴小蕾开始穿风衣,她已经看出来林飞其实并不想让她再留下去,或者以这种方式再留下去。所以穿好风衣后,吴小蕾说:"那,我就先走了?"仍然是询问,是征求。林飞点点头:"好吧!"他甚至没有站起来或伸手的意思,这显然出乎她的意料,于是她停了停,看着他说:"好吧,那我真走了——你,自己保重吧。""你也是。"林飞仍旧不动。他发现吴小蕾转身的时候其实眼圈已经红了,她显然受到了她不曾预料的刺激,然后她转过身,在林飞的注视下,从楼梯上飞快地下去,消失了。林飞以为她会在那儿摔一跤,但没有,五六秒钟后,他又以为她会上来一次,告诉他忘记的某件事情,但也没有。楼梯口空荡荡的。

这么过了会儿,林飞从座位上跳起来,一个箭步冲到窗子边,果然在门前那块空地上,他看到了吴小蕾,她和一个大胖子站在一起。那大概就是程天鹏吧。吴小蕾似乎在抹眼泪,胖子搂着她的肩膀,像在不住地安慰,之后他们就沿着长安街往北京饭店方向走过去。林飞突然间笑起来。"怎么?"问他的当然是王岚,王岚问他在笑什么。林飞的目光仍停留在人行道上,他说:"她最不喜欢猪头山,还怕我喝啤酒喝多了,把肚子喝大了——你看那家伙,快赶上我三个了吧?"林飞说着摇起头来。王岚站起来,跟着他朝窗外张望,但吴小蕾他们已经走远了,她并没有见到那个叫"猪头山"的男人。

之后他们坐在了一起,静静地把手里的汉堡包吃完,都不再说话,各想各的心事。王岚想的是吴小蕾,她长得乖巧、可爱,也难怪有人愿意花力气把她调到北京,也难怪他会从这么远的地方恋恋不舍地赶来——这么想下去,王岚心里竟有种感怀身世的忧伤。

林飞却在想吴小蕾的眼泪,她是真的伤心?是为她自己吧,她那么爱自己,不可能是为别人。

他们离开的时候天已经黑尽了,外面的风却不知在什么时候停了下来,于是街道上很清静,已经没有下午那种飘摇游移的动荡。他们走了会儿,到王府井坐车,却在百货大楼前面那排巨大的法国梧桐上,发现那里竟停歇着无数过夜的乌鸦,成百上千,乘着风平浪静,它们旁若无人地聒噪着,兴奋地就像在开一个巨型的座谈会。发现这一奇观的不止他们俩,于是人们都停下来,驻足围观。林飞问王岚:"这儿怎么会有这么多乌鸦?"连王岚也不知道,她也是头一次看到,好像全北京的乌鸦全集中在这儿,过夜,开会,交流白天的观感。如果它们在说故事,那么它们会说林飞的故事吧,他刚刚才和他的女朋友分手,当然还有他和王岚的故事,他们则刚刚开头。

二

他们发现时间一下子失去了意义,因为已经没有必须去做、急着要做的事,时间变成了一个换幕工人,它只是负责更替他们的背景:把夜晚的星辰换成蓝天白云,或者在他们需要的时候把一个平淡的白天带入黄昏，那时候华灯初上，夕阳最美也最绚烂的时刻，一朵火烧云悠然地停在了窗口，他们的心情也由沉寂忽然地转入兴奋，就像一眼停息的泉眼猛然间因为一个不起眼的理由重新开始喷涌。

那几天他们疯狂地做爱，几天下来他们做爱从次数到质量都远远超出了从前。他们渴望这种感觉，这种打开、萃取的感觉，因为时时都有新的发现和惊奇，而他们无论从身体到精力到智慧都胜任这一点，他们就像在高空中燃放礼花，那种精彩的爆炸和连绵不断、层出不穷的色彩只有他们才能领略，也只有他们才会心知肚明地骄傲。甚至他们还会有一点担心，害怕将来不会再有这么精彩的发挥了，所以他们更加爱惜，至少当时会有一种同生共死的怜惜。

休息的时候他们的话题也集中在性上，他谈起了广州，珠江大桥边那些成群结队的野鸡，那可是个全国所有精华荟萃的地点。有一次一个显然是鸡婆的女人看上了他，同他搭讪，同他谈起了人生，看样子她喜欢上了他，甚至可以免费。"你们没有——"王岚问，她其实早已猜到了结果。他说："当然，那是鸡嘛，凭什么？"他笑了，其实这应该不是理由，她相信他，因为从他有些发枯的身形上可以看到他的节制，他显然为自己恪守着什么。

她呢，则讲起了她读书时的故事，校园里神秘地隐藏着一个百分之五十的女性都领略过的暴露癖，她却从没看到过。有一次一个高年级的女生遇到了，正在心惊肉跳，她就求那个女生带着她一起去寻找这个校园狂人。她奇怪自己竟有这份胆量和好奇心。"后来呢？"轮到他来发问。"当然没见到。"其实她已经想好了，见到了她就会说:"咦,不行嘛,就这么回事儿——"大概受这种打击后,他会因此规矩点。

当然他们也谈自己,谈那天的突发事件,他喜欢她什么,她又喜欢他什么,或者研究如果没有那段和"猪头山"的争吵,他们能不能走到一起。常常一个段落后,林飞会像一个孩子那样从床上跳起来,他光着身子在床上蹦跳,带着他的武器一起上下癫狂,接着他走起了猫步,因为电视里正在演时装大赛。他突然消失,却是去厨房里拿了盘香肠来,接着又消失,去了厕所,他活摇活甩地出现时,她让他穿件衣服,他却说不冷,然后上床,被子撩开,她发现他又一次充盈如柱,她开始害羞地笑,心想着这么快又要征讨了?

那几天她应该在不知不觉地发生变化,她自己自然无从体会,但同事,熟悉她的人会看到,只是他们无从说起。她们单位只需每周三去一次。就在那一天,她们室里一个才分来的大学生,一个 22 岁的新新人类,却直截了当地问她是不是有了情人。新人是毫无顾忌的,平时相处不错,因而确之凿凿说:"像王姐这样的就应该有个情人才对。"她笑而不答,同时明白自己的变化,明白自己正在像春天里的花朵一样悄然盛开。

他们都没意识到分手的事,没有意识到即使忽略了时间,它同样会把他们带到目的地,时间对任何人都是公平的,这也是这世上唯一公平的东西。首先是肖洁打来电话,她和王岚闲聊一阵后,开始问林飞事情办得怎么样,他的归期。这件事倒不好包办。于是王岚说:"他刚好在这儿,你自己问他吧?"然后就像林飞离得很远,她大声地喊着他的名字，而林飞也做出从什么地方跑过来的样子，略微一停，才拿起电话。这么配合完他们才相视一笑。林飞躺在床上，把王岚抱在怀里，这样他才开始听电话。王岚听着他说话，感觉他的手指在自己胸口细细地摩挲着。"差不多了吧——"这是在说他自己，他不说死是对的，他现在这种语气肯定不像一个刚刚和恋人告别的人，"就这么回事儿吧，以后再告诉你。"

"不知道呢——"这应该在说他的行期了，林飞说他也不知道，因为还有一些事情没办完，王岚却感觉他的手指正在深入，如果他说的事情是这个。

"你能不能和老板说说，再宽限几天——"电话挂断了。肖洁答应替他去试试。

这么说他们就要分手了？王岚恍然于这个重大发现，他们竟然也会分手的，即使多几天假期也无非将分手延续下去，对结局无关痛痒。她想到自己，竟第一次发觉在这层关系中的荒唐——因为无爱，他们有了这么多的性，却竟然没有爱！就像口渴了之后喝水、肚子饿了吃饭，说高级点，他们在用性疗伤，用对方的身体疗伤——当然如果真是这样他们也能平静地抻下去，直到平静地分手，但实际上有一次，一番激情之后，林飞颓然地倒在她身上，嘴里依然兴奋地说："嫁给我吧，我们结婚吧！"她明明心里一震，嘴上却极淡然地说："我比你大得多！""大多少，才三岁，女大三抱金砖。"她避开他的眼睛，然后用一种老气横秋的声音叹了口气，才说："你知道你需要什么吗？"他一愣，趁着这一愣她接着说："男人啊，到了三十岁性子才会定下来，才会知道自己需要什么,你知道吗?"他不吭声了,显然被她的经验压倒。但类似的问题如果反躬自问,她同样也没有答案,她同样不知道自己需要什么。

也许他们开始的不是时候,在一个人最最动荡的时刻发生的感情,这也意味着短暂而不是持久,或者说它是作为记忆而不是现实存在的。但她还是不能容忍他的轻松,他是成功了,借助着她,已经从那段折磨人的情感中跃出,可以说即使明天离开,他也会同样的轻松,并且毫不留恋,类似的轻松她能做到吗?

王岚把林飞的手从自己的身体上拨开,然后站到阳台上看着眼前这座迷离的城市,这是她的城市,为此她已经付出了代价。

林飞跟着过来,问:"怎么了,不高兴?"她没吭声,眼睛却湿润了。他忽然明白了她的感情,很想重新抱着她,但他却没这么做,而是一直陪着她这么站着,看着,看着夜幕怎么追逐阳光的脚步,怎么笼罩整座京城。很长一段时间里,他们都一动不动。

下班之前,肖洁又一次来电话,她对林飞说老板只肯多给他三天的假,最长三天!

也就是说他们还有三天时间在一起。

三

那个新新人类的故事,王岚曾向林飞说起过,但她主要是想说一个笑话,说的也是他们如何行事乖张,不可理喻。有一次她在街上,看见新新人类正和男友斗拳,两个人表面上看都若无其事,但拳峰却一直在裤缝边来来往往,后来显然新新人类吃了亏,便追着男友一气狠打。她又极喜欢王岚,爱和王姐分享她和男友的故事,有一次告诉王岚,她男友被西瓜刀划了手,恰好又因为什么事惹恼了她,她便想他身上什么地方打下去最痛,结论是伤口!于是她就开始打他,拳拳不离伤口。王岚听了这个故事,吃惊地要笑,说:"怎么能这样?"但新新人类却不以为然,反而更吃惊:"我怎么了,为什么不可以?!"

有一天这个新新人类就闯了进来,打电话的时候已经在楼下了,她的意思是刚好路过这儿,顺便来看看王姐姐。但王岚明白还是那天她夸自己的气色时没有找到合理的答案,新新人类显然是来找答案的,准确地说也就是来找林飞的。他们着实忙乱了一阵,把头天晚上吃剩下的碗盘送进厨房,然后王岚对林飞说:"你进去看电视吧,没事的,一个孩子。"但她还是深吸了口气,才去开门。

新新人类进来,客气一番,眼睛就不客气地四处寻觅,尤其地板上林飞的那双皮鞋,她看着仿佛有了答案。"你有客人啊?"她故意漫不经心地问。"我弟弟。"王岚也是淡淡地回答。"你弟弟来了,怎么没听你说起过?""那有什么,又不是什么著名的人物。"她站起来去敲里屋的门:"小飞,还在看,来客人了。"她重新回到沙发上,替新新人类泡茶,忽然觉得她这种人其实很好应付,至少她们的经历无法相比。林飞出来了,客气地点头打招呼,新新人类冷冷地看着,忽然说:"你们真的很像呀!"这一次王岚和林飞都笑了,也不去辩白。王岚替他们做完介绍才说:"怎么样,我弟弟帅吧,想不想让他做男朋友?"这一回终于轮到新新人类脸红了,嘴里却强硬地说:"好啊,等回去我先把老 K 甩了。"看来她终于信了,王岚的气色应该与情人无关,因为在她看来,能介绍给别人做男朋友的自然是弟弟而不是情人。

这虽然是个不相干的故事,但是不是可以证明王岚和林飞其实更像姐弟而不是情人？也许它从侧面还证明了一点,他们是不可能在一起的,他们终究只是临时组合,不可能长久拥有。

时间正在分分秒秒地过去,那个注定是痛苦的别离正在无限地向他们靠近,从前无知无觉的时间现在却像要双倍计算,其实不用计算他们也知道在一起的时间越来越少。在这种压迫下,王岚首先开始有些无所适从,她变得恍惚而容易伤感,她动不动就问自己爱不爱林飞,又爱着他什么,如果爱又为什么没有设法让他留下来,甚至她连这样的念头都没有——她似乎陷入重重矛盾中,显得矫情,她害怕这段感情其实只是幻觉,仅仅因为分手,才会变得如此投入。显然这段感情对她来说更重要,这应该也是第一次她和一个爱她,她也爱着的男人有了同生共死的感觉。她甚至把她和穆林的故事告诉他,这也是她第一次和别人谈论她丈夫的事,她说:"你看,其实女人都一样,都那么现实。"她似乎急于把自己拉到吴小蕾的位置,或把吴小蕾拉到她的位置上。直到林飞抱着她,伏在她的耳边纠正:"你和她不一样的,你和她不一样的。"

有一次在地铁站,列车驶入时在站台上卷起一阵大风,王岚突然间在人群中紧紧抓住林飞的手臂,就像他会随时消失,会飞走一样。当时她的脸色也变得极其苍白,林飞问她:"怎么了？"王岚摇摇头没有说话。过了一会儿,她才在驶动的车厢里说出了真相,她说她当时真想和他一起跳下去,从站台上跳下去。这个念头让她真的很害怕,很害怕。这么说时王岚不禁发起抖来。林飞骂她一句"傻瓜",同时眼睛也跟着有些发潮,他把王岚抱在怀里,这也是他们第一次公开地拥吻。这个爱他的女人啊,这个小女人,他们却不能在一起——车厢里的人都在看着他们,但他们无所谓了,毫无顾忌,忘情地拥吻着,他们就是要让别人看看,他们是如此的相爱。

自然王岚后来也平静了下来,显出一个理智女人成熟的可爱,她说她将来是幸福的,因为她是一个收藏爱的女人,她这一辈子都不再贫乏了。这么说时,林飞正在她的对面,他没有说话,只是目光灼灼地看着她,他再也说不出什么来表示他的心情,于是只能这样专注而长久地看着。

也许他们的情感算不上什么大情感,但就在那几天,他们却在不断靠近的过程中发现,这份情感在他们追问也是萃取的同时,竟有了些天荒地老的味道。这也像他们的对视,在 15 层高楼上的对视,在北京空中的对视,是他们永远都不会放弃和遗忘的。

后来,就在送走林飞的当天,王岚意外地在自己的床头柜里发现了一只红色的绒面盒子,打开来里面是枚钻戒。外面是林飞留给她的一张纸条,林飞在上面写着:我不知道怎么才能向你表达我的感情,这枚戒指其实是我最不愿意带回去的,所以我把它留给你作个纪念吧,希望不要介意。

大概半个月后,林飞收到了王岚的一个包裹,里面仍然是这只盒子和这枚钻戒,不同的是王岚的一封信。王岚说:你的信我已经看过并会珍藏,但这枚戒指我却不能收下,因为没有权利——或者就当作我的礼物吧,把它送给你的新娘。

这也是他们唯一的一次联系。

<h1 style="text-align:center">四</h1>

其实林飞离开北京比原定的时间推迟了两天。因为就在他准备动身前的头一个晚上，遇上了据说也是这座城市近几十年来最大规模的一次沙尘暴。气势汹汹的黄沙驾着狂风漫天而至，顷刻间就把北京变成了一座沙城，也延误了飞往广州的班机。

王岚记得那天上午他们起来时，天竟是灰蒙蒙的黄色，四周一片模糊，竟像他们起早了而不是钟表所指示的时间，恍惚间他们也不知道是什么出了问题，后来他们才在新闻中知道发生了沙尘暴。最初林飞还显得有些焦急，他不停地给航空公司打电话落实航班，但后来也渐渐安定下来，并很快对外面离奇的景象发生了兴趣——那些在狂风中舞蹈的树木、暴跳如雷而发出溜溜声的电线、断折的广告牌、不停传来的玻璃爆炸声、半空飞舞的各种颜色的垃圾袋。当然，还有黄色的风——那些来自极北荒漠的黄土，驾着风暴，细密地在玻璃上留下沙沙的声响，他们竟感觉到整幢楼层似乎都在这种不懈的撞击下发生轻微地晃动。起初林飞一直站在窗子边，静静地看着，显然他对它们有些入迷了，后来在一个段落后，他兴味盎然地说出一句话来。林飞当时说的是："我觉得这才是北京的主人，北京真正的主人来了！"

这句话王岚永远都不会忘记。

我们美好的日子

那时候我在郊区的一所工业学校教书，经常到对面的干部学院食堂吃饭，就和那里的小戴、秦明认识了。其实我和小戴、秦明认识前就照过面，那鬼地方就这么两所学校，误了班车、打不到饭，都得到马路对面想办法。此外，中午到一公里外的镇上去散步，或者在我们两所学校背后的一条小河沟里游泳，我们总能够碰到，总之想不认识都不太可能。

前一年我刚从一所工科大学毕业，报到前我并没有料到会去教书，而且在一个那么偏僻的地方。记得头一次去学校我还在校门口看到一头大肥猪，通体发黑，毛色油亮，它正晃着小尾巴在马路上悠闲地走着，身后跟着一个哑巴猪倌。过往的汽车在后面鸣了半天喇叭，他都没有听到，倒是那头猪先反应过来，它大概吓了一跳，回身朝右边夸张地一跳，就把它的主人和我一起挤进了学校大门。我的校园生活就这样又一次重新开始了。

小戴和秦明是我见过最疯的女人——这么说又好像我见过很多

的女人，我的意思是说她们和别的女人不大一样，起码和我见惯的女老师和女学生不大一样。她们在一起插科打诨惯了，很少会有什么一本正经的时候，一个悄悄说点什么，另一个准保狂笑不迭，然后略微一停，互相看一眼达成了默契再继续笑，好像重新再来一次。我注意观察过，我发觉这种玩笑仅仅限于她们两个人之间，大约能领略她们幽默的人不多吧。如果有一个没来，另一个就显得很沉闷，这一点也应验了中国的那句老话：一个巴掌拍不响。所以只要她们两个同时在，你就很容易从人堆里把她们挑出来。她们甚至就是在我们学校也非常有名，一说对面那两个"疯玩的"，就知道指的是她们。平时我和学校里的女老师很少打交道，一是年轻的少，大多成了家，或者早早地进了更年期，有那么一两个像点样子的，也被娇宠坏了，拿腔拿调地说话，再不就想办法支使你帮她干活，所以有一段时间中午我尽量让自己去对面吃饭。这一点我倒无需找什么理由，而且是现成的，与对面的食堂比，我们工业学校的饭菜真是太差劲了，有不少老师和学生都和我一样会到对面的食堂去搭伙。

真正和她们搭上话，还是去学校背后游泳。那是条小河沟，水很清，因为远离市区，水质干净得你无法相信。我说过，就这么一点屁大的地方，能想到的娱乐也差不多，一到夏天除了游泳就只有睡午觉。我觉得当时我正在尝试让自己忽略一些东西，尽管在生活中它们会时常翻腾出来，让我不得不面对。一想到游泳我就容易激动，那是一个让人如何欣喜的运动呢？你被水——也就是那种可以很温和地把你包围起来的液体托举着，它可以很轻易地被你的手分开，再为你下一个动作让出位置,结果呢,还是与你严丝合缝的。游泳时体会到的水,和我们平时生活中喝的,从暖瓶里倒出的水,或者洗衣服,从水管里流出的水不是一个概念。具体我也说不明白,反正我对游泳时体会到的水更有感情些,可能是这个原因我非常喜欢游泳,无论夏天还是冬天,一有机会我就会去河里或者游泳池泡一泡。那天我在学校后的小河沟看到了小戴和秦明。她们带着一个很大的黑色橡胶内胎咋咋轰轰就来了,看那个架势就知道她们还不会游泳。

小戴和秦明在岸上一丛小树后套着一条半腰裙换泳衣,先是小戴换,她换了一条红色的有很多皱褶的那种,然后是秦明,她换了一条黑底碎花的。我说过我们都是照过面的,只是没机会说话,我的意思是,换了泳装,她们两个的模样好像都有些变了,因为简洁而显得面目一新,大腿部位尤其白。她们俩最后互相搀扶着很小心地朝水边走,这一段路又花去了她们很长一段时间,可能是因为岸边有许多的细石子,也可能出于一种羞涩,或对河水多多少少的一点恐惧,她们犹豫着笑了,又一齐坐到水边一块石头上,慢慢地朝水面探出脚趾。我一直都在水里仰泳,游过来再游过去,也就是说我已经看了半天了。这时候我站起来,我觉得我的机会来了,我朝她们喊:"水不深的,你们看才到胸口这儿。"小戴抬头看了我一眼,看我在胸口比的手势,而秦明则还在小心地用脚在水面划动。小戴说:"别骗我们,到你胸口不是到我们脖子这儿了。"我听到秦明这时候说:"不会的,小棒说不深肯定就不深了。"

结果那天下午我一直在教小戴和秦明学踩水,我们很快就熟了,也许她们笑的东西我还都能够领会，该笑的地方我一点都不浪费。那个下午我分别拖着小戴和秦明的手让她们在水里来回地蹬腿，我让她们不要套游泳圈了，我说那样的话什么都学不会的，关键是怎么找到一种悬浮的感觉。我这么做的时候她们中的一个就站在水边抱着肩膀很用心地看着，后来我又把我对水的体会说了，可能还是有一点作用的，第三天秦明先漂起来，小戴有些急，认为我没有把真功夫教给她，而单单传给了秦明。

那几天我一直都听到小戴和秦明在叫我"小棒"，我也含混地答应下来，秦明漂起来那天我终于忍不住问她们"小棒"的含义。小戴抢先说："你很棒啊。"秦明说："我们单位已经有了一个'大棒'，叫你'小棒'是要和他区别。"我笑起来，说："我还以为有别的含义呢。"

下午下班后我专门和她们去坐干部学院的班车，目的是去看看他们单位的"大棒"。车开动时，上来一个四十多岁的中年人，头发凌乱不堪，脸黑黑的，小戴附在我耳边告诉我："这就是'大棒'了。"我小声地抗议："我可没这么糟糕吧？"小戴一听高兴坏了，秦明就坐在她旁边，这时候压低喉咙说："别以貌取人，'大棒'胸口还有一撮黑毛呢……"我正在想秦明怎么会看到"大棒"的胸毛，小戴却没等她说完，又附在我耳边说"大棒"是她的梦中情人！我看得出这是个玩笑，也跟着她们十分压抑地笑。秦明接着说"有一次开会，上面正说得热闹，'大棒'嗯啦站起来，走到窗子边，朝窗外吧唧——就是一口痰，痛快极了，台上发言的也停下来。"说着秦明自己也笑开了。这一段在我的记忆中是十分有光彩的，很有意思，我甚至认为和小戴、秦明的交往才是我这段教师生涯中最值得回忆的部分,至少它改变了我对女人的一些看法。女人其实也可以活得很轻松很睿智的,比较而言,我从前结交的那些女友是有些苍白,我觉得哪怕和她们坐在一起都必须负责任,而且她们总能有办法让我产生一些犯罪感。小戴和秦明都是已婚女人,秦明这时候还离了婚,婚姻大概就是改变一个女人的动因吧,女人被男人塑造着,反过来也同样成立。但这世上还是有那么多结了婚或离了婚的女人,她们大多都心事重重,神情抑郁,我想这也不能单纯从婚姻去寻找答案。

我想该谈谈冯小平了,其实这个故事最初的动因还是因为她,不知怎么搞的落笔时就扯到了别的。认识冯小平时我刚满 24 岁,24 岁究竟是一个什么样的年龄?我没有确定的答案,这也不仅仅是对一个镜中影像的回忆便可以办到的。现在,我竟然想不起当时一些很重要的想法,我都在忙些什么,又为什么忙?我只知道那时候我在一个非常封闭的环境里生活着,我在教书,进出教室的片断、一个女学生身上狐臭的记忆。当然,还有水。我又一次想到水了,我在学校背后那条河里一次又一次占据了原本属于水的空间,我把河水排开后再占有它们,很长一段时间这都是我脑海里重复的一个动作,毫无疑问这个动作具有某种象征的特质。可能的话,我想将尽可能地想起一些与我 24 岁有关的细节,因为能够做到这一点,那么剩余的那部分空白就是我的 24 岁,这正是我现在需要做的。

认识冯小平应该就是他们学校的食堂,她是小戴、秦明的同事,因此食堂是我们最可能相遇的地方。此外她不是一个很醒目的人,否则一开始我就会注意她了。可能对小戴、秦明的印象太突出，让我产生结识的愿望过于强烈，因而从一开始我就把不善言谈的冯小平忽略掉了。但她还是在我的生活中出现了，尽管姗姗来迟，却扮演了一个更为重要的角色。这么说我好像又找到一点感觉了，我是说随着冯小平的"出现"我那一年的大致轮廓也似乎凸现出来。那一天她和小戴、秦明一起来打饭，就在学院食堂和我不期而遇。冯小平的确是个很平常的人，有一头很细密的头发、一双细长的眼睛。她属于那种可以近距离欣赏的人物，很耐看，但我认为她的这些优点并不是我当天注意到的。小戴她们老远就跟我打招呼，自然是叫我"小棒"，冯小平跟着就一起过来了。小戴她们是这么介绍冯小平的："她可是我们这儿的大美人啊。"冯小平浅浅地笑着，没有说话。看得出来，小戴、秦明并不真的喜欢冯小平，从她们介绍的态度上就可以看出来了，冯小平并没有在她们那儿得到更多的尊重。很可能这之前她们就向我介绍过，她们曾让办公室秘书在来客人的时候手里夹一支烟，等客人给她发了烟，她们再把那些骗来的好烟偷偷抽掉，但她要和她们玩还得看她们是不是高兴。她们说的这个秘书应该就是冯小平。让我吃惊的还是冯小平的态度，别人夸她的"美貌"，她就那么坦然地接受下来，而且她一直都浅浅地笑，浅浅地笑，好像十分地开心，好像别人谈论的已是不争的事实。

　　应该说我的注意力还放在小戴和秦明身上，尤其是秦明，她已经离了婚，单身女人的身份更便于和我交往。那段时间她住在城里她父亲那儿，她父亲是个地质学家，已经退休，但还时常下乡考察，这时候也已经二度离异。于是他们这个被秦明自嘲是"离婚之家"的三居室就成了我在城里闲逛时的必经场所，每个星期天中午我在街上走累了，就去秦明家坐一坐。我已经记不得有多少个周末是在那儿度过的。

　　那时候秦明快 28 岁，作为已婚妇女，她与我的交往显得游刃有余。我是说她的经验用于应付一个 24 岁的男人应该说是绰绰有余的，何况还是一个在封闭环境中生活的男人。我们的聊天总是很愉快，时间在飞快地过去，然后到了一定时候秦明就起身去厨房做一些吃的。她的动作相当地麻利，做饭对她来说根本不是负担，常常几分钟后，几个简单的菜肴就搁到了茶几上，秦明抹一下额角的汗即招呼我吃饭了。我相信秦明没有什么东西对我隐瞒过，包括她在外省的婚姻生活、她的前夫都在这些午后的时光中一点一滴显露出来，尤其我们喝了一些啤酒后，阳光从她家阳台上一点一点爬进来，秦明的声音也开始显得深邃、悠长。我一直记得阳光进入她家阳台时在木纹地板上投射的形状，它们通过一层镂空花的白色纱帘慢慢地变得稀薄。秦明常常在这时候不可自抑地谈起她在另一个城市的生活，对我当时的年龄来说，这些东西就像传奇一样遥远、浪漫。好奇心如果是一个动物的话，它应当像一只贝壳，在一个暖和的天气里爬出水面来晒太阳。我记得秦明说有一件事她自己也非常奇怪，每到一个地方她身边总有一些关系很好的女朋友。那是在我夸她和小戴谈峰的机敏、幽默之后，她客气地说也没有什么事，瞎磨嘴皮子。她说她和这些女友们总是十分亲密，但她们又绝不是街上那种勾肩搭背的姐妹,她们总把她引为知己而无话不谈,就像她和小戴一样。

"总会有几个男人围在陈华身边献殷勤。上次陈华来我这玩,坐飞机时,一个出差回来的军官又和她聊上了,用车把她送到我这,还请我们一块出去吃烧烤。她旁边总能遇上这么些人——比冯小平好,并且强多了。她丈夫和她离婚也是听到别人说她的一些事,气急了,陈华拿过离婚协议想都没想就把字签了,到法院她丈夫又后悔了,哭了,说她骗他。她才不管呢,有时候我也觉得陈华挺没心肝的。我当时也离了婚,有一段时间我们常一块玩,又住挨着,门对门,她什么事都对我说,也不想瞒着我。我们单位医务室的老刘,平时看上去正儿八经的,陈华说,有一回她去开点药,老刘就从后面把她给抱住了。老刘的女儿年纪跟陈华一样大,陈华也好玩,当时就说:'看你,把人家腰都弄痛了。'说完拿上一卷棉纱就走了。我们单位有个放录像的,也离了婚,有一次也来勾引我,陈华和我们几个都挺熟的,还一起去看过电影。有一次我们想看一部录像,陈华跑去借,结果却和他睡了一觉——她回来就跟我说了,那男的后来还来找过我,我笑笑,我说你不是答应和陈华好吗,他死活还不承认。"

晚上,我离开秦明家,在逐渐转凉的暮气中慢慢地踱步回家,这时候我很少坐车,尽管我知道这时候我父母正在家里焦急地等我。我回家的路线上,有一个我们这儿很有名的"红灯区",那时候尽管还没有形成现在的规模,但从发廊到夜总会、舞厅各种名目的消费实际上早已经在暗中发育成熟。一些古怪的人,尤其是男人会站在风口像只猎犬一样四处张望,他们在黑暗里寻觅的姿态让我从生理上体会到一种无法喘息的紧张。很难讲我是从什么时候发现这一切的，又是如何发现的。每次我都在一个暗处，如桥墩，或者一棵女贞树下抽着烟，而后默默地看着这些变故，看着那些突然出现的摩托车把两个刚刚结识的人像一阵风似的驮走。每次我回家时夜已经很深了，我并没有更进一步的行动，我只是奇怪这些事总是发生在我离开秦明家回去的路上。也就是说，当我离开秦明那儿时才会产生到那儿去看一看的念头，而且它们一经产生，就变得无法遏制，如此的强烈，很可能在秦明家门口换鞋时我就已经急不可耐了。

我和秦明之间没有"性"，一直没有，这一点后来我一想起就觉得不可思议。以我们当时的条件，我们应当非常容易走到一起，我不知道有什么障碍横在我们中间，但即便有也不是因为她的婚史。秦明比我大几岁，她在世上比我多吃的那几碗白饭，在我看来还不足以阻挡我们。所以在我回溯这些业已消失的事情时，我常常把问题归结到当时我身处的十分封闭及枯燥的环境，我甚至还能记起住在学校里那些极度安静又无聊的夜晚，尤其是冬天，我一个人，那些复杂的需要和欲望在我的身体里不断地膨胀着，就像被炭火炙烤的一块年糕。那块年糕我怎么吃下去，蘸红糖还是豆面？有一点可以肯定，我也许十分担心失去与秦明与小戴这种美妙绝伦的组合，相对而言我更喜欢与她们海阔天空无拘无束地闲谈，这是我那段生活中唯一值得珍惜的东西，我的朋友不多，甚至可以说没有，而失去她们我只会让自己变得更加孤单，但我终于还是失去她们了。

应该是在夏天，因为只有夏天人才会显得沉闷，意志薄弱，肉体才会有出差的机会，所以应该是在一个炎热的季节。这时候我与干部学院几位女士的交往已经公开化，我开始走进她们平常却不平静的生活。有一天在小戴提议下我们一起到了冯小平家，我、秦明、小戴以及一位与小戴关系暧昧的男人，据秦明说那是小戴中学同学，追她十来年了，一直不改初衷。我们几个人在一个星期天的中午一起聚集到冯小平家里。我们的这种组合并没有预设的含义，但冯小平的丈夫林建行却发现了，这方面他的确有一种误打误撞的本领。他把小戴和她同学迎进门后，显然又把紧随其后的秦明和我联系到了一起。"新朋友？介绍一下。"他就是这么问的。很可能一开始我就对他非常反感。

小戴和秦明都随冯小平叫他大林，只是秦明和小戴叫的时候变更了腔调，把这个词变得更加暧昧。林建行听后身体出现像打摆子一样强烈的反应，他开始笑，笑得非常亢奋，肢体语言异常丰富。看久了，我就知道他应当是个没脑子的，人来疯，有女人的地方他就是小丑，而对于我，林建行倒没有多少敌意，也许根本就考虑不到，只是嘴贱罢了。

那天我们应该是去玩麻将，我们到的时候客厅里的牌桌已经支好了，这之前林建行和冯小平还为我们炖了一锅绿豆汤，两口子为我们每人盛来一碗汤，喝完后就准备开打。我不大喜欢玩麻将，更主要的是我刚刚毕业不久，也不会有多少钱，所以喝汤的时候我就声明不想打。好在有小戴的同学在，不至于太扫兴。但就在我声明的时候林建行却和冯小平发生了冲突，他们起了内讧，原来他们两口子都是爱极了麻将的人，都想坐下来先打。

林建行对冯小平说："去，你把碗收了，等会儿再让你！"林建行的威仪却像落到了墙面上。冯小平先抢下一个座位，她笑着说："你洗嘛，我先来，只打一小会儿。"林建行"咦"了一声，圆睁双眼，故意做了个凶狠的模样，但冯小平丝毫不为所动，两只手伸到桌上洗起牌来。这时候林建行做了个更吓人的举动，他猛地一伸手就把冯小平从凳子上提起来，然后一路拖着把她拉进了卧房，冯小平顺着他，也没怎么反抗，倒像是她心甘情愿跟在后面。门在他们身后砰地关上了，随即我们听到里面噼啪传出一阵清晰的巴掌声，非常清晰。我和小戴的同学见得少，都有些惊呆了，只有秦明和小戴，她们大概了解一些内情的，捂着嘴伏在桌上吃吃地笑个不停。这样乱了一阵，门再次打开，林建行和冯小平一前一后从卧房里走出来。

我一直无法想象那天发生的事——我想说好奇心有时候是致命的，但又有几个人真能克制自己对真相的兴趣？那一天我真像中了邪一样怪异。林建行和冯小平从卧房里走出来时，两个人脸上都挂着相同的笑容，他们笑得那么平静、安详、开心，一点都不像要掩饰什么，就像刚才他们在里面只说了两句不相干的话，而且还是什么让人听了高兴的话。我不知道是我的眼睛还是耳朵出现了问题，反正总得有一样。我看到小戴的同学这时候一脸的错愕，猜想自己的表情也好不到哪去，秦明和小戴还在笑，这时候她们盯着麻将桌面，赶紧扯些闲话来讲，否则真可能控制不住。

小戴说："咦，我怎么不多带点零钱。"秦明立即领会，跟着翻钱包,我也是,全是整的。林建行接过去说:"怕什么,我这儿硬币多的是,全是一块的,有五六百,够不够?"他说着从墙上取下一只工艺包,原来就是装硬币的,已经积得满满的,林建行放在手里颠了颠,故意让袋子发出一阵稀里哗啦的响动。这一下秦明和小戴可逮着机会了,她们说林建行是守财奴,然后哈哈大笑。林建行是守财奴并不可笑,但我们像解放了一样,全一起痛快地笑开了。

结果自然已经有了。林建行在牌桌前坐下开始玩牌。我的目光一直看着冯小平,我想她吃了一通耳光后,真能一以贯之地轻松下去?有段时间我的视线一直没有离开过她,到她收拾碗去设在阳台上的那个厨房洗碗时,我也悄悄地借故蹭过去。的确没有变化,冯小平的表情还是那么平静,当然略微有些矜持,那是因为她一下子注意到我,她问我怎么不喜欢打麻将?我简单哼了声作为回答,然后端着一杯茶站在那条长长的阳台上,看外面的风景。对面是一排老房子,黑瓦灰墙,有些像老式的四合院,因为上了年头,有些部位爬满了腻重的青苔。一个女人在我脚底的一块晒台上洗头,打上肥皂后,她的整个头部看上去都是白色的。"你们这儿不错,环境挺好。"我终于说。冯小平洗完碗后,湿手在胸口甩了两下,剩下的水全被她抹在自己的裙子上。冯小平说:"我们这儿就是买菜方便,你看那是粮店,那是个菜市,原来我们这儿没有菜市,买菜要走好远的。"冯小平说着也伏到了阳台上。这时候我也看到那个菜市了,原来它们隐在一排树荫下,不容易被发现,因为楼高,下面的人,包括过往的车辆看上去都很小。这种光线下冯小平的脸颊几乎是透明的,可以清楚地看到额角发青的细血管，这也是我侧身时发现的。对面那个女人开始洗头了，一只手拎着杯子开始朝自己头顶上淋水，头发差不多垂到膝盖，女人浇水的动作看上去有些别扭。

我去客厅往茶杯里续了点水，等我重新回到阳台上时，我注意到冯小平还是原模原样在阳台上趴着。这一次感觉不同了，我是说我一下子看到了刚才被我忽略的东西;冯小平两只手托在下巴上，整个腰身都往下塌着，这样我就看到了一个完整、丰满而隆起的臀部！冯小平自己还浑然不觉，一只脚抬起来，正在另一只腿的腿肚上蹭着痒。我感到自己不知为什么就不行了，下面一热，整个人都僵硬起来。冯小平这时候回过头，她大概不明白我为什么会突然站住，也没想弄明白，她的注意力没在这上头，她指着下面对我说:"吵架了，他们在吵架。"我走到阳台边，几乎把下半身都挤到墙面上，我把它当成冯小平。这样稳了稳我才分神注意楼下，我得承认这时候我的脑袋里还是一片晕乎乎的感觉，好像随时我都会忍不住从阳台上跳下去。

是有人吵架。街上一个担箩筐卖水果的四川人正和一个行人吵得不可开交，引得马路上不少人围在他们周围，从这儿我只能看到他们的头顶。对面那个洗头的女人也站在晒台上看，她的头已经洗完了，边看边把头发在头顶上盘成一个发髻。"打起来就好了。"我说。冯小平听了，微微笑了笑，她说:"四川人才没这个胆子。"果然让她猜中了，四川人开始示弱，吵架只要有一个人示弱大概也争执不下去，行人见好就收，不久围观的人也散开了。我正想说点什么，一时也没想好，这时候客厅里爆发出一阵欢叫，有人和了一把大牌，大概是小戴,她的声音狠狠地吓了我一大跳。冯小平的目光从楼下移上来,她停了停才兴奋地朝客厅跑。阳台上只剩下我一个人,这时候我莫名地松了口气,刚才那种情绪慢慢地消失了,我在阳台上又站了一段时间,脑子渐渐开始清醒,但同时我心里却变得空荡荡的,在远处,我的视线的极处是一片灰蒙蒙的高楼,我朝那边望着。我感觉好像失去了什么。

那件事并未因此告一段落,后来我坐沙发上看林建行冯小平的相册,是林建行拿给我的,这似乎也是那天我唯一能做的一件事。林建行是个热情而有展示欲的人,这一点从他和冯小平照的照片上就可以看出来,几乎每张照片他都挺胸收腹,再不就直接摆一个健美造型。相册中我还看到一个男孩,四五岁,总是皱着眉头,我猜是他们的儿子。我一问,果然是。林建行说现在在他母亲家,在另一个城市。按秦明的说法林建行和冯小平都是爱玩的,连带孩子都认为是浪费时间,小戴说:"那是林冯感情好,养小孩就分散了注意。"这原本是句调侃,但林建行却深以为然,他有些晕了,忘乎所以,一副被自己感动的样子。秦明说:"他们俩是好,现在逛街还要手拉手。"不久冯小平下去买菜,我也跟着去了,是秦明的主意,她说反正我也没什么事,不如替冯小平提提东西。这或许是个错误的提议,那时候我真有点狂躁不安,不知为什么我很想离开这个地方。我们来到楼角的那个菜市上,冯小平负责采购,我负责搬运。起初还没有什么事,后来买豆腐时我却和摊主因为豆腐的大小吵了起来,冯小平劝我算了,我说:"凭什么,人善被人欺,马善被人骑,凭什么要我让!"我大声地喊叫,最终当然是我赢了,我提着满手的塑料包装袋冲在冯小平的前面,冯小平几乎都跟不上,一路上我们都没有再说过话,这之后直到我们离开林建行家,我都变得沉默寡言。冯小平说我跟别人吵架了,他们于是都以为是因为我跟别人吵架了。这次空虚的胜利并没有让我减轻那种失落的感觉,相反那股气还在,我也不清楚它是从哪儿来的。

我和冯小平的事离这一天不久,有一天中午打饭时我和她遇到了。巧的是那一天秦明和小戴都不在,我问冯小平,才知道她们俩都进城开会去了。几乎同时我心里面就热了一下,一丝不易觉察的痉挛般的颤动掠了过去。打完饭,我问冯小平:"想不想去我那儿坐坐?"说这句话的时候我就有些口干舌燥的感觉,我忽然意识到冯小平可能会拒绝我。但冯小平答应了。事后我想冯小平未尝不知道上我那儿的含义,她难道从我的言谈举止中就没有体会到一点蛛丝马迹?她这么做,我只能解释成她在给我机会。冯小平在我前面进门的,等我反手把门一关,我就从身后把她抱住了。我像一头牲口那样喘着粗气,同时嘴里不停地嘟嘟囔囔说着我现在不想重复的几个字。冯小平有些懵了,她的脖子被我的胡茬扎得往前一伸,头却抬着,张开嘴,要命的还是她手里还端着两盒饭,因为为了开门我的那盒饭也转移到了她的手上。我的手停在冯小平的胸脯那儿,不断地把她引向自己,我让自己在她弯曲的股沟那儿停了下来。事后我想,也许那天我最想做的就是让自己停在那个位置,就像我在冯小平家的阳台上那么希望的。

我们做了爱，这是我第一次和女人做爱，有一种被毁灭的感觉。我可能天生就是一个坏种，一下子我就跨过了两层禁忌。我想到了林建行，想到了他给冯小平的那几记耳光。当然最刺激的是在我进入冯小平身体时，那个可怜女人的叫声竟然让我想起了小时候在街上听到一对男女的对骂，男的说："日你，还不如去买一块魔芋豆腐，又得吃又得玩！"最后竟然我嘴里哼的就是魔芋豆腐！魔芋豆腐！！然后我就爆炸了。

这之后我和冯小平又有过两次，都是在我的宿舍。我必须承认，后两次已经远远没有了第一次时的那种激情。我和冯小平的事，秦明和小戴都知道了，她们是凭感觉，女人的感觉天生就有点可怕，我是想隐藏而隐藏不住。问题是几乎同时她们俩就不再理我了，当然理还是理，只是我问什么她们才答什么，她们仿佛一下子就失去了和我交往的兴趣。我还记得那天坐她们单位班车时的那份尴尬，秦明和小戴一看到我时，刚才还是有说有笑的脸上，立即沉寂了。我向她们打招呼，她们都没有理睬。

那一天中午林建行来到我的宿舍。我刚从食堂买来饭，还没吃，就听到有人叫门。自从秦明、小戴发现我和冯小平的事后，我就不再去他们学校吃午饭了，说实话，这件事已经让我有些后悔，一下子我就损伤了很多东西。林建行的到来我没预料到，我分析他的消息来源，最可能的就是冯小平自己告诉他的。冯小平也站在门外，低着头，我开门的时候她的头一直低着。我脑子里涌起一阵突如其来的恐惧，但一段时间的担心终于坐实，这种恐惧中还是混入了一种解脱感。那一天我还幸运地感冒了，反应多少有些迟钝，这倒让我显得有些镇定。我心里想终于来了。冯小平跟在林建行后面走了进来。

我已经有一段时间没见到冯小平了，应当说很长一段时间我都没去招惹她。她不说话，一进门就像牙齿疼一样，用手托着下巴坐在床上，从她的表情上自然也看不出什么，到现在我已经知道冯小平的表情是永远的，她只有那么一副表情，后来头低累了，她再把目光转向窗外。

林建行已经在椅子上深深地坐下，他看到我桌上的饭盒，问我："还没吃饭？"我说："不怎么想吃，生病了。"林建行说："那喝点酒，喝点酒准保好。"说着他就从他的衣服口袋里拿出一瓶酒来，是白酒。林建行还从包里拿出一个纸包朝另一张椅子上一丢，纸包开口了，滚出了几粒花生米。我摆摆手说："不喝，林哥，我不会喝酒的。""喝！要喝，今天这个酒是一定要喝。"说着他又去找杯子，因为找不到多余的茶杯，他又去门口把我的漱口杯给洗了。我偷空看了看冯小平，但她毫无反应，她盯着窗外的一株法国梧桐，好像那些发黄的叶子让她看得上瘾。林建行回来后把酒倒进杯子里，又拿我的饭去扒了两口。"这样可以了吧，我吃你的饭，你喝我的酒——我们换着来。"林建行接着说："放心，这酒没毒的，你只管放心喝！"

等我们喝起酒场面却闷了，很长一段时间林建行都没说话，他的目光显得十分虚幻，眼睛里没有落点，只是不停地往自己嘴里灌酒。过了会儿，他回过神，笑了笑说："说点什么吧？"他看着我，我想了想，决定还是不吭声。"你这个人不错的。"林建行只好自己说，"大学生，又是老师，为人厚道，不错，不错!"我听不出他的意思，林建行那天想干什么，能干什么，我一无所知，很可能，我猜连坐在一边的冯小平也不知道。林建行又喝了口酒，这口酒下去他的脸开始红了，林建行指着他身后的冯小平问我:"我们小冯不错吧?"我得承认这个问题问得很尴尬，只得继续不说话，为了掩饰，我还喝了口酒，我把酒含在嘴里漱着。林建行说:"原来在农场的时候，她就是一枝花，那时候还没有你——追她的人没十个也有七八个。我们在一起的时候还有人想来撩她，有回看露天电影，有个场部的人想逗她，我们就打起来——你看!"林建行说到这儿呼地站起来，把衣服朝外一翻，把半个肚皮露出来，在腰眼靠左的那个位置上，我看到一道三四寸长的伤疤，由于喝了酒已经红得像要渗出血来。林建行站起来的时候我的头不自觉朝后一仰，我的眉心又不自觉地突突跳了起来，真够倒霉的，我赶紧把眼睛从那个地方移开了。林建行把衣服重新扎进裤带里，他接着说:"腰子都差点不在了，不过你放心，你是知识分子，知识分子肯定不会这样……"林建行喝醉了，舌头都大了，后来一个小时都是他这么滔滔不绝地说，说来说去差不多都是这些话的重复，听着听着我就有些犯困。我吃的感冒药开始起作用，虽然我还不至于睡着，可我对林建行的反应已经不可能像一开始那样灵敏了。

就在这时林建行把他手里的酒瓶往地上一摔，准确地说，是他放手让酒瓶自己落下去的。那瓶子里还有小半瓶白酒，酒瓶立即碎了，白酒把他周围的地面溅湿了一片，林建行定定地看着那摊酒，它们在地上慢慢地朝着没有酒的地方蔓延。林建行伸出手把一块玻璃片捡了起来,不等我们来得及反应,他就用那块玻璃片把自己左手手腕划开了,就在他掌根上,他狠狠地划了一下。还是冯小平先反应,她跑起来,拉着林建行说:"你搞哪样嘛,我错了行不行,我错了行不行?!"你可能不清楚看别人划手腕的感觉,事后想当然有些可笑,可当时我真觉得林建行划他自己比划我还要难受。这一点我没想到,也没准备,我把什么都想到了就是没想到他会划他自己,当时我真愿意林建行划的是我,我真这么想。林建行手腕上的血就像一眼精致的喷泉,从那条嘴唇一样朝外翻开的伤口涌了出来,我并不是个见血就晕的人,但那时候,我得承认我的腿有些发软。我和冯小平慌忙替他止血,可我那儿只有一圈卫生纸,那有什么用,血水立即就把厚厚的纸濡湿了,这样我又不得不把枕巾撕开。

这时候林建行合眼倒在床上,嘴里轻轻地哼着,那调门听着好像很舒服,我和冯小平忙的时候,他当然是清楚的,但他一动不动,眼不见为净。也许这就是他需要的——我该做的都做了,现在该看你们的了。

我背着林建行把他送往医院,我们那儿那么偏僻,连等个出租车都难,但居然让我们看到一辆,出租车停的位置离我们有十几步,这一段林建行都是由我背过去的。我被他压得气喘吁吁,在路边等车时他就毫不客气地骑在我背上,这时候他干脆把头垂着,在我肩头上吐出一道很清亮也很稠粘的口水,由于挂不住,那道口水又蜿蜒地朝腰间去了。我当然连处理的时间都没有,只能看着,林建行还在哼,那声音听上去多少让我开始有些厌烦,但即使这样,我还是没忘记和出租司机讨价还价。

后来，我又去过两次冯小平家，当然是去看林建行的，每次都是冯小平来替我开门，但我都是将手里的水果篮或营养品交给她就转身离开了，冯小平——我始终没去注意。我开始托人跑工作调动，我花了我父亲不少钱，最终两个月后，我逃亡一样离开了那所学校。

这两个月还发生了一件事，对面干部学院的一名职工，就是那个被秦明、小戴叫作"大棒"的人，有一天夜里在他家的卫生间里上吊自杀了。我不知道是为什么，也不想知道，那个时候用我们那儿的话说，我自己的屁股都没擦干净，不可能有那么多的好奇心需要满足。这毕竟是一件同我不相干的事。我就这么走了。

几个月前，也就是国庆50周年大庆那几天，我在街上遇到了小戴，小戴当时抱着她刚满4岁的儿子去我们这儿刚落成的鲜花广场照相。七八年过去了，小戴的样子还是没什么变化。我对小戴说："坐坐吧，反正明天还休息。"小戴笑了笑，也说："坐坐吧。"当时我们都在这个长得有点无休无止的假期中过得有些腻烦了。我们的第二句话是同时问的："怎么没出去玩？"这句巧合的问话让我们俩不约而同地笑了，我又想起我们从前的默契。我们就近找了一家咖啡屋，坐下后小戴问我："你还不知道秦明吧，她已经去澳大利亚了，在堪培拉，她是通过她父亲的一个朋友去的。"我的眉心突地一跳，这时候我假装若无其事地"噢"了一声，我没告诉小戴几年来我经常从秦明家的楼下经过，我总会在她家楼下那家电玩城门前站上一会儿，然后点着烟朝她住的那个楼层眺望，我期望还能见到她。我自嘲地一笑，我不知道我要等的人其实 5 年前就不在这儿了。

　　小戴接着又告诉我一些后来发生的事,她和秦明最后也闹翻了,这件事距我离开工业学校并不久,小戴说:"秦明其实特别喜欢你,还有那个'大棒',他死的时候秦明都哭了,说起来她其实也挺难的,不知道怎么表示,'大棒'都算了,你才是真正伤了她的人。"

　　"大棒"死后秦明的感情一度有些失控,这反应在她与别人不停地闲聊中。有一次秦明和单位一个多嘴多事的人聊天,把小戴和她同学的事告诉了别人,结果这事最后不知怎么闹得连小戴的丈夫也知道了。关于这件事,小戴也没有详说,毕竟这又是另一件事情了。但她们还是闹了不愉快,一年后,秦明就走了。她去的是一个和我们这儿季节相反的地方,那该是个什么样的世界呢?和小戴告别后,我就一直在想。小戴说秦明还给她来过一张明信片,她告诉小戴,她已经在澳洲安家了,又嫁了人。那又该是个什么样的人呢?秦明没说,小戴也不知道。但我相信不管秦明身边是一个老外还是一个华侨富商,他们都必须首先有一个巨大而健康的胃,否则他怎么能理解秦明呢?秦明自己就有这样一个胃,所以她才能含英咀华,去芜存真。从前,我 24 岁的时候不具备这样一个胃,所以我和她最终才会错失掉。

电影消息

上

　　林德的两个儿子,林东和林西,小时候就是性格鲜明的一对。老大林东聪明伶俐,喜欢表现自己;老二林西却笨嘴拙舌,三巴掌拍不出一个屁来。三岁看小,七岁看老,十几年后风水轮流转,林西风风火火地成了一家报社的新闻记者,学得油嘴滑舌;林东却沉默寡言地在一家工厂里当会计,两兄弟的性格交换也让林德一想起来就觉得纳罕,他也不记得这种变化是什么时候完成的。

　　所幸的是,尽管林德暗地里可能更喜欢无论长相性格都和他接近的林东,但表面上他的态度倒还能不偏不倚,一碗水端平,从不厚此薄彼,为了证明这一点,在林东九岁那年他曾让一位从四川来的木匠,用了两个月时间打了两个大衣柜、两个五斗橱和两个床头柜。有一次他把两兄弟召集来告诉他们这些家具的用途,两兄弟听后表情明显的不一样,林西不知听进什么没有,脸上懵懵懂懂的,只有林东红着脸，挤眉弄眼地看着弟弟坏笑，好像他老子刚刚说的不是柜子桌子，而是什么下流事情。其实林德只是说，这些家具是等他们长大后结婚时用的，到时候一人分一样。

算起来那时候林德离开家已经有二十多年了，这期间除了他父母过世时回去过两次，其他时间他几乎都待在上海、南京、杭州这几个大城市，大城市的土话他一直不会说，平时只能够说普通话。不过当时林德身边总会有几个老乡，周末时大家聚在一起吃一顿便饭，主要还是为了说一说家乡话过瘾。后来他们工厂内迁，离老家近了，周围却一个老乡都没有找到，他们厂里主要是上海人、宁波人和苏北人，还有几个四川人，四川人爱扎堆，在一起喝酒时咋咋轰轰，大呼小叫，那情景有时候让林德看得眼热，他也会这么想，要有几个老乡就好了。

给林东、林西打家具的木材就是林德新认识的一个部队老乡从修文县城帮着搞来的。老乡是他有一次赶集时在菜市上结识的。林德当时正向一个农民询问一只母鸡的价钱，看能不能更便宜一些买下来，他和卖鸡的农民分歧在于这只母鸡会不会下蛋，林德说："我怎么知道它会不会下蛋？"林德说时自己也觉得很滑稽，他留下一句话："这鸡下了蛋我再来买吧。"他想看看那个农民会不会因为急于出手而挽留他。这时候林德听到不远处有人正用他们老家的乡音讨价还价，林德一开始并没有意识到，他只是觉得这声音既熟悉又刺耳，等他朝前走了一段路，才恍然醒悟这个人应当是他的老乡。林德回过头，看见离他不远有一个穿 身绿军装的军人，军人揪着一把小白菜正在抖上面用来压秤的水,他一边抖,一边用林德很长时间没有听到的口音说:"这么多水,这么多水……"

新结识的老乡是一个汽车连的司务长。老家在郴县,林德的老家在资兴,从地图上看,这两个地方几乎挨在一起。两个人头一次见面都很高兴,林德甚至马上邀请司务长到家里去玩,很可惜的是别人急着回去安排连队的晚餐,司务长用汽车把林德送到家门口就急急忙忙地走了。吃饭时林德还在兴致勃勃地谈论他们相识的经过,他说:"司务长一开始可能把我当成了小偷,眼睛瞪得大大的,我用湖南话说,你是湖南的吧?我们是老乡啊!"林德说到这儿哈哈地笑起来。这很难得,往常他们家这时候总是在检讨白天说过哪些错话,做过哪些错事,哪几个和林德老婆一起干活的苏北女人总是非常可恶,串通一气来刁难她,窝藏工具,再不就学她走路或者说话的样子。你应该怎么样怎么样——林德给老婆出主意,但很难说有几样让他说中了。人要坏起来总是没边的,旧问题没解决又来了新问题,因此这种总结在他们家是常事。

林东说:"我知道的,他们就住在科技大楼。"但林德说得兴起,并没有理睬他。

科技大楼离他们家不远,是林东心血来潮时练晨跑的折返点。很长一段时间那幢大楼都荒芜着,有一次林东晨跑时发现那里住上了一支部队,于是以后他每跑到那儿都要停下来,花将近半小时看那些士兵出早操。早操后士兵们总要脱下汗渍的绿军装,穿一件小背心和一条小裤衩在一块霜地上打一阵子篮球,汗滴滴过的地方,霜花一点一点被溶化。有时候林东看得入迷，连上学的时间也会被他耽搁。

林德高兴的时候，林东可以不洗碗就出去玩。林西也溜出来跟着林东屁股后面，他也很高兴，因为这次林东没有丢下他。他追着林东喊："什么是司务长?!"

"你明天看到不就知道了。"

"什么是老乡?!"

林东猛然停下来，张开嘴，让林西凑近鼻子嗅里面的气味，说："香不香?"

林西想摇头，但林东又说："你说不香就不带你玩。"

林西忙改口说香，林东大乐，学他父亲得意的样子哈哈大笑。林东说："这就是老香。"

第二天林东放学时司务长已经坐在家里了，他是个比父亲更老一些的中年人，脸黑黑的，额上有一道极深的抬头纹，口音很重。解放军的片子林东看得多了，这么个解放军多少让他有些失望。"这就是老大吧?"司务长问，不知是问他还是问他父亲，但被林德抢先答了。"几年级了?"声音明显亲近了些，但他父亲还是嘴快："三年级，就是太调皮，不用功。"林东一开始见生人总是把握不好，哪怕遇到自己想亲近的人也一律绷着脸，但他还是想引起别人注意的。每次他父亲客气起来总要把他说得很糟糕，每次都能让他气得要命，他一扭脖子说："那好，下次我门门考个零蛋回来。"说完丢下书包，到厨房帮他妈妈打酱油去了。他听到司务长在他身后笑着说："老大不会说资兴话啊！"林东听见他父亲又像在客气，又像在告状："他不学有什么办法……"

林东打来酱油，房间的气氛已经变得像过节一样热闹了，他妈妈正在厨房炸花生米，油烟带着香气弥漫了一屋子，紧接着是制辣椒油，他父亲边咳还要高声地说话，司务长也说："好久没有嗅到这么香的辣椒味道了。"他妈妈也经受不起夸奖，在厨房里高声要林东替她剥两瓣蒜，林东假装没听到，他从书包里拿出几张雪白的图画纸，坐在他父亲他们对面，他想了想，想凭记忆画一幢科技大楼，可画了几笔就把那张纸揉作一团，后来他决定画司务长，画了几笔，画成一个干枯的老头。他父亲起身去取烟，走过来一眼就认出来，他说："还真像呢。"司务长应声过来看，也跟着说很像。林东绷着脸，没听到一样，把画丢到一边，他的目的达到了，通常都这么干，不过这时候他心里乐滋滋的。

林德和司务长开始喝一种很厉害的包谷烧酒，几杯下肚，两个人的脸都红得像熟虾。林东带着林西到外面去看车，他手里抓了一把花生米边跑边嚼。司务长是自己开车来的，丑字打头的军用卡车很醒目地停在院子里，四周已经围着几个看热闹的孩子，有一个还爬到车鼻上。林东的同班同学孙继明也混在里面。林东说："下去，下去，这是我们家的车子！"林西也喊："我们家的车子，下去！"林东骄傲地站在驾驶室外的踏板上，一边吃着花生米，一边俯视那些仰脸看他的孩子，最后他只让孙继明上来，像他一样坐在卡车的车鼻上，两个人坐在上面模拟着汽车行驶时的怪叫："弟弟爸爸，咯——"林西在地上打滚,因为林东也不让他上车,林东说:"你上来干什么,摔死你。"后来,孙继明问:"他有手枪吗?"林东说:"当然有,他是我们家老乡,司务长,比团长还大,当然有枪的。"

林东第一次看到枪是汽车连二排长吴天刚来厂里相亲的时候。那一天吴天刚正好值勤,糊里糊涂就让司务长用卡车拉到林德家里。那一年二排长吴天刚整 26 岁,尚未娶亲。司务长说:"帮我们二排长找个堂客吧。"吴天刚也是林德家的老乡,老家远一点,在娄底。林德说:"好。"林德晚上和老婆在床上密谋了一夜,把厂里尚未嫁人也没对象的姑娘都按顺序排了一遍,最后挑中十车间车间主任王福根的女儿。林德说王福根不像一般的上海人,话少,也不让人讨厌,政治上也靠得住。林德老婆也有同感,又举例说有一回买菜,差五分钱还是王福根的老婆借的。另外王福根的女儿长相不错,这一点他们也考虑到了。

二排长吴天刚长得虎背熊腰,高得像一座黑塔,可听说要给自己介绍对象,羞得恨不能缩进地缝里去,脸上像刚喝了半斤白酒,红得肉色都泛了出来。他软软地摆手说"不行的",司务长知道他做作,坚持说"行",便让他堂客和林德老婆去看电影,他和林德去王家请人。那时候林德他们厂里经常放电影,一周一次,一次放映两部,雨天在礼堂,晴天在球场,这在周围几个厂矿和农村是出了名的。每逢这个日子,四面八方的观众自己扛着小凳云集而来,有的还拿着电筒举着火把,真像过节一样热闹。

林德走的时候把林东留下陪吴天刚,等房间里的人全部散尽,林东就在门边一张小方凳上坐下来。林东本来也想去看电影的，但他更想看热闹，所以林德把他留下来，他倒没什么不高兴。二排长吴天刚是林东理想中解放军的样子，他也是头一次这么近距离地观察一个标准的军人，他把两只手支在下巴上，很认真地看着吴天刚，林东听见自己的心脏咚咚地跳得厉害。

二排长吴天刚整个身子都软塌在一张椅子上，眼睛望着天花板，就像在找上面的蜘蛛网，他把两只手交握起来，食指缠在一起，拼命地在鼻子下面转动，这副样子好长一段时间没有变化过。后来，吴天刚好像醒悟到房间里还有林东的存在，他看看林东，讨好地问他上几年级了。林东没有说话，他还不敢靠近吴天刚，只是站起身，靠在门柱上，仿佛随时准备逃跑。这样一来，吴天刚倒有些不好意思了，他坐直了，看了看身后，检查究竟是什么让他这么不自在，他先是把帽子脱了，跟着又把风纪扣解开，再然后他就把腰上那把五四手枪连着腰带一起解了下来，这不过是他对付小孩子的一贯手段，等他装模作样地干完这些，就听见林东小声地问："真的吗？"

"什么？"

"是真的吗？"

"当然。"

林东等他把枪搁到桌上，才磨蹭过去，他怕吴天刚不让他碰，一开始很小心，等他碰到那只皮套时，又问了一遍是不是真的。

吴天刚帮林东把枪套打开，又退出弹夹看看里面是否还留有子弹才把枪交给他。那是林东第一次接触真正的武器，手枪沉甸甸的，落到他手里时让他着实有些吃惊,那股瘆人的凉意带着一股令人兴奋的杀机进入他的身体。林东举起枪,很小心地瞄准屋顶的白炽灯,再扣动扳机,嘴里发出一记啪的响声。林东很惬意地咂了咂嘴,然后他转起来,越转越快,双手平举着枪寻找着猎物,嘴里是一连串可笑的对机枪射击的模仿。林东快活的样子就像一只正在追逐自己尾巴的小狗。吴天刚也禁不住笑了,他把林东拉过来,悄悄问他:"唉,那个阿姨是个什么样的?"

"什么?"林东还在抓紧时间打枪,一只眼睛眯缝着。

"那个王什么——"吴天刚假装记不住。

"她是一只大花猫。"

"为什么?"吴天刚兴趣来了。

"她是这么走路的。"林东说着就到屋子中央学王姑娘的步态,他把屁股翘起来,朝两边左一晃右一甩,惹得吴天刚又一次跟着他大笑。林东得意地还想给他学另外几个可笑的女人,就在这时候他们听到林德在门外的说话声,林德说:"到了,到了,请进,请进。"紧接王福根夫妇笑眯眯的大圆脸先从门框里伸进来。

林东乘着屋里的混乱,带着枪兴冲冲地溜出来去找孙继明。他摸黑敲响孙继明家的房门,林东边敲边喊孙继明,但里面一点动静都没有,很显然他们都去看电影了,林东很失望,但他还是不甘心地敲着门,气焰却越来越低,他实在想不出还能找谁来看他的手枪。如果没有人看见他手里拿着一把真正的手枪,这才是最让他难过的事情。林东在黑暗里一连来回走了几趟,幻想孙继明打开门后,被他用枪抵在胸膛上,他用最强烈的声音喊"缴枪不杀!"但现在林东只能喊"你不开门,你会后悔的!"林东一个人走在回家的路上,路过一盏路灯时,林东很细心地看着手里的枪,还是那么黑,那么凉,那么沉甸甸的。他很害怕,他在黑暗的楼道里摔了一跤,会不会把枪摔坏了,打不响了?为了证实这一点,林东抬起头在寒意逼人的夜空中找出最亮的一颗星星,他用嘴做伴奏朝它开了一枪,奇怪的事情发生了——那颗星星拖着长长的尾巴化成一道弧光,然后真的不见了。这就是林东与枪最初的记忆,很长一段时间他都认为他真的用手枪打下一颗星星。

那一天王家姑娘一直没有露面,代表她来相亲的王福根夫妇明显地对二排长吴天刚心存好感,两个人立即交换了一个满意的眼神,他们只是问了几个诸如"家里还有什么人"这样简单的问题,即拿出女儿的相片给他看。从相片上吴天刚看到的是一个温婉秀气的江南女孩。比起当事人的拘束和小心,林德无疑显得更加高兴,林德说:"既然都不反对,这样吧,下次就让他们见面吧。"下次约会定在星期六,也就是演电影的那一天晚上。

很多人都在盼着星期六,因为星期六可以休息,晚上还可能演一场电影。演电影的时候会来一个年轻的老乡,他身上带着一把裹着红绸布的五四手枪。和所有人一样,林东也在盼望星期六飞快地来临。

那天晚上王家姑娘做了一个梦,一朵花儿落在水面漂啊漂,一支竹笛挂在树梢被来往的风声呜呜吹响……

下

孙继明是林东的朋友,也是唯一的朋友。两个人的关系在别人眼里总有些怪,因为他们时常闹一些别扭,把他们的家人也卷进去,为了一点小事就闹得沸反盈天。但不管怎么,最先和好的总是他们,不管他们的家人如何反对,两人硬是一口气做了十几年的好朋友。

那一天是期末考试,林东早早地就交了试卷。孙继明从考场出来便责怪他:"干吗交的这么快,我最后一道题都没做出来。"孙继明平时总抄林东的作业,考试做不出来当然非常正常。孙继明是一个傻瓜,这实际上是三(1)班谁都知道的,只是很早林东就意识到自己智力上的优势,他时常利用这一点让孙继明为他服务。因此林东丝毫没有过意不去,他说:"你没见张老师监考监得这么严?"他知道只要这么一说孙继明肯定就不会吱声了。

他们当时正在球场上,也就是厂里放电影的地方。林东拿着半截粉笔正在地上描字。先写"有",接着写"人",最后再加一个大方框。这是他们厂里的规矩,平时球场的水泥地上被厂里的子弟用做碗的石膏模或粉笔画出许多小方框,框里写上"有人"或"有人的",一等电影消息落实,他们再带着两只小方凳去占座位,一直要在那儿守到电影开场。考试前林东听他们班的大头说今天晚上要演电影。大头家就在放电影的秦疤子家隔壁,他的消息还没有失误过,他说一早就看见秦疤子开着他的三轮摩托跑片去了。何况,大头还说向毛主席保证的。

孙继明看着林东把那个"人"的一撇描得越来越粗,忽然问:"他们会来吗?"

这已经是这早上第三遍了。林东心里骂了一声"讨厌",决定不搭理他。

孙继明略略有些委屈,他想了想,觉得有必要挫伤林东一下,就说:"张老师骂你呢——骂你是骄傲分子!"

林东抬抬头,又低下头去,"骂呗",孙继明听见他的声音懒洋洋地从两个膝盖间传上来。

林东在学校可以算得上一名好学生了,像他自己期望的那样。每次考试他总会抢着第一个交卷,好像这样做会给他带来无比的荣耀。可惜的是他的老师并不欣赏,究竟为什么,林东也弄不太清楚。这次他不过半个小时就把试题做完了,连最难的选择题也没有难倒他。教数学的张老师不收他的试卷,要他反复检查。这话他妈妈也时常说,可还是只让他多坐了一刻钟,他坐在那里东瞧西看,一门心思要找人说话,别人都埋着头在那里细心演算或者冥思苦想,只有他觉得这一切都是多么的多余,多么的无聊。

张老师看他转来转去,一点检查的心思也没有,就上来把他的卷子收了:"你走吧。"可林东到外面转了一圈,想不出能干什么,又跑回来了。他在窗户边悄悄地伸出头,向看见他的女同学做鬼脸。他听到张老师正在谈论他,张老师说:"你们细心一点,不要学林东,这个骄傲分子,有什么可值得骄傲的……"他的试卷张老师当场就改了,他的算术得了91分。本来他可以考一百分,漏了一个小数点和应用题的一个单位。"骄傲分子"是他小学毕业前的绰号。

孙继明看着他描人字的另一笔,又说:"我听大头他们说,司务长是管后勤的,打扫卫生的,没有团长大。"

林东说:"他们知道什么!"

"对的,大头听他爸爸说的,他爸爸原来也是解放军。大头还说如果司务长比团长还大,为什么军棋里有团长、旅长,没有司务长?"

"那你去听大头的好了。"

孙继明又不吱声了。林东开始描方框的最后一笔,孙继明看着他用力,跟着他朝后退了退。"下午去我家吧,我让我妈别关里屋门,我拿书给你看。"

"不去。"林东画完最后一笔,扔掉手里的粉笔头,拍着手说。

他还是去了,中午孙继明一来请他,他就去了。林东拿着书包,里面放着4B、6B的绘图铅笔和图画纸。林东会画国民党军官像,孙继明跟他要过不少。另外下班之前,林东要烧好饭,所以他又把四筒米量好了装在一口黑底锅里,带到孙继明家去做。黑底锅自然由孙继明抬着。

对林东来说,孙继明家有一种很奇特的吸引力,林东一直弄不明白。为什么同样的水泥地,孙继明家一扒上蜡就可以光鉴照人?而且他们家总那么干净,到处都纤尘不染、见棱见角,落地窗帘即使是白天也能把房间弄得阴森、神秘。有一段时间他一直要在孙继明家待到下班,坐在那种刺鼻的气味里一边看书,一边等孙继明把他的作业抄完,听到广播响了他才会很不情愿地离开。孙继明的妈妈明显不喜欢他,每次一遇上总要打扫卫生,还说小朋友最好不要去别人家,以后干脆把里屋锁了,他们做作业只能在他们家的厨房,厨房里纷纷扬扬地散着孙继明家中午吃过的红烧肉的气味,但碗橱却放在有锁的房间里。

林东惩罚她就是把她的一本服装裁剪书上的每个小人头都绞了下来。孙继明的妈妈找了一根细细的竹条,抽得孙继明哭天喊地,就这样她像抽一条笨牛那样把孙继明赶到林东家门口,她让林老师行行好,让林东把那些脑袋都还给她。林东坐在房门口,正煞有介事地背着他父亲给他选的一篇短文章:"学习就像天平的工作,天平上放上多少砝码,就能称出多少斤两,学习付出多少劳动,就能获得多少收获……"林东死活不承认他与那些脑袋的关系,他的坚持使他父亲也开始相信他是被人冤枉了。于是他父亲与孙继明的妈妈对吵起来。孙继明的妈妈骂他父亲是乡巴佬,他父亲骂孙继明的妈妈是资产阶级。很多邻居都围在那儿看热闹。

"你们家个个都是乡巴佬!"

"你们家个个都是资产阶级!"

晚上林东悄悄爬起来,把那几十个小人头放在炉塘里统统用火烧掉。这件事他对谁都没有讲,他很小就懂得真正的保密就是谁也不要告诉。

孙继明知道林东带着一把真枪去找过他,后悔得几乎都不想再活下去,一连两天他都没有睡好觉。他想了半天,还是决定去找林东,林东说:"好吧,不过,你得把《渔岛怒潮》送我。"那一天算下来,孙继明已经给了林东五本小画书,为了看到林东向他形容的那支沉甸甸的裹在红绸布里的五四式手枪,他不得不痛下血本。孙继明有一大箱小画书,就藏在他自己的床头下,那是他在上海的表哥表姐送给他的。每年他随他父母回上海探亲,回来时总要带来一大堆亲戚们给的礼物,他得到最多的就是小画书。孙继明把它们当宝贝一样统统锁在一只铁箱子里,铁箱钥匙和房门钥匙拴在一起挂在他的脖子上。

那把手枪迟迟不出现的原因是因为二排长吴天刚以后来厂里看电影都没有带过手枪,吴天刚每次答复林东时都有些心不在焉,他在林家停留的时间越来越短了,每次都像例行公事一样,在他们家停留片刻而后直奔王家。他支吾的态度让林东疑心那把枪实际上就在他身上,只是不想给他看,现在,他只给王家姑娘一个人看。吴天刚的回答经过林东的转述总要生出更多的头绪,几乎每次都不重样,这次是忘记了,下次是一个零件坏了,或者上的油还没有干。孙继明曾小心地问:"手枪也要上油吗?"这句话却引来了林东的嘲笑:"手枪当然要上油的。"林东又反问:"你要不要吃饭?"孙继明的拙笨与固执让林东以为自己会赚很大的便宜,实际上孙继明给林东的书都是孙继明最不想要的。

整个下午林东都待在孙继明家里,在他们家的卧室地板上,给孙继明画国民党军官。孙继明这方面也很弱智,他画人总是用一些直线条,军官帽画成一个卧8,而林东只要照着《南征北战》就能够画出来。孙继明家里果然像他说的,里屋的门没有锁,是他从窗口爬进去,再从里面把暗锁打开。林东画着画着就厌烦了,孙继明说:"我们来玩打仗吧!"他找出两把塑料手枪,交给林东一把,两个人分别扮演解放军与日本鬼子,孙继明把他爸爸的一顶安全帽戴在头上,里面再压两块洗脚布,就是很像样的日本鬼子。林东当然是演解放军,他借着被褥或五斗橱构成的地势,频频向不断进攻的"敌人"开枪射击,他们拼命地想攻占制高点——也就是孙继明家的大床,"弹药"打完后他们又不得不来一场肉搏战,两个人抱在一起在床上来回地翻滚。最后,解放军赢了,他骑在鬼子身上扭住他的手喊:"缴枪不杀——解放军优待俘虏!"孙继明请求暂停,他说:"鬼子投降后都要绑起来的,不过你要轻一点。"林东想想就同意了,他起身让孙继明下床去找绳子。

林东倒在那张大床上。那是张棕床,一跳床就止不住上下振动,林东躺着让身子蹦了几蹦。他幻想自己就是这家的孩子,有一箱子书,一箱子积木,还有三分钱一块的泡泡糖管够,每年他爸爸妈妈带他去一趟上海,亲戚们都争着送给他钱……孙继明那种傻瓜才配有个整天流鼻涕的弟弟……就是这个妈妈不好,她假装给你拣衣领上落的头发,又让你明天不要来……

孙继明没有找到绳子,回来时他已经把他出去的目的忘记了,他站在门口问林东:"二排长会不会跟王素芹结婚?"

这当然是一句最混账的下流话,林东一骨碌从床上爬起来,说:"你爸才会跟你妈结婚呢。"他有些生气了,但他知道,会的,很可能是这样。二排长来他们家的时间越来越短了,他连板凳还没有坐热就开始往王家跑,他已经不和他们家在一起看电影了。人为什么要结婚呢?二排长为什么和王家的人结婚,不跟他们家的人结婚?

那一天下午一连发生了几件倒霉事,每一件倒霉事都偏偏和林东有关系。先是他们玩得忘了时间,把饭煮煳了,放在水池里座了半天还能闻到一大股焦煳味,孙继明说:"用葱,用葱。"他到后面一楼王妈家的菜地里拔了两棵葱,又用筷子把葱叶送进米饭的气眼里,再添点水,放到火上把水熏干。孙继明说:"这样米饭吃起来就不会有煳味了。"但孙继明也是从别人那儿听来的,他也不能保证这种方法就真的管用。

另一件事发生在占座位的时候。那天晚上厂里果然要演电影,不到四点钟,他们就听到厂区的高音喇叭响了,朱小燕的声音在里面说:"电影消息——电影消息,今晚七点半在厂灯光球场放映电影……"孙继明问:"什么片子什么片子?"结果他一闹,谁也没有听到。但林东和孙继明赶去时还是晚了点,灯光球场上几乎就要被占满了,他画的地盘里已经放上了别人的椅子。那是两张红漆木椅,扣在地上相向摆着。林东认识这个木椅的主人,那个叫李国的凶恶的留级生,嗓门又破又粗,个子又笨又大。林东心存侥幸地把红木椅朝后面踢了踢,一直把它们推到他画的那条粗线以外,但没有出界,还留着半张椅子在他的地盘里,这时候林东松了口气,他把自己的两张小方凳放下来,也让它们相向躺着。林东想,只要天黑一点,李国就什么也看不出来了。

遗憾的是只过去不到十分钟李国就从家里出来了,他正在吃一个煮红薯,一只手撩开身上的红背心,一步一步往这边摇晃,天当然还没到黑的时候。看到李国时林东忍不住心里一阵哆嗦,他一下子也想不出什么有效的办法把李国忽略掉,所以他扭过头假装什么也没看见。李国走过来,看也不看林东就把他一只凳子踢开了,凳子在半空打了几个滚,在它落地的地方很费劲地保持着平衡。林东以为它飞这么高,一定摔坏了,但最后看到它稳稳地站在那里。

林东说:"这是我的位子。"

李国还在吃红薯,边吃边说:"你的位子?你喊它答应,还是它喊你答应?"

他只得说是他画的。"你画的?——我也会画。"李国把他吃剩的红薯头扔在地上,用脚踩着在那个有字前面写了个没字,说:"没有人,没有人就是我的。"

球场上几个打篮球的孩子都停下来,他们终于发现一件比打球更有趣的事情,于是慢慢地朝这边靠拢。里面有大头,还有林东的几个同学,他们一齐向这边走过来。林东听见他们说"打架了打架了"。

李国显得很高兴,他等他们聚拢了,才得意扬扬地向他们说"伊讲格地方是伊的,侬讲,是勿是?"大头他们几个一起说"不是不是",又一起哈哈笑起来,好像他们听到了天底下最可笑的笑话。

林东固执地说:"是我的,我画的,我们家晚上要来好多人。"他尽量低着头,只看着面前的几双脚,脚不会笑,这样他说起话来要顺溜些。

"吓我？哟，伊吓我呢!"他们又开始笑了,这一次林东甚至听到了孙继明的笑声。李国说:"妈的,你吓唬谁啊,别以为你爸爸认识几个当兵的就了不起,你爹来了我一样揍。伊拉爷老子,四个开水瓶就拎勿动,阿拉爷讲还是乡下人,四个开水瓶都拎勿动。你知道吧,你爸爸连四个开水瓶都拎不动,眼睛倒有四个——"

大头这时候插嘴说:"伊讲,司务长比团长还要大。"

"瞎七搭八。"

"伊还要孙继明给伊五本小人书,伊讲给伊看真枪,就是伊拉老乡。"

"是吧,孙继明,侬格憨包,伊拉全部是汽车兵呀,汽车兵没枪的。知道吧,你这是诈骗,诈骗知道吧?"

"有的。"林东终于开口说话了,他发觉他的嘴唇有些发干。

"有的?"李国学他说话。林东看见他把手摊开来,又摆了摆,"有就拿出来,拿出来我让你朝这儿开一枪。"李国又把手举到脑袋上。

"跟伊要回来。"

"要回来。"

孙继明没有吭声,大概还是那副笑眯眯的蠢模样。如果林东有一支真枪就好了,在场的每个人,李国、大头还有孙继明,把枪从他们咧开的臭嘴里插进去,过五秒钟后再扣扳机。一、二、三、四、五,只要五发子弹就够了。

"侬格憨包,要勿要面孔,跟这种人自相。要回来,要勿要?"

大概孙继明还没有想好，李国却飞起一脚又把林东的另一只凳子踢飞了。几乎同时，林东也踢了李国的红木椅子一脚，他踢得尽管很轻，声音却很响。李国"咦"了一声，走到林东面前，很不相信地上下打量他，然后才当胸给了他一记重拳。林东顺着这一拳的力量趔趔趄趄地退了几步，站稳了才犹豫着冲过来，并不坚决，这举动倒像是种程序。李国已经准备好了，他微微把身子一偏，手一拨，就把林东放翻在地。林东爬起来，太阳光还残留在他眼睛里，那个亮点圆圆的，弄得四周的一切都在一片虚无中晃动。紧接着是他第二次冲锋，很不幸，这一次李国把他摔得更惨，他屁股落地时发出一声他自己也无法解释的巨响。他能爬起来完全是惯性在起作用，他已经没有理智了，一连冲了七八次，在李国手上摔了七八跤，直到他痛得爬不起来，才坐在那里一动不动。但他没有哭，可能已经忘记了。李国走过来问他："还打不打？"他摇摇头。李国又问："这座位是你的吗？"他也摇头。

　　他在别人的目光里爬起来，拣起他的两张小板凳走到球场边，在那里用老办法占了几个位子。那地方已经接近篮球架，林东站在那儿忽然有些伤心。他旁边大头他们又开始打篮球了，他们传球或进攻时的喊叫是他此刻伤心的背景。林东看看前面泥砖砌的银幕，他在想这地方这么偏，他们家老乡来了会怎么想？

　　最糟糕的是回去的路上，孙继明一直在跟他讨还那五本小画书。孙继明可能也醒悟到自己的愚蠢又一次被别人利用了，所以他的态度非常的坚决。林东却说："不给，是你自己要送给我的。"

"还来,还来!"

"不给,不给!"

那天厂里一共放了两部电影,一部是《平原游击队》,一部是《海岸风雷》。晚上司务长还带来连长和连长的老婆。林德对林东说:"位子不够了,你站在后面看吧。"那天二排长吴天刚没有来他们家,但林东知道他到哪儿去了。

林东吃完饭就去找孙继明。他站在孙继明家的窗口下喊:"孙继明——孙继明!"孙继明的妈妈端着一碗饭从窗口探出头,看清楚了才说:"孙继明在吃饭。"但林东接着喊:"孙继明——孙继明!"

那时候二排长吴天刚与王家姑娘走在一条寂静的铁道上,他们并不知道身后的两个孩子跟踪他们的真实意图。实际上,他们永远都不可能知道了,第二天他们就因为车祸死在去遵义的路上。这时可以说他们什么都不知道,无论身后的两个孩子还是第二天就要发生的车祸,他们都一无所知。二排长吴天刚犹豫着要不要把自己的手伸出去,这时候他想的只是怎样才能抓住王家姑娘的手。他这么想,再走几步,远一点再说。于是他释然地把两只手都一起塞进他的裤包里。

林东对孙继明说:"等一会儿,你看好了,二排长就会拿那把真枪给她看的。"但还没有,他们还得不停地走下去。

天已经黑了,周围的几个农村里闪着几点稀疏的灯光,有几个看电影的农民打着火把从他们身边急速地走过。在他们的前面,月光在铁轨上投下两段幽深的光影,就像两条月光的道路,只是枕木间的距离对他们来说过于宽阔了,他们只能眼睁睁地看着前面两个时分时合的影子把他们拉得越来越远。

孙继明终于带着哭腔说:"算了,我们回去吧。我不想看枪了,我想看电影。"

林东说:"真的,不骗你,他有枪的,一把真正的五四式手枪,过一会儿他就会拿出来了。"

林东说着,拉着孙继明固执地走下去。

反身跳水

　　林飞在河边换上一条红色的游泳裤,用来遮拦的白衬衣还缠在腰上,之后他抱着褪下的长裤和一双鞋,沿着平时人们应急用的一个小柴房边的石子路一直往前走,再走过一段斜坡上一堆刺蓬组成的小树丛,慢慢地就出现在那个面前豁然一空的跳台上。林飞会在那儿站一会儿,大概他的脚板心沾了些细小的石子粒,他朝两边别着脚,就这么开始作准备。林飞的准备活动都是从手腕开始的。

　　那地方原先是一座抽水站,后来废弃了,房子空闲着,随着时间的推移越来越显得荒芜,只有屋顶,上面有个晒台,朝河心方向临空伸出一截,一到夏天就被一群跳水者占据了。水站邻近的河面上有一座拦水坝,积成一片不小的水泊,据说最深的地方有五六米,一个猛子还不容易扎到底,一到天热的时候周围的人都喜欢来这儿游泳或看热闹。那些来游泳或看热闹的人大都集中在水站的对岸,那里的坡度也比较平缓,先是河边柳树下,泡着几个半大的孩子,再往里是刚开始学游泳的女人的领地,她们套着厚重的轮胎改制的救生圈正在费劲地划水,之后才是我们。

想想当时我们的活动的范围真是太狭小了,我们只是在河中央很小一块地方游几个来回,然后从拦水坝上爬上来,水站那一边我们是不去的,前面我已经说过一到夏天那儿就被一群跳水的人占据了。

林飞出现在跳台上的时候,我们所有的人都停下来。这时候如果我还在水里泡着,那么我就会游到那座水坝上,像我的伙伴一样在那个布满青苔滑腻的水坝上坐下来,我记得除了涨水的时候河面一般只比水坝高出一些,所以河水会漫过我们的腰间,先是迟疑然后再很急促地流过去。印象中那种感觉是凉飕飕的。

我们在等林飞为我们表演跳水,尤其是他的反身跳水。

那时候我们对跳水还没有什么概念,电视里直播的那种烦琐的跳台跳板跳水我们还没有见过,因为还没有电视,倒是有一部讲跳水的电影,但那部电影更多的是讲一种恐惧,对跳水的恐惧,或者如何消除对跳水的恐惧,总之看过那场电影我们还是觉得跳水是一件恐惧的事情。对跳水更多的直观印象我们还是从林飞这里来的。也有几个胆大、不知天高地厚的家伙到跳台上去跳水,但与林飞一比他们的动作只能叫做落水而不是跳水,他们多半只是把身体收成一团,然后再闭上眼睛把自己从跳台上往前一送,也有一些胆子更大的,他们在离开跳台的一瞬间把身体展开了,这多少有些盲目,他们的身体几乎很笨重、很平直地落到水面上,就像一块没有生命的木板。那一声十分悲惨的声音过后,接下来还有对岸毫不同情的哄笑在等着他们,而他们还得若无其事地爬上岸,但扭曲的嘴角,还有小腹上越来越深的印迹却在泄露他们此刻的感受。很早的时候我们就觉得林飞的跳水非常不容易,不然为什么更多的人只会跳飞燕,而只有林飞才会反身跳水?这就是为什么一看到林飞出现在跳台上,他的每一个动作都这么吸引我们的一个原因。林飞的下一个动作是大家都在跳的飞燕,还是只有他才能跳的反身跳水?这一点我们谁也无法确定。

看到林飞反身跳水的人实际上并不多,我也只见过一次,但我猜想这并不是林飞跳得最好的一次,用今天的标准,他的入水显然有些"过"了,身体没有控制住,溅起了很大的水花。我很想看看那种传闻中像针一样的入水,嚓的一声,人就不见了。林飞表演反身跳水的机会越来越少了,他好像已经明白许多人来这个地方就是来看他的反身跳水,于是它变得珍惜起来,变成一个悬念,跳与不跳,或者什么时候跳,就成了一个只有林飞自己才能决定的事情。不止一次我听到我的伙伴们说:"你怎么才来,林飞刚跳过反跳。"或者第二天的消息:"你昨天一走他就跳了。"林飞的反身跳水好像是在和我们的期望捉迷藏,总是同我们擦身而过,我们的注意力刚一分散,哪怕只是一次回头,他那个惊心动魄的动作就与我们错失了,水面上漾着一圈圈气泡和水波,跳台上空空荡荡,林飞自然不见了,这时候真让我们后悔不迭。

夏天总是不断地过去,它总是那么短促,而能下水游泳的时间就更加短促。不止一次,眼见夏天就要过去了,我们因为没能好好看到反身跳水而心存遗憾,甚至我们因为这个开始怨恨起林飞来了。可又有谁能把这种遗憾甚至怨恨告诉林飞呢?他总是独来独往,和别人几乎都不说话，无论男女老少他都一概不理。他没有朋友，好像也不打算要什么朋友。回去的路上，我们不止一次停下来，等他从我们身边走过去，我们都回过头，用一种敬仰的眼光等待他的第一声招呼。他应该感觉到了，连我们变得紧张的呼吸他都应当感觉到，这一点从他嘴角略带嘲讽的微笑中可以看出来，但他却假装什么也没看见。他在那条被烈日晒得火烫的铁轨上摇摇晃晃地走着，那条鲜艳的红色泳裤像一顶帽子套在他的头上，他的两只手为了保持平衡上上下下不停地舞动，有一只手还抓着揉作一团的衬衣。他走过去了，连他脊背上被太阳晒得脱皮的发黑的皮肤也被我们羡慕着。我们在枕木发黏的沥青上慢慢地走着，那一格一格的枕木限制了我们的追赶速度，也可能我们谁也不想追赶林飞，我们只是感到一阵阵的沮丧，我们都不再说话了，我们在沮丧中看着林飞慢慢地在前面越走越远。

那时候离婚还是件大事情，林飞的父亲就是干大事情的人，用后来的话说他应该是我们那一片第一个勇于吃螃蟹的人，他顶住了他老婆两个多月白天加黑夜的哭闹，再加上近两年的抗战，终于成功地修正了自己的生活。不过那时候离婚毕竟不是件值得炫耀的事情，即便林飞的父亲心里如何高兴，他还是不敢把他的那股成功的喜悦表露出来。他从前曾经是一个非常干净的人，也许我们这一片还没有出过这么干净的人物，据说他的机床总是最清洁的，几乎达到纤尘不染的程度，为了强调这一点林飞的父亲还常常戴上一副新的白棉纱手套，必要时他会用棉纱手套在机床上来回那么一擦，结果手套看上去仍旧洁白簇新，而且他每天都要去澡堂洗澡，而按照那时候心照不宣的看法，人们只有星期六，也就是要过"生活"的时候才会去澡堂把自己清洗一下，因此林飞的父亲在他同事的心目中是非常"能干"的。林飞的母亲我不说你也猜到了，她是个老态的龌龊的女人，这个女人是干什么的，后来又去了哪里，我们从来就没有关心过，如果她不是在大街上和林飞的父亲打了一架，我们也根本不可能把这个女人同林飞的父亲联系在一起。他们不般配，没有人这么教过我们，我们也会这么看的。我们从小就有一种天然的势利。

林飞父母的那场"战争"发生时林飞可能只有十来岁，而我们则更小一些，不会同情也不懂得怜悯，但我们都有着强烈的羞耻心，此外我们对任何热闹都不会轻轻松松地放过去，否则那将是多么的失败和无聊？

那是个下午下班的时候，林飞的父亲，也就是被林飞的母亲骂作陈世美的那个男人，被他老婆在大马路上揪住了，他们在工人们回家的必经之路正打得不可开交。当时我们爬在路边的一棵泡桐树上，这个有利的地势使我们对整个战斗过程都看得非常清楚。林飞的母亲一直咬定她丈夫在外面有了女人才会对她生异心的，她甚至举了几个例子，因为时间久了，我记得她喊的一个最多的名字就是"黄楚秋"，也可能是"黄菊秋"，这是工厂医院一个医生的名字。按照我们当时的理解，医生是个很干净的职业，那个叫"黄楚秋"或"黄菊秋"的女医生和林飞的父亲好也合情合理。林飞的母亲一直揪住她丈夫的衣领，要他交代和女医生的关系。这里需要说明的是林飞的父亲表现得一直很克制,他的手基本上是为了防御他老婆的手,不让它们朝自己的脸伸展上来。这一点我们爬在树上看得很清楚。直到后来,林飞的母亲从口袋里掏出一个小瓶子,林飞的父亲才开始真正意义上的反击。那是一只装有硝酸的玻璃瓶,直到高二我才知道硝酸对人身体的危险性,我确信当时林飞的母亲是想用硝酸毁掉林飞父亲的脸,那张干净、清爽的脸泼上硝酸自然不复干净了。但她终于没有成功,那瓶硝酸还没有等她打开盖,就被林飞的父亲一掌打到地上,我看到四周围观的人像被开水淋到一样向后猛地一窜,那块腾出的空地上,打碎的玻璃瓶中流出的液体像小孩的尿迹一样,有气泡,有声响,还有一些气体升腾起来。林飞的父亲这时候用他工人阶级的铁拳开始毫不留情地朝林飞的母亲脸上、身上击打上去,只是几下我们就看到血从林飞的母亲的鼻子或是眼睛里冒了出来。人们或许才意识到事态的危险性,不再嘻嘻笑笑旁观,两个老工人赶紧冲上去拦腰抱住林飞的父亲,还有两位女工拉住了林飞的母亲。

林飞的母亲开始发出一种绝望的恸哭,她在喊:"杀人了,陈世美杀人了!"她的手被抓住了,就用脚在地上踢蹬着,一些小石子被她刨了起来,两名女工都拖不住她,反而不断地被她拽倒在地。这也是林飞父母最后一次大规模的吵闹,然后他们开始了长达两年之久的冷战,之后他们才离了婚。虽然林飞母亲泼硝酸最终以失败告终,但林飞的父亲也不再是个干净的人,他不再"能干"了,他和其他人一样,只有星期六才去澡堂洗澡,同时他还变得像他老婆一样喜欢诉说,我们常常看到他提着一只菜篮站在路边口沫横飞地向什么人解释他老婆又干了什么伤天害理的事,其实也就是他离婚的理由。

那天等人群散开后,我们在树上看到了林飞,他刚才在围观的大人里藏着,等他们一散开林飞就暴露出来,他呆呆地站在那儿,孤立无援,面无表情。他母亲这时候被人架到工厂的医院去了,她一直踢打着两只光脚,就像一只桀骜不驯的野兽,但她的气力几乎用完,最大的劲只能用来号啕大哭,那几个拖她的女工也已精疲力竭,她们常常抓不住她的手,只好攥住她的衣服。我们看林飞的母亲一路上都在不断地往下滑,不断地把身后一大片背脊暴露出来。一个女工好容易找到林飞母亲的鞋子,她看到了林飞,就喊他赶紧给他妈妈把鞋送去。林飞接过了鞋子,但在别人的注视下他并不着急赶往医院,而是一手提着一只鞋,然后慢慢地、不慌不忙地跟在前面那群人的身后,始终保持着一段不远不近、可远可近的距离。这一切都是我们从那棵巨大的泡桐树上下来之前看到的。

那是发生在 1981 年前后的事情,其实与林飞有关的另一件事可能更有趣味一些,我一直以为林飞是个具有喜剧因素的人物,只可惜很长一段时间他都被一种悲剧的氛围笼罩着,我们的印象更多的来源于此,并得到一些错误的结论。接下来的这个故事我并没有看到,那是事发后几个月一个同学告诉我的,事实上不光我,很多人都无法看到这个故事的过程,甚至他们都没有听说过,否则他们也会像我一样对林飞有一些新的看法。

有一部电影可能很多人都看过的,那就是李连杰、丁岚主演的《少林寺》,它曾经风靡中国的大江南北,李连杰最后在香港走红也与这部电影有相当大的关系。那也是中国第一部严格意义上的功夫片，令人眼花缭乱、心醉神迷。在我们那一片公映时，也是我们每场必看的一部电影，无论是露天电影还是在礼堂上映我们都会有办法混进去。第二天上学时，议论它已经成了我们的必修课，有多少谣言不是从那个时候流布出来的？我们模仿觉远和尚的醉拳、穆怀仁的醉剑，打成一团，累了我们就开始谈李连杰和丁岚的爱情……那时候真是出产明星的好时候，一部电影、一首歌就可以红得让你终生难忘。

我和林飞都在一个学校上学，但我们不同班，前面说过他比我们大两岁。显而易见的是林飞也在那股武侠热潮中毫不例外成为《少林寺》的爱好者，用现在的话说，我们都是李连杰的追星族，一到放电影的时候，林飞和我们一样吃过晚饭，然后早早地来到放映场，不同的是林飞从不像我们那样成群结队，他总是一个人，他也不带小板凳，而是在操场上找一块砖，或者干脆背着手站着篮球架下。也可能是这个原因，林飞从来不会和谁谈起他对觉远、对少林寺的看法，他也只在没有人的情况下，找一个僻静的场所，潜心修炼他的武功。与我们不同的是很可能在他看来这些事情都是真实的，都是生活中存在着的，否则他就不会把觉远的醉拳，穆怀仁的醉剑看得这么重要了。林飞是不相信谣言的，就像他相信觉远和尚和牧羊女到今天还活着一样，他相信勤奋加努力就可以出人头地，最后成为一名武功盖世的英雄。终于有一天林飞的这种渴望发展到他自己都不能控制的地步，于是他在家里拿了三十块钱、一百多斤粮票，在谁也没告诉、谁也不知道的情况下,一个人去了少林寺。

　　林飞总共离家一个星期,但他只在少林寺待了一天,其余的时间他都是在路上度过的。据我的朋友说,林飞在少林寺根本就没有找到光头和尚,没有觉远也没有牧羊女,少林寺那时候只是一个朽败的庙宇,破檐残壁,到处长满杂草,根本就不是他希望看到的。林飞在山上一个农民家里要了一点水喝,又用两斤粮票换了一个馒头,然后他满心失望地匆忙下山。他去的时候买了一张火车票,等他重新回到郑州时,身上一分钱也找不到了。我可以想象林飞此时心里一定有着非常多的感慨,也许这些感慨比我料想的还要深切得多,他可能非常伤心,他是我们那一片唯一真正喜欢少林寺,喜欢觉远和尚的人,他用他能做到的最好的方式表达他的这份喜欢,但他们都没有给他应有的报偿,他们是不存在的,还有一个可能更让他伤心的原因是他这时候已经一文不名了。他开始想家,家在这时也是最容易想到的,我敢说林飞对家的依恋从没有像这个时候强烈,他在家的时候想着少林寺,在少林寺的时候想的却是回家,都是一种单向的、唯一的向往。

　　有意思的是,从头到尾都没有人发现林飞失踪,不仅学校没有,林飞家也没有人发现他已经这么长一段时间没有露面了,唯一可能的解释是这时候林飞的父母已经分居,他们都以为林飞在对方那里,再不然就是去他外公那里了。唯一找过林飞的人可能就是他的班主任刘老师,刘老师发现林飞几天没到学校上课,为此她曾到林飞家家访,但她去了两次都没有遇到人,拍了几分钟门后也只好作罢。

我同学说，林飞最后找到一名民警叔叔，这位可亲可敬的民警叔叔带他去家里吃了一顿饱饭，然后把他送上火车，又交到一位乘警手里。在回来的那几天，可能那位乘警已经忘记了林飞的存在，而林飞也丝毫没有意识到去找这位乘警要一点食物，整整三天他几乎都是饿着肚子捱过来的，这三天时间他只吃到了一位乘客吃剩的几个鸡蛋糕，除此之外毫无所获。林飞回到家里，他在厨房、碗柜里都没有找到能吃的东西，就跑到他外公家，当时他外公正在大门外和另外几个同样无所事事的老头下棋，看见他之后林飞的外公又低头重新回到棋局。他外公是一个活得不太用心的老人，否则他不难从林飞当时的表情上发现他最近的行迹。林飞在他的外公家找到了一大锅馊稀饭，他立即端到房门口，然后坐在门前的石板地上心满意足地把一锅馊稀饭吃得干干净净。

　　应该说我没有和林飞有过任何直接的接触，他比我大两岁，我们从不在一起玩，而且最主要的，我也没发现林飞什么时候会需要朋友。17岁那年我进了一所艺术专科学校，我去那里学美术，很长一段时间我都生活在城市的另一头，除了去看一看父母，我一直以为我与城市另一头的工业区不会再有多大的联系了。毕业时我的毕业作品得了一个优，作品的灵感就是源自林飞的反身跳水，我用了高速摄影中的一些效果，把反身入水处理成一个连续的画面，这幅画最后还被选作当年城市运动会的宣传画，运动会召开期间在我们这座城市几乎随处可见。

　　说起来，选这个题材作为我的毕业作品还是与林飞有一定的联系。有一次我回家去看我的父母，我的一个老同学也闻讯跑来了，那时候他已经进厂当了一名工人，对我这个学画画的多少有些崇拜。我们坐在我们家的阳台上躲开我父母的视线偷偷地抽着烟，一边海阔天空一通起劲地瞎聊，他最愿意听的就是我们学校里发生的事情，尤其是画人体模特时的一些趣闻。比如我说有些男生进画室前只好穿着游泳裤，他问为什么，没等我答他便开始一阵压抑地坏笑。后来他和我谈起林飞，自然还有林飞的父亲，林飞的父亲这时候成了我这位同学的师傅了。由于这个角度，我想我的同学向我提供的一些细节还是十分可信的。那一天他忽然提到林飞发疯的事。

"你不知道吧，那是去年冬天的事了，"我的同学说，"不知怎么搞的，林飞就疯了，他特别怕别人说他的嘴巴臭，先没事就刷牙，听我师傅说他一天可以刷几十遍，还特别怕见人，一见生人，就跑到桌子角蹲着……"

对我来说，这当然是个刺激的话题，那个曾经那么骄傲而风光的少年为什么落到这样一个困境中？这激起我一点点少有的怜悯，当然更多的还是难以抑制的好奇心。我又想起那个黄昏时在铁轨上摇摇晃晃走远的形象，红色的泳裤在他头顶上像一面旗帜一样飘扬着，还有在他身边两只上下摆动的手，那是个越走越远的形象，那么的孤单而又尊严，曾经被我们敬佩也让我们非常认真地怨恨过，这么一想，我发觉在这个形象的没落中实际上隐藏着巨大的快乐。

去年，都到冬天了，他还偷偷地跑到水站那儿去跳水，全是反身跳，那时候我们想看他都不跳，结果冻得全身都是鸡皮疙瘩，后来还是一个种菜的农民把他送回来。

那天晚上我和我的同学一起去了一次林飞家。这是一件让我十分后悔的事，我无法解释为什么会产生这样一个愚蠢的想法，难道我已经预感到毕业时会创作这样一幅画，于是我到它的原型那里去寻找一些痕迹？同学告诉我一些必须注意的事项，比如不要乱抖烟灰，不要咳嗽——因为林飞的病症开始有了变化，他不能容忍家里有一点肮脏，只要有一点令他怀疑的地方，他就打扫个不停。当然同学也聊到他的师傅，也就是林飞的父亲，他说他师傅其实是个非常内秀的人，他对机械的悟性几乎到了令他吃惊的地步："你没有见过用铁丝做的小单车吧，我师傅就能做，而且它的轮子还能转，你看到怎么也不会相信它是用铁丝做的。"我想起那个差点被毁容的男人，马路上他与前妻的那场战争是我知道的仅有的一件事，以后他一直没有再婚，一直在养草种花的趣味中打发着光阴。我们去林飞家的一个借口就是去看望他。但那一天林飞的父亲并不在。同学在得知这一情况时，很想及时离开的，但我却鬼迷心窍了，我觉得这是一个好机会，非要和林飞单独在一起聊聊。我们能聊什么呢，我又想从林飞那儿知道些什么呢？林飞在同学的劝说下终于把门打开了，他在同学的提示下还记得我，对他来说我是一个在外边念书的人，这样的人在我们那一片并不多，我的同学差不多全进了工厂，成了他们父母的同事。林飞也不例外。

开始还是很顺利的，我们很客气很自制地坐着，我看到一个十分清洁的家庭，有一些手制的十分精致的摆设，前面我同学提到的铁丝自行车,一个用来装自鸣钟的小立柜,几乎就是老式立柜原样的缩小。林飞与几年前相比并没有太多的变化,但他的眼神,可能由于吃药的缘故变得非常固执而生硬了,从我进门的那一刻起他就那么毫无表情地看着我,一直没有变更过,他也不肯坐,直到我们走时他都没有坐下来。这也许是一个危险的信号,对他我是有足够的戒备的,我甚至考虑好了怎么样从林飞家逃出去,但我恰恰失去了对自己的戒备。本来我很想聊聊他那个著名的反身跳水,比如他是怎么学的,有没有难度,但我知道了他跳了一个冬天的反身跳,就没有去碰它,我们总得聊点什么吧,于是我选择了少林寺的话题。当时的措辞已经记不清了,但肯定它们都非常的含蓄,我想把林飞夸成一个英雄、一个反叛者,甚至我可能想告诉他,他曾经是我们的偶像,我想这样他总会高兴起来吧?但林飞却说:"没有,我没有去过少林寺。"我应该停的,用我的同学的话当时我如果停下来可能什么事也没有,而我那么固执,他几乎不知道是谁有病了。可能我也有病吧,总之我不知道为什么不能容忍他这么轻易地放过去。我说:"你去过啊,刘老师,还有谁都这么说过的。"林飞立即发作了,他朝我们鼓着眼睛说:"没有少林寺的,知不知道?!骗人的,知不知道?"我那天晚上到底怎么了,我为什么要去林飞那里,难道就因为我不能容忍他的病症吗?这时候我真的有点后悔了。林飞已经抄起桌上的一只茶杯朝自己的手上砸,我的同学吓坏了,赶忙上去拦阻,他还是有戒心的,不敢过于靠近,但林飞还是把那只茶杯朝他砸过来。我们从房间里退了出来,很狼狈地退到走廊上。这里我要补充一句,林飞他们家还住在一幢老宿舍，走廊上全是林飞的父亲，也就是我同学的师傅辛勤培育的几十盆繁茂的花草。我同学说他师傅用了几十个休息日才从山上挖来的，它们全都美得要命，林飞出来后不知怎么就把它们盯上了，他把它们全部举到空中，一盆接着一盆，再扔到地板上，用脚去踩。我们逃了。那几十盆花草是林飞的父亲用来养老的，一晚上却被林飞砸完了。我和我的同学一直气喘吁吁地跑到铁路边，并在那儿坐到后半夜都不敢回家，我一直不敢出声，怕一说话就招来同学的一通漫骂。我的同学，大概也是受惊吓了，正在不停地在说我，他说我这晚上不知发了什么神经，林飞砸花时，我连跑都不会跑，还一个劲地说："不要砸不要砸，没去就算了。"的确，我也不知道我到底出了什么问题。

这件事最终怎么了结的我不太清楚，第二天我就到了学校，那一个星期我一直很害怕有人来找我，但很长一段时间都平安无事，我父母也没和我谈过什么，想来最后还是过去了。

后来，我毕了业，前面说过我画了一幅画，拿了一个优，得了一个奖，凭借这个我被分到市里一个区当宣传干事。再后来，我结了婚，之后下海经商，离婚，再婚……下海失败后我又回到原单位。有一天，我回家去看看我已年迈退休的父母，那时候我已经有相当一段时间没在我父母那儿出现了，我有些兴奋也有些愧疚，当时我就处在这样一种心境里。从公汽上下来后我看到了林飞，他就跟在我身后，不是一个人，还有一个女人和他在一起，林飞手里还抱着一个孩子，我猜想这可能就是林飞的家了。林飞大概已经好了，按民间的说法，他的这种症状一结婚就会好的。说实话,当时我还有些担心,我又想起他砸花盆的那个晚上。但他一直在逗手里的孩子,一直没有机会抬头。我埋着头走出很长一段路,之后我还是忍不住回头看了一下,林飞这时候正把他的孩子举起来,就像那天晚上举花盆那样举起来,再往上一扔,但他没有把她扔到地上,而是伸手接住了。那是个女孩,扎着一支朝天辫,她被她父亲的举动逗得哈哈大笑,她的笑声让我走出很远了还忍不住想回过头来看一眼。

这时候,林飞大概累了,孩子转到他女人的手上,而他,在一旁看着孩子,脸上不停地作怪相,同时,把两只手交叉起来,那个动作当然是我十分熟悉的,我一下子就愣住了,我好像又回到了那个湿滑的水坝上,旁边就是那个凌空的跳台——我们那时候都知道,林飞的准备活动都是从手腕开始的。

保　爷

　　我不知道别的地方用不用这个词，保爷的意思就是干爹，保爷＝干爹。这也是我后来才知道的。我们家从不用这个词，因为我没有保爷，也就是没有干爹。不过许小雷有，所以她问我有没有保爷，我就反问她："保爷是什么？"

　　许小雷是我表姐，不过也表得不怎么厉害。之所以叫她表姐，是因为她是我们楼上许老伯的女儿，邻居，又同我妈一个姓，因此我就随着妹妹叫她一声表姐，许表姐。

　　早在很多年前，许小雷就嫁到外环路的吴家桥去了。她的丈夫姓方，长着个大脑袋，因此有个方大头的外号。许表姐出嫁前是火车站光明理发店的理发师，方大头的父亲正好是许小雷的主任和师傅，他便为他在饮食公司卖猪肉的儿子牵线搭桥，做成了这桩好事。当时我还小，模模糊糊听到楼道里的人说起来，都是统一的口径，方大头的老子利用职权迫使许小雷嫁给了他的儿子方大头，尤其方大头还是个只有一米五左右的矮个子，大家更认为这是言之凿凿的事。

许小雷的父亲是个沉默的老头，平时少言寡语的，但他在我们楼里是一个有名的老酒鬼，早晨吃碗牛肉粉都能下半斤包谷酒。一喝醉许老伯的话就多了，光许小雷的事他就和别人聊了半年，到最后许老伯知道多少，我们就能知道多少。按许老伯的意思，许小雷这个憨包姑娘还是应该和她后来认识的那个司机好。那个叫秦达明的司机是方大头他们饮食公司的，长得一表人才，有一回跟着方大头去光明理发店剪头，就和许小雷认识了，秦达明有一次还和许小雷一起回来看过他。许小雷没和这个姓秦的司机好下去据说是因为方大头的父亲从中作梗，他是许小雷的师傅，没有他点头许小雷就无法满师，别人的屋檐下不得不低头，况且许小雷还被方大头"煮了盒子饭"了。

　　关于屋檐的说法我曾在一本书上见到过，但"煮盒子饭"的意思却让我匪夷所思，猜想了半天，我只好假定这不是什么好词，这种社会语言那时候对我来说还太深奥了些，我想了很久，终于有一天无师自通。我还从许老伯的话里，发现了一处错误，因为他说许小雷不去光明理发店就好了，但许小雷不去光明理发店或者不先认识方大头的话，她又怎么能和那个叫秦达明的司机在一起呢？这是个很明显的问题，却没有人注意到。

　　那时候我已经开始读高中，星期天下午我到学校补课总会在楼道里遇到"煮盒子饭"的许小雷和方大头，那也正好是许小雷和方大头一起回娘家的时间。那时候他们俩结婚快一年了，每个星期天回家一次已经成为惯例。许小雷扶着她渐渐膨胀的大肚子，在黑漆漆的楼道里小心地在前面领路，她是个爽快脾气，就是这样也不会忘记和迎面的人打招呼,比如她看到我就说:"大学生,上学啦?!"方大头跟在她身后,手里多半拎着半边猪头。猪头肉是那时候极好又少见的下酒菜,服务员也还算得上是个不错的职业,所以人们的目光更多的停在后面这个拎猪头的人身上。

我最初看到的方大头大多是这副吊儿郎当的样子,嘴里歪歪地斜叼一根揉皱的烟卷,烟屁股差不多要被他的口水湿透了。有一次我见到他脚底还趿着一双拖鞋,就像刚刚被人从床上叫起来。许小雷和谁打招呼时,方大头就会瞪着眼睛,狠狠地朝别人的脸上瞄着,加上他的鼻孔有点朝外翻,那架势好像他已经在别人身上闻到什么恶心的气味。说实话,当时我还真有点怕这个"表姐夫"。后来许小雷失踪了一段时间,等她重新出现时,这支探亲的队伍里又多了一个人,他就是方大头和许小雷的儿子方小明,顺序没变,方小明抱在方大头的手上,许小雷扶肚子的手改成提猪头,她仍然走在前面开路,一家人都喜气洋洋的。许小雷自不必说,就是方大头,因为找到做父亲的感觉,眼睛也变得柔和了,不再恶狠狠地用眼睛瞄人,也学着许小雷开始和遇到的邻居打招呼,高兴的话,他还会让别人看看他手里正在熟睡的儿子。

记得他们第一次回来刚好是方小明满月,许小雷和方大头抱着儿子在楼道里挨家挨户地送红蛋和奶糖。因为我们两家的关系好,他们送给我们的奶糖也比别家的多一袋,他们还借给方小明换尿片的功夫在我们家多坐了会儿。方大头刚好偷空陪我父亲抽支烟,他们就坐在我们家的铁炉子边,这也是我第一次领教方大头的幽默。

他讲了一个又一个笑话，我和妹妹起初在做作业，后来实在做不下去，趴着门柱跟着笑了好半天。也许那天我们的反应出奇地好，方大头抽完一支烟后又续上一支，他讲了一个发生在我母亲医院里的笑话。那是方大头有一回生病去打针，当时他身上还穿着一身油腻腻的工作服，护士们便把他丢在外面一排长椅上，谁都不愿搭理。后来比他晚去的病人都走光了，终于到他了，方大头便坐到打针用的高脚凳上，他把裤子用力往下一脱。他的原话——"裤子全脱下来了"，慌得那位高雅的护士小姐摆手说："不用这么多，不用这么多！"方大头说："到这儿。"许小雷先笑了，说："吹死牛壳，我看你那一尺二的大白脸可以当门神！拿去，你家儿又拉屎了。"方小明在许小雷换尿片时乘乱闹起来了，而且哭得惊天动地的，方大头摇着头，懒洋洋地站起来，一脸的无奈，不过看得出，他是故意的。方大头说："跟你讲不要这样抱他，窝着他的头，他会不舒服。"许小雷说："你懂，那么你来！他这么小，晓得什么舒服不舒服?！"但怪事就是发生了，方小明一到方大头的手上就立刻不哭了。许小雷也不得不佩服，她对我母亲说："狗日的，你看他大男巴汉的，哄娃儿还真有一套。"

　　方大头和许小雷吵的架——在我们那儿叫"媒子架"，也就是假的意思，故意吵给我们看的，我们当然也看出来了，所以我们在一旁都笑嘻嘻地看着。等他们走后那一晚我们全家几乎都在议论方大头，我们认为他是个很好玩的人，至于许表姐，她原本就是我们这一片"超"社会的人物，时髦，见多识广，属于我母亲要我们敬而远之的，除了过年前我母亲需要烫个头，平时我们的交往也就限于楼道上打个招呼。许小雷和方大头配在一起——那时候我还不知道情趣这个词,我说他们俩很好玩,在一起很有意思。当然,方大头怎么说还是矮了点。这是我们最后的结论,从结论来看,我们还是明显地站在许小雷一边。

事情发生在那一年期末考试的时候。那是1985年,社会上不知怎么突然兴起一股奇怪的跳舞热,不论男女老少,都中魔一样跑去学起了交谊舞。电影院已经不再放电影了,溜冰场也不溜冰了,全改成大大小小档次不等的舞厅,为了满足不同层次、不同年龄段的人的需求,还专门开辟了早场、午场。我们楼里就有两个大舞迷,他们是两口子,刚下夜班就啃着一个馒头或一根油条又出门了,他们就是去赶早场的,从他们亢奋的神情来看你很难相信他们已经一晚上没合眼。

那场闹剧般的打闹开始得有些玄妙,时间过去这么久了,我能记住的也只是当时阴森森的气氛。在我印象中我们住的那幢楼的楼道里从来就没有路灯,大概原来有过,只是坏了以后没人管,到晚上总是黑乎乎的,有一天就听人说楼里闹鬼了。这种说法极少能找到出处,却流传很快,大家都是宁信其有不信其无。很可能是哪个下夜班的,在楼道里见到有人站在台阶上抽烟,为此他(她)还特意侧了一下身,可紧随着上楼的却什么也没有见到,为了落实,一行人专门打着手电下楼去察看,自然什么也没有见到,可头一个上楼的却咬死有人,因为那支暗红的烟头,抬起再放下,在黑暗中再清楚没有。上个月一楼的老秦伯刚死,所以有人说:"是不是老秦伯回来了?"这个消息很快就在楼道里散开了,一楼的老秦家还专门在院子里烧了纸,可烟头并没有消失,没过几天,又有人在走道里看见了。我不太清楚这件事在别人身上引起的反应,但在我们家,晚上能避免的出门都避免了,比如倒垃圾,原本一直由我来做,就在楼梯口,我也坚持着等到第二天上学时才去倒。那时候离考试已经没几天了,各式各样的模拟试卷充斥着在我的脑海里,可一等休息时,我会一下子想起这件事,这时候我便屏息静气地凝听,窗外传进来的无非是远处汽车经过的声音,汇集起来却像我们正坐在一艘乘风破浪的航船上,我开始想这个世界究竟要走到哪里去呢,这也是我从前从没想过的问题。我并不害怕,可我又怎么解释,父亲即使烟抽完了也能忍着不下楼去买烟;或者,我母亲中班结束了也要等到第二天才回来。这些突然的变化真让我有些莫名其妙,又不可思议。

有一天,就在考试的前两天晚上,我看了一会儿书,正准备休息,忽然听到楼下的院坝里传来一阵激烈的争吵。当时已经是夜里十一点钟了,刚好下了一场雨,天气奇怪地冷起来,天冷好睡觉,楼里的人大概也已经睡了,因此这段争吵也显得格外清晰。我听出是一男一女,一开始男声比较粗壮,接着那女人的声音也昂扬起来。我跑到阳台上,已经有几个穿裤衩背心的邻居在那儿看热闹,我同他们一样朝外面探出头。院子里黑漆漆的,但我还是找到两团活动的黑块,它们混沌地缠在一起,然后才分开。那个女声说:"你打——你打,喊你去,你为什么不去——啊呀,你再打!"那男的好像喝了酒,身体跟跟跄跄的,显得特别笨,他一直重复的一句话就是:"骗我?去小四妹家,你给老子骗哪个?!"女人又一次被抓住了头发,传上来的便是一阵沉闷的击打声和女人的尖叫。我马上想到了许表姐,能这么打她的当然也只有方大头,只是他们为什么会突然间闹翻,而且在我们宿舍楼下,没有人能弄清楚。有人下楼去劝架了,这时候我父亲也从床上爬起来,他让我赶紧去睡觉:"小孩子管人家闲事,你不想考试了?"我父亲说得对。的确,这种夫妻间的打闹在我们楼里发生得太多了,哪一回不闹得鸡飞狗跳才肯罢休,如果不是许表姐和方大头我未必有这么大的兴趣。

后来的事我就不知道了。我恋恋不舍地上了床,那天晚上就算和我告别了,我迷迷糊糊地听到父亲打开门走出去,所以我猜那天怎么收的场父亲应该知道得一清二楚。第二天下晚班的母亲从他那儿听到了这个令人振奋的消息,父亲是在饭桌上说的,他大概没打算回避我和妹妹。他说:"知不知道,原来你们家许小雷也跑去跳舞了,还被方大头抓到,打得死去活来!"我记得很清楚,当时母亲正盛饭,她"噢"了一声,然后坐回桌子开始吃饭,显然这个消息在母亲那儿并没有引起父亲希望的反应。父亲接着说:"方大头揪着她的头发就在院坝里拖,就像打贼娃子一样打,浑身都是泥浆——如果不是我和小四去拉开还不打死?"母亲这时候才抬起头说:"这有什么大不了的,就是跳个舞嘛,方大头也是,现在什么年代了——我们科陈小妹她们全约着去过,这么说全都该打?!"

"问题是她和陈小妹不一样,她一个人跑着去的,还有人送她回来!"父亲说到这儿,可能觉得不够严重,又加了一句,"那时候都几点钟啦,难怪方大头要这么气!"

或许那一天父亲还会有些奇怪，母亲从前可是对许小雷逗风惹祸的作为不以为然的，这次偏向她，父亲便有一种落空的感觉，他停下来，不再说下去，只是借摘菜的工夫研究地看着母亲。其实，那天晚上发生的事还挺多，后来我才知道不光许小雷，连送她回来的那个男人，据说是开关厂的一个供销科科长，也被方大头找上门去打掉一颗门牙，最后还被方大头讨了五百块钱赔偿损失。方大头用其中的四百给许小雷打了对金耳环，剩下的一百他给自己打了两只大大的银戒指。这是许表姐自己说的，她说男不穿金女不戴银，方大头才没给自己打金戒指。

考试那天我在院子里遇到了在家养病的许小雷，她当时正和楼里几个专泡长病假的在一楼的院坝里聊天，聊的就是这件事。当时离考试就差半个小时了，我还是忍不住在院子里陪他们坐了会儿。我们这幢楼的住户都是从三眼桥搬过来的，住一条街，有几户还曾经同一个院子，大家熟人熟事，搬迁后往常到院子里聊天的习惯还保留着。我记得许表姐当时背对着我，我下楼时她右手正叼着一支香烟，左手伸在腋窝那儿抬着，就像这支烟有多重，烟灰已经老长一节了，很危险地在烟蒂上挂着。

"我才不管，反正是他们方家的种——方大头那厮儿，醋坛坛一个，×本事没有，带娃儿他乐意得很。"许表姐正在笑，她在说她的儿子方小明，出了这件事她借机不带孩子了。许表姐的耳垂上吊的大概就是那对新耳环，她笑的时候金耳环也跟着她来回晃动。

"是该整治他一下，要不然，方大头也太把我们三眼桥的人不当回事。"说话的是小脆哨，她那一年有四十岁了吧，可能长期不上班，看上去也就二十七八岁。在三眼桥时，她就和办事处的小四好上了，小四把他女人送回家，和小脆哨混在一起。两个人住在一起七八年了也没领结婚证，好像也没打算结婚。

坐在小脆哨旁边的是吴明贵，人家都叫他老肝炎。那一天他抱着一瓶啤酒在那儿喝着，一张脸已经红得像熟虾，这时候乘着酒胆开许表姐的玩笑："这下好罗——还敢去跳舞吧，晚上我来约你？"吴明贵这么说就笑起来，许小雷也不当回事儿，说："你不怕方大头就来嘛，不过先把你的工资册准备好。"

小脆哨听到这儿开始骂："你这种×人就是这样，真要你做点事嘛，×胆子没有，就会占这种便宜！"吴明贵笑得更厉害，倒像小脆哨在夸他。

和他们一起坐在一起的还有六楼陈伯伯，一个老光棍，此前一直默默地用他那只乌黑的茶缸喝酒，这时候看到我，就朝着我喊起来："大学生，上学啊，来坐坐——喝口酒！"

我摇摇头，说要考试了。当时的确不早了，从我们家到学校还要走十分钟的路，但不知为什么，我还是在他们旁边一张条凳子坐下来。这时候我才看清楚，许表姐的额头上有一块淤青，仔细找的话，脖子上也有一道，但许小雷抹了很厚的粉试图把这两块淤青藏起来。许表姐看到我，冲我笑了笑，说："天，你们都要考试啦——过得好快，又要一年了！"

吴明贵说："老大要毕业了吧，都大人了呢——胡子都有了。"他用的是起哄的语调，所以我没理他。许表姐接着说："我们宿舍楼啊，也就是许阿姨家的两个娃儿有出息点，其他的都是废的。"几个人听了都点头，认为是这样："他爸爸是老师，妈妈是医生，都是知识分子，当然有出息啦。"他们开始转换话题了，我猜父亲在的话一定会喜欢的。知识分子——虽然被他们念得怪腔怪调，对喜欢的人未必不是享受。他们问我会考哪所大学，想读哪所大学——他们不知道其实这是我最厌烦的，这些东西听上去远没有那些家长里短听着来劲，所以我离开了。我记得那天是考外语，考完外语整个考试连着整个中学都正式结束。

我已经想不起那时候一些很具体的想法了，读到这儿，你肯定会以为这只是个关于许小雷的故事，至少写到这儿时我也这么想，但这时候我却不得不停下来，寻找一下许小雷在我生活中留下的蛛丝马迹，这样我才发现要想单纯谈许小雷，也就是说仅仅轻松地谈论我看到听到的许小雷是不可能的，许小雷的故事里藏着别人的故事，或者说我的故事里包含了许小雷的故事，这也是这么多年过去我还想谈她的一个原因，我想我后来的生活其实都受到下面要发生的一件事的影响，自然与许小雷有关系，我接下来就会说这件事。

那时候写作文，我们都爱用"弹指一挥间"这句话，那时候我也没想过自己到了三四十岁会是一副什么样子，我也不知道别人在我这个年龄都想些什么，有没有我那些看上去乱七八糟的想法。那一年我 17 岁，马上就要上大学了，一年级时我父母离了婚，这之前也就是我还没进大学时，他们用很长一段时间来酝酿这件事情。他们不会闹,像许小雷方大头那样打得乱七八糟、头破血流的举动他们不会有,他们是知识分子,体面有身份,他们只会营造一种气氛,用冷言冷语来构筑一条通往离异的通衢大道。用我现在的话说是很惊险的,回头一想,我发现人的一生其实充满了不可思议的凶险,我只能说自己命大,这么险威威地就过来了,甚至活到了 30 岁,如果再活一次的话,我不敢保证活到现在。那个有史以来最漫长的暑假,其实我已经有预感了。

我不知道是不是这个原因,或者对就要到来的发榜心里没底,眼看着那个宣判像末日一样临近,我开始变得焦躁不安,一个显著的特征是我越来越不喜欢我生活的这座城市了,我想离开这儿!那时候我总是想去深山老林里活着,可深山老林什么样,在哪里我都不知道。我只是这么想着,离开,离开,这么盼着,混着时间。

有一天晚上,应该就是发榜的前一个星期,我正在街边和我的一个同学聊天,我们坐在护栏上,望着暮色沉沉的天空,我第一次说出这个想法。我的同学叫杜新,他的家也在我们那条街上,他们家对他参加高考并没抱多大希望,所以这家伙注定这辈子都休想念什么大学。当然杜新也无所谓,而且他对我离开这儿的想法也举双手赞同。只是和我一样,离开这儿,我们又能去哪儿?他也没主意了。我们开始百无聊赖抽烟,烟是杜新从家里偷来的,他在菜市上卖干货的父亲自然不会抽什么好烟,最低档最恶劣的那种,又皱又冲,我不停地咳着。就在我和杜新吞云吐雾时,一个巴掌狠狠地拍在了我的背上——原来是许小雷,她猛然拍了我后背一掌喊道:"抓住了!看,两个舅舅，抽烟，我们去找婆婆告状去!"我被吓了一跳，立即被呛住了，开始大咳，等我扭头看到许小雷时还在剧烈地咳着。

许小雷怀里抱着方小明，看到我的样子忍不住笑，她问我是不是真被吓住了。那一年方小明两岁了，活脱脱长着他父亲那样的大头，显然他也被我咳嗽的样子迷住了，目不转睛地盯着我的脸。

"你们刚才在说哪个的坏话?!"许小雷问。对许表姐我当然没什么可隐瞒的，我照实说我们想出去，也就是不想在这儿再待了。我以为许表姐会嘲笑，但她没有，相反许表姐有些兴奋地问："去哪里？想好了我跟你们一起去嘛!"我没有答案，只好逗方小明，张开嘴，让他把手里咬了一半的苹果送给我吃。方小明呢，真把苹果递过来了，但半途中苹果却从他手心掉了下来，我一阵手忙脚乱，竟然在苹果落地前把它接住了。应该就是这个时候，许表姐说："要不我们一起去昆明，我家保爷就在那里!"

说实话，谁会为这句话当真呢，许表姐说完就走了，我和杜新继续坐在护栏上抽烟，自怨自叹，事后回想这种叹息原本没有多大实际意义的，它不过一种消遣，一种青春的方式，如果没有后来的事它自然也会过去的，就像纸烟在我们呼吸的同时从我们的鼻孔中散发掉，就像什么也不会引起什么也没有发生的念头——但这句话对许小雷的作用不一样，她毕竟比我们大，对她来说，生活就是真实的，既不是念头，也不是烟雾，也从来就不是什么可以推倒重来的假设。

又过去了两天，就当我已经把这件事放在一边，不再玩想出去的游戏时，许小雷，许表姐却把这件事做实了。那大傍晚，我已经想不起那时候为什么我父母和妹妹都没有在家，这个空白时间的存在好像就是为了发生接下来这件大事情。当时杜新也在，就我们俩，我们下了一下午军棋，下得两眼发黑，冒金星，我们甚至都没有吃晚饭，却没有罢手的意思——隐隐约约我听到有人叫我的名字，细听又似乎没有。我停下来，急于证实这似有似无的喊声究竟是否存在，杜新却让我不要疑神疑鬼，就在这时，我们家的房门砰砰地响起来。

许表姐站在门口，等我一开门，她就用责备的口气说："咦，干什么嘛？我喊你这么多声！"

许表姐既然这么大的火气，我只好抱歉地说："没听到。"这是事实。

许表姐接着说："走嘛，赶紧！"

"去哪儿？"我糊涂了，显然我已经忘记了那个要出远门的想法了，对我来说那毕竟不是真的。许表姐提着一只小包，比平时女人提的手提袋略大，但也装不了多少东西。"去哪儿？"许表姐刚下去的火气又重燃起来，"那天不是说好的，去哪儿？昆明嘛！"她走进来，把包朝我们家桌上一扔，就像我会不认账："快点快点，要不是你急着走，我也用不着把狗日的方大头杀啦！"

这时候杜新也走出来，和我一起呆呆地站在那个黑黝黝且越来越暗的客厅里。许表姐把方大头杀了，就为了去昆明许表姐把方大头杀了？这真像一个笑话，一个不真实又不可笑的笑话，但它却是真的，我看看许表姐的表情就知道是真的。空气在跳动着，我一下子心乱如麻，关键是我不知道为什么会和这起谋杀案有了关系，好像因为我要去昆明,许表姐才不得不杀了方大头——我没有时间来分辨这中间的缘由了,许表姐不住地催促,就在这读秒一样的催促声中,我恍惚地打开了父母亲平时存钱的箱子,抽出他们一半的积蓄,大概是三十块钱,另一半我决定留给父母和妹妹,至少我还没有坏到不考虑他们下半月生活的程度,然后我找出两件换洗的背心,一件给杜新,一件留给我自己。接着我们就出门了。

我们坐上开往昆明的火车,是由重庆开往昆明的那班夜车,因为是中途上车,我们费了很大的劲才挤上去,又费了很大劲才聚到一起。我记得那辆车里几乎都是来自四川外出找活计的农民,连走道上都堆满了他们的行李,火车出站后很长一段时间我和杜新都在车门边站着。许小雷去补票了,她说去找列车长"诓"一下,套套近乎,看能不能"诓"出几个座位。直到今天我都不怀疑许小雷这方面的能力——"诓"的能力,她的确有一种让别人围在她左右的本领,那天她补完票就带着我和杜新去卧铺车厢,虽然没有卧铺,但列车长同意我们在那儿坐一夜。

这就是我第一次远游的经历,也许我是成功的,我达到了目的,但我不能肯定这种空洞而失落的感觉就是我需要的。卧铺车厢熄灯后,一种巨大的安谧也随着黑暗铺天盖地而来,窗外不时有几盏路灯被我们甩到身后,除此之外,看不到什么,车窗外是荒野是黑暗,就在火车轮巨大的撞击声中,我好几次就要像杜新那样熟睡,但我总能挣扎着清醒过来,我总觉得自己会这样在一列永不停息的列车飞驰,然后永远都回不来了。

到昆明是第二天下午,许表姐把我和杜新安排在车站边的一家录像厅里,她自己去找保爷,说好找到保爷后她就回来找我们。那时候的录像厅放片都是循环场,所以不久我和杜新就看到了重复的片子,这中间我们迷迷糊糊不知睡了多少觉,既担心睡过了头,听不到许表姐的喊声,又担心录像结束许表姐还没有来。在这种患得患失的情形下,我好像又看到了方大头,和成龙对打的那个日本人,鼻孔朝外翻,他用力吸气的时候,我疑心他就是方大头伪装的。果然,他朝着下面,冲着我大喊:"你们跑到天涯海角我都会找到你们的!"我心里叫苦不迭,因为我知道自己也是伪装的,可偏偏还是逃不过方大头的眼睛。那两天应该是我这辈子梦见方大头最多的时候,只要我闭上眼睛,一入睡,方大头准保闯进来,我变得忧心忡忡,但又不能告诉任何人。我开始狂奔,身后的方大头紧追不舍,并且高声喊着我的名字。我醒了,是杜新在喊,他摇着我的肩膀说许表姐来了。

和许小雷在一起的黑乎乎的中年人应该就是保爷了,保爷是干爹的意思,保爷等于干爹,所以我们也不可能跟着许小雷叫他一声保爷。保爷没有上来,而是站在楼梯拐角,抽着烟,看到我和杜新,显然不高兴,对许小雷说:"咋个整呢,两个啊?"许小雷说:"他们都是我的兄弟嘛。"保爷不再说什么,但不高兴还是明显的,他把烟头丢到地上,用脚碾灭。保爷说:"走嘛走嘛。"这种情形多少让人有些难受,和我们的想象远远不是一回事儿,难道这就是我们坐了一晚上一个白天,风尘仆仆必然的结果?难道这是方大头死后我们必须接受的惩罚?当然等我们坐到饭桌前,情形又发生了改变,许小雷的保爷显然已经开始接受这个现实了,他甚至看出我们的拘束,劝我和杜新多吃菜。看得出许小雷已经把方大头的事告诉她的保爷了,为此保爷摇头叹息,耿耿于怀,有几次他吃着吃着就放下筷子,埋怨许表姐做事太冲动,说:"这么着急干什么?"许小雷也放下筷子,挽起袖口说:"你看你看,这怪得了我,这些伤,这个还有这个,还有背上,不信你等一会儿看,都是他打的。"保爷应该有 50 岁了吧,抽着烟,闪着他忧虑善良的小眼睛,不住地摇头、叹息。按许小雷的说法,她的保爷是个很靠得住的人,很能干,在昆明和瑞丽都有生意,顺利的话,我们能很快地前往瑞丽,再顺利些还可以去缅甸、泰国。

饭后保爷把我们安排在一家小旅店里,我和杜新住在一间房,许表姐在隔壁单独开一间。我们很快分开了,我猜保爷还要给许表姐验伤,而且我们坐了一夜的火车,到现在又困又累,所以我和杜新早早地就睡了。事情发生在后半夜,我不知道是一点还是两点钟,我听到许小雷在外面小声地敲门,接着她小声地喊我和杜新的名字。许小雷进来时杜新也醒了,许表姐说她怎么也睡不着,因为她的房间里一直有一种奇怪的声音,窗子又关不住,一直在风口上晃着。我不知道这算不算是一种预兆,一种不祥的预兆,事实上随着她的讲述,许小雷也把一种不安的情绪传递给我们,至少她毫无顾忌。我想起白天做的那个梦,真有些毛骨悚然的感觉,可我不能把它说出来,再加重这种压抑的气氛。结果我只好把床让出来,让给许表姐,我和杜新挤在一起。很快,许表姐睡着了,开始打鼾,我听到杜新在我旁边笑,我问他笑什么,这家伙不答,而是用手捅我的胳肢窝,我不明所以,但也忍不住笑了。

第二天中午我们去了北站，按保爷的安排，他会和我们一起先坐小火车去开远，然后再从那儿坐他自己的车赶往瑞丽。开车前一个小时许表姐还和保爷联系过，打了个电话，还一切照常，但就在许表姐让杜新去买水时，有两个看上去也是赶车的旅客，突然间就斜斜地冲了过来，他们一把就将许小雷按在地上，许小雷开始蹬着腿大声喊叫，她的裙子掀了起来，随即又像一幅地图一样摊开。时间闪电般地过去了，等许表姐被提起来时，她的双手已经被反束在背后，那两个人推着她朝一辆吉普车走过去。

揪我的人几乎是同时出现的，就是离我们不远那个假装看报纸的中年人，他那股训练过的力量几乎没有遇到任何抵抗，膝盖就已经抵在我的脖子上。我只是觉得一阵天旋地转，那种巨大的反转一下子引发了我极度的恐慌。我听到自己的嗓子里发出了一阵绝望的嚎啕，应该说我立即就把许表姐出卖了，我说的是"不关我的事，不关我的事"——这也是我一直都无法面对许表姐的原因。我被提起来时，两只手已经被反束在后，手腕上一片冰凉。

我们上了不同的车，这之后到我离开我都没有再见到许小雷。杜新当时完全可以逃脱的，但用他的话，他不能这么不仗义，所以他提着两杯茶水，慢慢地跟过来说我们是一起的。杜新和我被关押在一辆车上，可能是表现好吧，他们没给他上铐。

我们在一间屋子里被关了一夜，整整一天都没人来理睬我们。第二天才由一位老公安来找我们问话。我不知道是因为他们早已经认定这件事与我们无关，还是因为我和杜新太小，或者是许小雷把事情都扛了下来，反正到了下午我们就已经没事了。那位严肃、面目慈善的老公安负责把我和杜新送到车站，他义正词严地训了我们一通后，就把我们交到一位回程列车的乘警手上。当时我们是多么感激他，为我们洗涮了罪名，所以无论他说什么，哪怕是老师苦口婆心说了一千遍一万遍的道理都让我们听得振聋发聩，我和杜新不停地点头，表示今后一定要洗心革面，好好做人。

那是辆慢车，也就是逢站必停的那种，坐车的都是些短途的客人。有许多的空位，所以那一天大多数时间我和杜新都不说话，不是两眼呆呆地看着窗外就是躺在长椅上昏睡。我们都有十来个小时没吃东西了，那位教我们好好做人的警察伯伯显然也忘了这一点。后来，不知是杜新从哪儿拣来两块蛋糕，他吃了一块，把另一块留给我。我应当还记得那种感觉，那种重归人世的感觉，这之前我已经觉得自己应当被这个世界抛弃了，我也不再是个好人了。杜新把那块蛋糕放到我手上时，我才忽然对自己产生一种又怜又恨的情绪，我开始吃蛋糕，饥饿变成了一种庞大又无法填补的缺口，我吃得双眼泪花，一种失而复得的感觉让我仇恨这次漫长的旅途。但很快，我发现我恨的人竟然不是许表姐，而是我的父亲，就好像不是许表姐而是我父亲让我踏上这个耻辱的旅途。

后来的事不可思议，我好像完蛋了，看到什么都眼泪哗哗，尤其火车进站时看到我们家附近那个电视塔时，我竟然会觉得时间已经过去了一百年……

没有人问我去了哪儿，也没有人问许小雷。

等我在楼下院子里那堆打麻将的人群里发现方大头时，我已经不再惊奇。事实上，他也只是喝了一杯许小雷替他泡的放有安眠药的牛奶，这个迟钝的人也只是昏睡了一整天，然后又毫不相干地起床了。没有变化，一切都没有变化，唯一的变化的可能就是一年后，当我进大学读书时，我的父亲和我的母亲离婚了。

自然许小雷也很快回来了，这一次方大头没有打她，而是用他缺斤少两克扣来的钱替她打了一只金戒指。这以后他们再也没有闹过，直到今天还幸福地生活在一起。

花儿开

　　我不想解释我为什么会是市建公司中的一员,我只是这么告诉你——很多事情在我之前就已经存在了,对这些事情我很少去想。我的工作实际上就是挖防空洞,那是 1980 年的事,我 19 岁,每天有 8 个小时我都和一帮岁数差不多的年轻人一起在地下,用铁锹往翻斗车里装土。我们这个施工队差不多有三十来个人,除了分工不同外,我们几乎都是在地下和土石方打交道。

　　那时候城市还没有显示出它的诱惑力,农民兄弟都心平气和地在家里种地,他们还没有进城当苦力的想法。那时候的城市和农村还是相安无事、泾渭分明的,建筑公司的工人囊括的都是像我们这样的本地人,年轻人可以去当兵,可以等着顶替父母进工厂,也可以在家里闲着当社青。真有那么一千人,他们每天都睡到日照三竿才肯起床,再向家里要上一两毛钱,然后上街,打架或者串门,他们总是穿戴整齐,然后让自己像一缕清淡的风从路面上刮过去。很显然他们同我们不一样,他们是另一类人。

很难讲我们有什么优越感，如果有的话，就是我们一个月还有 23 块 7 毛 2 的标准工资，我们不让老人操心，但我们与土石方打交道，每天都挥汗如雨，而且生活在地下。早晨太阳刚刚出来的时候，我们已经下了工地，而太阳落山之后，我们才能从坑道里钻出来。只有到了晚上，我们才变成同一类人，一样的喜欢在夜风里闲逛，一样的喜欢小吃，一样的喜欢邓丽君，我们会同时出现在某个家境好的朋友家里。那时候家境好的多半是高干子弟，因为住房宽敞又有录音机，让我们可以踏着音乐节拍在黑暗中舞蹈。最初的家庭舞会熄灭灯后才成为非法，可能正是非法才让我们不能舍弃。这多么快活，当你搂着一个女人，不管她是一个怎样的女人，你都会觉得快活的，但黑暗中气味把我们分别开来——随着夜色浓重，呼吸加深，它越来越变得无法遮掩，这时候我们才略微显得有些自卑，我们会想这世界是否公平，为什么有的人生活在地上，而我们要生活在地下？我们会因为对自己无法容忍而对别人的要求也变得苛刻，这时候任何鄙夷都会招致暴力。我们有一双有力的拳头，任何人都无法小视。那时候苦难对我们来说就像淋一场细毛雨，别人可能需要雨伞，但我们体内青春的热力就可以把它们蒸发得无影无形。每天我们都在体会肌肉的生长，太阳每天都是新的，尤其那种大汗淋漓的感觉，毛孔酣畅地张开，连疖子都不长一个。

当然，并不是所有的人都有我们这种感觉，把劳动当作身体飞扬的那一面，就在我们施工队，实际上也在喧闹中暗暗隐藏着一种颓败和自暴自弃的东西，它可以是一种气味，就像坑道里长年积存的那种死耗子气味,也可以是一段粗俗放肆的拉扯裤子的游戏,观者兴趣盎然,而受害者也坦然承受,不以为耻。的确,公正地说,这就是我们的命运,在地下的命运,这个事实无可更改,也无须尊重。如果那时候细心点的话,我还能发现这种相同性在我们身上打造的痕迹,就说和我玩得最好的几个朋友吧:小武,是个瘌痢头;毛辣角,长着一个地包天的嘴巴;鸡蛋脑壳,长着一根鸡脖子,根本就是个没有发育完全的孩子,但他很可能永远都是这个样子。我是他们中长得最好的,我是说仅仅因为端正,我就成了我们施工队的帅哥,青春偶像派,有人甚至说我长得有点像郭凯敏,这当然有些违心,是矮子里面拔高子,我知道这是因为我的两眼靠得近,才让我够得着他。我们都有自己的绰号,真正的名字却没有多少人喊。再加上一个周进的话,我们几个就成了市建公司第五施工队的阳光组合。

这个故事实际上就是关于周进的,前面我提到那几个人其实并没有太大的意思,我是说他们和我一样都太过正常,几乎没有多说的必要,只需知道那时候我们20来岁就足够了。我们都是从20来岁过来的。但周进那一年26岁,相对我们来说,26岁已经是很老很老的人,此外他肮脏的长头发,加上已经刮得发青的胡茬对我们来说都是距离。实际上,这个周进也有他的外号,坑道里的人都管他叫"路不平",这是形容他的走姿。周进从小两条腿就长短不齐的,那是小儿麻痹症给他留下的纪念。但我在这儿还是叫他周进吧,周进现在是名人了,没准不高兴别人再这么叫他。

我记得城里出现舞厅,人们可以明目张胆抱在一起跳舞还是

1983 年后的事,这之前我们要跳舞都是去哪个家境好的朋友家,这一点我前面已经说过了。这些"朋友"分布在我们这座城市某个绿荫密布的隐密角落,只有到了夜晚才变得像磁石一样吸引我们。这些"朋友",包括认识这些"朋友"的人都是很"弹"的——"弹"在我们这儿有行的意思,这和北方话的"牛×"差不多。是不是 20 岁的鼻子要灵敏一些,反正我们很自然就认识了一帮"弹"的"朋友",差不多每天晚上,我记得都有人约我们一起去跳舞。也许是这个原因吧,已经 26 岁的周进和我们走到了一起。

我不清楚上了点年岁是否会更多考虑命运问题,而这种思考是否又会以一种寒酸的面目显现出来。那时候周进给我们的印象就是寒酸,之后还是寒酸,他身上甚至有一种老光棍才会有的凄凉,不知这是不是他一个人的时候弄出来的。周进于是和我们接近,主动靠拢,也许是希望用我们身上的热力来驱散一下他心头那股子凄凉,所以每天下午下班后他总是主动替我们收拾工具,这样他就觉得有资格问我们晚上干什么了。那时候的周进还算是个善良的人,尽管有些吝啬,在我看来,周进吝啬也是毫无办法,他有个病卧在床的老母亲,一个正上初中的弟弟,他的 23 块 7 毛 2 大部分都用来照顾他们了。那时候周进的混沌还源于他与真相的距离,他是被蒙蔽的,他的老母亲还没到咽气的那一刻,因此还不会拿他的身世作为杀手锏来对付他,所以尽管周进很可能已经在猜想为什么他的父母会对他的弟弟不一样,但他还没有显露出那股深藏在骨子里的孤儿脾气,因此这时候的周进是混沌的,也是善良的。

周进爱那些舞会爱到了离奇的地步，你看换成打牌他就没那么高的兴致了，他利用他的小聪明，把处罚输家喝的酸醋含在嘴里，然后假装吐痰一齐吐掉，或者借故溜掉。但一到舞会上就不一样了，周进兴奋得眼睛变成了大马路上的红绿灯，然后那两盏红绿灯从始至终都跟着别人的屁股和胸部打转转。但这也是周进的不幸，谁让他是个瘸子呢，而且是个26岁的瘸子，他身上的汗味比我们更酸，更重，这也让他更像一只发情的公羊，还是一只瘸腿的公羊，于是在舞会上周进最大的任务就是当电灯泡，他的任务就是看好舞池里那些发白的小绵羊。有一回我看到周进还真找到一个女伴，周进小心翼翼地抱着她，低着头看着自己的脚趾尖，不让它们看起来一深一浅左右摇摆。那个女人是我们舞会"女王"，因为每场舞她必到，最大胆，也因为她的年龄差不多可以给周进当妈了，所以看得出，当时他们两个对对方都很不满意。

　　那一天发生了一件意外的事，主人家的妹妹放在桌上的一支英雄钢笔不见了，这本不是什么大事，但这支笔对这个女孩的意义非同寻常，因为是她的战友送的，所以气愤之下就嚷嚷开了。有人建议搜身，大家都排好队让主人挨个搜身，但主人不答应，他说虽然意义大，但还是支钢笔，搜身太过分。尽管没有搜身，但嫌疑犯还是有的，就是周进，因为那天他跳得最少，又是第一次来，第一次来就让别人丢笔，这嫌疑总跑不掉。所以临走那家主人拉着我说，以后不要让你们那个瘸子来了。我当时也觉得有些丢脸，因为我也相信这支笔是周进拿了的。回去的路上我跟小武、毛辣角、鸡蛋脑壳一说，他们也觉得应该弄清楚。一路上我们借故疯起来,你打我一拳,我踢你一脚,最后借机把周进按在地上,小武这时候腾出手来在他身上来回一摸,然后冲我摇摇头,背着他们说:"除了鸡巴,就找不到硬的了。"

我们还是决定和周进分道扬镳,把他从我们的队伍里开除出去,我们想了很多办法,但都未奏效,周进粘着我们,就像一张沾在鞋底的糖纸,总不至于和他翻脸吧,再说那时候周进怎么说都是个善良的人,万不得已我们不会这么做。我们决定给周进介绍一个女朋友,这应当说是个一了百了的好办法,有个女人拴着他,他还有心思有理由和我们去跳舞?再说周进也该结婚了,他都这么老了,再这么下去就该危害社会了。你应该看得出,我们实际上是想和周进开个玩笑,原本我们是想和他疏远一点,有了这个玩笑,我们却出乎意外地发现我们正在和周进亲近,很长一段时间我们都被这个玩笑困扰着。

毛辣角最先想到人选,他一下子联想到舞会上的那个"女王",那个很老的和周进跳过一支舞的女人。他说:"就选刘正英吧。"我们都笑了。如果这是个玩笑的话,这的确是个再好不过的人选。我们不仅表示赞同,而且立即就开始行动。

我们施工队如果有个最舒服的差使,那就是刘正英干的,她在我们施工队那个临时作为仓库的坑道里管理并分发工具。据说公司里一个头头是她的一房远亲,是不是我们不知道,但刘正英在我们那儿管仓库是真的。

和周进这个老人相比,刘正英绝对像具化石,那一年她应该有30岁了,这么老的姑娘,单身一人,的确很少见到。在我们施工队里刘正英大概是说话最少的一位，大概工作关系，她和我们接触的机会不多，只是收发工具的时候碰碰面，但那时候她总是绷着她那块大马脸，很少笑。别人开那些荤素玩笑，没有她的份，即使开会刘正英也坐在最后一排，用她那双骨节粗大像男人一样的手捏着两根毛线针旁若无人地织着毛衣，尽管她的动作已经够快了，但我还是会觉得她很笨拙。不过，刘正英的毛衣的确打得好，她又有的是时间，所以很多人都找刘正英替他们打毛衣，她用两双棉线手套就能打出一件小孩穿的衣服，但她要别人多送她两双手套作为报酬，这样打两件毛衣刘正英就可以赚四双手套了，这差不多可以打一个大人的毛衣。除了打毛衣外，我们实在不知道这个刘正英还会干什么。

　　每天下午交班后，刘正英就提着一只提包离开了，她一个人，因为没有谁和她是住一个方向的。刘正英在暮气中从中山东路走过来，接着是莲花坡菜场，刘正英会在那儿买两把苦蒜、三颗红辣椒和一棵牛皮菜。她要先问再看，货比三家后才开始还价，但她不买肉，她好像从来就不给自己买肉。然后，刘正英就可以回家了。她的家其实已经很近，就在东山脚一户农民家，那是她每个月花 5 块钱租来的。刘正英是一名孤儿，意思是说除了她之外，这世上没有任何人会照顾她，刘正英必须要自己照顾自己。

　　那是一间很小的房子，虽然是瓦房，却很低矮，它被前面的两幢楼房和一个垃圾箱围在了中间。刘正英打开房门后，第一件事就是把她的小火炉抬出去，早上出门前她用湿煤把炉子封好，用铁钎在湿煤中穿一个洞，现在洞中刚好跳出一缕蓝色的火苗。炉子上座着一口小黑锅,里面正冒着的热气,锅里是一片牛皮菜叶,已经熬化成汁,菜汤的颜色是墨绿色的。刘正英把炉子抬出去,第二件事就是抬起这口小锅,小心地吹着气,然后趁热一口气把那锅发绿的菜汁全部喝下去。很可能喝急了,或者因为太烫,刘正英的眼角会溢出一滴泪花,她要等到去水池边洗锅时才会把它从脸上抹下来。

这些都是我们施工队的女工们说的,工作之余闲极无聊,有时东家长西家短,说一些闲话来磨牙,但还是觉得刘正英是个很奇怪的人,但也有不奇怪的,不奇怪就说她是个孤儿,又是个老姑娘,必须要自己照顾自己。

有一天,刘正英像往常一样从工地回来了。她打开门,像往常一样把炉子抬出去,然后回来又像往常一样抬起那只盛牛皮菜汤的小锅,刘正英却被吓了一跳。原来锅里,就是汤的正中央,躺着一块黑乎乎的东西,说黑又泛出些白色,而且刘正英喝过那么多牛皮菜汤,还是第一次看到这种颜色。刘正英平心静气地研究了一下那块黑物,结果更让她吃惊,她本来以为黑物是屋顶上落下的,如果是油毛毡,甚至是块碎瓦,刘正英也不会这样吃惊了,但那是条鱼,一条鱼竟然出现在她的锅里——鸟还可能飞进去,一条鱼怎么游得进去?

那天我们就躲在刘正英家对面的那个垃圾箱后面,刘正英的一举一动,我们,我、周进、小武、毛辣角和鸡蛋脑壳全看见了,我们捂着嘴开始偷偷地笑,开始捅周进的屁股,当时发生的事情的确把我们乐坏了,我记得这时候周进也跟着我们没心没肺地笑着。刘正英绷着的脸上挂着一种不可思议的表情,她走到房门口,抬着那口锅朝四下张望,暮气中刘正英看上去的确有些可怜、无助。起初她很可能认为这只是个恶作剧,但谁会拿鱼来恶作剧?所以,刘正英在水池边犹豫了一下还是把锅端回去了。这之后很长一段时间,她都没有露面,房门紧闭着,所以我们也不知道那锅鱼汤刘正英究竟喝了没有。

第二天,刘正英明显地坐立不安,不到下班她就请假先走了。自然,那条鱼又来了,比昨天那条还显得略微大些。这一次刘正英真正有点激动了,虽然事情蹊跷,但她还是知道发生了奇迹。就这样刘正英不停在自己房子四周转悠着,研究着门窗和锁,不久,她出门一次,去商店给自己的房门买来一把新锁。但那把新锁同样没有阻止这条倔强的鱼的进攻。第三天,刘正英下班后,还是如约地看到了那条鱼。那天她甚至没有给自己煮汤,但打开房门,那条鱼以及那口锅都已经躺在炉子上等她了。这一天,刘正英第一次露出欣喜的表情,很显然,她开始接受这个事实了,这个奇迹就像传说中的画中人或者田螺姑娘一样让她欣喜,但谁才是这个田螺姑娘或者画中人呢?刘正英靠在门框上,眼睛一下子就看到墙壁上的那张电影海报,那些用来糊墙用的海报上年轻的达式常正用一种激情的目光和她作着交流。有没有可能,刘正英希望的画中人就是达式常?达式常在刘正英上班的时候往她的处女汤里送进了一条鲜鱼?

我们能感到刘正英的变化,上班时她已经不再打毛衣,而是呆呆地坐在那儿想心事。我猜刘正英很可能是在想那条鱼如何游进她的小锑锅里,这时候它应该正在游往她家的路上,之后它会将自己洗干净,再开膛破肚,最后一跃,跳进汤锅里……我得承认思考中的刘正英挺可怕,因为往常她脸上那种磐石一样坚定的麻木不见了,取而代之的是混进了某些动荡元素的东西,这使她的表情活像熬化的糯糊一样热闹。每个去取工具的人刘正英都想留住他们,也许她只是想和别人聊聊天,让别人分享一下她吃鱼的惊喜,但遗憾的是,平时刘正英和别人交流太少了,她有这个企图却没这个能力,人们像往常一样交接完就从她面前离开。刘正英只能一个人去面对那条鱼。

那条鱼一共游了五天,五天后它就游不动了,周进已经没有经济能力让它继续游下去,而且很可能这家伙心里盘算的是这个游戏是否合算,到这个时候这个游戏已经不便宜了,所以他有停下来的意思。我们只好支持他,谁让我们想摆脱他呢,这时候停下来,可不是我们的初衷。所以我和小武、毛辣角、鸡蛋脑壳,我们几个人轮流为他提供鱼,好让他接着把鱼送进刘正英的锅里。但我们提供的鱼就保量不保质了,在我们支助下这条鱼又游了十天,这十多天里它忽大忽小,忽肥忽瘦,有一回还是臭的。十天后我们告诉周进,没有鱼了,这一次是我们想停下来,因为到这个时候这个游戏已经拖得太长了,而我们又没有看到我们想看到的效果。小武给周进出主意,说:"这一次,你不要去得太早,时间要刚刚好,让她抓到你最好。"

周进当然是被抓到了,因为他自己就想成为那条鱼。第二天他脸上的表情可以看出,他不仅被抓住了,而且因为鱼的缘故有了补偿。周进说,我把她那个了。说着周进用手割了一下脖子。显然周进把自己看成了这个游戏的胜利者,他有理由得意。那一天,刘正英同样欢天喜地,她也是胜利者,这个饱受折磨的女人此刻却神情轻松,谁经过她那儿她都会打呼,她又开始织毛线衣了,那是真正的毛线,不是棉线,是商店里买回来的。

周进穿上刘正英替他织的第一件毛衣后不久,也就是这年秋天,他们俩结了婚。他们花了10块钱一个月租了套更大的屋子,当然还是在东山脚下。那可能是我参加的最寒碜的一次婚礼,新娘家没有人,新郎家同样没有人。里面是张大床,还是原木做的,连漆都没上,除了几张桌椅,一只箱子,看不到别的东西,房间里还有一股强烈的泥腥味,当然里面住进一对活人,还应当有活人味,此外,就是鱼味。那天去闹洞房的都是我们施工队的人,我们唱歌、打牌,最后开始玩起了鱼的游戏。其实那只是片鱼骨,鱼肉早让我们吃光了,我们让蒙着眼睛的周进拿着鱼骨头,去探刘正英手里的杯子,周进问:"进去了吗?"刘正英说:"还没有,快了,往左一点。"小武喝醉了,他哈哈大笑,插嘴说:"怎么样,我说的嘛,送鱼好嘛,否则你狗日的哪有今天!"当时周围乱糟糟一片,闹新房的人总是用尽心思想出各种鬼点子,这句话也许除了我和刘正英外谁都没有注意到。我看到刘正英的脸色唰地变了一下,那天她穿了双黑布高跟鞋,看上去比周进还高,但这时候却明显地矮了下来。只是还好,过了一会儿,刘正英抬起头,她又恢复了常态。我想也是,她一个老姑娘了,吃了那么多年的盐和醋,总不至于为这件事情翻脸吧?

我想说的是差不多一年以后发生的事。接下来我恋爱了,我们几个全都开始恋爱了,爱情开始了,友谊也差不多跟着完蛋——我们各忙各的。有一天我带着我的新女友上街去给她买发卡,路上我们遇到了刘正英，是刘正英，她总是穿着她那身洗得发白的蓝上衣，下面是条同样发白的黑裤子，打死我也认得出。于是我跟女友开始摆刘正英的故事，还有那条鱼。你看就是前面那个女的。女友听了哈哈大笑，感兴趣地问："旁边那个就是送鱼的？"她是问周进，这时候我才发觉刘正英旁边跟着的并不是周进。他们两个进一家商店时，我们也躲在一边辨认，真的不是周进！那个人和刘正英并排走着，腿又不瘸，而且眼睛明显地朝里凹进去，怎么可能是周进？那段时间周进和刘正英已经结婚一年了，他们的生活虽然平淡，却还有滋有味，很少听说有红脸的时候，也对，两个闷葫芦在一起能干什么？有一次刘正英还给周进做了双鞋，那双鞋是特制的，一高一矮，这样周进走起来就不会朝两边晃得厉害。但这一天跟在刘正英身边的却不是周进，这一点让我觉得奇怪，我印象中周进总是跟在刘正英身后的，他们这么上班，再这么下班，只是他们从不走在一起，而是一前一后，这么走着，摇着。

　　刘正英的手里提着两只塑料袋，一只装的是新衣服，另一只有发卡、头箍，可能还有口红、香水，我给女朋友买了一支发卡，她就那么高兴，刘正英一下子买了这么多，却没见她有多高兴，这是不是有点不正常？记得当时我就非常想上去弄清楚。第二天，这件事自然在坑道里传开了，周进向我们解释，那个男的是刘正英的表哥，福建来的，他还要带刘正英到福建玩。周进这么说我们也就放过去了，但事后我才想起周进说这些话时好像非常不安，好像他并不为来了个福建表哥而高兴，他是皱着眉头说这番话的，很可能当时他就预料到即将发生的事情。那天刘正英没来上班,因为晚上她就要坐火车跟她表哥去福建了。

晚上,周进去车站把他的老婆送走。他买了一提袋馒头,二十个刘正英最爱吃的豆腐果,又在车站买了两瓶汽水。但刘正英只留下豆腐果,那一提袋馒头,因为碱放多了,发黄,刘正英就让他提回去,刘正英还对他发了火。她说:"这馒头怎么吃,表哥不会吃,我也不会吃,你拿回去自己吃!"那两瓶汽水刘正英也没要,因为周进要她和表哥赶在发车前把汽水喝完,好让他去退瓶子。火车出站后周进独自喝着那两瓶汽水,火车早已经看不见踪影了,他还在站台上站着,他很想把手里那两只空瓶全砸了的,但是想想又没舍得。那也是周进最后一次见到刘正英。周进说当时他提着这一提袋馒头,还有这两只空瓶只顾生气了,他也没想到以后会见不到刘正英了。

刘正英被人卖到了福建,从事前的一些迹象来看很难讲她是出于自愿,还是被人拐骗了,"表哥"也不是头一个操此行业的人。奇怪的倒是周进,他后来跑到福建去找他的老婆,都见到"表哥"了,别人一句话却让他打道回府。周进说:"刘正英是自愿的,而且她不想再见我。"我们一问,才知道这些话都是"表哥"的转述,周进其实根本就没有见到刘正英。原本周进准备第二次去福建,但就在这时候发生了一件事阻止了他,也使刘正英的下落最终成为一个谜。

周进的母亲死了。应当说是他的养母,养母临死前告诉他:"你爹不是你亲爹,你妈也不是你亲妈。"周进大哭,一下子他失去了所有的亲人,也是一下子他把这几十年来前前后后的事情都融会贯通,他想明白了,那么多年来他们为什么会这样对待他,那么多从前很平常的事其实也饱含深意。接着周进大病一场,病好后他还到过工地,不过那时候他虚弱得要命,根本不可能拿得动锄头、铁锹。他的样子也让人看着揪心,28 岁的人吧,半个头都花白了,变化最大的还是他走路的样子,他瘸得更厉害了,而且更加用力,也更显得吃力。有那么一瞬间我甚至怀疑周进是不是故意这么做,他故意这么摇来晃去地让我们看,就因为他丝毫不想掩饰他有多么可怜。

后面的事情差不多是听说的。世道变了,我们相继离开了市建公司,有的调上来,有的是彻底的离开。我也走了。那些原本稳定的东西开始失去平衡,先是城里人下海,紧接着是农民进城。据说周进一直在市建公司,当然不是挖防空洞,那玩意儿也早已经不时兴了。周进用他的瘸腿申请到一家公厕,那还是 5 分钱一张门票的时候,门票涨到 1 毛钱时他有了 3 家公厕。虽然提到他的人故意想把这个话题说得如何可笑,但我听得出他们骨子里其实并不觉得公厕有什么不好。我们中间最后离开那儿的是小武,小武说:"那狗日的现在可嚣张了,找了个农村女孩做老婆,跟我说让站就不敢坐,狗日的,还跟我表演,让他老婆,二十来岁吧,像命令狗一样:'蹲下!'那女孩就真的就蹲下了!"小武现在已经跟周进绝交,反正彼此都无所谓,"这狗日的真变态,又有钱。"小武最后说。

见到周进是在最近一个电视节目上,一所乡中学图书馆正在举行落成典礼,我一细看,屏幕上那个戴大红花的家伙不是周进吗?怎么也该四十七了吧,怎么还这么年轻?周进鼻子上架着副眼镜,西装革履,但他那副样子就是挂两只保龄球我也认得出。奇怪的是,周进在说普通话,尽管有点口音,但已经相当不错了。奇怪的事情还在后头,这时候周进走了两步,一点都不瘸,很平稳。我赶紧给小武打电话,我问他:"四频道上这个杂种是周进吗?""是,是。"小武分辨后也说是,但他也承认周进变化太大了,如果不细认还真看不出来。这时候我们俩都听到周进在电视里说:"我父亲是一名华侨,非常热心公益事业,这次我们出资修建这座图书馆就是想了结他老人家的一个伟大的心愿……"

我和小武听到这儿都发出一阵狂笑,小武说:"他这么骗人,当我们都死啦,就不怕我们把他戳穿!"

我对小武说:"你看,那头发是染的吧,还有那只脚,你看那鞋底就知道了,肯定是定做的,一只高一只矮,绝对赖不掉!

我记得,那天直到那个节目结束我和小武都在发疯似地笑着。

屋顶行动

秦天非常想到屋顶上去大喊一次，就像哪个歌唱家——不，甚至用比歌唱家更高的音、更足的丹田气大喊一次，这个愿望已经快一年了，发展到最后，他觉得身体到心智都几乎要被它击垮。

产生这个想法的起因可能并不重要了，单位或者家庭，到处都潜藏着值得他去大声喊叫的理由，这种愿望当然不能理解成一种很单纯的趣向，或者仅仅是一种生理的需求，因为一想到这一年来所受的折磨，秦天就不可能让自己轻松起来，而解释成压力，他身边的压力又确实太多了。就这一问题，他的确是很认真地思考过，比如在旁人看来并不重要的起因，秦天也曾经很执着地回忆，他记得最初这只是一句玩笑话，它的雏形是在单位形成的，只是在以后不断的衍化过程中它才进化成一个经不起撩拨，就像是斗鸡一样独立于他的怪物。作为他们科室最后调入的一名员工，那时候秦天受领导的训斥几乎就是家常便饭，有些人可能天生懦弱，天生就是一个让人拿来出气的命，很不幸的是他就是这样一个人。

那一天他刚一上班就被领导叫去训斥了一顿，绝对不是他的错，一个串门的到他们办公室用他们的电话偷偷打了一个长途，怎么能算是他的错？放在平时，这也没什么大不了的，可这个人与领导有积怨，打着打着，领导就进来了，他不好去说打电话的，却揪住秦天不放，把他叫到隔壁，故意大声地指责秦天乱用单位的电话做人情。领导与打电话的积怨秦天也知道一些，也明白领导不过是要借他敲山震虎，可他觉得不是自己的错就反驳了一下。他不说还罢了，一说领导的怒气也转到了他的头上。他问秦天责任心哪儿去了，上进心哪儿去了？接着开始数落秦天的种种毛病，上班不准时，老迟到，衣服也不经常洗换，醒醒邋遢，办公效率低，要不就脚蹬一只拉开的抽屉上，有时还往桌角抹鼻屎。有些事情当然不是真的，但秦天一想如果再反驳下去，没准领导真的就会拉他去找鼻屎，于是不敢再吭声了。那一次领导的训话持续了半个多小时，他可是找到感觉了，发挥到最后还扬言说要在科室里实行竞争上岗，要马上开大会研究秦天到底有没有资格。最后会虽然没开，两个人都累得够呛，秦天就像一个挨训的小学生变得垂头丧气，他想凭什么别人打电话，他却要竞争上岗，心里憋着一口气却发不出来。

那一天整整一上午秦天都闷闷地坐着，同科室的人都开导他劝他算了，他们领导就这么个脾气，有一个甚至说："别理他，他这种人是退不了休的。"退不了休是什么意思？秦天没弄明白，旁人却齐齐地笑起来。秦天不能原谅他们刚才的沉默，当时没有一个人愿意出来帮他说句话，现在却阴阳怪气的。他坐在那儿生他们的气，生领导的气、他自己的气,可表面上他还得装出一点都不在乎。这么闷闷地坐了一上午。快下班时,同事们都纷纷离开,他的邻桌好心地问他:"怎么还不走,还在做思想斗争?"秦天的确坐得很久了,忘记了时间,这时回过神故作轻松地站起来,边收拾东西边开玩笑,他说:"有时候真他妈想大喊一声,大喊一声什么都解决了。"正这么说,秦天就觉得胸膛里有一团闷气猛地向上一提,好像他再一张嘴就会立即冲出去。这个状态的确来得太突然了,他并不想当真的,是他的身体没有随随便便放过去,那一声没有发出的喊叫好像已经腾空而出,一直盘旋在他的头顶上,颤颤地,划着圈,袅袅而去,他几乎扶着桌子站了五六秒才把这股劲让过去。这段过程别人自然无法体会到,他听有人接他的话继续这个玩笑,他们说:"喊吧喊吧,喊完了我们帮你给安宁医院打电话!"

这是一年前发生的事了,究竟是不是那天种下的根的确并不重要,关键的问题是以后他受了什么委屈,哪怕仅仅不高兴,那团跃跃欲试的气体也会上涌过肩,顶着他的胸口,然后在他的喉咙里团团打转,这么一直持续着把他的眼泪都憋出来。但那究竟是不是一种喊叫的欲望,秦天无法确定,也许可能是某种潜伏的病症,只是出于恐慌,他才把这当成一种喊叫来对待了。

那以后他的确有了一些变化。一年前他还是个有为青年吧,动作举止虽不太敏捷,但肌肉结实有力,上下楼因为嫌慢他很少愿意等电梯。可一年来,他的头发大把大把地脱落了,有些部位已经稀疏得能看见头皮,最要命的还是精神状态,早晨他疲疲塌塌地赶到单位,一整天都像个吸食白粉的不断地冲着桌上的台板打哈欠,与别人的交往也是一副懒精无神的样子——这是白天,一到晚上他的脑袋却来了电,兴奋就像外面呜啦呜啦乱叫的野猫,那真是他最难熬的一段时间,好像有什么重要的事正等着他,当然不会有什么事的,可他怎么想办法就是睡不着。如果十二点还在床上不停地翻来回,他就知道不妙了,这一夜又要泡汤了,问题是他越这么想,仿佛给自己作了心理暗示,他就真的睡不着,常常要到四五点钟,他才能迷迷糊糊地在一种很清醒的状态下眯一下眼。一度他对睡眠,对床都怀有一种不太正常的戒备。那时候他的眼睛常常红红的,面色黝黑,不过这样一来,他倒更像是一个心神焦虑、坐办公室的小公务员。一年时间很快地过去,单位又来了几个更年轻的大学生,不知不觉中,别人对他的称谓也有了变化,从前是小秦、秦天,现在,也有人开始叫他老秦。

一年前他有个叫小莘的女朋友,可这个原以为会和他患难与共的女友也被他折磨得够呛,她应该是不堪忍受才跑掉的,由此也可以反过来证明他的可怕。他是不是真的患上了什么难愈的不知名的病症?他的房间里从前尽管也很凌乱,可凌乱中的气息却是健康的,他女友一直坚持他身上有一股浓浓的奶香,那是他的体味、汗味,它们充斥着他的周围。后来仍旧是这些东西,连他自己也知道发生变化了,某一天,很可能是一夜间它们变成了一种焦煳味、泡菜坛子味,总之是一种不健康的、萎败的气味。就在这时候倒霉事又找上了他,一只耗子不知什么缘故死在他的床角,等他们发现时,它已经变硬变干,那种腐烂的气味里有一丝泛甜,又有一丝金属高速摩擦时发出的寒冽,臭得十分离奇,关键是他们在这种气味里住了至少一个星期而一无所觉,接下来的一星期,甚至更长的时间他们还要生活在这种气息以及对它的记忆之中。他女友的头发也在这时候大把大把开花一样开始分叉,她把那些头发捏在手里举给他看,以后他能想起的也是这个动作。但她关心的还不是她的头发,尽管她也很关心头发。她焦虑地探寻着什么,可更让她焦虑的是她根本找不到答案,这个被他蹂躏被他折磨的女人,曾经那么的柔顺,而现在她也终于开始陷入了绝望。但他又能够说什么呢,他怎么解释他为什么要不停地洗自己的手,解释为什么打开电视机,再打开音响,又神秘地把门窗都关上,解释他为什么突然就对她不理不睬,或者答非所问,他怎么解释这些与他想来的一次喊叫是联系在一起的?他自己都不相信,又如何说服别人?那一次他在女人流泪的时候,焦躁不安地在房间里走着,像一头困兽,最后干脆,他是这么干的——他把她拉近自己身前,不管她愿不愿意,用力把她翻转过来,从后面进入了她的身体。他看女人满头分叉的头发十分凶恶地狂抖,因为这违反女人也违反他自己的意愿,他干得非常投入,他还在自己勃起的阴茎上吐了一泡口水。

这也是他与女人的最后一次"关系",事实上他女友走出这个房间后就再也没有回来过。这也是他意料中的,谁也不能保证自己不失去什么,更何况他从失去中得到了快乐——这是他弥足珍贵的,可他却很随意就破坏了。女人真是个好女人,临走还没忘记把拖鞋放回鞋架上。她一直在不停地哭,秦天抽着烟,很平静地看着那些眼泪,他发现它们其实就像水一样,有泪痕的地方会淌得快些,没有的地方就晶莹地悬挂着。他为这一发现感到惊奇。

应当说，这以后秦天真的变得单纯了，如他所愿，他又重新开始过上了快乐的单身生活。这绝不是一次简单的重复，七八年前的青春期与此相比就像活在一只正在不断升温的笼屉里，而现在却似蜕皮，没有强烈的动机和归宿感，他反而体会到一种天高地阔的自在，他不必在每天下午下班后急急忙忙地跑到那个乱糟糟的菜市上和小商小贩们讨价还价了，也无须再为一些鸡毛蒜皮的小事做一番复杂的解释。尽管每到黄昏时，他同样会为晚上吃什么发愁，可这段时间毕竟短暂，而且很快就会过去的。方便面、干脆面，有时只是一两根火腿肠，就可以把从前十分隆重的时刻打发掉。头几天他就是在这种单纯生活给他带来的轻松中度过的，如果不是为了生计，他完全有理由再辞掉公职，让自己活得更单纯一些。

新生活只满足了他一个月，仅仅一个月新鲜感就过去了，那些症状来临的速度远比他想象的要快，它们并没有因为女人的消失而消失，相反，它们还存在，理直气壮地占据了他以外的空间，并且它们出现时更换了面目。楼下住的一对老夫妇突然跑来告状，他走路时的脚步太响了，这个问题大概从前也发生过。第一二次都是老夫妇一起上来打招呼，他很客气地道了歉，第三次他们干脆在楼下用棒子或者拖把捅他的地板。他气坏了，脱下鞋用鞋底同他们对敲。比赛的结果——他赢了！他敲了很久，也骂了很久，楼下早已经屈服，他还在骂，还在敲，他停下来是因为他突然听到房间里响起了他的回声，就像还有另外一个人在模仿他说话，他伏在沙发上时才发觉自己早已经大汗淋漓,呼吸久久不能平抑。另一个势单力薄的例子是有一天他为炉子引火,那幢老宿舍楼大概只有他还在用这种老炉子,引火前他得燃一些柴,可他用的柴太湿了,整个楼道里都被他弄得乌烟瘴气,他听到有人打开门冲着外面大骂,如果小莘在的话,她一定会抢先跳出来,用他熟悉的最俗气却也是最锋利的叫骂予以还击。就在那团发蓝的烟雾中,他一边抹着眼角被不断熏出的眼泪,一边开始怀念刚刚失去不久的光阴。最初的怀念像早春的大地,对女人种种烦琐以及安慰的联想从他的记忆里冒出了芽尖。他猜想着那焦虑的来源,女人是给他制造不少麻烦,可同时也为他解决了不少,事实就是这样,只是制造的和解决的是否对等,是否可以相互抵消?

　　如果这是一个错误,这应当是一个最严重的错误,至少他在纠正自己的时候,把女人当成了他最醒目的敌人了。又过了一星期,他再去找小莘,先是打电话,再打寻呼,每天七八个电话,五六个寻呼,这时候他觉得自己已经像被突然爆发的山洪挟裹着,有些身不由己了。一个男人回的电话,他说小莘和他换了 call 机,再问则说有什么事他可以全权处理。他问能不能让小莘回电话,男人说不能,很坚决地说现在不能。秦天挂电话前还是说了声谢谢,说不清为什么此时他竟还会觉得如释重负。

　　终于到了他一个人解决这些问题的时候。首先的问题自然是"性",从前它是一种需要,现在仍然是,却有了另外的含义。他的失眠症又犯了,夜里十二点钟,他出门到街上去散心,这时候正是那些夜鸟归巢的时候,马路上零零散散地走着成双成对的恋人,他却选在这段时间在大街上狂奔,从城东到城西,或走或跑,出一身透汗,弄得自己气喘吁吁他才能寻找到一点踏实。城西有个红灯区,一度这里成为他夜行的转折点,他站在那些艳丽的霓虹灯下,看着那些涂脂抹粉的女人从他的面前搔首弄姿地走过去,或者只是看到她们看他时那种似怨似嗔的眼神,他就忽然地开始怜惜起自己,但他从来没有想过会被她们诱惑。等他回家,可已经到了夜里两三点,上床之前手淫一次是他例行的,有时候他在灯光下干这一切,两条腿之间夹上一只枕头。他要快感也要接下来的那疲乏,后者正在日益壮大,把前者挤成薄薄的一线,他又觉得自己委屈,瑟缩着,少了做人的乐趣,糟糕的是第二天还要这么重复一次。

有一次秦天上班时间挤上一辆拥挤混乱的公共汽车,他站在汽车的中部,两只手都吊在扶手上正昏沉沉地想心事,他们领导这一段爱上了气功,凡事讲究制怒,退一步海阔天空,单位里每个人都享受到领导心宽的好处,唯独他,觉得自己正在被领导无形的气场笼罩着。这是一种进一步的控制,现在领导凭一句咒语就能够深入他的心脏,领导的优势正在进一步扩大,那种被人侵略的感觉更加强烈。

他前面站着一个烫蓬松卷发的女人,但愿她是无心的,女人把她那个肥圆的臀部随着汽车的颠簸不时送到他的小腹上。很可能之前秦天只有这么一个概念,他正在坐车,超载的男女,刺鼻熏人的体味、香水味混合后让他差不多进入一种十分浅表的睡眠。就在那一刻他忽然警觉地"醒"了,脑子好像一瓶突然开启的香槟酒,带着"嗡"地一声闷响,他感到自己身体的变化:它正在膨胀之中!那是一种被蚂蚁咬的感觉,他甚至一下子就能捕捉到他的心跳,就像一只被人胡乱擂击的鼓面,他体会到一种被自己放大的恐惧。当时他已经无法退让了,他的身后是另一个男人的小腹,他只能这么若无其事地承担着。这段过程让他心里陡然升起一个巨大的悬念,他一方面渴望这种无奈的接触能够得到对方的谅解,另一方面,他还要坚信自己的无辜。女人头发里散发出来的热烘烘的气体让他一阵阵地头晕目眩,同时又让他更加清醒、兴奋,那种恐惧中心包含着同样巨大的快乐是他下车后才体会到的,他出了一身热汗,显得格外地轻松,就像刚刚洗完一个热水澡。在办公室里他悄无声息地坐在一个角落里,脑子里过电一样一遍接着一遍反复着车上他受攻击的一幕。

的确,他身上的某种隐藏的东西被激活了,这让他一下子就找到了下一步生活的目标,甚至,他相信这将成为治愈自己的一剂良药,有风险,却把敌人引到了外部。秦天因此爱上了公共汽车,尤其是下午六点钟的公共汽车,下班高峰期公车上的拥挤和混乱是他实施自我救治的最好时刻。

起初他的目标大多集中在那些长相不佳,或者穿着邋遢的女人身上,那些可能才从农村进城打工的女人们的确在被他抚慰时没有给他带来太多的麻烦,她们都会躲闪,却在他可以容忍的范围之内。经过一段很细微的铺垫,他把自己完整地贴上去,有时候他刚一动念就如同上弦的利箭,有时候则像一只慢慢充盈的气球,他充分地利用汽车在不同路段的颠簸,转弯处合理的摇摆,然后让自己停在女人的股沟缓缓地抽动。他的神经在此刻变得锐利而发达,任何小的风吹草动都逃不过他此时的灵敏,他又绝不粘黏,对方稍稍有些反应过大,他就让自己停下来。他的裤包里带着两节一号电池,必要时就是最好的解释。后来,他又对自己的选择进行了纠正,他认为对女人区别对待是有违公允的,于是他放弃了原先只针对平凡女人的作法,新的方法是,只要是站在他前面的女人都与他有缘,他都会去试探。他最喜欢女人的惊恐了,晚上回味起白天的作为,秦天也总觉得这时最有滋味,因为这反过来对他也产生新的刺激。

应当说他终于尝到了有个恶习的好处,它让他学会了放松,让他平静,让他对世间的其他恶行熟视无睹,而能够进一步理解。他不是变得更有涵养了,更加平和了,他在同事中的声誉不是正在一天天隆升,他只是很巧妙地在悄无声息之中把他的困惑移到了不为人注意的地方。

有一天秦天发现了一位他的同道。自从有了这种爱好后,似乎周围发生的一切都难以逃出他的知觉了,那些从前与他一道挤公车的人不再是复杂而难以计数的众生,他们同他一样有着难以言说的苦衷和弱点。他先是发现了一个小偷,他发现的最多的就是小偷,他们用镊子,用小刀作案,他们是为了钱,但也有和他一样的。那天他见到的是一个其貌不扬的小个男人,当时就站在他旁边,和他一样,小个男人也两手抓着车顶的扶手(在秦天看来双手举过头顶本身就是在澄清什么)。秦天觉得奇怪的是车即便行驶平稳,小个男人还是在前仰后合的,他前面站着两个正在夸夸其谈的女人。小个男人像打夯一样,近乎执着地用他的小腹去撞击其中一个女人的后臀。女人却毫无知觉,继续与她的同伴聊天。这是个更加无耻的形象,甚至秦天对着他笑,小个男人也一无所觉,也许那时候他真的不管不顾了,借着一次强有力的急刹车,小个男人猛地扑到那个女人的身上。这可能是一个转机,秦天应当由此可以联想到他自己的形象,他完全能够借助此事在他心里留下的厌恶和反感让自己回到他容易掌握的轨道上去。但那天秦天明显受到刺激,小个男人脸上一闪而过的惬意,让他紧张得嗓子眼发干,好像别人的高潮也正在把他淹没掉。他只得一趟一趟近乎疯狂地转车,寻找新的目标和机会,后来还真让他找到了一个。那是个阴郁的女人,这种女人,根据他的经验,常常过得不幸福,对突如其来的进攻却极善于利用,很有想象力。女人的确和他配合,甚至不时借弯腰说话来方便他进一步接触。他几乎要射了,但女人的目的地也几乎同时到达。这是不可逆转的时刻,女人和她的同伴,一个小女孩一起朝车门方向走去,她甚至还回了一下头。秦天的眼里却只有那条将他遗弃的大腿,他一直沉溺在一种被阻塞的感觉之中,皮肤像被气体充盈着,让他立即有一种寻事的冲动。这种感觉让他又回到了现实,他的现实是,刚才还在他的掌握中的事,一下子就可以无影无踪。

事态的激化是他从前女友小莘的结婚开始的。她给他寄来一份请柬,秦天不知道她的目的,他已经无法把事情往好处想了,他把这当成一次挑衅,一次示威,他在收到请柬不到二分钟就把它撕成碎片。那些大红色的碎片让他想起从前与小莘在一起的日子,他们也曾经谈到过未来的婚礼,宏大热闹的婚礼上,有男女伴童,婚纱礼服,更有彩纸做的碎片,新人经过时,它们像漫天的礼花自天而降。秦天用小刀把那些碎纸裁成更小部分,然后他来到九楼,九楼是楼顶,平时上楼顶小门都用锁锁着的,秦天用一块红砖就把锁砸开了。他从九楼上把那些红色的纸屑像雪片一样撒了出去。

这一年时间里秦天到过不同的楼顶,这大概是他最后一次上楼顶。楼顶应当是城市里最接受天空的地方了,可他仍觉得压抑,因为在楼顶上放眼一望更容易产生的心理是渺小,之后,还是渺小。他上楼的目的起初是想去看看的,放松一下,如果真想喊的话,他将不顾一切地叫喊,并一直叫喊下去,可那时候,他却往往僵硬地立着,被夜晚的灯火或白天蜂巢一样细密的窗口所困惑。那个原来只是喊叫的东西又一次遁了形,它消失了,很可能与他的心理一样,它也自惭形秽而惧怕湮没。那是他最后一次在楼顶上的想法,那个原本属于他的婚礼再一次告诉他,他是一个多么可怕的人,一个难啃也难于吞咽的骨头,没有什么能够消化得了他。那也是他第一次想到死,他看着那些碎纸屑纷纷扬扬地在他脚底下坠落,他甚至觉得死亡都是琐碎和渺小的。纸屑最后停在一辆乳白色的桑塔纳轿车顶上,看上去像一层泥点一样肮脏。

秦天的裤包里又多了一样工具,一把小小的裁纸刀。那天他就用这把裁纸刀割破了两个女人的皮裙。他割的人都是对他顺从的,也就是说,在他对她们骚扰时她们毫无反应,这又是一种刺激,他进一步体现了他的意志,他只是在执行一种神秘的判决。

他的梦多了起来,就在这一段他频频地作一些噩梦,他从飞机上半空坠下，下面没有地面，没有海水，总之什么都没有，只有坠落。有一回他梦见他抱着自己的孩子，一个两三岁的男孩在街上行走，那是个什么样子的孩子，他知道自己并没有孩子，他光着头正在他的手臂间来回晃悠，每过一个人他就朝他们脸上吐口水。他教训他，用手打他，可反过来那孩子却朝他吐口水……他半夜醒来，嘴里总有一种难以形容的苦臭，如果他还想接着睡就必须去刷一次牙。有一次终于出了事，他用小刀划一个女人的健美裤，刚好遇上停车，小刀几乎没用上力就插进女人的腿根，因为都在蜂拥着下车，女人也找不到是谁把刀插到她身上的，甚至没有人知道怎么回事，人们只是看见她一下车就抱头蹲到地上了。秦天注意到那把小刀不见了，女人摸了一下大腿，再摊开时，手上是一片鲜红，女人开始恸哭……秦天那天隐在人堆里看着这一切，他有些伤心，他被女人的伤心感染了，围观的人群中发出的暧昧叹息也像对他的讥讽，当时他真有一种活到头的感觉。

这时候来了一个很适合他的机会，他们单位要抽调一个人下乡去扶贫支教，以往这种机会总是由新来的同志担任的，秦天这一次却抢在所有的人前面报了名。这一点可能出乎很多人的意料，单位专门为他举行了一次宴会，在他们附近的太白楼狠狠地撮了一顿。尽管平时大家都觉得秦天的言行举止有些不可思议，却没料到他的决定更加怪异，他们更没有想到的是，这会是他们和最亲密的战友秦天同志的最后一次晚餐。那一天他们都说了许多不吉利的话，比如不要看中乡长的女儿被人留在那儿了。尽管是酒话，但他们今后都将不断地为这些言辞懊悔不迭。

半年后,也就是秦天在乡下扶贫支教还有三个月即将圆满结束的时候,一场意外的火灾竟将他永远地留在了那里。秦天成了一名救火英雄,当然这是以他自己的性命作为代价的。

那是一场夏天稻收之后的大火,秦天所在的学校操场被当地农民当作临时打谷场,谷物脱粒后又用来堆放稻草。大火最先是从这里引发的,接着再把学校的木板墙引燃。当时秦天正在学校上课,他班上几十名学生被突如其来的灾难惊得目瞪口呆,除了恸哭,几乎都忘记了逃生,秦天只得一次次地冲入越燃越旺的大火,他从里面把大部分学生救了出来。最后一次,秦天去救最后两名学生时教室屋顶塌落了,他于是再也没有出来。

单位专门成立了一个秦天事迹调查组,赴秦天生前任教的云水乡寻访,但他们的收获十分有限,因为秦天一直住在学校教室边的小阁楼里,发火灾时那些被认为有价值的文字、信件、衣物连同秦天一起都被火焰吞噬精光,而口头采访得来又大都是没有多少个性的溢美,因此唯一的突破口还是在秦天生前的宿舍。这样,那间尘封已久充满霉味的宿舍被打开了,人们在被褥下找到一本笔记本。秦天没有记日记的习惯,笔记只是用来零零散散地记录他的心得,他对单位和同事的态度,但以秦天的个性,它们又都是经过改装过的,必须要经过破译才能读懂,比如K,很明显就是他们领导,秦天没有送他什么好话,他说这种人只会让人下岗,是恶霸,给人带来压力,是一切不和与混乱的根源。而Y、G、O显然又是他的同事,他说他们毫无性格,助纣为虐。还有一个出现频繁的"它"字引起了大家的注意,因为不是"他",也不是"她",因此最初大家都猜测这是一只动物,比如秦天说,今天它又来了,像一只阴险的猫头鹰悬在我的头顶上。那"它"就一定不是猫头鹰了,否则不会"像"了。但它是一条狗还是一只蝙蝠呢?最后有人说,会不会是一种病,秦天下乡之前就已经知道自己患了重症?这么解释当然就把问题顺畅了,可惜的是,没有找到这方面的医疗记载。

有价值的文字最后还是秦天的前女友小莘提供的,这是秦天下乡不久给她写的一封信,信上秦天称赞贫穷是有好处的:它让我得到净化,得到升华,从前想的乱七八糟的问题,现在我几乎根本就不会考虑了。接着秦天对农村的空气进行了赞美,他说现在他的每一段时间都充满了动作,因为要自己做饭,自己打水,自己洗衣,可就在这种忙碌中,他还有时间看一看天空,看一看对面的山。最后这一条也被一位秦天生前学校的同事所证实,他说秦天老师一到黄昏就忽然变得不爱说话了,而且非常突然,这时候他谁也不理,常常登上学校的楼顶,那里有座晒台,秦老师在那晒台上往往一站就是小半天。学校对面只有一座山,一片竹林而已,没有什么可看的。当地的村民对此也不理解,他们不知道秦天老师每天下午站在那儿那么久究竟在看什么,不过每个经过学校的人还是会忍不住顺着他的目光朝山上看一看。

调查组带回的另一条消息与此前的传闻可能不太一样,因为在火灾现场一直没有找到秦天的遗骸,只有两具尸骨,从体积上推断应当属于秦天的两个学生。这件事在当时流传很广，甚至当地人以此为依据把秦天封成火神，还为他塑了像，秦天骑着一头像龙又像马的怪物，正准备破空而去。

开秦天同志事迹报告会那天，那位与秦天共过事的林老师也被请来了，他还到秦天过去的办公桌前坐了坐。林老师曾是一名知青，后来自愿留在了当地。他向在场的秦天的生前好友透露了这样一则细节：就在屋顶塌落之前，人们都听到秦天的一声尖厉的喊叫，那声喊叫就像一只汽笛。汽笛？对啊，七十年代的那种防空警报，当时都在挖防空洞，准备防御美国飞机，汽笛一响，我们都会往防空洞里跑。当时我就有这样一种感觉，回到六七十年代了……

如果没有这么响，那么为什么县城的人都能听见？

跟 上

　　我妹妹结婚以后搬到她丈夫家里，她原先住的房间便空了出来，第二天我父母就打电话催我搬回去，这也是我们事先商量好的。那天我刚好有个约会，我在电话里对他们说："不着急嘛，反正那房子空着也不会飞掉。"我当时的确这么想。没想到这么一拖就是两个月，我一直很忙，几乎没有时间考虑搬家的事。我的意思是到底搬不搬回去我还没有考虑好。我父亲于是天天打电话催我，我回答他们老是那几句话，母亲倒没什么，我父亲显然急了，他先骂了我一顿，然后说："你老是这么忙，干脆，我替你把东西搬回来。"我以为他在开玩笑，跟他笑喀嘻地说："那可累着您老，那些破烂，我看着都头痛，整理起来，少说也得费上半天时间。"父亲说："没关系，反正我们也没什么事。"但这时候我仍然以为他在开玩笑，我听到他在电话里笑，也就没有太当真。

　　有一天下午我从一家工厂采访回来，等走到我住的那间小屋前，刚用钥匙把房门打开，我就愣住了：里面什么也没有了，只有一张床、一张桌子和两个装资料的书柜,都空空的,碎纸、烟头和用过的罐头瓶、啤酒瓶扔了一地。这几乎就是我住进来以前的样子。一时间我真有些不知所措。我否定了走错房间的可能性,因为我听到隔壁司机班的师傅们正在下象棋,他们的习惯是把棋子砸到棋盘上还要恶声恶气地骂一声对方的娘,这是我左边。右边是个只有一个蹲位的公厕,这时候大概有人刚刚解完手,那人用手提着裤子,把一只脚抬起来踩在抽水马桶的按钮上放水。一定是这样,水箱里的水跟着一段大花轿的哼哼声放了出来。没错,我在这儿住了两年了,这些细节即使让我闭着眼睛也能猜到自己正站在房间的哪个位置。就说我头顶——这时候我头顶上没有声音,声音要等到半夜,这幢楼是原来的老办公楼,不隔音,一户搬迁户强占着整个二楼。我头顶上就住着他们的儿子和儿媳,两个人总要过了午夜才开始折磨他们吱嘎乱响的双人床,还有他们临睡前总要在脚盆里很卖力地洗脚,那声音听上去甚至比有节奏的双人床还要色情。

这些,这两年我听够了也已经开始习惯了,很难想象这一切都要不存在了。

我站在房间里把这些都想了一遍,说实话,我有些难过,毕竟我在这里已经生活了两年。两年前它还破旧不堪的,连块窗帘布都没有。当时得到这间房子并不容易,我打过无数份报告弄到手时它还是间集体宿舍,好不容易等另外一个人结婚搬走了,我请来几个朋友帮我把它重新粉刷了一遍,又在窗户上补了两块窗帘布,把它弄得和新房差不多。我想起进门时收发室的张大爷对我说的"你父亲来过又走了"，我当时只是点点头，现在我明白了，他的意思是说我父亲把我的东西都搬走了！很明显我父亲对我一拖再拖的作风已经不耐烦了，他毅然决然地替我做出选择，心目中肯定把我搬回去住当成一件必然的事情，这对他或许再自然不过的，他甚至没有再给我时间继续考虑下去。父亲有我房门的钥匙，所以他能够这么做，这也是我的错误，是我一系列错误中铸成恶果的一个，我失去了自己的房子。更糟糕的我预感到这仅仅是个开头，我再没有好日子过了，从今往后我再也没有好日子过了。记得两年前王岚曾向我提出过类似的问题："你老爹干吗拿着你的钥匙呢?"从这一点来看，我就不得不佩服她的预见力。

两年前王岚还是我的女友，同许多人一样，我们也是从对方的身体开始相互了解的。我得承认每次我们俩单独在房间里的时候我总显得紧张得要命，尤其是白天，门外只要稍稍有点钥匙串的响动，我都会立即从床上跳下来，站在离床尽量远的地方，催促王岚赶紧把衣服穿好。自然，并不是每次钥匙串的响动都是我父亲发出，我说过我旁边还有个司机班，那些年轻小司机从我房门口晃着钥匙走过去，听起来也像随时要把我的房门打开来。起初王岚还和我配合，后来她就疲了，她慢吞吞地开始穿内衣，问题是王岚穿上衣服就不会再脱了，所以这时候她总是幽怨地说："你父亲拿你的钥匙干什么，他的好奇心是不是太重了?"头一回听到这种说法我还愣了一下，我猜不出王岚为什么对我父亲的印象这么糟糕，而且说起来这个印象好像还是我转给她的，这样我又不得不替我父亲做一番开脱，我说他只是来看看我，没别的意思。那时候我父亲刚刚退休，还没有找到消耗余力的地方，来看我的次数的确频繁了点。有意思的是我和王岚单独在一起的时候我父亲一次也没有遇上——这么说好像是在讲老天有眼。但当时我们却不得不为我父亲随时的到来耗去一部分心力，这样对两人世界的感受可想而知，也怨不得王岚要发火。只是我不可能因为这件事去责怪我父亲的，两年前我还是个健康青年，每个周末回家一次。

钥匙是我主动交给父亲的，因为这之前我已经丢过两串钥匙，此外把钥匙锁在房里的事也时常发生，为了避免这些在家里留一把备用也是理所当然的。这也许是我所有解释中最合理的一个。有一段时间我和王岚由钥匙引发的争吵非常多，弄到最后我们都有些厌烦。"那你说怎么办吧？"有一次我忍不住问她，你听王岚怎么说——"你不会砸啊，砸坏了大不了再配一个，我看你是长不大了……"王岚故意把话说得惊心动魄的，从前这些听上去只是斗嘴的说笑，现在来看却像谶言一样。

我猜想父亲一定不会去惊动什么搬家公司，我那点东西，他只要在街口随便叫上一辆板车，花上十块钱就可以轻松地装走。这几年父亲来报社看我顺便结识了不少人。他们大概都见到了林大爷正在给他的儿子搬家，林大爷用儿子的钥匙打开房门，再把里面的东西全部搬走。别人都在为了争取一间房子做努力，而林大爷却大公无私地把房子让了出来。路过收发室时我看见张大爷正在里面聚精会神地收拾一双旧皮鞋，那是我的，或者说曾经是我的。父亲肯定认为这双破鞋拖回去没什么必要，就送给张大爷在乡下的什么侄子了。幸亏张大爷擦得那么用功，否则他抬起头怎么跟我打招呼？——林老师回家啊？

我不想回家，至少这个时候。一打定主意我反而显得茫然了，在大街上我不断阻挡身后的行人，因为挤，后面的人要超过我也不容易，他们只好在后面用力地推我。这么踮着脚尖走了一段路我就烦了，因为我并不急着去哪儿，所以路过一个冷饮店时我就走了进去。我选择了一个靠窗的座位，要了一杯名为黄昏幻影的饮料。这地方原来我和王岚在一起时经常来的，我们一般就喝这种有三种不同颜色的饮料，我们喝出它是用果珍做的，但一直没弄清楚它们为什么能分出三个层次而彼此间互不混淆。到最后，杯子中残留的部分的确像黄昏时天空中最瑰丽也最迷离的那部分云彩，每次我们都留下三分之一在杯子里，不把它喝干净。

我对着街面坐着，外面是熙熙攘攘赶着回家的人流，差不多所有人都在埋着头行色匆匆地走路，偶尔有一两个抬起头隔着玻璃看我，神色也是十分惊愕的。我开始震惊他们强烈的目的感，而后又有些沮丧。的确在这种时候，我比谁都更像一位在外地旅游的观光客，与周遭的一切都毫不相干。最后我的眼睛落在对面宾馆外的玻璃幕墙上，那里有几个清洁工人正吊在半空中用一种特制的刷子擦洗着玻璃墙体，显然工作已经接近尾声，他们的位置也越来越低，不久就可以降到二楼的平台上。我想说的是我从来没有看到有人清洗建筑物外部，通常我以为这项工作是通过自然降水完成的。他们做得很不错,蓝色的玻璃幕墙开始发出一种清洁幽深的反光,闪亮簇新如同镜面,映在上面那个渐渐西沉的太阳犹如一个新鲜而安静的卵黄,还有对面也就是我所在的这幢低矮的建筑也能够看到。这时候思考一些严肃的问题是很自然,我顺理成章地开始猜想父亲让我搬回去的真实动机。妹妹走了,我就得搬回去,这中间的逻辑是什么?父亲如此急迫而固执,似乎正在用我来填补由于妹妹离家带来的空缺。我觉得自己比往常任何一个时候都靠近真相,但我又想,这会不会是个错觉呢?就像那个印在玻璃墙上的太阳,尽管比往常清晰,但我知道它并不是真的。

我去了妹妹家。妹夫小安没有回家,大概还在下班的路上,妹妹正盘着腿坐在沙发上看电视,看见我她第一句话就是:"你怎么来了,你不是今天要搬回家吗?"看来她什么都知道了,这倒好,省得我做一番解释了。我在防盗门外耸了耸肩,妹妹才开门把我放进去。我在沙发上坐下来,等着妹妹翻箱倒柜给我找吃的。这还是我在他们蜜月后第一次上门,我仔细打量了一下,他们的房间还没来得及收拾,走道被一些大大小小的皮箱包裹填塞着,妹妹和妹夫刚刚结束他们的蜜月旅行。我没记错的话,那个计划是临时提出来的,大概就在他们婚礼后的第二天上午。可以想象那个缠绵的新婚之夜,新郎新娘头碰头粘在一起,在床上精心地研读一张中国地图。他们去了乐山、青城山、黄山,再到武汉、上海,我不知道这次浪漫的长征能为他们的婚姻注入些什么,但就目前而言,迹象非常明显。妹妹过来了,她为我端来整整一大盘各种各样的水果零食,都是他们蜜月旅行沿途买的，每离开一个地方他们就邮回来一个大包裹。"吃吧，哥。"妹妹说。她脸上涌现的那种煞有介事的小主妇神情怎么看都会令人动容的。从前妹妹还是一个有些发胖的姑娘，但还不算肥胖，不过看上去让人觉得有些累赘罢了。让我们担心的倒是她旺盛的食欲，妹妹一顿能吃两大碗米饭，加上不断的零食，又不爱动，让我们对她的前途充满了忧虑。但我们一说，妹妹就顶嘴，就哭，再不然趴在椅背上对着电视脾气很好地吃第三块糖，我母亲把糖藏在哪儿她都能够找到，我们不得不为了糖与她斗智斗勇。"不吃怎么办？我饿嘛，再说不胖又能怎么样……"听到这种自暴自弃的表白，有时候真想给她一嘴巴。后来，我父亲给电台一个叫人生热线的栏目打电话，当时栏目正在播出，父亲听到自己的声音从收音机里传来："我女儿今年 21 岁了，非常内向，不爱说话，又老实，能不能通过你们电台交一些朋友……"父亲报上了我们家的电话。接下来的两天我们家的电话就变得像大年夜的 119 火警一样忙碌了，你很难想象晚上 11 点钟还有这么多善良的人因为无聊而醒着，他们都听到了我父亲的召唤。第二天妹妹一下班就开始忙着听电话，给每一个打电话的朋友建档案，拒绝来访或出访，因为人数太多，给素不相识者复信时，我父亲也不得不帮着打草稿。听这种节目的人大概没几个是值得接触的，但小安就混在里面，后来，小安终于脱颖而出，因为他同样受着肥胖的困扰，于是他被请到家里做客。妹妹开始变了，还是那个妹妹，体重也还是会增加，实质却发生了改变。

　　我接过妹妹递给我的一种小核桃搁进嘴里咬了一大口，太用力了,小核桃被我咬得粉碎。"应该这么吃!"妹妹教我先把袖珍核桃用牙咬裂,再用手掰开,小心地吃里面的肉。

"哥,你看它们好玩吗?"

妹妹指的是写字台上神态各异的玩具大猩猩,大概有七八只。

"我在上海买的,小安说买两只就够了,我说干什么,这东西少了就不好看了,我又不花你的钱,我一下子把八只全买下来,气死他了。"说完妹妹胜利地笑了。

"小安——好吗?"我问。

"什么?"妹妹显然一惊,"很好啊。"

废话,当然是废话,难道我还希望是别的? 幸亏这一段妹妹的注意力不会很集中,她开始说别的:"……那只抽屉还得归我,里面还有我好多东西呢……"

"他们晚上还那么打呼噜?"

"你调一头睡,要不,去客厅睡沙发。"

睡沙发是妹妹没出嫁时我每个周末回家的住宿方法,硬邦邦的沙发扶手常常弄得我早晨起来扭不转脖子。这时候我们不约而同地想起我有一回落枕后的悲惨形象,都笑了。

"习惯了就好了。"妹妹说。

习惯就好了。但妹妹走了,从家里搬出去,如果不搬走她或许还会像从前一样说这日子没法过了,除了唉声叹气,每天只能靠拼命吃甜食来平衡内心,就我知道的,那时候她对我父亲的抱怨绝不会比我少,她那么胖,在家里却得不到一点儿同情。记得有一次她和小安不小心怀孕了,那真是个关键的时候,那时候的小安还是花花公子一个,换谁都还没有常性的,这一点我倒能够理解,妹妹这么个条件,怎么能不允许别人再观望一下呢?那孩子妹妹主张留的,我父亲的态度是坚决拿掉,小安则没有表达意见。那天我父母和小安陪着妹妹去妇幼保健医院做人流,在大厅里他们遇到了我们家楼下的一户邻居,妹妹和小安朝别处一闪,很成功地就避开了。我父亲却拉着别人解释了好半天。末了,我父亲向妹妹他们表功说:"我只告诉她你们是来做检查的,没有别的事。"妹妹立即气得大哭,她在收费大厅里闹着要去跳河,后来干脆顺着墙面滑倒在地板上,在门诊室的走道里打起滚来。妹妹说:"我没脸见人了,你们是存心不让我活了。"那一天的情形真够丢人的,我父亲愣了半天,突然冒出一句话又把妹妹气乐了,父亲说:"那我再去找她解释一下?"父亲不光说,他差不多准备这么干了。

小安回来了,也喊我哥,其实他的年龄比我还大。妹妹急忙跑过去给他找了双拖鞋,这时候我才想起我没换鞋就踏到别人的木地板上,但我也要过去换时,妹妹说:"你算了吧,踩都踩了。"

我听见他们在厨房那儿嘀咕了一阵,妹妹的声音大一点,她说:"不,不,我不做,什么也没买。"因为还有别的动静,我就没细听,过了会儿,小安出来说:"和我们一起吃饭吧,我下去让馆子送上来——"

"算了吧!"我客气了一下。

"哥,你坐着,让他去,就楼下……"

我的呼机响了。我撩起衣襟看了看,妹妹说:"是老爹吗?准是咱老爹——楼角那个小卖部有电话。"妹妹家还来不及装电话,我必须下楼。

我父亲正在5公里外的一间空房间里发火,他隔着听筒劈头盖脸地骂我一顿:"怎么搞的?你自己东西也不来整理一下,那些脏袜子,有多少,我一数给你数出七八双来,你还喊没穿的,还有裤衩,买那么多浪费不浪费……现在在哪儿?……你妹妹那儿,你去那干什么?小安呢?回来了,把他也叫上,你们一起回来吃饭……"

妹妹起初不想回去的,她说晚上可能还有同事要来,可过了一会儿,她又改变了主意。我们一起回到家,还好,父亲顾及女儿女婿的感受,没有单独给我教诲,而是示意我,从我那儿搬来的东西都堆放在阳台上。我知道平静是暂时的,很快它们就会陪着我一起被秋后算账。

吃完饭,我们一家五口人都坐在客厅里,那是个平淡而温馨的夜晚,我想象中这应该就是我父亲理想中的夜晚。小安陪我父亲下棋,妹妹则和母亲坐在沙发的一角织毛衣,我坐在他们中间,眼睛紧紧地盯着对面矮柜上的画王屏幕。我正在看一部讲印第安人和白人争夺领地的电视剧,非常寡趣的那一类。我看到男主角正试图让自己爱上一个印第安少女就把频道换了,我找到体育台,正在播日本相扑。几乎没有人说话,母亲和妹妹偶尔的交流近乎耳语,父亲和小安的棋品都很好,抽个车吃个象都跟没事一样,尤其是他们的动作,看上去就像给对方赶走一只苍蝇或蚊子。渐渐地,我就觉得烦躁起来,主要是不能抽烟,小安是不抽烟的,我摸烟出来就少不了要顶住他们的一通唠叨,但我现在不想听这个,我宁愿不抽烟,也不想听这个。遥控器不停地被我伸在前面按下去,这些电视,除了印第安人就是相扑,再不就是琼瑶,母亲开始朝我喷喷咂嘴,于是我在一段相声那儿停下来,也没什么意思,你听听——(甲)你老婆整夜不回家。(乙)你老婆才整夜不回家呢。(甲)我跟你闹着玩的……我笑了起来,可能我的笑声太刺耳,破坏了他们喜欢的那种气氛,所有的人都不约而同地抬起头看看电视,再一起看着我。妹妹这时候冲着我的后脑勺翻了一个大白眼,她说:"哥,你的裤子也该换了吧,穿了多久了,色都变了。""他呀,"母亲说,"哪次说话听过,今天拿回来那堆脏衣服,让他穿脏了就拿回来洗,他不,给你窝着,非生霉不可,他那屋子每次我去都有一大股霉味……"

妹妹大概忘记从前她骑在椅子上吃糖果的倒霉相了,那时候糖果简直成了她的精神寄托,这些,我当然还记得的。我很想说"你呢,你当初吃起糖来命都可以不要",但我没说,因为有小安在,我不打算在他们感情还好的时候说点什么。都是这样,人就是一种时过境迁就落井下石的动物,连亲兄妹也免不了。

父亲这时候咂着嘴加入进来,他说:"是啊,人这么大,一点自理能力也没有。"他和小安的棋下完了,看表情就知道谁赢了。我看看小安,他走过来,坐到我妹妹身边,心情很稳定地看着她织毛衣,我敢打赌他这时候心里盘算的是怎样才能早点离开。父亲开始讲他准备如何装修房子,整个房间里只有他一个人说话,但他还必须要我们回答,因为他问"是不是?"然后他停下来,等候我们的答案。父亲说:

"现在我就这么个老大难了,解决了我死也瞑目。"我知道父亲在说我,很显然,是我破坏了他的心愿,他把我当成了实现心愿的一个最大的障碍。

小安他们走时,我也跟着去换鞋子,小安说:"哥你不用送了。"我忘了,我本来是准备和他们一起走的,我忘了从今天起要在家里过夜了。

趁他们洗漱时,我点起一支烟,父亲进来时我假装没看见,我眼睛盯着电视屏幕,5频道上面的那个横纲长得多像小安,刚才我却忘记告诉他了。我知道父亲这时候一直盯着我,在我眼前有两道烟雾像水里的气泡那样,正不可自抑地从我的鼻孔突突地冒出来。我猜想父亲心里一定在盘算该怎么对付我,我听见他用力抽着鼻子,有意发出很重的鼻息。可能临到说话时他才改变了主意,假装什么也没看见。他说:"早点休息吧,床也给你铺好了。"然后他拉上门进了自己的房间。我松了口气,但没用,心里还是闷得要命。我本来打算就这么坐一夜的,外面下雨了,很轻微却很细密的雨点落在齐窗高的梧桐树上,那种声音有一种很好的催眠效果,但我挣扎着不让自己立即去睡,我害怕这么一睡,一切都会变得顺理成章了。

用我父亲的话,接下来的时间我会开始过一种脱胎换骨的生活,一个星期后他就这么对我说:"你看你现在脸色都好很多,如果把烟戒掉,晚上再睡早一点,我保证你的脸色还会更好。"父亲大概并不知道现在我每天都会迟到,从我住回家那天起,每天上午我赶到单位都超过九点,但每次我都在进大门前,因为耐不住肚饥要去吃一碗牛肉粉,这样等我出现在办公室时自然要比预计的还要晚。

事实上,第一天早上七点钟我就被父亲叫了起米,我们家没有晚起的习惯。我父母先一起去外面买回豆浆、油条,然后再一起去晨练。我父亲是个太极拳高手,他打的太极比猴拳还要机灵,我见过一次。我的经验,观众越多他的动作就越利索,而我母亲在另一块场地上跟一帮同样无所事事的老太太打木兰拳,她们大概就这样蹦啊跳啊一直持续到上午十点半。这样终于可以把睡眠中富余出的时间打发掉。而等他们一出门,门锁一撞响,我就坐在客厅的沙发上睡着了。这一点或许他们根本就无法想到。在我印象中,这两年我还从来没这么早起过,而持续的早起只会让我越来越感到睡眠不足,整个白天我都觉得自己在梦游,我也不知道这种折磨会持续多久。

那一天我又迟到了,这是这星期我第三次迟到,我多少有些心虚。坐在我办公桌对面的林涛在我进门时正和隔壁农工部的小记者大声地谈论着什么,谈什么我不太清楚,我只听到他大声地笑,他通常用这种方式作为一段谬论的结尾。问题是他看到我进门时突然间就不说话了。我急匆匆地奔到我的座位上,把一只背包放到办公桌上,又从里面拿出一本本子、一本书和一个计算器。很长一段时间我都没有整理过我的背包,里面乱极了,各种票据,被揉烂的纸币,还有一个不知哪一天吃剩的面包,现在已经被压成一块薄饼。我把有用的东西拿出来,再把没用的东西放进去,问题是什么是有用的,我一时也弄不太清楚。我只得假装成整理背包或寻找一个很重要的东西的样子,把它们重新倒在桌上,这时候我故意说:"妈的,差点就把包丢在中巴车上。"

林涛没理我。这家伙总是这样,别指望他会这么轻易地放过你,一旦你以为什么事都没有了,都过去了的时候,他就来了,他会告诉你,老吉刚来过了,找你半天。老吉是我们的副主编,被他找当然不会有什么好事。林涛沉着的样子就像看着你没扣裤门就从厕所里出去,但他要等到人多的时候才会告诉你。不过,我得承认,这种感觉确实好极了,我自己就体会过,诀窍是要沉得住气。

他们的新一轮话题是一只乳房,很显然这不是他们刚才谈得热火朝天的。昨天的电影台大概演过一个与乳房有关的电影,一个美国女人割乳腺癌,问题是这一刀下去乳房就没有了,女人最受不了的就是这个。林涛和那个脸红红的小记者就局部与整体、完整与非完整展开了讨论,开始有点形而上的味道了。小记者说:"女人对自己的热爱,男人是无法体会的,我一个同学有个书架,里面放的全是鞋,你无法解释吧。"我开始弄一篇二版要的稿件,这时候我心里踏实了不少,想也没想就笑了,当然是无声的那种,嘴角朝两边朝上提的那种浅笑,不完全针对林涛的无能。但我已经感觉林涛在注意我了,他还在说话,支支吾吾,显然无法解释那一书柜鞋子,于是他的视线就越过小记者,移到我的脑门上,我感到很快他就会给我来一下厉害的。

这一次找我的是老付。"付老师,副刊部的付老师。"林涛说,"她已经来过两次了。"林涛的声音有意拖得很长。

老付是副刊部的副主任,一个快五十岁的老娘们,热情得要命,在我遇到的老娘们中老付是心肠最热的一位,她是跳拉丁舞的,是我们系统中年组的冠军,可以预计,到了老年她还是。老付一开始给我留下的印象就很深,从我大学毕业第一次来单位报到就注意到她,她在这个地方干了大概有十几年了,她喜欢在电梯里聊天,有时候她能压着电梯按钮跟你聊上五分钟,只要她愿意,哪怕上下班高峰期她也这么干。此外,老付对她那个五十岁的腰身好像也满意得要命,两尺二?两尺三?这一点也不是一般的人能够办到的。当然对她那个年龄层来说,能有一个只是微微隆起的小腹已经相当不错了,因此老付喜欢穿健美裤,喜欢穿露出膝盖的裙子,几乎一天一套,比小姑娘换得都勤快。据说在家里吃饭,老付也会隆重地换一身衣裳。可是你实在找不到话讲,夸她一下,老付的话题就来了,她好像又很担心这种夸奖,她会告诉你裙子是哪个表妹的,外套又是哪个侄女的,都是些没人要的东西。结果弄得你觉得自己也跟着不值钱。有一回我遇到老付在电梯里给资料室几个娘们展示她新拍的柔调照片,照片上老付打扮成二十出头的小姑娘,头戴一顶小花帽,扎两条麻花辫,就是街上橱窗最常见的。我瞟了一眼,当时的感觉,我认为老付对年龄的仇恨也未免太露骨了,这当然过头了,可资料室那几个无聊的娘们还不说实话,一直在夸她。轮到老付说话了,她当然要客气一下的,她会说:"不行了,老了,换到从前……"一大堆,怎么听你还是觉得她能照出这样的相片是多么的不简单。

那时候我跟老付的交情仅限于在电梯里打个招呼,点一下头。可后来,我父亲就和她认识了。我说过我父亲经常到单位来看看我。

他退休以后有段时间一直没有选好用力的地方，来得频了点，也是我的错，那时候我一见他来办公室就心烦，一见他就忍不住把他往我那个小黑屋里领。没办法，你有这么个老爹你也会把他往小黑屋里领的，没准你还会把他带到一个他从未到过的地方，然后半路再把他甩掉。那时候他见到谁都那么客气："最近——小能表现怎么样，还好吧？"他是在问我，我的表现怎么样，为了我好，见了谁他都这么客气。但即使这样，我也猜不出父亲和老付是如何认识的，他们的相识对我来说一直是个谜，父亲有一次终于没再跟我进小黑屋，他说："不，不，我是来找老付的，顺便看看你。"看得出，没有猜中他的意图，我父亲有多得意。我自然不能说什么，我是做儿子的，他就是不找我，我也没有拦住他不让他去找老付的权利。

那以后老付和我的话题却多了起来。除了工作、我的版面，她还跟我聊起我妹妹，她说我妹妹有自闭症的倾向，理由是我妹妹小时候经常喜欢躲在一只空纸箱里玩。"应该多让她接触社会。"老付说。有一次她甚至还对我说："你应该有点朝气，年轻人嘛。"她说这句话时，半个身体已经走在电梯门外了。"有事情来找我吧，你爸爸还让我关心关心你呢。"没等我说什么，电梯门就在我前面合上了。

记得还是在我读书的时候，我们系学生会在大街上搞了一次希望工程演讲，我参加了。全场数我的演讲最好最有煽动性，我的话音刚落，掌声就响起来，还有钱，周围听我演讲的市民们鼓完掌，把那些银光闪闪的毫子丢到我面前。那次我们只是宣传而不是募捐，人们却扔了钱，银光闪闪的毫子在我的四周围蹦蹦跳跳，扔了一地，可你又不能制止他们——就是这种感觉。当时我盯着门上那个不断跳动的楼层显示，一时间忘记应该干些什么，气咻咻地被电梯带到顶楼再拉回底楼。那一天我无论做什么事都好像踩不到点子上，恍恍惚惚的。我开始怀疑他们已经无话不谈了，继而我又怀疑我父亲把我们家所有的秘密都交代了，他那个不争气的老毛病我还不知道？上来一个财会室的娘们，她看看我，问："怎么了，谁惹你了？"我头一偏没有说话。对了，我失恋的传闻就是那一天在大楼里传开的。

我到老付的办公室时她却没在。副刊部的人说你 call 她好了，她就在大楼里。我当然没这么费事，老付在的地方想找不到还不太容易。我的方法是乘电梯下去，每到一个楼层停一下，我在电梯门口探一下头。老付有个习惯，她说话时总让你觉得她说的是悄悄话，但那只是动作，她的声音保证你在走道另一头都听得到。我在四楼的后勤处发现了她。老付站在别人门口正在跟一个比她更老的女人聊天，我听到老付正说："天，千万别让他看到了，那可怎么——"老付这时候看到我，便说："你跑哪儿去了，我找你半天了……"她再对那个老太太说："等我啊，一会儿我下来找你。"算作交代，老付才咚咚地朝我这边跑过来。那天老付穿着一件红风衣，看上去很像一只翩翩飞舞的大花蝶。

"怎么样，最近还好吧？"老付和我一起上了电梯，一开始她好像还沉浸在某种思绪里，我明显感到她正在寻找合适的措辞，就像黑暗中下台阶，不得不小心朝前面虚虚地探出一只脚。我立即警觉起来。我说："好。"老付说："听说你搬回去住了？ 这样好，老人嘛总是嘴巴多一点，要耐心好一点。"我笑了笑，没有吭声。老付不想让话题断掉，又问起我妹妹，她说："你妹妹怎么样？上次你父亲说，他们——两个去度蜜月了。""已经回来了。""听说你妹夫在什么单位上班——好像还可以吧？""一般吧，就一家很普通的会计师事务所。"我据实答道。"那很不错了嘛，不错不错！"老付开始欢喜赞叹，从电梯出来老付就在这么说，一直到办公室都没停，听上去好像我妹妹能嫁这么个人非常出乎她的意料。

　　我真猜不出老付到底想干什么，但我觉得无论什么事都应当非常严重，老付东拉西扯的铺垫越长我就越紧张。但我又一想，会不会老付把这些事通通说完，其实什么事都没有呢？这有点像老付的为人，但老付的口气太像有什么事要发生了，这一点随着时间的推移，我越来越清楚地体会到。已经不能再做这样的指望了，得快点结束这一切，凡是老付的话题我都用最简短的回答抵挡回去，后来，我干脆说是或不是。我必须尽快把老付逼到主题上。那时我们已坐在副刊部老付的办公桌前，她大概也没有遇到过我这么难弄的人，老付把眉头皱起来，样子看上去好像是我搞得她这么为难。很快，老付的目的就显现出来。她在我对面想了想，终于做出一副恍然大悟的表情开始翻抽屉，翻完抽屉再翻桌上的文件盒，最后才艰难地从她左边的一只箱子里找出一叠稿纸，递给我。那稿纸上的字在途中我就认出来了，是我父亲的。

　　"上回你父亲跟我说他原来在北京的时候就喜欢写东西，还参加过一个写作班，那个写什么草原的还给他们上过课，是吧？"

"不太清楚嘞。"我说的是实话,对父亲的历史我几乎一无所知,也从来没有问过。我只知道他在北京待过,又在上海待过,就这些,并不比档案记录的多多少。

老付看着我,有那么一会儿,好像是要分析一下我话里的成分。她说:"你父亲很有意思,那天他说有篇稿子,我就让他给我送来了……"

老付说话的时候我把稿子翻了翻,是我父亲的字,写得很认真也很工整,不过,是我父亲写的也就不奇怪了。那是篇散文,标题叫《幸福》,是这么写的:

> 我今年 36 岁,是工厂的一名工程师。我有一个美丽的妻子,一个 8 岁的女儿,她很可爱。我们曾经有过一个非常幸福的家庭。

这只是开头,后来我父亲就发现他不再幸福了。因为"我"的妻子,一个公共汽车售票员,突然回来得非常晚,有一段时间她几乎要到收车后两个多小时才回家。这让"我"产生了怀疑。"我"的举动是跟踪妻子,后来"我"发现妻子每天下班后实际上都是去送一位在残疾人工厂里上班的盲人。于是"我"的猜疑烟消云散。"我"不仅和妻子和好如初,还为残疾人工厂无偿地献上了一个专利。

我有些发懵,有那么段时间我都一直处在一种空洞的状态,我的脸不知不觉中红了。说实话,我不太清楚父亲的动机,也就是说他为什么要写这么个东西,我想不明白。很明显的是,它弄得我很难受,很长一段时间我都耷拉着脑袋像个挨训的小学生气馁地坐着。我父亲今年63岁了,刚退休,可文章里说他36岁,有一个美丽的妻子,一个8岁的女儿。我知道父亲从来没有写文章的习惯,他好像也从来不写什么日记,像别的老头弄一本过期杂志,鼻梁上塌着一副老花眼镜,每默念一个字就首肯似的点一下头,这种事从来就没有发生过。除了晨练太极拳,每天下午他总是去老年活动中心打桥牌,除此之外我想不出他还喜欢干什么。

老付问我:"怎么样?"当然是指文章了。我没有吭声,我装作欣赏一篇宏文巨作,把总共几页皱巴巴的稿纸来来回回地翻着。

老付说:"你知道的,文章应该真实感人,情文并茂嘛,这个你是知道的,有一些人一开始写文章就容易编一些故事,离开真情实感,文章当然不能够感人了,对不对……"老付盯着我,大概她觉得有些实情已经被我隐瞒掉了,所以她不得不寻找一下。说实话,她的这种语气让我很不舒服,我勉强笑了笑,说:"我不太清楚,真的,我一点都不知道他还写东西,我父亲从来没跟我说起过。"

但老付立即反驳我:"写东西好嘛,都不写东西了,我这副刊还发什么?关键是要写好,怎么写好,这才是关键……"之后,老付举了一个王先生作为例子,她把一本小册子放到我面前,指着那个灰皮封面上的不老松说:"这位老先生七十多了,骨癌患者,除了治疗,还经常写点古诗,填填词,在我们这儿发了,再自费出版,每次他都要给我寄一本——不过,你父亲还是很有意思的。"

我注意到这句话被她重复了两遍,也就是说她为我父亲辩解了两遍。我还沉浸在刚才那种气氛里,我在猜想父亲写这篇文章的真实企图,准确地讲,我现在脑子里乱糟糟的,我没想到父亲猛地一下就让我丢了这么大一个脸——36 岁,亏他想得出!一股气从我的小肚子里直往上涌,顶得我的脸开始发烧发烫。老付说的当然还是那些东西,但她已经在说什么"多写多看啊,回去再改一改啊",就这些调调,好像她已经看出来我没有多少抵抗力了。她跟着我一直走到电梯口,那架势就像随时准备搀扶我,临了,等电梯上来的那段功夫,她再来一记厉害的,她说:"怎么样,你妹妹也成家了,你怎么样?快了吧?"

　　"谢谢,谢谢你的关心。"我有气无力地说。电梯把老付关在外面,门慢慢地合拢,先是半个身子,再是一只扬起的手。

　　说实话,我对父亲的兴趣来了,感觉上这就和在沙漠中找到一块潮湿的土壤没什么两样,问题是即使这样离发现泉眼也还有一段不小的距离,还有不少的工作要做。我的经验,上了点年岁的人大多是经得起推敲的,因为他们本身的曲折就十分的有趣,只要你很小心地剥开表面的伪饰,又不要被中间复杂的纹理所误导就几乎可以成功了。当然,一开始我并不顺利,能帮助我的证据几乎没有,我父亲除了信件一般不写什么文字,这自然包括日记或者随感心得什么的,而且他们那代人天生就有一种消灭字迹的习惯。当然这是我从前知道的,那些已经寄出的信我也无法看到了,回信我却找到一些。有一次我在父亲忘记上锁的书桌里发现了一摞信件,它们被我父亲用橡皮筋整整齐齐地扎好，都是我父亲几个乡下的侄子或侄女写来的，上面大多数是这样：敬爱的叔叔婶婶，我们很想念你们，回来看一看吧，家乡的变化非常的大……就这些，看上去如闻其声。趁他们不注意，我还在某一天打开了我们家最隐秘的一只柜子。我记得那是一只不常开启的柜子，钥匙总被母亲拴在腰上，时刻不离左右，但那一天她忘记了，我于是看到我们家一些秘不示人的东西——有十来个从前有钱人家少爷戴在帽檐上很精致的银饰，几个袁大头，一只玉佩，这些东西连我也没有见过。我没找到存折，照我推测它们应该藏在家里哪个旮旯的某双烂皮鞋里。此外，我还在我父母亲的枕头下发现了一只开过口的避孕套，很明显没有用过——这一点我可以保证——但不知什么缘故开了口。就这些，我想，假如我不准备在这些琐碎的细节中迷失而误入歧途的话，我就得调整一下我的研究方法了。

　　我决定跟踪我父亲。这是一个突如其来的想法，很显然，是受了我父亲那篇文章的启发。我得承认这不是一个好方法，因为一连几天我都不得不早早地回到家，而此前这些时间我大多是在朋友家的麻将桌上度过的，尤其刚搬回来的那几天，我为了在外面多待一会儿还专门编了一大套谎话，但这并不妨碍我的呼机一到十二点就响起来，到时候不用看，也知道是我父亲在催促我。有一次我在一个同学家参加一个聚会，临到十二点我的呼机就叫了，那天我的前任女友王岚也在，她已经喝得有些过头了，躺在她旁边新男朋友的怀里，眼睛半梦半醒地睁着，视线越过我，落在我身后一个不具体的物体上。等大家乱七八糟地在自己腰间忙活一气，王岚才吃吃地笑起来，她用手指着我说："你们别看了，肯定是能哥的爸爸在找他了。"我只得弯下腰看了看，果然是。王岚说："回去吧，别让你爸爸着急。"她这么一说，大家都笑了。我正想着怎么拖延点时间，好让他们不把注意力集中在这上头，偏偏那该死的机子又叫了。那天我父亲一口气呼了我四遍，就算这时候我把呼机从窗口扔下去，我都肯定会成为接下来的话题。

正是这个原因，我猜他们会不会因为我突然回家这么早而非常不习惯，这么一想，我才发觉实际上我对父亲的生活也已经非常的陌生。照理每天晚餐都是每户人家最热闹的时候，一家人围着灶台，或帮忙或主勺，富余的人在客厅里看电视，吵吵嚷嚷磕磕碰碰，这种情形也是从前我们家最常见到的，只是现在它已经在我们漫长的成长中消亡了，成为照片一类令人尊重的东西。就在我妹妹出嫁前不久，我母亲疯狂地迷上了种菜，这项技能还是她上中专前在老家遗留下来的，母亲略为复习竟然身手依旧，就成了我们家天大的喜讯。她在离我们家差不多要步行二十分钟的一座小山上开发出一块像裙带一样狭长的山地，一星期有那么几天她都会去那里酣畅淋漓地干一下午。据说这样的日子越来越频繁了，我们家也吃到越来越多的绿色食品，我回家经常能听到母亲津津乐道她的庄稼长势，以及她不能浇点大便作肥料的遗憾。母亲的投入到了令我吃惊的程度，有时候她兴致所至直到天色擦黑还把自己留在山上，而这时候，她或许忘了我父亲是一个人待在家里。

对我的早到，父亲表现出一种由衷的高兴，他很满意，正是这一点让我略微有些伤心。那篇《幸福》连同那本不老松最后被我打上铅字送进邮筒，细算邮路，父亲应当收到了，一个证据是我父亲一度养成的看报习惯突然间中止，我带来的报纸几乎不见他去翻动。我们一起等母亲回家的时候，他会提议和我杀两盘象棋，把我杀得大败，一时兴起还要再让我个车。在我做这些事情的时候，渐渐地情绪中也会混入一些失望，父亲谈论邻居摸奖摸到一台彩电时的嫉妒是十分健康的，还有他谈论后楼技校生陈平当了厂长后的骄奢时，那种气愤也十分健康，父亲可能比我想象的要平静。又或许我期待中父亲的垂头丧气，抑或沉默地干着类似给花培培土、浇浇水的杂事，以及他一遍一遍抚摸老照片时带反悔意义的静坐都是一种想当然的失误。但我还是在父亲的言谈举止中捕捉到一点蛛丝马迹，我几乎要放过去了。吃饭时，母亲谈起她的绿色食品，说有人趁着天黑偷了她眼见就要成熟的茄子和扁豆，父亲这时说："这有什么意思吗？忙活这么一阵什么都没有，有什么意义吗?!"我注意到父亲谈到了意义，他用筷子使劲地敲击着碗沿。这是不是有点不应该，无论对辛劳的母亲，还是就要吃到嘴里的扁豆？

前面我说过我有睡懒觉的习惯，哪怕住在家里，被父母叫起来，我也会想方设法在床上多赖一会儿，或者等他们出门后再睡个回笼觉。但自从有了那个念头后，我就觉得自己彻底地变了，我的生活目标一刹那变得清晰起来，也是忽然之间我就变成了一个精力充沛的人，晚上我想着种种行走的路线和方式，以及跟踪时各种可能发生的问题，激动得让我直想抓自己的头发，直到早上醒来我依然兴奋不已。这当然与我有一段时间喜欢看侦探小说有关系，我没想到事隔多年，那些惊险故事中激动人心的片断也能在我的生活中出现。我唯一的疏漏是我从头至尾丝毫没有想过我可能会看到什么样的情景，我承认我根本就没有想过。这么多年来我第一次对我父亲的私生活发生了兴趣，但我却把真正想关心的东西忽略了。

我是这么安排的，早上起来去单位签到，然后再悄悄地潜回我们家附近，在离我们家不远的一个出租录像带的小铺子里坐着，一边和一个新婚不久的小少妇闲聊，一边朝我们家住的单元门眺望。第一、二天没有什么异常，我父亲上午去集市上买了菜和米油后一般都不再出门，下午他换了一身衣服去离我们家不远的一个老年活动中心打桥牌，两天都是如此。那种地方我不知道别的城市是否也有，名为老年活动中心，实际上是一个不折不扣的赌博场所，我们这儿都叫它精武馆，去那儿的人没有几个不是去玩麻将的。我父亲是个例外，他不赌博，也看不起麻将。幸运的是，他在那儿还能找到几个赌赌钱，偶尔也玩玩桥牌的人，一个星期他总会去玩几次。

有几个下午我几乎都在精武馆对面的一个游戏机房里猫着，和一群逃学的孩子打摩根。我的技术实在不能让人恭维，几个拖着鼻涕的留级生一直在一旁叽叽喳喳地嘲笑我，可也不太过分，因为我遇到危险时允许他们来帮忙。后来我拖了条方凳坐在窗口吸烟，尽量不把脑袋暴露在窗台上。从这个位置我看不到父亲，他和牌友大概在屋角的一张桌子，屋子里飘着一缕缕蓝色的烟雾，不用多长时间就可以听见炒豆一样的洗牌声，还有牌品不好的人不迭的抱怨和后悔。

就在这间屋里,我听说有个老太太因为自摸一把报听的龙七对,而当场休克,然后死在送往医院的途中,她手里的那张牌因为实在无法取下,整副牌中只好混进了一张贴着胶布的幺鸡,谁拿到这张牌都得自认倒霉。这个传说在这个街区非常流行,很多不打麻将的人都知道。这时候我脑子里忽然闪过一个念头:我父亲为什么不打麻将?他不打麻将真的是因为不喜欢?本来我心里已经在怀疑继续跟踪的价值,这么一想我发现我在这个问题中的意义已经找到了。

果然第三天就有了新进展。那天是星期一,星期一对我们家来说意思不大,但我知道那一天我母亲要去我妹妹家,这就不同了。那天我同样又谎称有一个采访早早便出了门,我仍然坐在那家小铺子里,我母亲是十二点出门的,一点钟不到我父亲也走了下来。父亲换了一身西服,那是他老人家六十大寿的时候专门为他定做的,看上去还十分合身。这时候刚好太阳从云层里冒出来,他的茶色眼镜黑得像副墨镜,配上他脑袋上至今没有变白的几缕头发,简直就跟电影里周润发演的小马哥一样帅。父亲在楼梯口略微停了一下,我感觉他眼睛在镜片后飞快地朝四周一扫,之后他就转身向背着我的另一个街口走去。很显然。父亲是有目的的,我赶忙从录像店那低矮的窗口下站起来。

跟踪是一桩苦差,这是我立即就有的体会,我的感受是跟踪者远没有被跟踪者坦然,除了意想不到的情节,还需要面对自己的心理负担。就我们父子而言,我父亲因为对他的身后一无所知而显得从容不迫,而我则需要不时地借助各种地形和行人来掩藏自己的行迹,我不得不在一些提包或者纸箱等杂物组成的障碍中艰难地行进着。有一次我甚至以为我已经被发现了，那一刻我陡然变得紧张，但父亲只是扭了扭脖子，并没有回头，随即又行走如常。这时候我忽然想起还没有想好合适的理由来解释我和父亲的巧遇，仅仅这么一愣神，父亲就从我的视野里消失了，远远地，我只能看见他后脑勺上一茎不肯服贴的头发，越过前面一颗颗攒动的人头以及正午刺眼的阳光，像一面旗帜一样随着他的步幅向我舞动着。

我想起小时候的一件事，小时候我就这么走失过，那时父亲还在玻璃厂配料车间下放劳动，我因为年龄太小上不了学，每天都被心急如焚的父亲拖到他的工厂里，然后丢在一个用来堆煤的球场上。但我还是太小了，路上这三十分钟即便我紧追慢赶，在我父亲身后走得精疲力竭，还是只能看见父亲越来越远的背影。有一次便跟错了人，被我误认为父亲的人直到我去拽他的袖口时才转过脸来。那一天我站在熙熙攘攘的大街上放声大哭，被过路的人围在一棵女贞树下。当时的情形我已经记不太清楚，用父亲事后的话说我差点被一位来出差的广东人或福建人带走。父亲找到我时，他正用一辆新买的玩具车逗我。父亲说："你看到汽车的样子——人早已经不哭了，他再用点力你保准就跟他走了。"这一段父亲经常向我回忆，每一次回忆他老人家都会补充一点新细节，比如有两辆车，一辆小轿车，还有一辆翻斗车，最后那个广东人或福建人想给我父亲一点钱把我带走。现在，我可以很轻松地回到那个画面上：我被一群人围在一棵女贞树下，其中一个人向我诱惑，而我——几乎就要被诱惑了。随着时间的推移，父亲话里面后怕的成分越来越少，相反我听出他不过借题发挥，趁机对我天性进行一次有意的谴责。父亲从来就没有想过，也不可能把它当成一件趣事。

无论是广东人或者是福建人，如果真像我父亲讲的那样，他稍稍迟一步——那么我今天应该就是另外一副样子。我不止一次这么设想过。说实话，我这么设想时心里不会有任何自责。

父亲在前面走进了我们这座城市里最大的一个文化宫，他选择这个地方作为他行动的终点。我看到他在文化宫旁的一个小窗口前站了会儿，把手伸进窗口，又说点什么，之后他还很谨慎地回了一下头，然后，很快地他就在文化宫门前狭长幽暗的甬道中消失了。这地方我来过，还算熟悉，不过我和我的朋友——包括王岚都是晚上才出现，白天我们几乎很少光顾这里。大楼里面有棋牌室，在二楼，有一个舞蹈培训班在三楼，之后是四楼，也就是顶楼，有一个常年超负荷运转的破烂舞厅，晚上一张门票20元，白天只要5元。父亲刚才在门口购票，那么他的目的地终于显现出来。

我没有买票，而是在门口拿出记者证虚晃一下，我本来想解释自己准备做一个老年人文化生活的采访，但门卫根本不及听，就挥手放我进去了。事实上我并没有进舞厅，四楼有一个大晒台，把舞厅围在当中，我仅仅转了一圈，就发现了一个可供观察的好地方。怪不得每次王岚都不愿意到这儿来玩，这地方除了陈旧的灯光，声响效果也极差，四周的落地窗户上的亚麻布窗帘已经落满了灰土，上面还留下一些烟头烙的焦痕，在阳光下尤其触目。另外白天这里几乎就是老头老太们自娱自乐的天下。我在舞厅背后,也就是尿臊味最冲的地方发现了一扇窗户烂了玻璃,用手把里面的窗帘一扒,过了两秒钟的适应期后我就把里面的情形看清楚了。

　　大概有三十几个人。这一天的老太太没有我想象的多,倒有几个看上去还不算太差的年轻女人混在里面。不过她们一般都是自己跳,不和男的跳,两个两个结成伴,从表情上看这并非她们的本意,她们更像一对结怨极深的仇人,有一个开始转圈,绕着另一个,拼命想把裙摆甩起来。白天没有歌手伴唱,都是放盒带。我父亲就坐在门口,那地方靠近一只大音箱,通常没有人愿意坐,但他就在那儿规规矩矩地坐着。

　　我在那块破窗户下站了一会儿,每过几分钟我就要到另一面没有尿臊味的地方去透一下气,顺便再抽一支烟。每隔四五分钟——也就是半支烟的功夫我就回去看我父亲一眼,但每一次我看到的都是他老人家两手握成拳放在膝盖上,一动不动的姿势,他的眼睛落在别人不断移动的脚面,跟着不停地来去。看多了我也不由得着急,我站在阳台上,对面隔着一条被污染得不成样子的河流就是海关的大钟楼。已经三点多了,父亲还没有行动。父亲什么时候对跳舞发生兴趣的,或者他为什么要选择这样一个地点? 他一直没有行动,这是否说明他的兴趣只是看——看别人跳舞,或者他要等的人还没有来? 有好几次父亲从裤包里摸出一块手绢小心地擦了擦掌心的汗,那样子就像他老人家马上就要上场一样,但他很快就用行动告诉我他仅仅是擦汗,曲子一开始他又稳稳地去研究别人的脚。每到一支曲子结束时，父亲的眼神才有一阵子散乱，那些舞伴们突如其来的分离总让他不知道该把眼睛落到何处，于是长呼一口气之后他便抬头去寻找注意他的人，或者跟着别人的脚一直追踪到某个座位上。有一次一个还算年轻的女人朝我父亲走过来，那时候舞厅里的人不知不觉中又多了许多，我以为机会来了，但我父亲，他很客气地站起来，把自己的座位让给了她，然后两手插在口袋里，若无其事地走开了。

　　这之后我下楼到广场边的一家烟酒铺买了一包烟。那天下午不到一小时我就差不多抽掉了一包烟，说不清为什么，下楼时我心里竟会有些隐隐的失望，也就是说父亲西服革履地穿着盛装去看别人的脚，我感到了失望，难道这种局面外我还希望过什么？想到这一层，我自己也忍不住笑了。我在广场上站了会儿，靠近花坛的地方有两个孩子在玩"斗鸡"，那种游戏很多年没见人玩了，我一直以为已经失传。他们是一高一矮两个孩子，都抱着一条左腿蹦来蹦去。通常这种游戏总是高的一方占尽便宜，因为腿长，只要把腿架到别人腿上一磕，就可以赢下来。偏偏矮的不服气，所以他老输，被撞了几次后小个子干脆哭了："我长大会赢你的，我明年就会赢你的！"——大概他们在打什么赌，小的那个终于被打跑了，他边跑边哭——到这这个游戏已经变得有些伤心了，我没有看下去。另外，在我的头脑里舞厅的格局已经发生了变化，这么长的一段时间，父亲应当做了什么。所以我又一次心急如焚地朝大楼里赶，就在文化宫前那排阶梯上我遇到了同样行色匆匆的父亲，他正迈着急促的步子从里面出来，几乎要与我擦肩而过了。

应当说这是一个令人非常尴尬的时刻,但这就是我们的父亲了,你看他多么自然,看到我他头一回,手朝身后一指,告诉我说:"那儿有个鱼池,很有意思。"我觉得我好像又重新爱上了父亲了,你看他多么可爱,又多么沉着,就好像什么事都没有发生过一样,就好像这么长的时间,他一身西装都是在那个鱼池边度过的。我想起我的母亲,这时候她很可能正在那座小山上忙着整理她的茄子、扁豆,那些她一度想用大便培育的茄子、扁豆。她当然解脱了,而我和父亲,应该说是我不小心就钻进父亲的一个秘密,很快我们又要一起落进别人的陷阱里了。父亲拉着我的手,带着我走过那条黝黑的甬道,重新走进文化宫。里面,也就是院子里有一个巨大的雨棚,雨棚下就是父亲说的那个有意思的鱼池,里面的水很清澈,瓷砖铺的池底有几十条鱼正在里面快活而无知地游着。趁父亲不注意我用手背抹了下眼角溢出的一滴眼泪。我盯着那个水花飞溅的水池,我面前正有一条鱼贴着池壁喘息不已,这一瞬间我就爱上了它们目瞪口呆的样子。

　　后来的时间我们都是在那儿度过的,父亲租来两根钓竿,一根他的,一根我的。那儿实际上是一个有奖钓鱼场所,对钓鱼我实在是外行,但墙上贴的奖励办法我还是看了一下,比如我记得上面说,钓到3个 A 可以得一台王牌大彩电,钓到2个 K 也可以得一箱健力宝。其实那天下午应该都是属于父亲的,因为对钓鱼一窍不通外,我还缺乏必要的耐心,十几分钟我就换了七八个位置。父亲起初还嘲笑我的急躁,他说:"你这么急,就是鱼想吃也来不及嘛。"但自从他钓到一条肚皮上标有 A 字的鱼后,父亲就不再理我了,他开始全心全意地对付他的鱼。5点钟的时候，父亲钓上来6条鱼，其中有两个A，那天父亲的运气确实好极了。

我早已经把鱼竿丢到一边，抽着烟，或者给对面健身房里练杠铃的小伙子数次数。我记得那时候鱼棚里除了我们父子已经没有旁人了，钓鱼的只有我父亲，旁观的，连我也算不上。管理鱼棚的那个秃顶时不时出去一次，所以整个鱼棚内真正算得上关心那些鱼的只有我父亲。随着时间的推移，父亲的脸色开始变得发暗发青，显然他已经把钓鱼当回事情了，我注意到他手里的鱼竿并不像他教我的那样水平地放置，它开始激动，尽管非常轻微。这是个不祥的征兆，只是我并不知道事情已经开始朝着我无法控制的方向发展了。秃顶男人这时候又一次离开那个倒霉的鱼棚，那是他最后一次离开那里，一等他离座走开，我就看到父亲从他的座位上站了起来，仅仅一翻身，父亲就从那堵瓷砖砌的池壁上跳了下去，父亲此刻正站在池水淹没到他大腿根的池子里。当时我还乐观地以为我的眼睛花了呢。

父亲开始在水里笨拙地追逐那些灵动的游鱼，他今年63岁了，干这些怎么说都显得十分笨重。我看不到那些鱼，但从父亲的动作上我相信它们都游得很快，有些水性不好的鱼被父亲抓住了。每当父亲抓住一条鱼，就看一眼它的腹部，然后把它扔到地板上。离开水的鱼们在地上噼噼啪啪地打挺。父亲边扔边骂："哪有3个A，骗人，骗人的！"父亲显然愤怒了，他抓鱼的动作越来越快，骂声越来越响。后来就是那个秃顶回来了，他跑到办公室去喊人，来了两个保安，保安大概是从运动队下来的，他们冲到鱼池边想把父亲从里面揪出来。

父亲在几双大手组成的巨网中钻来钻去，他充分利用他在水池中的优势，仍然不断地从水里把那些没有 A 的鱼丢出来，那些飞鱼扭着身子在半空中优美地划出一条弧线，接着再像炸弹一样落到地上，很快又有五六条鱼在尘埃中打起滚来。后来父亲就被两个保安抓住了，父亲腰部以下全被池水浸湿，濡湿的裤管贴着他的脚面，水滴还在不停地往下渗漏，这使父亲的下半部看上去像被什么力量缩小了。父亲挣扎着，用脚蹬着池壁不让自己倒下去。但就在这时候，神奇的事情发生了，父亲的太极拳开始发挥出威力，一个野马分鬃式，再来个云手，两个被酒色掏空的保安就被父亲甩了出去，他们也像鱼一样被甩了出去。接下来父亲就像动画片里那个渔童戏弄外国传教士一样开始折磨那两个可怜的保安，他手里的鱼竿舞得就像一根金箍棒，左打右刺、上劈下挑，把另外几个闻讯而来的保安也打得前仰后合，一齐横扫在地。干完这些，父亲把鱼竿一扔，他骂了一句"骗人的，哪有三个 A"之后，就从门口围观的人群中挤了出去。这时候舞厅的日场刚好散了，很多人都挤到渔棚里看到了跟前的一幕。那些七扭八歪躺在地上的保安从地上爬起来，个个都捂着脸，准备打 110，他们在喊："追，揪住这个老杂毛，揍死他！"

我随着兴奋的人群从渔棚里冲出来，在文化宫前的台阶上我看见父亲正在前面朝河边跑着。我没有喊父亲，这时候我知道只要我一出声他们就会把我撕成碎片，作为替罪羊打死，那样的话，天王老子也救不了我。我只是让自己拼命地跑，混在那些追赶父亲的人群里，小心地掌握好节奏，让自己稳稳地冲到队伍的前列。这时候父亲停了一下,他大概想起我了,他还有一个儿子掉在后面。父亲转过身朝我招手,说:"快啊快啊。"父亲或许以为我也是被人追赶才这么玩命地狂奔。不过,这一来我也只有玩命的份,那个秃顶管理员这时候恍然大悟,他在后面喊起来:"抓住后面那个,抓住后面那个,他们是一伙的。"

　　我立即遭遇到空前的麻烦,有几次我差点就要被身后那两个牛高马大的保安抓住,他们都是从运动队下来的,运动不怎么样,抓人却是长项,有一个保安甚至已经揪住了我的手。但怎么说我也是我父亲的儿子吧,一不小心我就用了一招父亲在鱼棚里退敌时用过的野马分鬃式,那记招法如何击出的我也不太清楚,我只看到离我最近的保安已经被我打倒在地,这样一来其他人出于顾忌,奔跑的速度不得不慢下来。真是神来之笔,我不得不用一种钦佩的目光看着自己那只突然间暴发的拳头,那里面流着和我父亲同样的血。我们汇合了,我和我父亲。他老人家也这么说:"对吧,就是这样,现在你该知道锻炼身体的必要了吧。"

普 陀

　　我有一个清晰或者说完整的相貌,就这么我成了云梦村的村长。有这么一个好名字的地方在你看来一定会很美,可实际上,我们那的云梦村是个声名扫地的地方,有个"谈虎色变"的成语,在我们那人们谈到云梦村时同样也会色变。如果两个人在街上吵架说对方是云梦村的,争执就会升级,他们很可能会扭打起来,如果是男人还可能引起大面积的械斗。我就看到过一次,打架那天两个村子的精壮男人差不多都上阵了。起因说起来不过是一个男的喝醉了酒,借酒撒疯骂了他媳妇的娘家,他骂他媳妇娘家人全都是云梦村的大麻风。那次械斗约在一个赶场天,乡里的集市刚刚开始,天蒙蒙亮,那两个村的人全阴沉着脸来了,然后齐齐地猫腰蹲在原来余家祠堂前的石阶上。他们先是隔街对骂,骂来骂去还是那句话,都说对方是云梦村的大麻风,骂累了才动的手。有人忽然喊了一声:"干!"锄头、扁担、砖头、瓦块、镰刀,还有菜刀,一下子不知从什么地方冒了出来,能伤人的家伙几乎全齐了。那一场恶斗如果不是事先走漏了风声,乡里派出了警察，我看谁都制止不了，但就是这样还是有两个人被劈花了头。那天我刚好也在集市上，我是去替村里买猪崽的，那些人拿着武器开斗前的那段对骂已经把我吓得够呛，我一直躲在一家商店的门板后面不停地打抖，老板就站在我身后，他伏在我的耳朵边缠着要把事情的原委告诉我，而我透过门缝亲眼看到一个人的耳朵被菜刀划了下来。那是个穿红球衣的小伙子，他最先冲上去的，也伤得最惨，捂着耳根在泥地上不停地翻身打滚。这时候我几乎忍不住要喊出声来，我想这些人要知道我是云梦村的，还不把我打死？何况我还是云梦村的村长，他们很可能把那股怒气一齐撒到我头上，把我当成他们共同的敌人，他们完全可以这么做。

前面我说过我当云梦村的村长是因为我有一个完整的相貌。我并没有说笑话，这是真的，尽管是乡里的任命，但在我们云梦村也没有引起太大的异议，因为他们都没法跟我比。我不是说我漂亮，长得有多帅，而是完整，这一点在云梦村没人能跟我比。我只是没有眉毛，这也是我跟平常人唯一的一点差别，所以出门时我会戴一副墨镜，或者，我给自己用眉笔画两道眉毛，这样我再背上那只洗得发白的黄书包，就可以不受约束、很自在地四处游荡了。我出现的地方不会引发惊恐和混乱，这一点在云梦村还没有哪个人能够办到。

每隔两个星期我都要按规定去一次乡政府。去乡里的路不太好走，从我们云梦村到乡政府大概要走三个小时，而且全都是山路，路是山崖上或石头缝里被人用脚踩出来的，所以我去乡政府那天通常天还没亮就必须出门了。从前我去乡里的时间都是定在星期二，星期二的上午,这也是乡里为我定下的,不过这样一来就不一定能逢上赶场天,后来我又向雷乡长建议改在逢五、逢十的日子,这样我把工作向乡里汇报完,就可以到集上去逛逛了。头一天晚上村里如果谁家需要带点什么都会跑到我那间小屋前说一声,他们在窗口说,然后由我用纸记下来。只有七公家我得亲自去,谁让他的辈分高呢?村长再大也大不过七公,谁都听七公的,其次才轮到村长。但我到了七公家常常见不到他,这是最近才发生的事,我知道七公在生我的气。我在门外喊:"七公,家里要带点什么东西吧?"常常没有回答,原因过一会儿我再告诉你。

我记得之前星期二是乡政府人数最少的一天,等我逢五、十去的时候这两天又差不多成了乡里的星期日,你当然知道为什么——因为看不到什么人,天色又不太明,我倒显得慌慌张张的,就这么紧张地站在院子里喊"雷乡长——雷乡长——"有时候要喊十来声。乡政府养了一条大黄狗,拴在院子里一棵皂角树上,一看见我就冲着我乱嚷,我叫一声雷乡长,它也扭着脖子朝这边乱吼一阵。雷乡长出来了,边穿衣服边朝外面走,他也显得很慌张,就像遇到了一起火灾一样。这种情形下他的手臂常常找不到袖口,雷乡长这时候就像在穿一只口袋,他穿着一只口袋就出来了。雷乡长来到我前面的台阶上,一脸气急败坏地站着,他问我"包谷种了吗?"或"荞麦收了吗?"我就答"种了"或"收了"。有时候也没什么事,雷乡长就问"没什么事情吧?"我说"没有"。雷乡长想了想又问:"你们没再种那玩意儿了吧?!"我说:"没有没有,哪里敢,不敢!""不敢你们还不是种了,再种那玩意儿看我不把你的鸡巴揪下来喂狗!""不敢了不敢了,原来是不懂嘛。"雷乡长情绪好了点,终于把最后一颗扣子扣上了,他从台子上丢下来一支烟,我费了好大的劲儿才接住。我开始划火点烟,风很大,但我还是顺利地把烟点燃了,这时候我松了口气,因为我知道接下来我就可以走人了,没事了,离开那儿总会让我高兴的。有一次因为什么事我又转回去一次,我看到乡政府的白秘书正提着一只铁桶对着我刚站过的地方洒石灰。我知道他这是消毒,有一次县里来的一个卫生小分队就这么介绍过。白秘书看到我回来先还有些尴尬,接着他就怒气冲冲地问我:"还有什么事?"我说:"没有没有,算了。"我赶紧转身走了。那天可能真没什么事,我回去就是要看看别人是怎么对付我的,以后只要不下雨我总能在院子里找到那个石灰圈,我总在里面站好了才开始喊雷乡长。

雷乡长说的那玩意儿指的是鸦片,学名又叫罂粟,是有一回一个叫金二棒的外乡人从缅甸带过来的。此外,你看看他还给我们带来了些什么——一台黑白电视机,两大箱各式各样的旧衣服,还有一大堆金光闪闪的石英表。村子里的人看到这些东西——我不会夸张,他们的眼睛都直了,谁见过这个。金二棒失算的是我们那儿还没拉上电,他费力搬来的电视机不过是一只精巧的盒子,他后悔说早知道就多带几块手表来就好了,可手表对我们又有什么用? 农民嘛——那些手表最后分到了各家,连刚出生的奶娃儿脚腕上都戴上了一块,不过还是有几个人对时间发生了兴趣,一见面就先对表——现在是9点31分,你的29分,肯定慢了,但究竟是快了还是慢了谁又说得清?

那次外乡人直接找到七公,他到村里说要找管事的,有人就把他带到七公家。前面我说过我们村其实就是七公说了算,其次才轮到村长。听说那天七公连脸布都没缠,就是要考验一下这名外乡人的诚心。

那台黑白电视机就搁在七公家堂屋地板上,旁边挨着就是一只粪筐,还有半桶猪潲水。我听别人说七公连看都没多看一眼,这大概也出乎那个外乡人的意外。七公咧着他那没有上唇的嘴巴,露着发紫的牙龈一声不吭地在堂屋里哑巴他的水烟筒,烟雾飘起来时,口水顺着七公的烟筒一滴一滴淌下来。外乡人坐在门槛上,他的怀里紧紧抱着那只装满手表的提包,不敢多说话,也不敢抽烟,这时候七公家的一只芦花鸡飞到了电视机上,他也不敢伸手去赶一赶。他可能有些吓住了,不时抬起头,不知所措地朝那些围在外面、头上裹着一圈黑布的村民们看着。

外乡人那天晚上在我那儿过的夜,也是七公的意思,我睡床,他蜷着身子躺在我房里的一张课桌上。那张课桌原本是我用来堆书用的,只有三条腿,缺的那条只是垫了几块厚砖。外乡人睡在上面连翻身的地方都没有,但一晚上外乡人都在桌上小心地翻着身。还没有谁像他这样在我们这儿过过夜,政府倒是定期来慰问,送一些药品和食物,但都是在我们村到乡里途中的那块空地上,隔得远远地用话筒朝我们这边喊话,话一讲完,他们就把东西放在地上,要等他们走远了我们才能过去拿。那天早晨天还蒙蒙亮时那个叫金二棒的外乡人就起来了,他坐在那张三条腿的课桌上,头发蓬得像把直立的枯草,这样看上去他脸上的绝望倒显得更真实了。外乡人说:"这可是很合算的,对不对? 比你们种包谷合算得多,对不对?"我也没办法,我说:"这要七公答应才行。"他说:"你不是村长吗?"我说:"七公比村长大。"但七公答应了,外乡人临走前七公背着手来了,头上还缠了块黑布,只露出一双眼睛。七公说:"地我们有的是,别人也有,你看得起我们,我们肯定要帮你的。"就这句话,我不会形容——外乡人刚才还是青紫的眼泡里猛然间放出一线光,就像雨后从云层里突然冒出了太阳,紧接着他那副昏了头、手舞足蹈的样子,我怀疑他随时都会像小孩一样在地上打起滚来。那一年我们就在老阴山背后那一片空地上种上了罂粟,第二年我们又增加了二十亩地,然后我们就发了,到第四年那个金二棒被抓前我们每家都赚了不少钱。

　　我们一直搞不清那个姓金的外乡人为什么会被抓。县里把他押到云梦村专门开了一个公判大会,那一天还真来了不少人,云梦村从来没来过这么多人,从来没这么热闹过,连县电视台的记者都来了,当然还有不少持枪的武警。老阴山那一片罂粟已经开花了,红的蓝的白的,开得鲜艳极了,一朵朵就像小孩子刚开始学说话的小嘴唇,都被连根拔起来,堆在田间地头,一名武警提着油桶正往上面浇汽油。我们云梦村的人都集中在地头一株泡桐树下,乡政府白秘书和另外两个人在我们前面布置会场,他们都是跑来跑去,平时好说笑的脸这时也紧绷着,不一会儿他们就在两棵树上拉起了一条横幅,上面写着"公判大会"四个字。因为是刚写上的,墨汁一直不停地往下淌,我立即想起我们村杀年猪用的那块案板,血水凝结后也会这样湿漉漉的。我们周围的山坡上隔三五步就站着一名武警,都站得像白杨树一样。有个小孩开始哭起来,接着又像被什么东西捂住了,声音嘤嘤嗡嗡地传出来,就像一只快要断气的鸡崽。乡长跟在几个县里来的领导身后跑来跑去,从乡长弯腰的程度你都能猜出这是个什么样的官,接着他们一起走到主席台上,有人开始用手提喇叭说话,那声音也像是从老阴山背后传过来的,你知道有人在说话,但你不知道他们在说什么。

我想起刚才乡长临来时和我的谈话,当时他气汹汹地让我跟他去一下,我看出他大概想找一个既僻静又封闭的地方发一顿火,但云梦村没有这样一个地方,所以我跟着他在村里转了一圈,最后我们在九娘家的牛圈那儿停住了。雷乡长转过身来,压着喉咙说:"你跑不掉了!知不知道,你们已经被包围了,知不知道?!"我一张嘴就听到牙齿正在拼命打架,跟着我全身都开始发起抖来,我想说那都是七公的主意,但我这时候连一个字都说不出。"你知道你们在干什么吗?在贩毒,在犯法,知不知道?!我们来干什么,你知不知道?!"我好像生病了,发烧,打摆子,有一年我生病就是这样子。我想摇头,但我发觉这时候我连摇一下头都非常困难。七公就是在这时候出现的,谁知道他是从哪儿钻出来,他走到九娘家的牛圈里开始翻草,慢慢地说:"你不要吓着他,他还是个娃娃,那个人说那可是种草药。"乡长扭头看着他,七公又说:"种草药应该可以的嘛。"乡长说:"草药?"他盯着七公发紫的牙龈忽然间停了下来。七公说:"是草药,头痛药,有一回我头痛吃过一回,一歇儿就不痛了。"七公开放的声音忽然间变大了。乡长想了想,扭过头狠狠地看了我一眼说:"好嘛,开完会我们再说!"乡长似乎很害怕这种开放的声音,他走了,开完会他和其他人一起走的,没再找我说什么。接着七公也走了。我一个人站在那儿打着抖,怎么停下来的我都不知道,总之我被一种暗无天日的恐惧抓住了,我开始怀疑自己还能不能活到天黑。

说实话,我没想到七公会在那种时候出来帮我,他一直在生我的气,这一点差不多云梦村的人都知道。大约去年腊月间,余家的三表嫂来替我做媒,她说七公想把他家的幺妹余凤琴嫁给我,还给我三头猪和一张樟木大床。但那是个什么样的姑娘呢?一只眼睛竟然没有上眼皮!我在想——没有上眼皮的人晚上连睡觉眼睛都要睁着啦!而且她鼻子下永远都是脏乎乎的,一看到我就像盯住了碗里的一块腊肉。余幺妹是村里的卫生员,平时给每家每户分发药,她认不全药瓶上的字,每次都是说每天吃两片,除此之外她只会打猪草,我从乡里回来总能看到余幺妹在村头打猪草,远远地她就这么盯着我。我说"幺妹打猪草?"她也不说话,用袖口擦擦鼻子,然后飞快地吐一口痰。我有些生气,我不知道就这么一个姑娘他们怎么会和我扯到一起。可这是七公的意思,她又是七公的孙女,所以我只能说:"我现在不想成家。""该成家了,也不小了,二十来岁了。"三表嫂不依不饶地劝我,她望着我那间乱七八糟的小屋说:"你看该有个人替你收拾一下,洗洗衣服,翻年再生个娃娃。"生个娃娃还不是没眼皮的!我只能在心里这么说。反正我死活没同意,三表嫂最后一气跺着脚走了,她甩手说:"你自己跟七公说去!"我当然没这么傻。过了几天有人告诉我,七公对我很恼火,他说:"这小子翅膀硬了,要飞出我们云梦村了,我倒要看看他能找到什么好婆娘!"七公的话让我感到紧张,我不知道这是不是七公的原话,我很想告诉他其实我的意思是我现在年纪还小,还不想考虑婆姨的事,但我一直没有机会,而且我也怕七公过两年还要提这件事。从那以后七公就不再理我了,有什么事他都是让别人来找我。

那天直到金二棒被绑上台时,我才发觉云梦村的人都没有像往常那样戴上他们的缠头布,他们都齐齐地把自己那张朽坏的脸孔裸露出来,这种情形,我必须承认我在云梦村这么多年也没有见过。我闻到一种哀伤的气息,而且就像女人裸露她们身体一样,他们脸上都有一种只有我才能察觉到的羞怯。现在,我在想,会不会捉我去坐牢? 这么一想,我心里就有种哀伤感。这时候忽然我心里又猛地向下一沉,因为手提喇叭里说,把贩毒分子金二棒带上来! 我前面一阵骚动,大家都用力抬起脖子,这样前面的主席台也看不太清了。不过也好,至少别人要找我也不容易。金二棒几乎是被那两个武警提上台的,他的两条腿就像变成了瘫子的腿,要靠那两个武警提着才能够勉强站住,他耷拉着的脑袋上那几根头发又一次变得像蓬乱的茅草。后来他的头被人揪立起来,我身边的人都轻轻噢了一声,他们也都认出了金二棒,但这小小骚动很快就过去了,我们看着金二棒,二棒的眼睛却没离开他的脚趾尖,最后他干脆连眼睛也闭上了。

算起来我们大概有半年多没见到金二棒了,我记得这两年来他变得越来越神气,出手阔绰,每次都会给我们带来许多高级的东西,各种各样的糕点、饼干、衣服,此外就是钱。每次割膏时金二棒是最快活的,他总是说今年过年时可以请一个舞狮队来热闹一下,对我他则悄悄地说:"凭你现在手里的钱可以到省城去痛痛快快地玩一趟。"我还记得他笑的时候还意味深长地扯了一下他的嘴角。金二棒左脸靠近眼角的位置长着一只酒窝,这使他每次笑的时候都显得不怀好意,老年人都说这不是一个善相。二棒本来再收一季就准备收手的,不知怎么他却没收住。

那天的审判大会几乎开到天黑,傍晚时天上忽然下起雨来,手提喇叭的声音一直在我耳边响着,可我就是听不清,但我知道那是一种仇恨的声音。我可以忽视这个声音但我无法忽视声音里的仇恨,直到最后那猛然间昂扬起来的话我才注意到——我听到台上说:"立即执行!"我感觉我的身体和二棒的身体几乎同时一震。那个漫长的下午就要结束了,忽然之间我有了一种如释重负的感觉,就在这时候二棒抬起头朝我这边看了一眼,那里面什么也没有,我是说从二棒的眼睛里什么也看不到,二棒只是这么看下去,他打算一直这么看下去,他眼里好像带着把钩子。

执行金二棒就在那片罂粟地,从前那是块空地,现在也差不多成了一块空地。枪响的时候我没听见,直到雷乡长让我去埋人时我才像刚睡醒一样打了个冷战,这时候雨水差不多把我的整个肩膀都淋湿了。我和村里另外两个男人在山坡上挖好了一个大坑,那坑足有一人高,挖好后我最后一个爬上来的,当时我慌得不行,抓住不知是谁的裤腿就使劲往上爬,我害怕他们不等我上来就开始填土,结果把人家的裤子都撕烂了。金二棒就在我们旁边,他被捆好的身体还摆着一个奇怪的姿势。他是朝前扑下去的，好像为了避免把衣服弄脏才弄出这么个费劲的姿势，他用头点在地上支撑着身体，这样，他的屁股就不得不朝天上翘。

那堆浇了汽油的罂粟已经点燃了，火苗夹着黑烟足足腾起有三四米高，火中散发出一种很奇怪的香味，因为是在埋二棒时闻到的，以后只要我遇到谁家死人时都会想起这种气味。那的确是一种不祥的气味，闻着闻着身体就会不自觉地开始哆嗦起来，但它的确非常非常香，就像从我们刚挖开的地缝里钻出来的。金二棒被推下坑时还被绳子绑着，那个斗一样狭小的坑道里甚至不能让他把身体展开，被泥土覆盖前金二棒看上去就像一只蜷曲的大虾。我们一直没有看到金二棒的脸。那天晚上七公又把我们带到老阴山，七公说："人家待我们不错，我们也不能不仁义。"我们在那块空地上找到了金二棒，把他挖出来重新装进一只事先钉好的松木棺材，金二棒这种死法在我们那儿是不能脸朝天的，所以我们还是照刚才的样子让他趴在棺材里。

我想说说那个来乡里卖书的姑娘，那是我到乡政府跑拉电的时候的事了。差不多有几个月我都在跑这件事，我写过五个申请报告，我跟乡长说："这不光是方便，假如有了电，再有台电视，受了教育，我们也不会发生这种事情对不对？"可能这句话还是起了点作用，乡长起初说："拉电？你知道要好多钱？"但后来我跑多了，他就说要考虑考虑，再向县里汇报。就在乡长考虑的那段时间，我在集市上认识了那个来卖书的外乡姑娘，她姓王，不知道是哪个乡刚初中毕业的学生,每到赶集时就赶着马车到各个乡去卖书。她的书摊总是集市上最冷清的地方,这也很正常,现在还有多少人读书呢?不过这一来倒给了我们接触的机会。那天我在王姑娘的书摊上翻着一本讲育种的书。王姑娘说:"你看书不要卷起来嘛,卷坏了就不好卖了。"王姑娘低着头说这段话的,她甚至没敢看我。的确我站在那里翻书有一段时间了,我笑着说:"卖给我嘛,你担心我没有钱?"王姑娘的脸马上红了一下,那块红晕消失得很慢,我看着它一点一点消下去,又重新再冒出来,我差不多看呆了。我们就这样认识的。那天我从王姑娘书摊上买了不少书,以后每次去赶集我都会从她那儿买一两本。王姑娘的生意真的很不好,有一次我劝她换一样东西来卖,卖点种子或衣服,但王姑娘说卖书起码没有竞争,谁想买书都得上她这儿来买,这倒是真的。这时候王姑娘的水瓶空了,她就到露天的一口井里打了一点水喝,我说等一等,我跑去小卖部替她买来一瓶五毛钱的汽水,王姑娘推辞了一下还是收下了。那天王姑娘问我喜不喜欢诗,她喜欢写诗。我说当然当然。其实我喜欢什么诗,什么是诗我都不太懂,我只是一直担心我们俩在一起待久了,她总要问你是哪个村的,家里都有什么人,谁不是这样开的头?我没向她打听就是害怕她问我同样的问题。但王姑娘没这么问,她只是问我喜不喜欢诗,而我呢,想都没想就说自己喜欢。那天回去的路上我一直在想诗,什么才是诗——我想了一路也没憋出一句诗,我发觉这时候我脑子里想的其实全是那个王姑娘。王姑娘啊王姑娘,你就像天上的红太阳——这时候太阳快下山了,整个天空里的云朵几乎都变成了耀眼的鲜红色,连远处的起伏的山坡都被染成了金黄,真的美极了。我停下来,在一座小山上,我看着那轮渐渐下沉的落日,忽然间就伤心起来,我想就算我会写诗我就能和那个王姑娘在一起了?

原本下一个赶场天我还会见到王姑娘,我们约好那天在集市上见面的,她答应给我找一本有关药材种植的书,因为集市上一名收购药材的人说现在天麻的价钱很好。但那一天我被另一件事耽误了,又过了五天,我在集市上没有找到她,听别人说那个卖书的小姑娘找了我一整天,很多人收摊后她还在那儿等着。以后她就再没有出现过,她会不会像她说的去城里打工了?我不知道,那一天我还得到了另一条消息,是雷乡长告诉我的,他说县里可能开春后就到云梦村来给我们拉电了。

接下来我想说的是我们云梦村正在准备的一件大事情,这其实也是我最想告诉你们的。这件事说起来已经准备了很多年了,从前它一直停在人们的口头上,准确地说是在梦里,那些老一辈的人谁不想把这个目标立即实现?可到头来它仅仅只是一个梦,在我看来它从来都是一个梦,永远是一个梦——他们告诉我在很远很远的南海上,有一座普陀山,普陀山住着一位叫观音菩萨的人,这位观音菩萨的大悲圣水可以消除一切疾患,只要把圣水往脸上一搽,瞎子可以复明,瘫子也可以走路,治疗云梦村这些人当然不在话下。简单地说,我们云梦村的村民们想去普陀山进香。除了我,云梦村的人都相信这是真的。

你肯定无法想象这件事情在我们村里唤起的那份狂热,那种热情是过年时的喜庆也无法相比的,我活这么大也没有遇到过。村里人一连几天都聚在七公家里,连吃饭也是一起打平伙,七公家院子里甚至砌了个大炉灶,有七八个女人专门为我们做饭。男人们挤在堂屋里,围着七公坐成一圈,沾了七公口水的水烟筒在他们手里传递着,每过一个人就吸上一口。他们提出各种去普陀山的方案,又彼此打气,说实话他们有的连家门都没有出过,连乡里都没有去过,但谈起普陀山的情况照样头头是道,因为他们的老辈就是这么说的。我猜这种想当然的激动就要把云梦村给毁了,这时候已经很难说还有谁的头脑是清楚的,包括我。村里除了上了六十岁实在年老体弱的都报了名,而那几个因为体力不堪而落选的老人正在墙角小声地啜泣着,他们除了在家里等待也没有更好的办法,问题是谁来照料他们的生活?这样又有几个人被连累着留了下来,被留下的人自然痛苦不堪。那两天我们村里人只有两种心情,快乐或者痛苦,快乐的人唱着歌,痛苦的人骂着娘。我并不支持去烧香,但和留下来比,我当然要选择前者,说实话,那种头脑发热的毛病并没有放过我,可这与我有什么关系呢?我也可以有自己的梦想,对不对?

我们出发时,新米已经打了下来,这时候的天气已经不热了,但还没有转凉。云梦村的人都担心乡政府这一关,他们心目中这也是最坏的一关,过了这一关他们的普陀之行马上就会变成阳关大道。其实过乡政府这一关倒没想象中那么困难,我们在凌晨时动的身,天亮时乡政府就已经远远地被我们甩在了身后。一路上我们只见到几个早起拾粪的老人,但他们更可能会怀疑自己的眼睛——一队黑乎乎的人影从他(她)面前无声无息地走过去。天亮后我们停在一个安静的坟地里休息。这时候我才知道其实七公最初并不想让我去普陀山的,但有人建议还是带上我,可能用得着。我的作用马上就看到了,那天的晚饭就是我带着二叔家的小老大买来的,虽然只是一提篮馒头;我还给他们找来一锅不要钱的米汤。我没和村子里的人一起吃,我在街上一家饭馆里吃蛋炒饭,现在我手里有一笔公款了,每家每户都有些钱在我手上,不多花点我会觉得对不起七公的。吃完饭我的心情就好了起来,我花了一块钱看了两场录像,五毛钱一场,都是四大天王之一刘德华演的,他先演一个流氓,又演一个法官。我想就当出门旅游吧,他们烧他们的香,我玩我的。过两天他们带的干粮吃完了,我的重要性他们就会体会到。

可能就是因为这种想法,那天就出了事。也难怪,我是个连县城都没到过的农民,虽然是个村长,但我怎么会知道那是个圈套呢。那天我们到了一座小城市,说它小是因为后面我还见过更大的城市,但当时它对我们来说已经够大了,我们绕着城边走,都足足走了半个小时。我们最后在江边的一座桥洞里停下来。几个女人开始去捡柴生火,其他人一哄而散,都跑去居民楼捡垃圾了。一路上我们都是这么过来的,我们捡了不少好东西,除了可以卖钱的纸箱、酒瓶,还有没怎么烂就被扔掉的衣服和皮鞋。城里人真会享福,他们总是用一些奇怪的东西,有一次九娘捡到一个按摩器,我们最初都以为是支手电筒,装上电池后它却不亮,在九娘的掌心里跳起来,弄得九娘跟着乱跳。那天晚上我去给大家买一些吃的,等我忙完这些,大概9点钟了，我在街边一个小旅馆用介绍信要了张床，因为有热水我还洗了个澡。旅店的老板娘说："广场上今晚上有文艺表演，你不去看看？"我问了一下去广场的方法，老板娘讲了半天也没说清，她说："你坐三轮去嘛，一块钱就可以了。"我走出来——当然我不会坐车的，我按照老板娘指的方向朝广场走着。我不知道是不是我走错了路，或者我只顾抬头看屋顶的霓虹灯，反正前面的房子也开始变矮了，路上的行人也渐渐稀少。我突然发现，暗地里冒出几个人来，他们走近我，其中一人猛然扬起了一根粗木棒。我大惊，心想完了！这念头还没有完全闪过，我脑子里就冒出一堆星星——我被一根大棒敲昏了过去。醒来时，我在一个垃圾箱背后躺着，不用看，我也知道，我身上的钱，我村里人的血汗钱全都不见了。

我不记得一个人哭了多久，我摇摇晃晃地爬起来的时候，脖子上空空的黄书包也跟着打秋千。我的左手心粘上一张糖纸，我用右手去扯，结果又粘到了右手上。那时候街上已经看不到一个行人，就像一下子所有的东西都已经死了，我走在一座死去的城市里，空气中那股呛人的煤烟味也消失了，那条安静的街上所有的臭水塘我都伸脚去踩，我希望街上来辆车子把我撞死，或者天上落块石头下来把我打死。那一分钟我真的愿意自己立即死掉，从这个世上消失！可是什么都没有发生，既没有车也没有石头，远远地我看到前面有个扫垃圾的，但他也在我快到这个街口时突然间不见了。我差不多迷了路，这时候城市好像一下子变大了，变得面目全非，全是一样的房子，一样的路，它们天生好像就是要让我迷路似的。我先找到那家旅馆，从那家旅馆才找到那座桥。村里的人都睡了，只有七公披了件衣服坐在火塘边，我扑到他身上开始哭，这样一来除了几个孩子，我们村的人全醒了过来，他们本来已经安静得像一群死人，现在全把头从地上抬起来。"七公，我对不起大家……"我哭着告诉七公我被人抢了。桥洞里的回声让我的声音听上去有些空洞，连我自己也感觉像在说谎，但我知道这是真的，现在，我什么也没有了！我看不到他们的脸，他们脸上都裹着粗黑布，但他们的眼睛在那股暗淡的火光中闪着荧光。我一直注意的是七公身后那个被火光投到桥洞上的身影，那么巨大，刚一成形又开始剧烈地摇晃。

"你一定跟别个说你很有钱。"有人说。"没有！""没有?！""算了，算了，明天还要起早。"七公沉默了一会儿终于说。七公的话让我感动，但同时我对云梦村的内疚却变得更加强烈了，他们这么信任我，我却辜负了他们，这么一想我几乎忍不住又开始啜泣。七公对我说："你也睡吧，睡吧，别想了，是财求不来，是祸躲不过！"等大家重新睡了，我才在火塘边，也就是七公脚底下找了块极小的地方躺下来，我把书包枕在头底下，尽量把身体缩成一团，闭上眼睛后我还能听见自己不可抑制的抽泣。我以为发生这么一桩事，是不可能那么快就平静下来的，但我却睡着了。我开始做噩梦，一群狼在雪地里狠命地追着我，我从没见过狼，所以它们全是狗的样子，但我知道它们是狼，我爬到一根电线杆上，但那些狼又围着电线杆，把它咬断了，在我落地的时候，那群狼在我身上爬来爬去——我醒了，的确有东西在我身上爬来爬去，但不是狼，是两只耗子。我坐起来，那堆火已经燃得只剩下一层暗红色的灰烬，桥洞顶轻轻地摇曳着两团从河面反射上来的灯光，它们十分孤独地摆动着，四周都很安静——什么都没有了，除了那堆火，连我们沿路捡的垃圾都被带走了。其实不看这些我也知道，他们都走了，离开了，云梦村的人在我做噩梦的时候悄悄地把我留了下来。

这是我预料中的，我比想象的要平静，因为只有惩罚才能让我平静，而现在我终于受到了惩罚。只是接下来我该做什么呢，我一个人回去吗？当然我也可以一个人到普陀山，我还可以到北京、上海，或者沿着铁路线一直这么走下去。我重新躺回地上，枕着那只旧书包，这时候我陷入一种很茫然很失落的情绪，它既让我难过又让我觉得安慰。但进而我想到下一步的生活，还是有些不知所措，别人要是问我是哪儿人，家在哪儿，我该怎么回答呢？还有他要是问我为什么画眉毛，我又该怎么回答呢？好在没过多久我又一次睡着了。

这一次是二叔家的小老大把我叫醒的。天已经亮了，稀薄的光线中已经可以看清四周的轮廓，由于起了雾，江边的建筑还隐藏在一层稀薄的雾水里。小老大站在我前面，退了一步才告诉我，说："村长，七公让我来喊你呢。"我站起来，揉揉眼睛，说："你们怎么不走了?!"小老大咽了下口水才说："我们要找船过河。"我明白了。奇怪的是我心里涌起的那股愤怒却变得越来越淡，更不可思议的是我竟然会高兴起来。我捡起地上那只书包，甚至连身上的土都来不及掸，就拖着小老大从桥洞里走了出来。外面起风了，早晨的风真有点凉，不过我打了个冷战后就变得精神了。我从前面一块土坎蹦上去，从这个位置我可以很清楚地看到他们：在前面河水交汇的河滩上，我们云梦村的人都整齐地站着，靠在一起，他们的中心当然是七公，他们以七公为中心靠在一起。

我反手把小老大从土坎下拖上来，接着我们拉着手踏着前面那片卵石路朝河滩上走去。这时候太阳刚好出来了，云层像大幕一样缓缓裂开一丝缝隙，就在阳光倾泻的一刹那，我的眼睛也产生了错觉——我发现云梦村的村民们全都变得神采奕奕，他们——有鼻子，有嘴唇，还有眼皮，长得就像刘德华一样漂亮！我看到这的时候兴奋地喊了一声，声音在那块开阔的河滩上传递了几次，才混在一起朝对岸呼啸而去。我们的人开始呼应我了，他们加入进来，就像往常在坡地上做农活一样，他们跟着我喊起来，昂扬的吼声和我渐渐远去的声音纠缠在一起，在那个寂静的早晨听上去就像突然炸响的闷雷。白天就是从那个时候开始的。

我举起手，和小老大一起在河滩上跑起来，朝我们的人跑过去。

天国的景象

　　有一个来自天国的人，因为吃了地上的谷物而丧失了飞行能力，最后，又因为这种能力的丧失而失掉了他的天国。这是个在我的家乡流传很广的故事，几乎到了妇孺皆知的地步，我很小的时候就听我母亲讲起过。需要说明的是，这个故事在我家乡流传时已经有两种不同的版本，因为——我这么一说你就明白了，我们这儿有许多的佛教徒和基督教徒，具体有多少或者各占多少比例无法弄清楚。那是个信仰十分混杂的地区，往往一个镇上左边还是翘脊的庙宇，右边就成了带尖顶的穹窿。教徒们也分区而居，相互间井水不犯河水。令人惊异的应该是这个故事在两种信仰中都有教徒信奉，因为故事中形容的天国景象据说都与他们各自的教义相符，所以最终都成为天国(堂)真实不虚的一项有力证据，这反过来对坚定他们各自的信仰也十分有好处。不同的是，故事在不同的区域内流传时都做了相应的变动，左边的说法是谷物能让仙人失去御风而行的能力，右边则说谷物能够损伤天使翅膀里的神经。你已经看到了，尽管两种解释各不相同,但传播者对故事的内容都持一种深信不疑的态度,而且,他们都不约而同地把谷物当成了尘世对天国(堂)最大的威胁。

那个自称就是失去了翅膀的天使(仙人)是近期才出现的,这多少有蹊跷,我是说,这么多年过去了,似乎还没有哪个信徒或者传播者对故事中的原型,也就是那个失去天国的"天使"的下落深究过,也就是说,以前它在人们心目中还是一则民间故事,"天使"的出现才陡然使它变得"真实"。这或许也是该故事到目前为止最具诱惑的地方了,天国(堂)凭借着一个落魄"天使"的存在而变得触手可及。相反,如果"天使"的出现仅仅是一个谎言,那么那个流传甚久的天国(堂)也仅仅多了一则反例,对天国(堂)的"神圣"却无伤大雅,因此可以说当那个落魄的"天使"把我们引进了这个故事的腹地时,我就感觉到我们所处的位置并不像我希望的那么有利。

我就是那个受命前去调查整个事件原委的医生林克,现在我们正走在寻找"天使"的路上,和我结伴同行的还有来自省城的宣传干事小杨。一个星期前我和小杨被临时抽调到一起组成了一个临时调查小组,我们调查小组的名称是"天使问题调查小组",简称"天问小组",代号 TW,因为对该地区的熟悉我被任命为 TW 调查小组组长。

由于我们此行的责任仅仅是调查,所以我和小杨都必须选择一个临时身份,目的也是让我们的调查活动能够在不惊扰"天使"的情形下顺利进行。我的身份是一个游方郎中,专治"疑难杂症",偶尔客串下兽医,这也是在我们那一带行走的江湖郎中必须兼备的素质。选择这个身份是因为十几年前我曾在老家行过几天医,诊治一些头痛脑热的小毛病应当不在话下，所以临行前我又从我父亲那儿把我当年做赤脚医生时用过的一个破医药箱找了出来。我母亲生前有收集旧物的习惯，破医药箱就藏在我们家一个阁楼里，和一个坏蒸笼、一把烂锄头及一个竹制的婴儿摇床放在一起，它的附近还有几个干瘪发芽的洋芋。我把药箱收拾出来，在里面放了一些常用药物，自然少不了给猪牛做阉割用的小弯刀、灌药用的细牛角。我还从箱子底找到了一件很久没有穿过的中山装，细细地一化妆几乎就恢复到我十年前的模样。可能城市生活对我多少有些影响，我的皮肤变得细腻了，不过也难说，游方郎中尽管生活漂泊不定，但从事的到底是一种手艺活，和种田卖气力的有些区别也十分自然。离家前我在镜子前最后一瞥，我让自己相信这就是我在农村干了十几年游方郎中的样子。

与我不同的是，和我同行的小杨却一直没能确定身份。他是与我不同的新一代，以他的年纪和大城市生活背景，在农村找一个对应而通行无阻的角色还相当困难。小杨在大学学哲学，同时也爱好文艺，最后还是他自己的主意，扮成一个下乡写生的大学生，尽管免不了引人注目，但总算是与他的气质符合了，因此也还说得过去。我们俩先后坐车到了青田县的县城青田镇，为了避人耳目，尽管我们住在同一家旅店，但也假装互不相识。

青田镇是我们寻找"天使"的第一站，也是二十年前我完成完小的地方。在所有与"天使"有关的消息来源中，青田镇是最微小的地名了，但当我们抵达时等待我们的仍然是一些说法含混的传闻，因此我们认定"天使"并不在这个范围之内。那些传闻与我们来之前听到的有些不同，可能少了几层传递还没有达到离奇的地步，主要还是"天使"神奇的治病能力，据说他(她)摸过的一把沙土冲水服下即可让一个高位截瘫的患者行走如常，或者用羽毛在眼睛上抚过，即可令瞎子复明。镇上的旅店里已经有一些慕名远道而来的求医者，一个久治不愈的麻脸姑娘即是来求医访药的，她准备把"天使"用过的涮锅水带回去分四个疗程服用。

　　来之前我们 TW 调查小组就对事情的原委进行过分析，最直接的感觉当然是有人利用了那个传说，将民间故事里缺乏实证的部分加以发挥，并做了最大的歪曲化虚为实，换句话，就是说我老家出了一个骗子。骗子原本就是这个世界盛产的，这倒并不令人惊奇，不是有人说这世界就是骗子与傻瓜组成的嘛，我只是不知道别人对民间故事的感受到了何种程度。但如果你能体会那些民间传说中的美感，也就不难想象这种亵渎、欺骗为什么会让我产生如此巨大的愤慨和反感了，甚至我把骗子的出现当成了对我自身的伤害。这也是我在调查会议上的一点感想。不过，小杨可能就不一定愿意这样看了，他虽然是学哲学的，但我以为他身上的文艺细胞远比他的哲学细胞发育健全，否则他也不会用一种抒情的态度来看待整个"天使"事件。我倒不是说他一定就确信"天使"的存在，而是他那种凡事都觉得新鲜的心理，那种观光心理，让他一开始就从"天使"这两个字上找到了乐趣，他甚至认为"天使"是一位民俗专家，这一点也是他用一种很玩笑的口吻说出来的。我记得那个会议也就是从小杨的发言开始变成了一次毫无目的的闲聊。来的路上小杨几乎都在东张西望,听到一点消息就毫不犹豫地张大嘴巴。不过,归结到底他选择一个大学生的身份看来还是对路了,这是一个有自知之明的选择。你看他头上一绺黄头发,颤巍巍地随着他的表情上下抖动,如果让他扮一个乡下的代课教师或者大队会计,大概真的要误事,有谁会有他那种跑马观花的眼睛、满不在乎的腔调,至少在青田镇里是找不到的。

那天晚上我和小杨分头在镇上四处转了转,寺庙、教堂是我们特别留意的地方。到了晚上,寺庙的山门已经合拢,倒是教堂里热闹非凡,唱洋经的人还真不少。人们坐在礼堂,手捧着一本教堂免费使用的烂了封皮的赞美诗,跟着一架木风琴唱歌。我看到小杨抱着一只画夹坐在门边一张条凳上给人画速写,他身边渐渐围了不少人,不过一旦他想问点什么,那些围观的人就讪笑着飞快地躲开了。这也是很正常的,在那些人心目中小杨并不是这个镇上的一员,他还无法被他们认同。有一个小女孩,一直站在离小杨两三米的地方,小杨过去拉住她的手,不知小杨还对她做了什么,小女孩忽然"哇"的一声就哭开了。结果弄得不少人围在他们周围,一些挑着担子或推着自行车的人也挤在里面,远远地看就像一个交通事故现场。这自然比看速写更有意思,我看到街口一些散步的行人也开始朝这边跑过来。但事后小杨却说:"没什么啊,我只是问她家可不可以吃饭,我怎么劝她都不听我的。"这件事怎么收的场我就不知道了,后来我找到了我完小时的一个同学,他现在是镇卫星电视差转站的副站长,国家干部,对他我没什么可隐瞒的。我直陈了来意,出乎我意料的是我的老同学竟然不知道他们这儿出了个"天使",但随即我也就明白了,我的同学和我一样都是无神论者,对于"天使"之类的传闻当然不会太留意的。他的反问更有意思:"有吗,天使?!"他一脸的怀疑很有说服力。每种信息都有它自己的流通渠道,这就像红头文件,必须是有一定级别的人才能够看到。由此我也得出一个结论,"天使"事件对当地的生活秩序还没有产生太大的负面影响,主要还是一些迷信"天使"治病的外乡人,由于他们的急不可耐,成了"天使"最好的传播者。不过,最终他们还将成为"天使"最大的受害人,对此我已经深信不疑。后来,还是我在那个住店的麻脸姑娘身上花了些功夫,我得到的消息是"天使"正在大龙村一带活动。

第二天我和小杨去青木垅找我的二叔。我们没有直接去大龙村,一是青木垅与大龙村紧挨着,二是我们还有一些事情需要预先打探清楚。一清早我就和小杨上路了,因为路远,我们必须搭乘沿途顺路的车辆。我们拦住一辆拉砖瓦的骡车。起初我想继续最初的设想,和小杨假装萍水相逢,在路边先后上车。但我们上的那辆骡车的主人,一位老汉一眼就认定我们是一起的,小杨还想解释,我却知道乡下人的固执,一旦认准的事就很难动摇,这时候无论我们说什么都只会越抹越黑,最好的办法就是敷衍过去,所以我对小杨使了个眼色,示意他不要再做解释。老汉挥了挥鞭子让他的骡车重新上路,这时候他故作精明地看着我问:"你是走亲戚?"我点点头,接着报了我二叔的名字。老汉点点头,表示知道。"那他呢?"老汉话锋一转,又回到小杨身上,我说:"他写生——画画!"我比了个动作。"你儿子啊？像,像!"老汉不知是不是装傻,看看我,再扭头看看小杨。我看见小杨这时候气得脸都变了形,辩也不是,不辩也不是,干脆扭头朝车后的泥坑吐口水。这个误会也让我在心里乐了半天,可脸上还得绷着,我原以为我们的伪装是天衣无缝的,也不知什么地方就露出了破绽,大概我和小杨的组合原本就是一个失误吧,所幸的是变成父子关系倒还把原先的破绽和失误掩盖掉了。其后近一个小时的颠簸中,我都陪着老汉一路神聊,这一带的风情习俗我还记得一些,与老汉的应答也算有来言去语。小杨毕竟是年轻人,又是第一次下乡,闷了一会儿,那股不高兴很快地就过去了,他感兴趣的是几十年前的外国传教士,听赶车老汉说外国传教士当年骑着高头大马就在这条路上狂奔而过顿时精神来了。"后来呢?""后来,死了,打死了。""打死了,谁打的?""土匪嘛,那个洋和尚动了土匪的女人……"

"老人家,那您见过这个传教士没有?"

"洋和尚啊,见过,见过,高鼻子蓝眼睛,长得就跟现在电影上的美国人一模脱壳。对了,他还穿一件黑袍子,像个鬼一样,那时候我还小,见到他就绕起走,离他远远的。"

"他凶吗?"

"凶倒不凶,就是丑,过年还发糖给我们吃,吃完了就让我们背一些诗歌,还给我们一些画片……"

"上面是不是天使,长翅膀的那种?"

"对啊。"

"那你见过没有?"小杨的兴趣可能会把我们此行的目的泄露出

来，不过因为是坐在骡车上，我也没有阻止他把他的兴趣发展下去，他现在的身份是我的"儿子"，我不能做得太露骨。

"开玩笑，哪个人会长翅膀，你说的那是神话故事。"

老汉的回答并没有让小杨失望，他还喋喋不休地加以分析，小杨说他读书时就知道这儿有庙宇和教堂并存了，落后地区总是便于教义流布，如果他是一名传教士，小杨说，他也会选择这样一个愚昧的地方做自己的教区。公正地说，小杨的兴趣还是合乎他的身份的，一个外面来的外乡人，很自然就应该对本地复杂的人文景观产生一些疑问，反而是我，因为从来就知道那些庙宇教堂以及牌坊仿佛天生就在那儿的，这是天经地义的事情，也就没有这么多需要解答的问题。这样一想我就释然了，不过，我还是抢过话题，和老汉聊起今年的收成情况。果然如我预料的，随着话题的转移，小杨就鸦雀无声了，头歪向一边肩膀微微晃着开始打瞌睡，看来这不是他关心的东西。

我们在青木坨村头下了车，虽说是村头，离村子还有大概五里山路，这一段就全要靠脚走过去，小杨最初还有些兴致，指指这座山头像什么，那座山头又像什么，到后来便远远地落在我身后一大截，只能喘着粗气让我等一等，或者问我还有多远的路。我的回答也是农民的方式，我告诉他过了这个山头就可以望见了。

我大概有十来年没回过青木坨了，农村的变化与城市一比总显得微乎其微，包括青田镇，也不过添了几幢像样点的楼房，而青木坨更是十年前的样子，只是因为人口繁衍，才在四周加了几间土坯房，也难怪小杨说他是神父的话也会选这儿作教区。我们从一片刚收割完的稻田走过去,在村口遇到的第一个熟人是永亮,他是我小时候的玩伴,过河时曾经背过我。永亮正挑着一挑茶泡,看到我们时他的眼神是执着而茫然的,我还能依稀辨出他的模样,我说:"永亮不认识我了?我是细崽。"这会儿永亮不再茫然了,他笑了一下说:"永亮是我老者,你们找我老者?""像,像,你和你老者简直一模脱壳。"我忽然变得有些心不在焉,我不明白为什么这么小的一个失误竟会让我有一种受挫的感觉,这大概也就是那种所谓不祥的预感,总之我刚才的那股兴奋劲头一下子就没了,这一点同时也让我十分迷惑。我告诉永亮的孩子我并不找他父亲,我报了我二叔的名字。永亮的孩子一下子说:"我知道你是谁了,我引你去。"他尽管挑着茶泡,动作却十分灵敏,我当然知道二叔的住处,但他的好意我连拒绝的时间都没有。我对身后的小杨说:"我二叔是本地有名的草医,很有声望的。"小杨轻轻地"噢"了一声。

二叔家在村子的中部,门前院坝也晒着一地茶泡,房子看上去还是十几年前的样子,格局上没有太大变化,只是院里搭了一间偏房。我父亲这一辈原本有七个兄妹,其余的都已经过世了,只有二叔和我父亲还健在,他们都曾经跟我祖父学了一手好医术。二十年前,我父亲到城里谋生,在一家工厂里看仓库,才把原先的职业放弃了,可能这个原因,父亲和二叔很长一段时间都没有来往。我们到的时候二叔正在堂屋里切草药,听到永亮孩子的喊声他和我二婶一起迎到院门口。见面时自然有一番热闹的,二叔看上去精神还很健旺,下巴上留了一小撮山羊胡子,倒是二婶看上去比二叔老很多。二叔问我父亲好不好，我说："好，他还让我代他向你问好。"我和二叔握了手，递上两包在青田镇上买的糕点，谎称这是我父亲让我带给他的。事实上我来青木坬父亲并不知道，母亲去世后，他几乎每天都到街道办的一个茶室去打牌，连中饭都用饭盒装着去，对我的事情他从来不过问，当然更不用说青木坬了。我一直以为父亲放弃专业是个错误，现在这种感想更加强烈。我从药箱里取出一些药交给二叔，我说这是我送给叔叔的。这倒是实话，在农村看病一直不方便，更何况二叔还是一名医生，果然二叔拿着两包抗生素比得到糕点还要高兴。

　　青木坬因为不常有外人来，我们的到来的确惊动了不少人，邻居当然不用说，我的几个堂兄也放下手里的活跑来了，还有十几个侄子、侄女，最大的比我的年龄还要大，满腾腾地把我和小杨堵在二叔家的院子里。他们问我怎么不带老婆、崽女来搞（搞是玩的意思）。我把口袋里的烟拿出来散了，一包烟只剩下空壳。我说这一次主要是陪他——我指了指小杨——来青木坬写生，也就是来画画的。我说小杨是我老婆的弟弟——本来我想说他是我朋友的孩子，可能为了更可信些，我把他说成是我老婆的弟弟，这是我临时的主意。果然，大家的目光就被小杨吸引过去了，他真应该是被人注意的，有谁见过长黄头发的人，大家都很好奇地看着他的头发。

　　小杨趁我认亲的当儿对我们老屋的门发生了兴趣，因为那扇门并不是堂堂正正地落在台阶上。小杨说："这门挺怪的，为什么扭着？"我的一个侄子，也就是我二叔的一个孙子说："不清楚，这是老辈人弄的。"另一个忙说："风水先生讲，要这个朝向开门才好。"小杨对着门啧啧称奇,我的侄子又让他看对面的山,那山原来像一头狮子,后来炸山,才不像了。小杨看了看,他说还是有点像的。

我们在我二叔家吃的中饭,晚饭又移到我堂兄家,夜里再歇到我二叔家的阁楼上。到这个时候,还一切正常,我跟小杨说:"这里离大龙村太近了,几乎就隔一座山头。"说话稍不留心就可能走漏风声,我想我和小杨说话都还是非常小心的,至少我觉得后来发生的事不应该由我们来负责任,除非真有命中注定这么一说。临睡前我们在火塘前烤火,天突然间阴了下来,好像要下雨。我二婶说:"已经有一百天没落雨了,你们是贵人,给我们带雨来了。"贵人的说法让小杨很开心,我却没那么乐观,我在想这一下雨滑腻的山路怎么走?多少天没下雨可跟我没关系,这一下雨去大龙村就困难了,所以我心里最盼望的事情就是不要下雨。当时还有我的几个堂兄在火堆旁陪着我们,我们不过在聊一些小时候的事情。就在准备休息的时候小杨突然挑起个话题,他忽然问我二叔:"你们这儿有鬼吗?"我明白他的意思,他是想借鬼故事绕到"天使"身上,多少可以找到些线索。小杨说:"我最喜欢听鬼故事了。"我的一个堂妹说:"有啊,怎么没有,我们村背后那棵大榕树下晚上总听见有人丢石子,又老看不见人。"我的一个堂兄说:"那地方以前吊死过人,我们晚上都不从那儿走。"我看到这时候小杨把拳头支在下巴上,两个肩头耸着,缩成一团,好像非常害怕。接着我二叔也说了一个故事。这个故事说起来,也是我的亲身经历,这种毛风细雨的晚上说起来是有些怕人的。下面就是我二叔讲的故事:

那是快二十年前的事情了,有一次我去狮子山后一户老乡家急诊,急诊一般都是在半夜,因为想着有人帮一下忙,我就让他(二叔指了指我)跟我一起去了。那地方就这位老乡一户人家,四周全是包谷地,反正这种地方走夜路是很容易迷路的。生病的是老乡的独生儿子,大概八九岁,那天他忽然打摆子,发高烧,都开始抽筋了。我们是晚上半夜才到的,给他崽崽吃了点药,就在火塘边烤火——就是这种火塘,农村都是这种火塘。我坐在火塘的这一边,他呢(二叔又指了指我)靠在我腿上打瞌睡,火上还挂着一只沙罐正在熬药。我就听到一种声音,开始很小,听不清,后来连那位老乡都听到了,声音是"拿——不——来,拿——不——来——"起初我以为是药罐子里的热气冲出来的声音。后来再一听,声音是从对面狮子山上传过来的,而且一直不停,越来越清楚。那位老乡再也坐不住了,冲到门口就开始和那个声音对骂,手里揪着一把柴刀就往身上砍、割,搞得浑身上下全是血,那地方又没别的人家,我也坐不住了,连夜就带着崽崽赶了回来。

除了小杨,我们都不止一次听二叔讲这个故事了,虽然我还是亲身经历,不过因为当时太小也没有太多的记忆,后来我回想,也幸亏当时懵懵懂懂的,什么都不知道。这时候我看见小杨正在抹眼角,大家都觉得怪,小杨说:"没事,没事,我一听恐怖故事就会掉眼泪的,后来呢?"二叔说:"后来我去问了一下,这家崽崽还是没留住,半夜就落气了。"小杨竟然会掉眼泪,临睡前我一直在想这件事,我不清楚小杨在他提出的这个问题上到底获得了什么有价值的东西,或者他原本就对这些神秘的事情感兴趣? 小杨在床上不停地翻身一直到很晚,他睡的床板又是竹篾编的,一动就吱吱乱响。后来,终于下雨了,我模模糊糊听到雨水在屋檐上嘀嘀嗒嗒滴落的声音。

第二天雨势很大,我想就是我们想走也走不成了。我对小杨说:"在青木垅再待一天吧,这种天气爬山很够呛的。"小杨同意了。他很快就找到了事做,因为他会画画,村里许多老人都请他去家里画像。而我呢,则被我的一群亲戚包围着,他们请我过去吃饭,又请我为他们的家庭问题出谋划策,比如我的几个侄儿,都想出去打工,可他们没出过远门,没经验也没经费。这种事我当然不能许诺什么。我含糊其辞,居然也让我混过去了。事后来看,我通过青木垅打探消息,小杨选择写生掩饰身份都是一种十分错误的尝试,因为这些都让我们更有理由留在青木垅了,我们都极想脱身,可同时又都身不由己。问题是我们无法脱身,还是有人不让我们脱身呢? 可能要怪的话也只能怪我们自己最初做决定时欠考虑,至少我们给了别人机会。小杨回忆时说我的一个堂姐来找他画画时,他曾问过她是否知道天使,因为小杨怕鬼的笑话已经在青木垅传开了,大家都愿意用这个话题来寻开心。小杨说:"但我没提大龙村,一个字都没提。"是的,我们都没提,一个字都没提,但有什么用,这个问题大概已经不说自明了。我的堂姐如此回答小杨:"有吧,'天使'最怕五谷杂粮,吃了就完了,翅膀就烧掉了。"我没记错的话,我的堂姐第二次又来找我们谈这个问题。她为什么要找我们谈"天使"呢? 她是否想从我们这儿探听一下我们此行的目的? 我的态度自然是很明确的,我说:"这种东西是骗人的,谁见过人长翅膀,又见过哪个人会飞?"堂姐还想说什么,她大概想反驳我,可能我多心吧,我看到我二叔这时候朝她努了一下嘴,把她的话题止住了。雨只下了一天就停了,第三天是个大晴天,我们却无法走,前面我说过,小杨要画像,而我有一帮亲戚要应付,那些堂兄弟,不去他们家吃饭还要生气,至少当时我和小杨都开始有一种疲于奔命的感觉,小杨的画越来越随意,越来越潦草,但收到画的人还是一样啧啧赞叹,我们是不是真的陷在一个泥淖中了?

第四天我们终于离开了青木垅,我二叔带着我的一帮堂兄弟为我们送行,他们一直把我们送到村口的小路上,客气了又客气,可就是没一个人问接下来我和小杨会去哪儿,难道这也是他们预先就知道的? 但我的疑惑并没有结束,当我和小杨下午赶到大龙村时,那位久违的"天使"却早已经无影无踪,我的预感终于应验了。有意思的是,我们找到村长加亮(他也是我的一名远亲),问他村里有没有一个"天使",加亮竟然说那只是一个外乡人,已经走掉了。

这当然是一个坏消息,我有一种感觉,加亮的回答是有备而来的,他似乎早已经在等我们问这句话了,在我们来之前他似乎就已经准备得滴水不漏。我只得问那个外乡人的去向,加亮指了指我们的对面,他说可能到那边去了。我们对面就是小阴山,翻过小阴山就是另一个省。我顺着加亮的手指朝山上望过去,山坡上是一片茂密葱绿的竹林,它们那么繁密细致,就像一层一层粘黏上去的,阳光下色泽也有了一些变化,慢慢地变淡了,变得凸出,那种距离仿佛一伸手就可以触摸到。突然之间我就有了一种宿命感,这是一个恰到好处的结果,它的合理性在于事情至此无疑各方面都能够接受,尽管这中间藏有某种先期设计的成分。但具体到我,那个耳熟能详的民间故事也因为"天使"的遁佚而留存了下来。这很像才看了场本以为胜券在握却以平局收场的球赛,失望也好,痛苦也好,转而又开始庆幸了。

当然,它来得或许还是太快了,一时之间我也分不清心里那种难以言传的轻松是出于怅然若失,还是因为如释重负。就这样,我呆呆地盯着对面的小阴山看了足足五六分钟,我不知道接下来该做点什么,所以想了半天,我还是决定让加亮村长先带我们去外乡人的住处看一看。

那是在一处坡地上,一个孤零零的茅草棚,这种茅草棚在农村只有夏天看青时才会用,但里面住过一位"天使"。我进去看了看,只有一床草席,连床被子都没有,也不知是"天使"带走了,还是他走后被别人收走。床下有一只锈迹斑斑的铁锅,还有一只差不多掉完瓷的搪瓷碗。这些疑点尽管明显却又无法深究下去,此外,最让我注意的就是棚外的一大卷草绳,盘在那里,我估计足足有十五六丈。加亮的说法是这个外乡人每天没事就坐在那儿编草绳,一编就是七八个小时,和谁也不来往,也不爱说话。说完这些加亮村长就离开了。于是我眼前出现了一个编草绳的妇人形象,她流着眼泪,正在膝头上费劲地把两把稻草搓成草绳,她的背上是一对行将枯萎的翅膀,它们耷拉着像一盆开败的玉兰花。小杨问我:"'天使'要草绳干什么,难道这是她的回天之路?"我当然不知道,也不会知道,所以我没有吭声。

回来后我写了一份含糊其辞的调查报告。报告中我说"天使"已经到了邻省。果然,几个月后又传来了"天使"在邻省活动的消息,但这已经与我没有太大的关系。

我想说的是有一次我八岁的女儿忽然向我问起这件事,她刚刚看完一部讲天使的电影。她问我:"你不是去找过天使吗,你看到她了吗?"我说:"没有,差一点。"女儿为我惋惜,她说:"要不然你就可以请她带你去天堂看一看了。""是的,很可惜,大概是错过了。"我说。

女儿说:"下一次你一定要她带你去,回来,你再把看到的告诉我。"

我答应了。

　　1998 年底我随老父回到他阔别近三十年的湖南老家省亲。尽管时间仓促,也谈不上有何有趣的游历,但此行还是会令我终生难忘。本文以志纪念。

有青草环抱的房间

它是一个谜语的谜面,谜底是——

对了,你猜对了,是坟,一座坟。但我将用故事告诉你,这并不是一个普通谜语的谜面。

我的名字叫小倩,聂小倩,你们可能早已经听说过了。我的声名显赫于身后,自从香港导演徐克不厌其烦、三番五次地让我出现在他的电影里(一部连续电影,一部动画片),我的名字一度被你们挂在嘴边也是一件很自然的事情,而当年我只是一个出身卑微的小女子,相貌姣好却不及王祖贤妩媚,把我描绘成电影上的模样是徐克的想象力。我住在博爱路10号,那儿还有另外一个名称——天香楼。有一年我曾在天香楼接待过一位来自山东姓蒲的小说家,他是到我们这儿体验生活的,我对他最深的印象就是由大蒜和经书组成的气味,这是一种曾经很流行的气味,在天香楼它意味着风雅。结果这个姓蒲的小说家把我的故事写进他的一部小说里,它只是一篇很普通的故事,在他的文集中都不能说是最出色的,但他在人世七次轮回后又在香港投拍了一部叫《倩女幽魂》的电影,并且他自己更名为徐克,这样一来,我才发现他对他在博爱路 10 号的经历有着异乎寻常的记忆,否则这种跨越时间的怀念就无法得到合理的解释。往事如同荒草滋长,又如月光匝地,无隙不至,漫过了我的琴台,也扰乱了我清寂的琴音。我想说的是,对那一段往事我的印象同样是非常深刻的。我的目光寂寞而悠远,我只有任想象带着我穿过眼前无数个重重黑夜,再次回到那个给我带来盛名的天香楼……

留仙笔记之 18:

今天晚上我再次来到小倩的房间。对我的到来,她的欢迎是纯礼节性的,也许从一开始她的亲昵中就充满了敷衍的成分,只是到今天这种感触才十分的强烈,或许看在我腰包里的钱袋的份上,她才没有理由拒绝我。不过我有一种感觉,小倩似乎非常想快速地把我们的接触带到床上,在她说第一句话前就已经把我的手指引向了她的裹衣,那两块温柔的肉脯此刻在我的掌心欢快地抖动着,但快一点开始,又快一点结束的印象还是让我觉得有些委屈。

尽管如此,我还是表现得非常大度和理解,我不过是一个小地方来的落第书生,功名无望。从这个角度来说,我对她唯一的诱惑就是我袋中不足五百两的纹银,但对一个见多识广,甚至是见钱眼开的窑姐,它究竟能产生多大的吸引力,我没有把握,我可能还一厢情愿地希望她能和我谈谈诗词歌赋,那可能是我唯一擅长的技能了。我回想起我在书上读到的几个前朝的风流文艺家,如奉旨填词柳三变,以及腰缠十万贯骑鹤下扬州的杜牧之,他们的经历是多么让人心旷神怡,悠然神往,而那些前朝的女子又无一不是柔情似水、侠义心肠的,那真是文艺发展的好时代。我叹只叹生不逢时,时不我予。当然小倩也并不是一个粗俗女子,她不是在第一次见面时就吟诵了我送她的一把檀香扇上的诗句?只是我不理解,她那么急急忙忙地要将我打发走,接下来,她又能够做些什么呢?人总要在寂寞的时候做点什么,她在寂寞的时候又能做些什么?

我只是很好地利用了我的时间,我让小倩整夜都在感觉着我,那段时间里她是属于我的。上半夜,小倩忽然喊起了一个人的名字,下半夜她又喊,却换了另一个人的名字。先是宁采臣,而后是燕赤霞。谁是宁采臣,谁又是燕赤霞?她似睡非睡,似梦非梦,那喊声又是想让谁听到呢?……

我记得宁采臣来的时候是个秋天的早晨,阳光明媚,对任何一个过惯夜生活的人,这都是一个弥足珍贵的好天气,但对冬天那种惨淡的阳光我可能还期盼过,早晨的太阳我却很难起心希求,更谈不上什么印象了。那时候通常也是天香楼最安静的时候,辛苦了一夜的姐妹都还在休息,我们还需要在睡梦中恢复体力,富家公子宁采臣却在那个早晨骑着一匹高头大马从南方来了。宁采臣本想见一见我们天香楼名扬天下的头牌红人李似水,他说很希望李姑娘能够移趾亲近,帮他完成他的成人仪式。为此他带来一份见面礼,一块掌心大小、晶莹剔透的暹罗暖玉。宁采臣不清楚的是李似水是我们天香楼的大姐大,平常结交的都是些显贵政要,要不就是商贾巨富,我们一个楼里姐妹见面的机会都不多,又岂是他一个外乡来的寻常公子随便见的?况且他不日就要进京赶考。老鸨,也就是我们的妈妈便推说李姑娘日程太紧,见面也要事先约定才行,预备把他安排在园子后面一幢僻静的房子里。

这可真是缘分,那天因为头晚上喝了一肚子黄酒,天一亮我就被一阵肠鸣闹醒了。我梳洗完,准备下楼到对面王婆家买一些烧饼油条充饥。我在一条昏暗的回廊上走着,大厅里静极了,虽然有人在小声说话,却隐隐可以听到回声,门外集市上的吆喝叫卖也好像离得很远。我下楼了,随着我的鞋子在楼板上轻轻踏出的响声,我看见妈妈身边一个男子站了起来,他迎着楼梯,也就是迎着我站着,因为仰视的缘故他的两眼显得有些发直,后来他的目光渐渐下移,慢慢地落在我不断向下探伸的足尖上。他就是从南方来的宁采臣宁公子。大厅里飘浮着一层淡蓝色的烟霭,宁公子站的地方刚好有一注从窗口射入的阳光,光柱里的尘埃就像一群蚊虫在他身边浮动着,这让宁公子的脸色看上去有些苍白。起初我们都没有说话,我感觉自己不是在下楼,而是不断地向下飘着。我忽然听到宁公子对妈妈说:"这位——就是李姑娘吧?"妈妈和我都笑了起来,那个男子不知道我们在笑什么,也跟着我们一起笑了,尽管我们笑的原因并不尽同,但看得出他心里是非常快活的。

现在,我要把我们的天香楼向您介绍一下。一度传闻天香楼里面机关四布,就像一个让人天旋地转的迷宫,有来处,却没有去处,每个进来的人都要在里面花光身上最后一份银子，才会由龟奴像一堆败絮一样从后门丢出去，丢到一个烂泥塘里。那些来寻开心的人总是在这个迷宫一样的天香楼里转啊转，除了花光银子再被人丢出去他们别无选择。这种传说一度很盛行，也让我们天香楼的声誉受到了影响，的确有那么几个人被我们丢进烂泥塘，但那些又是些什么人呢？连吃带住外加嫖赌，在街上你没钱连个馒头都买不到吧，必要的惩罚还是应当的，否则也无法建立秩序了。我想说的是，那个迷宫似的园子并不存在，尽管施工时我们的妈妈对屋基动了点手脚，埋上了黑狗血和穿山甲的舌头，但依据大清律第 108 章第 56 款第 3 条这是被钦定准允的。它不过是在出口处增加了些凶险的因素，君子不立于危墙，试问一个有经济保障的人谁会去铤而走险呢？而一个身无分文的人才可能"穷极思变""狗急跳墙"，出口是为他们设立的，也只有他们才能够找到。

以上是我为天香楼做的一点辩解。

宁采臣宁公子在我那儿住了一个月，白天温习功课，晚上我们才在一起谈谈风月，聊聊诗文。这都是我安排好的，宁公子既然是个求取功名的读书人，我觉得就应当把精力放在前程上。他很听我的话，这主要源自他对我的痴迷，白天他收摄心神发奋读书时，我为他沏茶，研墨，直到晚上，我们才稍稍放纵一下自己，尽情享受那份属于我们的床笫之欢。有时候我也觉得十分幸运，能成为宁公子的人生启蒙，是我，亲手把一个羞涩的男孩变成一个威猛的男人。宁公子说他在家时就偷偷地看过他的父亲收藏的《金瓶梅》《肉蒲团》，还有一部道教典藏《素女心经》，有些段落他甚至能够背诵，但那毕竟是纸上谈兵，有些东西只会令他加倍地匪夷所思，谁料想实际操作竟比理论强过千倍万倍不止，真是别有洞天！我记得我们第一次交合结束宁公子就兴奋地要和我成亲，他揽着我的肩头，喊的却是他娘，他说："娘啊娘！"仅仅过去几天，宁公子已经演练成此间的个中高手了，他是个性情中人，一有喜欢就露在面上，欢乐让他变得情意绵绵的，他总是叫我倩倩，兴头上又嚷着要替我赎身。那真是我在天香楼少有的一段幸福时光，每天总像不够用，时间正在快速地流逝，像我这种女人，还能期望什么呢？我大抵也不应该喜欢上谁的，可我还是感觉到，在我回馈给宁公子的好感中，十有八九是发自我的内心。

宁公子早已经知道把我当成李姑娘只是一场误会了，平时我们只会用这个误会来相互逗趣。他见到李姑娘时则目不斜视，有一次当他们错肩时，宁公子故意把鼻涕抹在李姑娘的衣裙上。我知道他是想安慰我，同时让我高兴，可我毕竟是个没有太多信心的人，我对宁公子说："你别哄我高兴了，李姐姐那才是真正的漂亮，你看她的眉眼，那么柔顺，我就是男人也会喜欢她——再说，李姐姐是名扬天下的美人，我怎么比得上她。"我只是一句玩笑话，谁料宁公子竟拍着胸口，指天发誓，说："今生今世只爱聂姐姐一个人，否则肠穿肚烂。"我赶忙上前去捂住他的嘴，就像我从书上看到的那些情人做的那样，我满脸泪水地靠在宁公子的怀里。我感到幸福了吗？那一刻我竟然有些痛惜，感怀身世，又叹息宁公子那份涉世不深的痴情。宁公子抚着我的头发接着说："至于名声，那是身外之物，所谓名者实之宾也。"他的观点竟然和燕赤霞一样，燕赤霞就差不多这么谈论过我们天香楼的头牌。

燕赤霞是这么说的:名气最大的鸡就是最烂的鸡!

留仙笔记之 75:

燕赤霞是个街口混混,小流氓,专嫖霸王鸡。不过从敬畏他的人口中听到的传闻却是他是个有道的真人,一名剑客,会使小飞刀的把戏。不过,在这个阴森复杂的天香楼里他竟然能来去无阻,也应当有他过人之处。他有那份神通,发现出口并不难。不过他是一名得道的真人,又怎么会来此烟花柳巷?难道是当年禅宗三祖的重演,在此调心?那么他和小倩都能干些什么呢?采阴补阳,还是吸星大法?他和宁采臣又怎么分配聂小倩?小倩对待他们中哪一个更亲厚一些?宁采臣还是燕赤霞,我又会成为他们中的哪一个的延续?

燕赤霞是我的老熟客了,他是个闲云野鹤似的人物,已经有很长一段时间没在我这儿露面了,我猜他大概又到终南山修炼他的新式功法。但近来我忽然有了一种担心,我害怕他会和宁公子逢面,宁公子这段时间情绪不稳,读书时总是心神不定的,胡乱翻书也会意气浮躁,有一天他忽然对我说:"我不想去考试了。"又有一天他忽然问我:"你想好没有,我要替你赎身,你在这个地方还没有待腻吗?"

宁公子一直有一种错觉,我是他的人。这一点霸道得自他的年轻,以及他的无知。可这个世界从来就不是为年轻设立的,更不是为无知者。所以对他想当然的狂妄,我一则隐忍,二来也没有少对他进行规劝："试嘛，你也应当去应，你不是说，你父亲不是一直盼着你成为状元郎嘛，光耀门庭，五花马、千金裘、权利、财富无所不有。"但他冷冷地回答我："那又怎么样?!"我觉得无话可说了。大概我和他谈论的官场上的可笑事情太多了吧。我告诉他来我这儿的那些形形色色、大大小小的官吏，他们一到我这儿就立即撕下自己的假面，变成了禽兽，变成了非人。最有名的一个例子是那位知府大人，每次来他都会给我讲他在官场上攀登的艰辛，而且老是重复同一个故事，大抵因为那也是他唯一值得称道的。他不过是一个穷人家的孩子，没有权势，更没有裙带关系，因为长相不美也没被谁家女儿看中。当他还是一名候补的官员时，终于拜了当朝宰相大人的门下。有一次宰相大人的老母病重，他觉得机会来了，为了表示关切，他竟上门去尝了一下那老女人的大便。他说大便是苦臭的，不是苦臭的大便病就没有好，可他说臭时还不敢太大声。"我连我老妈的大便都没有尝过!"说到这儿，知府大人总会恸哭起来，他让我把他全身扒光了，捆在床头上，然后用一根泡过的柳树枝用力抽打他的全身，而此时他嘴里发出的竟是惊叹和赞美。他最喜欢的就是我用脚踩住他的脸，他让我问："你是不是一个败类?""是，是!"老大人由衷地说。接下来，老大人的高潮就该来了。宁公子可以这么问我："你希望我成为这种人吗?"我没法分辩，但我知道只要他愿意，他也可以不成为这种人。所以我觉得宁采臣公子只是给自己找到了一个不读书的借口，并以此来辜负他的老父。他是不是已经自甘堕落？接下来折磨他的可能将是无时不存在的懊悔。

　　至于说赎身，那也是我在天香楼听的最多的一句话，那些嫖客朋友们，意兴阑珊之时，脱口而出的大多是这句话，他们大概以为这句话是天底下最动听，也最能够打动我芳心的一句话。可谁知这中间的救赦心理已让我厌烦透顶。他们以为他们有这么大的能力，以为天香楼比他们家后花园更像一个大火炕。只有宁公子让我感动过，以他的年轻、无知，第一次听到他的话我心里竟然难得地为之怦然，大概，我还因此产生了一系列联想。可我一想到从良，让我的美丽为一人所专有，真会有那么大起死回生的功效？我难道会因此而得救？这种想法让我沮丧，也让我打消了刚刚产生的和宁公子一起回乡务农的念头。我跟宁公子说："你就是赎了我的肉身，也救不了我的灵魂！"宁公子一脸错愕，大概一时他还无法体会这其中的深意，或许他还以为我已经被某个神秘的宗教团伙控制了，正身不由己。

　　燕赤霞还是来了。他是冬至的那天夜里来的。他和宁采臣的见面是个极富戏剧性的场面，我想接下来就告诉你。燕赤霞问我："这位新人是谁——不介绍一下？"宁公子一直对这位不速之客怒目而视，这时候当仁不让地反问："倩倩，这个老头是谁？"我给他们介绍了。燕赤霞是位有道之人，听完后含蓄地点头，宁公子可能一直在暗示我赶紧把燕赤霞打发走，我又怎么能这么做呢？这时我的脾气也上来了，我想告诉他这儿是天香楼，每个进来的人都是我的朋友。宁公子一直低垂着头，样子就像新人坐台，看上去马上要哭了。我转身去问燕赤霞："最近又练出了什么新招？"这么做，也是想让宁公子看看燕赤霞非凡的一面。燕赤霞向我讨了一支绣花针，插在地上，又轻轻地抬起一只脚立在上面，可能有外人在场，他的表演不太顺利，绣花针断了三枚，但还是让他站稳了。宁公子这时候跳起来，去找"魔术"的机关,他看看燕赤霞的头顶,却还是说这是假的,定要燕哥揭秘。这种情形到中夜后才有所改观,两个男人忽然间变得惺惺相惜,都说对方有眼光,否则的话都到李似水门口排队去了。他们开始斗酒,无酒不成席,我让厨房送来一桌菜,等我回来时,听到他们又在比拳,我以为这也是为了喝酒,后来才知道不是。但我还是为他们能和平共处而愉快。

"狂龙戏水——"

"一笋托莲花——"

"门前柏树枝——"

宁公子憋了一头汗才答上来:"致良知——"

这时候我也插进去了,我说:"有青草环抱的房间!"

"那是什么?"他们俩一并问。

没什么,一个谜语。

燕赤霞与宁采臣关于性与解救的小品练习

作者:扑克

宁采臣:燕前辈,请你无论如何要帮助我们离开这里,脱离黑山老妖的掌握。

燕赤霞:你这般倨傲,我又怎么帮得了你。

宁采臣:(跪下)燕前辈,我求求你,看在真武大帝的份上,你发发慈悲吧,黑山老妖就要来了,你救了我们,我让小倩——

燕赤霞:住口! 小倩也是我的人,凭你怎么让她——,而你,一个身上只有几两银子的穷光蛋,少不了去替黑山老妖倒马桶的命,你好自为之吧。

宁采臣:(抱住燕)前辈,求求你了,只要您救了我和小倩,我们身上的一切,只要您看上眼,都是你的了。

燕赤霞哼了一声,背着手一声不吭。

(编剧提示:表演者应理解燕与宁冲突之所在,使动作激情、合理而含义深刻,能让观众产生联想为最佳。)

聂小倩对电影《倩女幽魂》的一段联想:

与电影中的人物相比,宁采臣的形象可能更接近梁朝伟,而不是张国荣,而燕赤霞的样子很像今天的葛优,而非午马。因此这种真实与虚构相互叠加的记忆效果,也让我想起另一部很著名的电影《霸王别姬》,里面张国荣与葛优有几段非常精彩的对手戏,他们在一起舞剑,一同画脸,于是我幻念横生,宁采臣也曾经为燕赤霞做过类似的另类服务?

留仙笔记之 78:

我现在的命运和许多在天香楼穷途末路的人一样,迟早都要被丢进后门外的烂泥塘里。不过,我还是找到了一个涮马桶的工作,虽然这样一来,我进上房的机会少了,一些粗役、丫头都可以厉声地呵斥我,但我体会到从一名嫖客到一名杂役的心理转变过程,这段经历是十分珍贵的。我猜那些文艺家并非都有这样的经历吧?天香楼的两个老鸨(我叫她们一个夜叉,一个罗利），在我银子丰厚时，是何等的亲热，这时再看到我时已经没有好脸色了，不过她们毕竟是跑江湖的，知道给自己留一手，倒不像她们的手下那么颐指气使，只是威胁我："要想好，马桶是坐的，要好好涮，现在是竞争上岗，不干就丢到后面烂泥塘里。"

我已经利用身份作掩护，收集到不少政要用公款吃喝嫖赌的证据，过不了多久，我就会让你们吃不完，兜着走。

那一天，我遇到了小倩，我已经好久没看到她了，天香楼如果有一个不势利的人，那她肯定就是小倩。小倩拉着我这双现在已是劳动人民的手，对我说："现在我没事，你上我房里来，我有话对你说。"我不知道小倩会对我说些什么。

宁公子的状况越来越差了，终日饮酒，且每饮必醉，差不多到了荒唐的地步。我房里的墙上几幅画都被他撕掉了，他说不好看；几件细瓷摆设被他砸掉了，因为不好看；接下来他撕书，因为不好读。如果说这时候世上还有一件让他牵挂的事情，那就是替我赎身，带着我到别的地方——别的地方是个什么地方？能够这么打动他，让他提起来就两眼熠熠生辉，然后他满怀希望地看着我，等着我的答复？甚至在睡梦中宁公子还在提这件事，他一只手拉扯着被角，而后说："走，走。下雨了，让我们一起走吧。"

我请燕赤霞来帮忙，他说："我看你干脆还是和他走吧，我看这小子对你倒有几分真心。"我气得大骂他："我说找你来是帮忙，你倒好，忙不帮还说气话，我就怕他是真的。"

有一次燕赤霞在来的路上杀了一个恶霸贪官，他把贪官的头颅也带来了,让我和宁采臣一起赏玩。宁公子起初不相信,他说:"青天白日,太平盛世,你说杀人就——"他话音还未落,燕赤霞就把一只染血的布兜丢到桌上。布兜在桌上像滚西瓜一样,滚出一个人头来。那是个大胖子的头颅,眼睛瞌睡一般微睁着,因为顿在桌上,就好像他刚刚从桌子下钻出来。我看到宁公子盯着头颅看一眼就立即跑到窗台上去呕吐。忍不住想表现一下我的内心是多么的沧桑,我用我的左手轻轻地分开桌上的嘴唇。就是这只手,我曾经做过那么多娇羞的姿态,让我显得那么的小儿女情状,不胜妩媚、温婉,可现在我用它分开一个死人的嘴唇,然后,我用手巾擦了擦手指,我对燕赤霞说:"任何丑男人,丢了头都会变得美丽。"这时候宁公子用一种惊恐的表情看着我,然后他才转去看捻须微笑的燕赤霞。

但这件事的结果是什么呢?我以为宁公子内心总要有些震惊吧,但他晚上忽然对我说:"你既然这么喜欢燕赤霞,要不——我把他也赎了吧。"一股悲伤忽然之间就充溢在我的胸口,我开始放声大哭。我哭的当然是我无法自主的命运,可天底下能自主的又有几个?那一天我的恸哭把整个天香楼都惊动了,那些姐妹和客人们不知道怎么回事都涌进来看热闹。他们还以为我受了什么委屈。宁公子不知所措,想安慰我又不敢,一只手还端着酒杯,眼睛茫然地看着我,再看看闻讯而来的人们。

留仙笔记之 101:

凭着小倩的赞助我才回到我的山东老家,大概没有人会知道我这一段忽上忽下的悲喜经历,甚至再过一段时间,可能连我自己也难以相信它的真实性。小倩姑娘说:"书中自有黄金屋,有颜如玉,又何必定要去留恋风尘呢?"她的话我当时听了一半,另一半我决定保留。

　　她告诉我她和宁采臣、燕赤霞的交往经过,是想让我为她写一部书,其实她即便不说,这种构想又何曾不在我脑海翻腾涌现?现在,我就是看书也常常会想起天香楼,那里的一切都是亲切的、难忘的。

宁采臣宁公子也终于到了他山穷水尽的那一刻,在天香楼这几乎也是最常见的一幕,那些弹尽粮绝者被龟奴们丢在烂泥塘里。他们或许会流落街头,或者一路乞讨回乡,但他们又有什么脸面去见他们的父母兄弟姐妹?这些我从来没有想过,但当宁公子沦落的那一刻我想到了。宁公子被人扒去了锦衣,换上一件粗布破衣裳送到柴房里充当杂役,他曾经是一名富家公子,曾经有过那么多的骄傲,而又有那么多的人来尊敬他的骄傲,我想宁公子此刻的悲伤是难以用言词形容的。而且他还要忍受那些下人们的无礼的讯问和辱骂,这些又怎么是他这个年纪的人可以承担的?我不知道他是不是后悔过。倘若没有天香楼,倘若他是进京赶考的话,即便没有中榜,但家中的老父还在等候。再倘若他遇到的是李似水而不是聂小倩……每次我遇到宁公子,看见他在一堆笨重活计中忙碌,他紧皱的眉头和瘦削的双肩无一不让我感到一种揪心的疼痛,但我还得装出一副若无其事的样子,像所有势利的青楼女子那样做出一个高傲的鄙夷。我只是在等,如果宁公子稍稍有一点松懈,他开始懊悔,那么我会为他准备上一份盘缠,让他顺利地回到家中。

那是一个春天,我和几个姐妹到园子里赏花,宁公子忽然从一座木桥下出现了。原来他正在修补桥墩。他看我时,慢慢走了过来。宁公子显得心事重重,但他一开口还是把我吓了一跳,他说:"我要替你赎身。"我的几个姐妹听后开始发疯一样狂笑,真的,还有比这更好笑的事情吗?一个自身难保的穷光蛋,还在做着青天白日梦。我也该笑的,可我笑的时候错过了时间,倒仿佛我正在哭一样。他说:"我知道你心里是有我的,否则你为什么会淌眼泪,你为什么会茶饭不思,又为什么大病一场……"我只得掩袖走了。

晚上,我不顾仆役们的笑话,跑到柴房去找宁采臣。我劝他赶紧离开这里:"你也看到了,你在这儿还有什么希望呢?说不定我们俩谁也别想着走出天香楼了。"宁采臣不说话,他还是那么固执,只是眼泪一滴接着一滴无声地落在我的手背上。

后来有一次我和燕赤霞谈到宁采臣,他问我还想不想他。我没有说话,只是眼泪却下来了。是我把他送上不归之路的。有时候我也不知道这样做究竟出于什么动机,既然我是这样爱他。那也是我和燕赤霞的最后一次谈话,过后不久,据说他功行圆满,在泰山的玉皇顶羽化登仙,各地的真人信徒有不少前往观礼,但我没去,因为我接到消息已在事后。就这样,又一个重要的男人在我的生命中消失了。

宁采臣的结局是这样的:

那天我领着他进入了一条只我一个人知道的通道,它就隐藏在我的房间里,我从那里把宁公子送出了天香楼。宁采臣说:"记住,我的心不会变,不久我会再来的。"我将手腕上一只玉手镯交给他,我没说话,我们只是默默地对视了一会儿就分开了。

那是个开满野花的山坡,有一条弯曲的小径,山脚有一条很清澈的溪流,当然还有青草。宁公子回过头,就在那一瞬,他看见了那个谜底,他正是从那个谜底出来的,那个谜底成了他的出路。我看见宁公子脸上惊愕的目光,两行眼泪不停地从他眼睛里流淌出来。宁公子忽然间笑了一下,他甚至还用手擦了擦那块墓碑,又折了一根青草,衔在嘴角。宁公子走上那条小路后,再也没有回过头来。

关于他的消息是以后传来的,不太确切,听说有一个发现了时光隧道的科学家,我疑心是他,还有一位游方的头陀,据说参的话头十分特别。

有青草环抱的房间,是什么,说——

不管他们是谁,但我想宁采臣的命运都是我创造的。

华山论剑记

　　他们把我弄到华山用了两样东西,只有两样:谎言和毒药。事后我才知道,连后一样也是假的,他们不过在我喝的酒里掺了少许巴豆水,这样就造成了我上吐下泻——中毒的假象,以至于到最后连我自己都开始相信我就要不久于人世了。他们这样做的目的只有一个,就是要顺顺当当地把我带上华山,可笑的是这之前他们并没有问过我愿不愿意去华山。一路上他们就用这两样东西来对付我。

　　我开始想念我那些可怜的学生了,再有几天就是升学考试的时间,天气开始转凉,没了我真不知道会乱成什么样子。那几个老留级生倒没什么,可有几个孩子,人长得乖巧又老实,可以说还是少不更事,离开我真不知道他们怎么去应付县里那些又老又丑又刁钻的考官。进入河南境内时,我已经无法下地走路,因为脱水我变得虚弱不堪,晚上只能躺在客栈那张又窄又脏的床上,连伸手挠一下脖子后那块牛皮癣的气力都没有。这还是其次的,我的一双手,还有裸露在外的那双脚已经泛出青色,像死人一样灌满了脓浆。一只硕大的绿头苍蝇乘机不停地在我的鼻尖上起落，吹气吹不到，赶又赶不走，次数一多不能不让我觉得心灰意冷，我几乎要哭了，这很像我的一生一样，我的一生实际上都在驱赶一只看不见的苍蝇，徒劳无益又身不由己。天刚亮，我又被那几个凶神恶煞的家伙吵了起来，他们把我放在一副担架上，由四个脚夫轮流抬着上路，这差不多就是我一个多月来的生活，我由着他们，闭上眼，眼不见为净。颠簸中我只知道我们正一路往西，往太阳前进的地方走着。我们已经走了很久了，几乎每过一两天路人的口音就会发生变化。西边让我想起长安，大唐盛世，李白、杜甫，当然还有华山。一想到华山我就兴奋起来，陈抟老祖，华山圣母——我写了这么多的神仙，但这时候我想起他们却是因为我朝不保夕的性命，我想即使这帮神仙来齐了恐怕也再难以让我康复了，我就要死了，很不体面地死在异乡。我不明白的是我不过是一个偶尔写点短篇小说捞外快的教书匠，他们为什么要用这么狠毒的手段来对付我？

留仙笔记之 35：

事实证明我的预见力。等我一觉醒来时，睁开眼睛，我发觉自己真的已经身在华山了。从前我做过许多关于华山的梦，我的梦想却是这么一不小心实现的。

经过几天休息，我的身体正在迅速康复，尤其当我得知自己没有身染剧毒，恢复的速度更快。但我心里一直在想那个疑窦——是谁在欺骗我？可能是这个缘故，我并没有沉浸在轻松的心境中，即便华山雄奇的风光也不能让我失去警觉。到这个时候还没有人来找我，那些凶狠的人已经不见了，我周围的人都和颜悦色，谦卑有礼，令我觉得自己就像一名来华山游玩的观光客。但我知道他们会来的，因为即使我再不小心，也能察觉有人像钉子一样跟在我身后，我甚至能察觉到射到我脖颈上那束冷酷的目光。

那天晚上，主角终于登场了，首先来拜访我的是华山剑派的掌门人袁玄机先生。袁掌门进门就赔着笑脸，一连几个对不住，说什么"事起仓促，不得不用此下策请先生赴秦"。然后他从袖中拿出两封银子，在我疑惑的目光中把它们放在了我面前的桌案上。我对他怒目而视，又学徐庶入曹营一言不发。袁掌门开始谈我的那些小说，他说心仪已久，现在我的小说已经名满天下，即使在陕中也颇有知音，他本人最喜欢的便是《崂山道士》，文情并茂，最重要的是当为则为，不可为则不为，不像某些人……末了他又要我替他们华山派编写一本《华山论剑记》，并且荣幸地告诉我，我已经被聘为他们此次华山论剑会的主笔了。我送了他一句话，我说："君子有所为有所不为。"袁掌门倒有些涵养，听了也不生气，依旧笑脸盈盈的。接下来我又接待了那天晚上的第二个来访者许一平先生，据说他也是华山派一位实权人物，有良田千顷，富甲一方。许先生快人快语，只可惜有些语无伦次,他也用小说作为开头,说些仰慕的话,谈到他最喜欢的《肉蒲团》时,他说香艳得紧,收在枕下是每晚必读的。我告诉他《肉蒲团》不是我写的。许先生顿时有些尴尬,转而说起《华山论剑记》,希望届时能站在他们一边。我告诉他:"本人才疏学浅,恐难从命。"许先生立即现出了本相,他怒目圆睁,说:"难道你强得过老夫手里这三尺青锋吗?"他拔出剑来,剑芒在我眼前形成一束寒光,当时真把我吓了一跳,但我还是淡淡地答复了他,我说:"士可杀不可辱!"

袁掌门将两封银子放到我面前那张檀木桌上时,我就感觉事情开始朝着荒谬的方向发展,有些不对路了。什么叫事起仓促?难道我是个一成不变、拘泥形式的人吗?我蒲留仙是这种人吗?那个月夜我站在华山的巅峰,对着那一轮圆月纵声大笑,声震十里,整个山谷里都回荡着我的笑声。我觉得自己受到了嘲弄,但事情仅仅开了个头,接下来在许先生的一次家宴上,他给我介绍了一位他蓄养的歌伎,他让这位席间唱了《水调歌头》的歌伎到我面前盈盈拜倒。我吃惊的是这名歌伎的名字竟然也叫作小倩,一瞬间我就回想起很久以前发生的一些事情,等我把她搀扶起来,我恍然发觉这位姑娘也有几分小倩的姿容。许先生说:"我这个孩子年方二八,蒲先生看得入眼,就把她带上山吧!"我连忙摆手,可我那晚上咸菜扣肉吃得太多,口干得厉害,说不出话来。许先生说:"蒲先生就不必客气了,实不相瞒,这孩子也是先生的崇拜者。""是吗?"这又让我大吃一惊。许先生说:"不信,您问她原先的名字。"小倩姑娘声音清越,就像她唱歌一样美,她朱唇轻启,慢慢地说:"奴婢原来唤作小燕的,因为对先生的《倩女幽魂》喜欢至极,故改成这个名字。"小倩姑娘说完又埋下头去,我只能看见她如弯勾的睫毛在两道柳叶般的眉毛下扑闪地眨着。这个变故让我听得合不拢嘴。许先生说:"得佳人如此,先生不该再多喝几杯吗?"于是我又手忙脚乱地被他灌了一通水酒,连推挡的机会都没有。小倩被人连夜用一顶青呢花轿抬上山,送到华山宾馆我住的1001号房间。那一夜我被这个小倩折腾得够呛——她整晚上都在追问我关于聂小倩的细节,所有故事她都想知道,她说她现在有这个权利。有没有这个人物啦,原型是谁啦,长得漂不漂亮——她把聂小倩的问题差不多问干净了,又按照这个标准开始打扮自己。我想这也情有可原的,谁没有自己的偶像,我不是也幻想过像我的老乡孔夫子那样去周游列国?当时我一直坐在烛台边,朦朦胧胧打起了瞌睡,我已经听到山洼里的鸡鸣——起初只是一声,而后才连绵一片,那是一种极度的寂静,我甚至开始怀疑,我是不是又在村口荷塘边的麦垛里睡着了。小倩还在兴致勃勃地换着衣裳,过了一会儿,她就换一套衣服出来问我:"像不像?"她出来时我眼前就是一花,我说:"差不多了。""不是差不多,我是问你像不像?"这个小倩看上去就像一只大花蝴蝶。

又来了一个大人物。

鹅塘令狐晋飞先生风尘仆仆地到了华山，没想到他第一个见的人竟会是我，为此他甚至不及到会务组报到。令狐先生是许先生远从山西请来的贵客。（一说请字我就想起那副担架，令狐先生莫不是也是担架抬来的？）他一进门就说："先生不是一直在王大人的智囊团工作吗，怎么也会来管这些江湖上的闲事呢？"我苦笑了一下，我告诉他："我也是被'请'来的，现在我是无事一身轻。"从令狐先生的表情来看，他似乎并不理解这"请"字的含义。令狐先生问我可知这次上华山的目的。我指着桌案上摆放的一摞稿纸，此时上面还仅有一个《华山论剑记》的标题。我说："也好，比起我开馆授徒，又另有一番轻闲自在。"令狐先生摇起头来，他指着那沓空稿纸笑着说："先生此言差矣，先生来了这几日，就没有瞧出这其中的关节？"我不清楚他的用意，只好先含混地应了声。令狐先生却着急了，他说："倘真如此，先生恐怕今生都难再下华山半步了！"

他的话吓了我一跳，我说："为什么？我不过一个穷教书的，偶尔写点小说，混混稿费，谁会这么跟我过不去？"令狐先生摆摆手，他说："你先别急。"这时令狐先生从衣袖里拿出一部发黄的书稿，原来是部华山派历代传人的谱系，这东西我这儿也有，只是我尚未想过要从中找到什么，究竟令狐先生会告诉我什么呢？我的视线落到令狐先生慢慢展开的书页上：

华山派历代传人谱系表

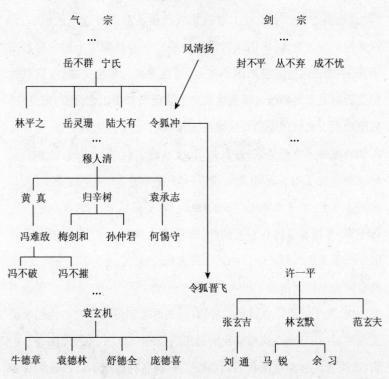

令狐先生的谱系表与我手里的材料唯一的差别仅仅在于他的那一支,令狐先生对此一笑而已,他说"这并不重要"。令狐先生是当年名震中原武林的大剑侠令狐冲的后人,准确地说是令狐大侠的第十五代嫡孙,他说:"先生这几天为了这本《华山论剑记》,肯定读了不少典籍。"我点了点头,这是事实,这几天为了熟知华山派的过往今来,我一直都在查看《金庸草堂笔记之笑傲江湖篇》。令狐先生又说:"你可知先祖令狐冲公被他的师父岳不群逐出师门真的是为了那本不知所终的《紫霞密笈》?"我想了想,小心地说:"难道是——剑宗?"

"对,"令狐先生肯定地说,"药王庙一役岳不群就有这个预感了,当时先祖虽身负重伤,却用独孤九剑破箭式一连刺瞎了十五位魔教高手,出手之迅疾绝非气剑弟子可为,可岳不群又不能肯定,所以只好把我的祖上作为异己分子从他的弟子队伍里铲除出去,进行清党,把危险消灭于无形!"令狐先生说到这儿,做了一个巨大的手势,接着他压低喉咙说:"袁是气宗,许是剑宗,此次论剑就是二度的气剑之争,你现在明白了吗?况且这气、剑一向只是表皮,内里不过在争权力,你是亲气呢,还是亲剑呢?"我的脑子一下子就乱了,我想说我哪一边都不靠,可我知道这是不可能的,也是不允许的,一想起笔记上记录的华山派当年气剑之争几招灭门的惨状,我就觉得手掌心一阵发凉,接着额头上的汗都沁了出来。令狐先生却不依不饶,他说:"等这本书一出,先生的声望也就到了极致,但那时您知道的东西对他们来说又太多了……"就在这时候我听到房门吱的一响,小倩从外面走了进来,这不大的响动竟把我们俩都吓了一跳。我想起小倩曾告诉我今天是什么神仙的法会,她一早便去全真观进香去了。小倩看到令狐先生时一愣,她打了个招呼:"来客了。"接着笑着对我说:"今天人真多,我们几个姐妹都挤散了,我先跑回来,还不知她们怎么骂我呢。剑臣,帮我放盆洗澡水吧,等会儿我要洗个澡。"说这话时小倩已经进了里屋,然后她随手把门关上了。令狐先生跟着松了口气,这时候他的身子朝我这边倾了过来,头几乎附在我的耳朵上,他的气息冲得我的耳膜如同钻入了一只蚂蚁。令狐先生说:"你以为许二送你一个美

人,真是欣赏先生的才艺?"我受不了这个语调,这种暗示等于说"你
这个自以为是的傻瓜!"我几乎发起火来:"干什么,我只是一个读书
人,教教学生,偶尔写写小说,我并没想卷进这乱七八糟的是非中来,
我不管他袁玄机是谁,许一平是谁,还有这个令狐冲的后辈,让他们
通通见鬼去吧!"怒火把我的脸涨得通红,但我努力让自己平心静气,
因为我很快就发觉令狐先生说的句句都是真话——这几日的书稿、
日记都被人翻看过,我上哪儿都会有人盯梢,难道这个小倩真是个燕
子? 没有比这更可怕的事情了,一下子我的额头上就像布满了蚂蚁,
大滴的汗珠从我的脸颊上滑落下来,我几乎坐不下去了。这时候我
听到小倩在里屋喊:"剑臣,我的水放满了吗?"我不可抑制地打了个
冷战。

留仙笔记之41:

令狐晋飞先生的拜访让我十分惊讶,据说他是大剑侠令狐
冲的后人,现居山西鹅塘,在当地也算得上一位家喻户晓的名
士。他来造访是慕我的名声——据令狐先生说我的小说集在鹅
塘也很畅销,他此次是来向我约稿的,以便借此声势再上个
台阶。

既然令狐先生为文学而来,我们的话题少不了就当前的文
艺现状进行一番讨论,又因为此刻我们身处秦地,我们也免不了
追溯往昔,让思绪在大唐盛世的气象上徘徊不已。照令狐晋飞
先生的意思,中原浩瀚、博大的文化自唐都东迁始,气焰就渐渐

地黯淡下来,迄今千年有余,再无大才应世。李杜苏黄,名垂千古,另一层含义莫不是后人难以与之比肩。文如此,武亦如此,想其令祖令狐冲公,得独孤大师真传于先,灭魔教教主东方不败于后,眼界之卓绝,才识之干练,几达登峰造极之境,可他的绝学独孤九剑传至今日仅破剑式一式而已,而降龙十八掌、北冥神功更是仅只传闻。无鸿儒,无大师,亦无大盗,难道就是今天的命运?什么地方出了问题呢,难道仅仅是京师东迁所致?此言我深以为然,我自己不就是一个很好的例证,编些鬼话骗骗柴米油盐,子不语,非不能语,可为什么尽着落在小处?而人们偏偏为之打动,叫好不迭,不过那些廉价的叫好更让我怀疑不已。令狐公的话让我思之良久,黯然神伤。那一天我们登高眺望,长安方向一片烟云笼罩,我们久久地默立着。

(此页最终散佚)

华山论剑会纪要

时间:康熙壬戌仲秋既望

地点:华山宾馆礼堂

参加人员:华山派弟子共285人。在主席台就座的有少林寺无闻大师、武当派玄冥大师,以及崆峒派、仙霞派、天地会等门派的代表,华山派气宗代表、掌门人袁玄机,剑宗代表许一平、令狐晋飞等。

主持人:袁玄机

书记：蒲松龄

辰时，大会在雄壮的华山派会歌《爱我华山》中拉开了帷幕。主持人华山派掌门人袁玄机先生宣布大会开幕。首先由许一平先生致开幕词。许一平先生说：众所周知，在华山历史上曾经有过两次重要的论剑会，武林前辈王重阳、洪七公、郭靖、杨过等人在此为了武林至尊地位有过精彩的表演，至今为后人所称道。我们这一次论剑会争的不是天下第一，而是为"华山派气宗、剑宗谁为核心？"这一历史遗留问题做出一个公正、明智的判决。这是一个将决定华山派生死存亡的大问题，相信会议结束的那一天会有一个让我们都满意的答案。我们的前途是光明的，责任又是重大的，朋友们，让我们携起手来去创造一个更美更好的明天吧！（掌声——蒲注，下同）

接着少林寺无闻大师代表各方来宾发言：我们武林人士希望看到一个完全公正，乃至健康的华山派的新生，故此我呼吁要坚决抵制防腐剂！（防腐剂疑为兴奋剂之论，但会场上的标语写的也是防腐剂）

会议在稍事休息后进入自由辩论阶段：

牛德章（气宗理论家，德字辈弟子，外号"天不知"——因其暗器藏于脚底）：我认为气、剑两宗之争虽由来已久，但其邪正不言而喻，所谓气正则理正，理正则身正，试问剑宗兄弟你们气都不调，何来身正？（气宗一方鼓掌）

张玄吉（剑宗理论家，玄字辈弟子，外号"青风剑"——因其剑快常挟青光）：牛兄弟说的气功也是有的，古往今来的大侠中，气功造诣登峰造极者，摘花飞叶也可伤人于无形，但那是传说，至少我们都没有见到。华山派既然以剑法见长，不以剑法为重，不是避实就虚是什么？

袁德林（气宗德字辈弟子，传此人为袁承志的侄孙，待考）：张玄平，你每天不是都在打坐吗，那你是在干什么？

张玄平：我在练剑，心剑而已！（剑宗一方哄堂大笑，袁德林红脸退下）

辩论会到下午时渐渐开始有了火药味，气宗牛德章与剑宗许德贤用茶杯互掷，一茶杯越少林寺无闻大师头顶飞过，幸大师闪避及时未伤及头皮，但还是被茶水淋了一身，无闻大师拂袖而去。

此时令狐晋飞先生走到台中。（谁也没想到这个时候令狐先生会站出来，我也没想到，更出人意料的是令狐先生的态度，令所有人都惊讶不已）

令狐晋飞（剑宗高手，华山派著名人物令狐冲之嫡孙）：各位，请容我说两句。我是许先生请上山的客人，但我非剑宗，也不是气宗，说起来我只能算作鹅塘的一个山野村夫，不过与华山派有些渊源罢了。化干戈为玉帛虽然是美事，但我自忖这也不是老朽一己之力能够办到的，我只是请大家能否冷静一下，想想有没有两全其美的方法，虽然前人未能在这个问题上达成妥协，但时代在进步，未必我们就不能够。

牛德章：先生不妨谈谈您的高见吧。

令狐晋飞：高见则未必，当年我祖令狐冲公内力、剑法皆臻于化境，可见气、剑两说是互为表里，殊途同归的。此外，风清扬风太前辈也是如此。可否华山派气、剑二宗就此分为两派，各自为政，互不干涉？

袁德林：这是搞分裂！是阴谋！

此时华山派二宗尽皆哗然，气宗更有人喊：令狐冲算什么，他是个叛徒！他练吸星大法，谈何气正！就是死我们也不妥协！

牛德章：令狐先生的高见可真高啊，哈哈，你听听，你是否想看到华山派四分五裂，为人宰割而后快？令狐冲，哼、哼，先生的身份是否确凿还是其次，就凭先生这番议论便难辞其咎！

令狐晋飞：哈哈，我的身份，自然不敢劳动大驾，只是——我看来是有些自不量力了，妄想化解一场武林劫难，看来，我是心有余而力不足啊。但大家想一想，难道分派就没有一点好处？这对武林乃至天下苍生，莫不是极大的善事！

令狐先生神色黯然地回到座上。这之后就气、剑的辩论仍在继续，攻讦也在继续，又发生了飞掷茶杯的事件。

留仙笔记之 49：

白天的辩论会上令狐先生做了发言，但引起华山派气、剑二宗的联合反对。

晚上，令狐先生来到我的住处，原来他是来向我辞行的。令狐先生说："再留下去恐无益处，我还不如归去吧。"令狐先生说着笑了，他很仔细看着我："蒲公也以为老朽居心不良？"我跟着他笑了一下，说："令狐先生又何必为这些闲言费神呢，从来清者自清，浊者自浊。"说完我又觉得这些话有些语焉不详，不足以安慰老人，于是我接着说："这山上但凡有点心思在为华山派考虑，也非先生莫属！"令狐先生却凄然一笑，他说："我是在想华山派这几百年的基业啊，毁于我等之手，自不心甘，令狐这个姓氏又算得了什么呢？"令狐先生似乎自言自语，过了好一阵才恍然醒悟过来，接着他又附在我耳边悄悄地说："蒲公也要早作打算了，早早脱身方为上策，这些人都是狼子野心，算起来也该就在这几日就有分晓了。"

我想起那次令狐先生在我耳边耳语时我几乎振衣而怒，不由得心里一酸，想安慰他几句也不知从何说起。令狐先生就这么走了，我一直把他送到大门外，望着先生衣裾飘飘，在山路上孑然而行，我的心里也是空荡荡的。这时候半空中飘起了细雨，就像陡起的一层雾气，先生的背影也渐渐变得模糊了。

我想不到的是这一面竟会是我与先生的永诀。第二天即传来噩耗，令狐晋飞先生竟然在下山途中中了歹人的黑箭而堕落深谷。辩论会的气氛也陡然变得紧张起来，早晨会场上已经到处贴满了大字报："还我令狐先生！""缉拿凶手！"那些在墙面上直接书写的字迹，愤怒的墨汁像淋漓的血水一样在墙面上流淌着。华山派气、剑二宗都相互指责对方是此次谋杀的主谋，气宗说剑宗搞诬陷，剑宗说气宗想致剑宗于死地，是可忍孰不可忍！究竟谁下的毒手呢？令狐先生的遇难，反招来华山上一片紧张、躁乱。也许这些都不重要了，毕竟令狐先生去了，也把华山派最后一点理智和希望带走了。已经没有人注意我，整个喧嚣的会场上也只有我坐在那儿略微有些伤感地看着面前满地的纸屑，对周围的躁动充耳不闻，那时候我仿佛也成为这些纸屑的一部分。

我不敢留下什么文字，只是做了一篇《独孤九剑祭》在我和令狐先生往日纵论天下大事的华山顶峰焚化了。我还能做什么呢？长歌当哭吧，那些焚化的稿纸就像一群翩翩的黑蝴蝶被华山绝顶的狂风席卷而去，而后我把一坛酒洒在华山的土地上。

有一段文字至今我还记忆犹新，我是这么写的：

> 令狐公晋飞先生以天下事为己任，奔走其间，振臂呼吁，欲化干戈为玉帛，弥隐患于无形，然其心志又何人能解？更兼世事险恶，豺狼当道，先生终遭奸人暗算，殁命于华山古道。俱往矣，绝学已随高人去，惟遗足音慰后人。老朽不才，感于晋飞先生高义，愿倾全力以成先生之托付，使千秋后世，明晰事实真相，以报先生知遇之恩，如此先生泉下有知，也足以告慰！

有一段时间我的情绪变得极端萎靡，过量的酒精也让我开始产生幻觉，我老是看到令狐先生在我面前走来走去，飘忽不定。我变成了一只蚂蚁，一只公蚂蚁，金小燕变成了一只母蚂蚁，我们老是在一个偌大的空间里爬来爬去，无边无际。令狐先生一直想靠近我的耳朵，似乎还有什么没有来得及说的秘密要告诉我，但他却找不到我的耳朵了。白天我一直忙于辩论会的记录，晚上还要构思《华山论剑记》的框架构成，斟字酌句，煞费心力，此外，金小燕也不断地用她的事情来骚扰我。好在那一天正主也终于出场了，华山派顶级人物袁玄机与许一平先生各自代表气、剑二宗登场亮相。果然他们的出场又是另一番气象，两人起先就撇开斯文，隔着桌子叫骂，拍桌子砸板凳，什么市井俚语都用上了，骂得不过瘾，他们最终又冲到场中搂抱在一起相互痛殴，在大厅的地板上四处打滚。临了两人又用上了牙齿，结果咬在了一处，不知袁咬下了许的上嘴唇，还是许咬掉了袁的半边耳朵，我的记录就是这么写的：袁玄机将许一平的嘴唇咬掉了，许一平将袁玄机的耳朵咬落了。当然至于在《华山论剑记》中怎么处理还要看最后的结果而定。华山派两宗弟子也由围观渐成群殴，如不是武当玄冥大师在场劝开，那么气功与剑法当场火并也势成必然。鉴于此，大会在玄冥大师的建议下休会一天。

留仙笔记之 55：

小燕又恢复了她的本名金小燕，因为她很想让我替她写一篇故事，放在我的小说集里，这几天她都在催促我。我问她从前的一些事情，这丫头就望着天花板开始瞎编，说某年某月她还在老家米脂时，看见一个过路赶考的秀才……我笑起来，我说："小燕，这要不得，文章一假反倒不如没有，你要以后别人都说我因

为我们这层关系才给你写小说吗?"金小燕一听却生气了,她说:
"你在田间地头请那些老农喝茶时,那些人不编故事骗你的茶
喝?""有理,但那些人并不逼我把他们写进小说啊!""就逼! 就
逼!! 我就逼!!!"小燕发起脾气来。她对付我的手段就是用她
的身体来诱惑我或者拒绝我。我笑了,我拿她这般小儿女情态
无丝毫办法,所以我在纸上写道:金小燕,秦中米脂人,年方二八
⋯⋯金小燕笑了,转怒为喜,身子伏在我的背上,用她胸口那两
团嫩肉细细地摩挲着我的后背。"写啊,写啊,你⋯⋯"她看着我
说。我问她:"你想做个女鬼呢,还是做个狐狸精?"金小燕想了
想,她的脸兴奋得都有些红了,在这两样中选择其一是有些为
难。然后她说:"女鬼太吓人了,还是狐狸精吧。"我在稿纸上开
始写起来,金小燕看我很听她的话,就安慰我要去替我沏壶好茶
来,还说要给我放洗澡水。等她离开后,我却开始摇头,我想就
在几天前她还是小倩,其实变不变的她骨子里还不都是在做她
的金小燕。

　　我在稿纸上写的是:

　　金小燕说她想变成一只狐狸!

　　金小燕是狐狸变成的! 大家一定要注意!

　　有一天我问金小燕:"愿不愿意随我回山东老家?"听到这句话金
小燕明显地一愣,她说:"怎么走啊,路都让人给堵死了。""是吗?"我
也一怔。小燕忙说:"我是说你现在忙得很,怎么走得开?""小燕啊,

小燕,到这时候你还瞒着我,你就以为我什么都不知道?你每天都悄悄地将我的手稿送去给别人审查,这么久了,难道你就没有想过我可能会察觉到?我们相聚已有百日,这么多的时间你就一点都不动心?"可能那时候我心里对这个最初以小倩面目出现的歌伎还心存一丝幻想,我说:"我们老家虽也不怎么富裕,可我开馆授课,加上我的稿费应该能过上比较舒心的日子了。"小燕好像犹豫起来,她皱着眉头说:"怎么走吗,现在别人才不会放你走。"我说:"我知道一条华山通道。""华山通道?"好像这个华山通道把她吓了一跳,我嘘了一声,四下看看,同时放低声音,让金小燕不要像看到房子失火那样大喊大叫。"可以吗?可以的话,我们明天就走,这两天可能就可以论出个胜负了,再不走我怕再难脱身。"金小燕想了想,最后她同意了。

那天晚上我们甚至做了爱,入睡后不知过了多久我听到门外传来一声猫叫,细细的,似乎在闹春,离我们的房门也越来越近。我正想同小燕说,却看到她慢慢地爬了起来,小燕穿衣服的时候还轻轻地推了我一下。我没有动,忽然之间我就猜到了这猫叫的缘由,我有些伤心。小燕摸着黑朝门外走,黑暗中她甚至不小心碰倒了一张凳子,我听到小燕骂了一声,她就这么肯定我已经睡得人事不省?等她合上门时,我也跟着爬起来,穿上衣服后,我来到窗口,借着外面熹微的天光,我看到了站在房门外的许一平先生。许一平先生的耳朵上还裹着纱布,黑暗中我看不到他的嘴唇,但从他的声音来看,他的嘴唇应该没事。许先生和金小燕一直在低声说话,但突然间许先生就尖叫起来:"华山通道!"许先生和金小燕头一次听到时一样,语调也突然间拔高了,接着他又压低喉咙说:"你一定要……"后面的我就听不到了,后面的差不多都是许先生和金小燕的耳语,我看到许先生捂着嘴在金小燕的耳边说话,金小燕不时地点着头。

过了一会儿,金小燕悄悄地走了回来,拴上门后她像一只狐狸一样朝前伸腿走着,她经过书案时才发觉有人,于是金小燕压着嗓子喊了一声:"谁,是谁?"我咳了一下,同时把桌上那盏油灯点燃了,光亮立即弥漫了整个房间,照着小燕和我。"你怎么了,还不睡……"金小燕看上去还有些心虚。我说:"你别怕,我这就告诉你华山通道在哪里。"我开始研墨,接着我就拿起笔来,我铺开一张纸,在上面写道:华山通道。我的字写得不错,曾经拿过国际青年书法比赛金奖,当然这不是个讲究书法的时候。我放下笔对金小燕说:"你看,华山通道就在这儿,你和我一起走吗?"

这是我最后一次问她了,我说过我到这个时候还对金小燕抱有幻想,但她却笑了,就像别人告诉她在大白天遇到了鬼一样,她笑得既痛快又觉悟,仿佛从前她一直在受骗,直到现在才洞悉了真相。金小燕的笑声里还有一种让我难受的讥讽,我受不了。我并不开玩笑,我知道这时候我们的缘分已经完了,一切都已经结束。我只是拿起那本刚刚完稿的《华山论剑记》,除此之外,我再也没有别的留恋了。我从华山通道里跳了进去。迅疾的狂风立即从我的裤管里灌进来,有点冷,却让我觉得清醒,我没有回过头,但就在那一刹那我又听到金小燕凄厉的叫声,她在发疯似的喊,喊得自己披头散发的:"蒲松龄跑了,蒲松龄从华山通道跑了!"

但这些很快就过去了。

在接下来的两个月我一直都是在一种近乎逃亡的奔徙中度过的,但之后我就知道自己安全了。这么说吧,我把那本《华山论剑记》分成了两种不同的版本发行面世,一种是袁玄机咬掉了许一平的上嘴唇,另一种是许一平咬掉了袁玄机的耳朵,但我立即告诉读者无论哪一种结果都不要深信,因为这都可能是一种文字游戏。华山派二宗都有人来追杀我,但他们却不得不中途去处理那些对自己不利的书籍,以后他们就是再想找我也有心无力了。后来袁玄机和许一平为了辟谣,还不得不同时在一个公开场合出现,用他们的话说,"我们本是同根,又怎么会自相残杀呢?"他们拉着手,一起对着那些不明真相的人们笑着,两个人都使劲露出牙龈,看上去倒像是一幅牙医广告。

我回到了我的山东老家,我仍旧过着那种平静甚至是平淡的乡村教师生活,白天上上课,晚上由学生陪着我促膝谈心。只有大雪天,人迹杳无,我才会在读过一段古奥的文字后,把目光投到窗外那一望无垠的原野,这时候我会想起那个给我唱过小曲的歌伎。我凝神谛听,仿佛还能听到她绝望而遥远的呼喊,就像从一眼枯井里传出来。

杨花飞

一清早蒋老太太把孙子小杰送到学校门口,回来就把院里唯一的水管给占了。老太太泡了五六盆衣服被子,洗啊涮啊,谁要用水都要同她打招呼。

"蒋奶奶,洗衣裳啊。"

"接水啊,接,接。"蒋老太太停下来。

"这个天气,洗衣裳。"打水的把水壶挂在龙头上与蒋老太太聊天,"这些毛毛,飞得——"

蒋老太太回过头,刚晾的衣服上有几朵白毛像虫一样伏着,下面的湿地上也附上了一层,只有干的地界,那些杨花,兴奋地打着圈,像一群嬉戏的鸡仔。蒋老太太说:"就是。"一朵杨花飞啊飞,停在她濡湿的手上,再被水一浸就没了踪影,"水性杨花,就是,水性杨花。"蒋老太太想起这个经典的比喻。

三十年前,总有一个江苏的棉花匠来院子里弹棉花,那时候院子还很大,家家户户都把陈年的旧棉絮搬出来。棉花匠鼻子下罩着一块发乌的白布,他手里的弓一响,棉花就应声嘭嘭而动。那时候蒋老太太还是个俊俏的小媳妇,大伟还是个孩子,娘俩坐在门边的马扎上择香菜,和棉花匠咸一句淡一句地说笑。那些细碎的小棉花就是这样子,在地上团团滚动追逐而舞。有一年,棉花匠带来了他的棉花娘子,又过了一年,棉花娘子没有来,棉花娘子跟别人跑掉了。

　　蔡小慧被一只水桶落地的声音吵醒后,就没有再睡踏实,总感觉她婆婆会再往地上扔把茶壶什么的,老家伙干得出,没什么比这更让她来乐子的了,知道你夜里睡不好,爱失眠,知道你早上要多睡一会儿,老太太就这么存心。有了这层顾虑,蔡小慧也清醒一阵,糊涂一阵,醒来一睁眼看看表,似乎停了,其实不过眯了两分钟,朦朦胧胧的,蔡小慧又回到了牌桌边,庄家清一色报听,偏偏她和的牌从桌上掉了下去,一把没抓住,捡起来却变成白板。

　　院子里又传来动静了,除了老太婆吭滋吭滋洗衣服,好像还有人提水,听上去像是房客李老太太,也是个爱嚼舌头的老东西。

　　李老太太说:"蒋老太太,洗衣裳啊。"

　　蒋老太太嗯了一声:"接水啊?接,接。"

　　水壶当地挂上龙头,壶底被水流冲出轰然声响。

　　李老太太说:"这么多衣裳,怎么不用洗衣机洗啊?"

　　蒋老太太叹息一声:"咱们哪有这么好的福气,洗衣机是人家的——昨个还歇得好吧,没吵着你们吧?"

　　"没有,没有,就是我们家小五的孩子口渴了,晚上闹着起来喝水,没什么的——"

"没有就好……"

蔡小慧觉得自己不能再睡下去了,趿了双拖鞋到窗子边用力把窗帘一拉,窗帘布唰的一声奔向墙角,很委屈的团成一堆。应该听到了,水池的声音顿了顿,明显地见小,只听见李老太太搭讪似地说:"这天,飞这么多毛,飞得人心烦——"老太太提着壶回去了。蒋奶奶还在自言自语:"水性杨花嘛,水性杨花……"

蔡小慧坐在那只掉了磁的高脚痰盂上,一股腻重的气味被溅激起来,和屋里更腻重的霉味搅在一起。蔡小慧觉得眼皮又开始发重,她干脆就这么坐着,又把眼睛闭上了。

吭滋吭滋、吭滋吭滋……

昨天晚上她到朋友家里打牌,开始输得一塌糊涂,最后一捆三,又赢了个一塌糊涂,几乎不能罢手。打牌前就跟她婆婆说好给她留门的,可回来看见黑乎乎的一片,脚底深一脚浅一脚,蔡小慧心里就有些发虚,用钥匙开门果然开不开。她先还心平气和敲门,声音带着点胆怯,像一只啄木鸟。后来就大了,逐渐地理直气壮。本来嘛,说好的,老太婆却要她好看,那就看谁好看吧——蔡小慧已经开始敲门了,一下一下像擂鼓,"是我——开门!"蔡小慧听见她的声音像在一间敞开的礼堂里回荡,回应她的是远处一声凄厉的猫叫,紧接着屋顶黑乎乎地落下一个重物,又敏捷地在一串黑雾里逃出去。蔡小慧吓了一跳,背上的汗也冒出来。这时候她看见院里他们家一户房客屋里的灯亮了,再接着就是她婆婆悉悉嗦嗦地出来开门。老太太故意问了一声才把门打开。

"你看看,你看看,都几点了,你还有理了——我还当闹贼呢!"

"我不是跟您说了,晚上玩牌,您把门拴上,我还带什么钥匙——再说这屋子好像也没什么值得偷的?"蔡小慧进门拿起桌上一柄茶壶,粗粗地往嘴里灌了几口早已没味的茶水。

"不偷不偷,前院晒的被单不是才叫人摸了去。不是我说你——老这么赌,我看你那俩糟钱早晚得全栽在里头。"

"什么赌啊,不就是几个朋友坐一块聊聊,聊聊又怎么了,再说了,那糟钱也是我的糟钱,又不依谁,不靠谁!"

"还说呢,这电钱,这水钱都是谁按月一交,说话可得有良心。"

"懒得跟你吵了,你要瞧咱娘俩不顺眼,明天我就和小杰搬回去住。"

"就会这一套,就会这一套,你要走没人留你,小杰可是这个家的孩子。"

蔡小慧摇摇头,笑着说:"这个家,哪个家,我怎么没看见——"

又有几家的灯开了,没办法,他们都是老太婆的房客。

蔡小慧靠着门,冲着院里的灯痴痴地笑,说:"还是您老有福气,守着这片房,不用为俩糟钱操心,我呢,我男人死了留给我什么?"

"你——是扫帚星,谁家有你谁倒霉,倒大霉。"蒋老太太忍不住朝地上吐口水。吵起来都是高手,又都知道对手的痛处,如果小杰不醒,这架大概还得继续下去,没完没了,三日小吵,五日大吵,开场白一拉开,后面全是精品。但小杰醒了。

小杰从床上坐起来,被卷褪到脚下,眼睛直愣愣的,很空洞很陌生地看着他母亲和奶奶。"小杰,醒了?"蔡小慧走到儿子床边,替他盖上脚,又把玩牌时吃剩的一包沙琪玛递到他眼前:"小杰吃块点心吧?"

小杰却拗着脖子,嘴里嘟哝着:"我都刷过牙了。"

"对,对,晚上吃甜食伤牙,那喝水吗?"小杰点点头,蔡小慧忙过去倒水。"小杰,妈妈晚上赢钱了,赢了好多好多钱,明天给你买梦龙吃。"

"有一方吗?"

"什么一方?"

"胡佳佳说一方就是一千元。"

"瞎说,哪有那么多!"

"那你说赢了好多。"

蒋老太太不愿媳妇在孙子面前殷勤,哼了一声,转身回屋去了。

蔡小慧的眼睛落到那包沙琪玛上,真有些饿了,它现在搁在一张方桌上,刚巧一道不知从哪儿折射过来的阳光落到上面,折射后的光显得有些单薄,也有些白净。

蔡小慧从袋里挑出一块小的,扔进嘴里很费劲地咬着,只过一夜,沙琪玛就硬得像块骨头了,屋里没水,蔡小慧也不愿意穿这么点到外面去,只好干嚼。她拉开大衣柜,门后那扇穿衣镜里立即跳出一个睡眼惺忪的女人,头发蓬乱高耸着,两个腮帮子涨得圆鼓,蔡小慧愣了愣,尽管心里不接受,还是冲着自己做了个大鬼脸。

是有什么地方不一样了,蔡小慧扭着身子,左右摇摆,不停地检视。下眼睑的痕迹越来越重了,她妈就是个大眼袋,那是她的将来,早晚得奔那儿去。眼角的细纹也多了一两根,看来这麻将是不能打了,一熬夜,这灰的青的,全打在脸上。蔡小慧离镜子远了点,这样要好一些。有人问她多大:"二十六——七?哟,真看不出保养还挺好。"但现在人都假了巴叽的,谁知道真假?

蔡小慧把背心撩起来,这也是她不愿意看的,一看准伤心,怎么就这样呢?小腹那种顺溜平滑的感觉早不知是猴年马月的故事了。她用手压着,往下拉,再把那莫明其妙的起伏抚平,还有道疤痕,是生小杰时留下的,她这么吸气,用着力,但一松手,它们就跳回去,各归其位,赌气一样。渐渐,升上来的是另一种感觉,像泉眼里冒出的细泡在她掌心下密集着,然后它们追逐她的手,她的手走到哪就跟到哪。镜子里,蔡小慧看到她的头后仰着,嘴也张开了。

蔡小慧的眼睛又落到了那袋沙琪玛上,尽管脑子里还会有刚才镜子里映出的那些可憎的起伏,还是从袋里取出一块,一块小的搁进嘴里。都是吃甜食吃的,可又不能不吃,她知道这时候老太太也不会预备什么给她当早点。

老太太给她做早点也就两回。一回还是她生小杰,另一回是她去一家公司干公关,一下子就给老太太带回一千块钱,冲这一千块钱老太太给她做了一星期的早点。一星期后,经理老白来找她,早点也跟着断了。"那个是谁呀,你们经理,眼珠老翻眼白,跟个流氓似的。"

这是老太太对老白的评价。

老白该有小五十了,一脸褶子,猛看上去就像五十岁。新染黑的头发,也管老太太叫大妈。那天进院子,一问蔡小慧,白经理就被蒋老太太缠住了,盘问了半天。"是你妈啊?婆婆?我还以为你没出阁呢。""你当我是什么,老姑娘,像吗?"蔡小慧反问道。明知他恭维自己却不愿领情,她跟老白干了两个月,倒上了三次歌厅,吃了两回饭店的自助烧烤,也算见足了世面。老太太或许没看错这老白是个流氓,又老又财迷,有一次下班路上,忽然想给她买衣服。蔡小慧起先不愿意,可老白说这是业务需要,等一进时装店又是他先反悔的。大概没想到衣裳都那么贵,转了半天左挑右挑没有买的意思,这时候蔡小慧不乐意了,说:"干吗,是你说要买的,这么转一圈算什么?"老白只好说:"我可没这意思,我是说到别处看看吧,可能还有好的。""别别处了,就这件吧,我喜欢,别处兴许更贵呢。"那是一件坠感很强的套裙,花了老白八百多。

这天气穿裙子,可能早了点,不过街上穿裙子的人肯定有了,这方面轮不到她带头。蔡小慧到外面漱口,老太太停下来等她接水,眼睛落在她的新鞋上面。

"妈,你怎么不用洗衣机,这么多衣裳。"

老太太宿仇未消,不愿意搭理。

吭滋吭滋,吭滋吭滋……

"那几度电费省也白省,累着自己才不值呢,再说,您要是病了小杰怎么办,我怎么办……"

吭滋吭滋、吭滋吭滋……

没有风,院子里茫然地舞着一群杨花,起起伏伏,像鹅毛,像大雪。蔡小慧开始刷牙了,她蹲在墙角,捏着一柄牙刷,在嘴里来回用力挖似的掏,眼睛却盯着一朵杨花,看它飞近自己,以为会在她身上落下来,谁知没等她躲,那杨花却一扭身,不肯就范一样先逃开。

白天说好去见宝山的,谁知蔡小慧七歪八扭就拐到了广场上,说起来当初她决心嫁给大伟也是在这儿。广场中央有个很旧的主席台,从前群众集会,比如审判大会时才用一用,现在用得少了,更显出简陋。它的对面是市文化宫,文化宫旁有一片树林,树林边又有一排小吃店,是她和大伟原先经常去的地方,让她闭着眼睛也能找到。

宝山、大伟那时候都只是她的朋友,是那种没有含义或含义一般的朋友。两个人都铆足了劲,比赛一样追她,给她们家修房、搬煤,当免费义务工。一个屋檐下干活,两人硬是不说话,都很卖力气,很有信心的样子,只等小慧作决定。蔡小慧不偏不倚,从不厚此薄彼,和大伟说笑一句,一定不忘了给宝山递一支烟。大伟长得好,话也多些;宝山黑,却很壮实,现在一想起宝山,还是他当时光着膀子给她家砌炉灶的模样,背上大颗的汗珠晶亮地挂着,像珠玉一样闪着光,使他的皮肤像一种橡胶。蔡小慧记得有一次忍不住拿毛巾替宝山擦了把汗,谁料宝山却一哆嗦,她看见宝山手臂上肌腱砰地跳出一线,带着他的乳头也跟着一跳,很清楚。打破平衡的是那顿饭,他们三个人在文化宫前吃的一顿饭。大伟当时是开关厂工人,一个月能挣到三十七块八毛五,已经算得上很富的富翁了。那顿饭自然是他出的钱,时间不长的一顿饭,宝山却一直没说话,菜没少吃,酒没少喝,却越来越丧气。他脸本来就黑,再一窝囊简直看不得,再看看大伟几乎不怎么动筷子,手指肚夹一支烟。谈笑风生的,新剪的分头,别提多精神了,要多有气质就多有气质……说起来,现在的人可能都不信了,这么一顿饭,她和大伟好上了。可谁会想到宝山会像发面一样发起来的呢,谁又能想到大伟会被车撞死呢,她自己也变成了个寡妇,寡妇门前是非多,婆婆于是天天跟她吵,天天吵,月月吵,年年吵,一晃就是八年。

蔡小慧在那家饭店前的一张沙滩椅上坐下,又从皮包里摸出一支摩尔烟点上,那也是昨晚上打牌剩下的。真不错,店还是原来那家老店,装饰一新,门口竖了几把遮阳伞。从这里看广场上的风景再合适不过了,没什么遮拦,都很清楚。树林里是一帮遛鸟或下棋的老头,广场上有几个放风筝的孩子,十几只不知来路的鸽子停在主席台的屋檐下,正沿着栏杆来回踱步。除了时不时飘浮过来的几朵杨花,几乎找不到有什么不好。

一个穿白衣的小姑娘走了过来,脸上化了很乡气的浓妆,一开口就知道是外地的:"您,吃点什么?"一本菜谱递到蔡小慧的面前,声音是沙哑的,很拘谨,像刚从床上起来。

"我吃——什么?谢谢,不吃什么,就坐坐。"蔡小慧咬了下舌头。

"我们这儿不能坐的。"

"不能坐,我不是坐着了吗?"女孩像受惯气的小媳妇,表情像随时都在等着不期而遇的打击。"这样吧,我也不为难你,你给我上壶茶吧,要绿茶。"

"我们这儿也不卖茶的。"

这一来蔡小慧有些气了:"什么道理啊,坐不行,上壶茶上不了,哪来的规矩——不跟你说了,叫你们老板来。"

女孩站在那儿想了一会儿,大概也猜不出老板来的后果,但还是走了,临走一把将面前的菜谱抽了回去,菜谱的塑料皮面在桌面上擦出一道尖利的声响,显出不小的脾气。蔡小慧想把她叫住,但又一想犯不着跟一个跑堂的动气,她听着那显然不低的高跟鞋嘀嗒嘀嗒走远了,干脆把椅子挪了挪,面朝广场很舒服地跷着腿。又有一朵杨花飞过她面前,蔡小慧长长地吐了口烟,把那朵意义不明的杨花吹开来。

离她不远的广场上有两个游客正在拍照,先是男的给女的拍,然后再换过来,他们选的背景是文化宫,这样就很难说会不会把蔡小慧拍进去。不过,蔡小慧想,就是拍进去大概也很模糊。男的戴了副眼镜,挥手让一个背着双肩包的女孩摆姿势。听不见他们在说什么。

有人过来了,是个年轻人,西服笔挺,走过来一双手按住桌面问她怎么回事:"大姐,怎么回事儿?"听口音也不是这儿的。

"你是老板?"

"算吧。"

"难怪——",蔡小慧又重复了一遍,她看了一眼跟在后面的那个女孩才说:"我说这几天不来,这儿怎么规矩也变了——她说这儿不能坐,我说那上壶茶,总可以吧,连茶也上不了,这是什么规矩,来广场这么多游客,别人总不能都吃饭才来吧,你搞餐饮,怎么这一点商业头脑也没有……"

年轻人笑了,在蔡小慧对面一张椅子上坐下来,说:"大姐别生气别生气——你去沏壶茶来,再带碟瓜子。"女孩听命走了。

"还真让您说中了,大姐,我接这个店也没多长的时间……"

"我说呢。"蔡小慧还是朝着广场,那支摩尔烟燃掉了大半支,她扔在地上踩熄了。表情尽管还是那么漠然,可毕竟有什么因为她改变了,心情轻松了不少。

那个男的朝一踢球的小男孩走过去,该照合影了。可为什么这么大又这么多的手势? 小男孩端起照相机,戴眼镜的男人跑回来和他的女孩并肩站着,他的一只手悄悄地伸到女孩的腰上,还是一样的背景,如果清楚,照片中会有她,还有这家商店,和这个老板,他们这么坐着,以后别人会怎么猜想他们俩……

"大姐——"

"别大姐,大姐,我有那么大吗?"

"啊,对不起,对不起,"年轻人双手举到额上,"小姐,小姐。"

蔡小慧笑了:"不为难你了,我姓蔡,你叫我蔡姐吧,怎么说我都比你大吧。"

"蔡姐,蔡姐。"

女孩把茶和瓜子端上来,总算懂事,带了两个杯子,但沏完茶离开时还是一甩手。

"来,喝茶——您笑什么?"

"你这儿的小姐……我看脾气架子倒比你大,让她们做老板算了。"

"就是,有时候挺难管,一说就哭,我还说呢,以后找个凶点的人来管她们。"

"那容易,你找个厉害的人做老婆不就行了。"

两人一起哈哈笑起来。

"抽烟吗?"

"不,我抽这个,那烟呛。"是最后一支了,年轻人替她点上。

那两个把相机放进包里,朝那边树林里走过去,边走边聊。男的还在比手势,上下舞动,然后是女的,和他一样。蔡小慧看明白了,她有些伤心,两个哑巴,他们平时和别人也这么说话?还有夜里,在床上,蔡小慧也想到了,他们怎么说呢? 我爱你,怎么说? 这对蔡小慧很重要。

"您在看什么?"年轻人也觉察了。

"那两个人,不会说话。"

年轻人扭头看,但"看"不出来,现在他们不说话了。

"挺可怜的。"

"是挺可怜,有一回我坐车,赶上高峰期,一个哑巴在车上忽然哇哇大叫,谁也不懂,以为他丢了钱包,后来没办法,找了张纸,写了才知道,他同伴先下车了。"

"蔡姐,"年轻人吐了口烟,把脑袋靠近些,"我想——求您件事,您现在在忙什么？"

"你要我帮你管那帮子娇小姐。"

"聪明。"

"你可请不起我，再说了，我自己那一大摊子也够操心的了。实话告诉你吧，我也是搞餐饮的，我的店比你的大，可以摆七张桌子，但位置肯定不如你的好。不过，房子是自己的，房钱倒是省出来了。"

"那我们更应该多合作，多交流，蔡姐，你知道，我这个人其实挺笨的，也想不出什么好招，生意也只是维持。"

"你怎么不弄快餐呢，这个地方其实很合适，游客钱多，也怕宰，明码标价。"

"真的，真的，我其实也挺想搞盒饭的。"

"快餐和盒饭是两回事。像肯德基那种，干的稀的都来点，成一套，以后就是你的招牌了……"

就在这家店，大伟也和她谈起过"合作"与"交流"，男人对她都是这个样子，低声下气的恳求，太多了，几乎个个都是这么回事儿，而她总是心软，再加上她也弄不清自己该做什么，或不该做什么。

宝山没在他的饭店里。"是来过了，走了，还是没来？"蔡小慧又问了一句，服务小姐却不再搭理她，到邻座去招呼吃饭的客人。客人是她带进来的，两个哑巴，就是广场看到的那两位。有些奇怪，是不是？宝山的饭店紧挨着一个很有名的公园，蔡小慧在大门口见到他们从公园里出来。

他们正在聊天。男的把相机挂在脖子上，女的还是像在广场，背着那只双肩包，都把两只手腾出来，上下左右来回地比划。蔡小慧又想起她在广场边那张沙滩椅上产生的念头，他们怎么说呢？说我爱你，怎么说？这对她很重要。蔡小慧看到在一片很模糊的灯光下，男的用手说，我爱你，接着是女的，也用手说我爱你。这些话很单纯也很干净。

他们在宝山的饭店前，犹豫着要不要进去，宝山的饭店装饰得的确有些吓人，怎么看也不像可以吃牛肉面的地方。蔡小慧走上去，说不清为什么就想把他们留下来。她说："吃饭啊，你们?"她还是说了话，说完才在他们疑惑的目光下比了个扒饭的姿势，然后蔡小慧指着饭店竖起她的大拇指。

一个漂亮的服务小姐迎上来，你们几位？

"两位。他们不会说话，你好好招待他们。宝山呢?""老板不在。"小姐看看她，研究她的衣服和她的脸。

服务小姐又在看她了，两个哑巴点菜时，她的眼睛就偷空弯过来，飞快地扫过蔡小慧。蔡小慧有些心烦，没有人理，也没有人给她上茶，如果有烟就好了，小姐拿着点好的菜单朝厨房走，她以为会给她沏茶，但没有，茶壶端到两个哑巴的桌上，然后小姐走到柜台翻盒带，翻完，她就垂手在那儿站着。蔡小慧只好自己要了，她喊："小姐，有烟吗，摩尔烟?""没有。"

"有什么?""万宝路和希尔。""那来包万宝路。"

万宝路和一只烟缸送过来。小姐等她点燃烟并没有立即走开，大概在等她付钱,但蔡小慧没有,她扭过头朝窗外望着,太阳已经快下山了,阳光开始转成深黄并透出点血红的艳丽,穿过玻璃落到窗前那一块空空的餐桌上。外面起风了,杨花贴着玻璃像一群蝴蝶,又像一团大雪……录音机在放一首歌,怪了,都是那支《牵手》。反复听一首歌,会有一种永远不会天黑的感觉,时间在同一地方打转,但毕竟不同了,光线角度在变,屋里开始转暗。很安静,很安静,因为只有手在说话……宝山干什么去了? 他的小姐又换人了,上回来还不是这个……

蔡小慧听到那一串摩托车气门呜叫,就猜到是宝山回来了,心里一震,跟着便把手里的半截香烟掐灭了,正襟危坐在柜台上的那位小姐看着她。蔡小慧的举动只有女人最了解。很快宝山黑粗的身影就印在玻璃门上。

又胖了。宝山一手抱着他的头盔,另一只手提个食品袋,他朝蔡小慧一点头:"来了。"

"什么呀?"

"大虾,刚到南门市场买的,挺便宜。"食品袋让那位笑眯眯的小姐接过去。

"那我可有口福了。"

"什么呀,这是专门给你买的,这么不领情?"

"去,我才不信。"蔡小慧靠在桌上,一只手支在下巴上打量着宝山,接着她拿起烟盒,弹出一支,架在盒盖上递过去。

"噢,抽烟啦——"

"你的烟，借花献佛吧——你可不能跟我要烟钱啊。"

"嗨，一包烟。"宝山坐下来时，服务小姐的茶也端了上来，又殷勤地问他要不要洗一把脸。

"来了多久了？"桌上有一小堆从卫生筷掰下来的木渣。

蔡小慧搭理他，眼睛跟着服务小姐的背影："你这儿的小姐真势利，我不吃饭就不给我上茶，就像广场那家的乡下姑娘一样。"

"笨死了，换来换去，全笨，这次比哪回都笨——这鬼天，全是灰。你呢，你怎么样，还好吧？"

宝山用手扒了扒头发，然后他开始看她了，是那种有经验男人的目光，她的手、衣服、胸脯，最后，它们才凝成一线，很温和地落进她眼睛里。蔡小慧又拣起一节木筷捏在手里玩，说："还说呢，也不去看看人家……老太婆是只认你的，别人去了，谁去她都要闹半天。"

"还吵？"宝山把手放下来。

"吵，怎么不吵。她没事，我也没事，闲着也是闲着——就数你嘴甜，哪回去不让她乐半天，怪了，你从前可是个闷葫芦，现在怎么这么能说？"

宝山抿着嘴笑，他的膝盖就在她旁边，谁要一动弹就会碰到一起。那是条正牌宝石蓝牛仔裤，绷得大腿像节灌肠，到膝盖那儿忽然一转弯，有些发白。

"那谁——怎么没来？"

"谁？"宝山的膝盖动了动。

"老板娘啊，在家看孩子？难得在这儿看到她。"

"她也是闲不住,准在邻居家玩牌呢,一闲就手痒痒,才不会去管孩子,这会儿准把小强一人扔在家里看电视。"宝山的脚往回一缩,膝盖更突出了,溜圆。

"常芬手气挺好的吧,那回摸奖不是还摸到条毛毯。"

"什么呀,摸的钱买三条毛毯也足够了,不过,输吧,她那点小输赢我还赔得起。"

宝山还是当年那个乌黑发亮的脊背,汗珠像岩壁上的泉水慢慢地渗下来,爬着爬着,小慧心里一阵阵的发麻,她手里的毛巾,犹豫着要不要落下去……蔡小慧伸了伸腿,碰着了,宝山的膝盖没有避的意思,但也没有迎合她,一动不动。

哑巴的菜上齐了。

"你昨天说什么,你要开饭馆,在哪儿开啊?"这是昨天电话里聊的内容。

"就我那屋,我想把北墙推了,可以吧,屋里怎么挤也可以摆八九张桌子,厨房放在院子里……"蔡小慧兴奋地构想。

"那你住哪儿?"

"晚上关门还不是可以睡。"

"你总得请人吧,他们住哪?"

蔡小慧显然没有料到,愣了愣,说:"……实在不行,我回我妈那儿住吧。"

"大伟他妈会答应啊?"

"管她,她还不是图钱嘛,有钱谁不高兴——宝山这回你可得帮帮我。"

"那当然,那当然。"

哑巴在喊人,那个男人,两只手上下比画着,服务小姐走过去,很茫然地盯着他。

"什么?"宝山也走过去含着笑,很虚心的样子,那男的还是那个动作,两只手不停地在伸出的舌头旁往外做拉的姿势,不懂他是什么意思。宝山说:"拿纸,让他写。"服务小姐拿纸去了。

宝山又笑着回来,说:"这哑巴,也不知想要什么。"

蔡小慧喝了口茶,说:"他说你的菜咸了。"

"你怎么知道?"

在菜单上留下的字果然是"咸,太咸"。服务小姐预备把菜送回去回锅,宝山说:"你跟大毛讲,他再放那么多盐,我让他全吃了。"宝山又说:"看不出来什么时候又精通哑语了。"

蔡小慧浅浅地一笑,不知道怎么答,宝山又在看她了,他的眼光一落到她身上,别的就不存在了,他的声音也极低,从《牵手》里穿出来,有些发闷,那个汗淋淋的脊背又浮了出来。

"我上辈子是个哑巴。"蔡小慧开了个玩笑,她顿了顿,心里却一酸,好像是真的。

宝山又笑了笑:"那你再看看,他们在说什么,没说我的坏话吧?"

"女的说:'叫你别在这儿吃你不听。'男的说:'难得来一次,也不知有没有下回。'我瞎猜的啊。"

但好像也是真的。小慧和宝山都笑了。

"真可怜。"

"不过,哑语也挺好玩的,你想平时我们离得远点说话总得喊才能听得见,还不一定喊得出,但两个哑巴,隔多远,他们都可以聊。"

又有客人来了,进来两拨,都不是哑巴,饭厅里顿时热闹起来。到了太阳下山前的那段辉煌时刻,阳光反而亮了些,是一种金红色,落到桌面上幻出几道虚浮的重影,灯亮了,两种光源因为不调和,看什么都不真切。外面还在刮风,杨花还在飞,但那是视线之外,在感觉中飞着。又有客人,门开了,暗暗的身影飘进来,是常芬。

常芬虎着脸冲蔡小慧点点头,站到宝山跟前开始嚷:"你是干什么,祁宝山?"

"怎么啦?"宝山笑着,对老婆同样的好脾气。

"怎么啦,我呼你你干吗不理我,儿子拉稀你知不知道? 一天都在忙什么跑进跑出,有一点正事没有,这日子你要不想过,趁早说……"

宝山低头查看一下腰间的呼机,笑着对常芬说:"我才进门,你呼我正在半道上。"

常芬被丈夫按在椅子上坐下来,先前那位小姐立即沏来壶新茶,后来的两拨客人也敛声屏息地看着,除了那对哑巴,他们在聊自己的事,别的声音钻不进去。

"还好吧?"蔡小慧勉强笑了笑,问常芬。

"好,不给他气死就好了。"

宝山把手搭在老婆肩上,说:"气死? 真过分,好像我是虐待狂。"

他的手却被常芬推开，"去，去去，少来，我可跟你说，儿子可是你的，你不管我也懒得管，他要拉——拉死他算了！"

"给他吃药没有？"知道儿子服了药，宝山做出一副坦然的样子，"吃过药不就行了，还能怎样？"

"你少没事人似的，今天当着小慧——小慧也不是外人，你可得说清楚了，别以为我什么都不知道。"

"什么呀？"

"那个姓柴的，柴什么丽的，别以为我不知道，是啊，你现在是抖了，好歹是小快活的经理了——你就长进点行不行，儿子都这么大了，你说这店你要管也行，哪天不是转一圈就跑了。"

两个哑巴吃完了，结完账，旁若无人地站起来，他们穿过被常芬声音覆盖的厅堂，走到门边，男的为女的拉开门。外面的风小点了，在他们开门的一瞬，几朵杨花钻了进来，在屋里轻轻地悬浮着。

"你辩也没用，别当我是傻瓜。现在你是老板了，也不想想当初的熊样，没有我你能有今天？"

女哑巴在风地里打了个喷嚏，可能一时拿不定主意去哪儿，男的说："去夜市转转吧。"女的说："算了还是找辆车回去吧，我想回去了。"

常芬在叫小慧。常芬说："小慧，别介意啊，老祁这家伙——你也不是什么外人，在这儿吃了饭再走吧，想吃什么跟他们说。"

蔡小慧笑了笑，说："当然，我到馆子空着肚子回去也说不过去啊。"

那对哑巴分手了,男的一辆车,女的一辆车,都站在车尾。离得很远了男的还在说"我爱你"。

女的,也是同他一样的手势。

蔡小慧向服务员小姐要来菜谱,菜谱是绒面烫金大红色,内页一翻就振作响动。蔡小慧一手捧着菜谱一手回弯点在自己下巴上,"我说你写。"她对侍立在身后拿菜单的服务小姐说。她面前左边是常芬,右边是宝山,两个人一样的胖,一样的黑。

"先给上个茄盒吧,好久没吃了,你们这儿的茄盒做得真不错,再来个水煮肉——老麻烦你们,常芬你爱吃——香酥鸭?对了,也来一份。今天我请客,借你们的厨房借你们的灶。宝山,你刚买来的活虾,怎么做才好?"

蔡小慧这么说,然后从菜谱上无比端方地看着他们。

成双成对

　　李梅和她那位开中巴车的丈夫闹离婚已经不是头一回了,但无论哪一回也没有这一次闹得这么厉害:仅仅为一个麻将牌她就被她那个粗鲁的丈夫打得鼻青脸肿的,连走路都一瘸一拐。当晚她来到陈小琴家,声嘶力竭地臭骂她的丈夫王强,并且诅咒发誓,不跟王强离婚的话她就是地上爬的,是蟑螂,是厕所里的蛆!

　　陈小琴和李梅从小学就读一个学校,后来读同一所中学,一直是死党,她对李梅的脾气再了解不过,她说:"你要想清楚噢,你们离婚了,王佳洁怎么办?"王佳洁是李梅的女儿,以往李梅闹离婚都是闹到王佳洁为止,李梅总说要不是看在王佳洁的份上如何如何,但这一次连王佳洁也没拦住。李梅说:"管她,儿孙自有儿孙福,他不要,我丢给我老妈带去!"陈小琴劝了李梅两个多小时,李梅都铁石心肠,丝毫不为所动,最后她又被陈小琴劝哭了,李梅说:"你不要再劝我了,小琴,你要心痛我的话就不要再劝我了,和这个混账王八蛋在一起我真的过腻啦!"到这个时候,陈小琴才多少有些相信李梅这次闹离婚应当是不可逆转的事情。

　　那天晚上李梅就住在陈小琴家。第二天一早李梅就催陈小琴和她一起去法院，她们找到陈小琴的一个朋友咨询办理离婚的有关手续，又按照这位朋友的建议，到附近的相馆里拍了一张作为证据的头像。拍照前李梅对着相馆墙上的一面玻璃镜梳了梳头，她抚了抚眼角的淤青还是忍不住哭了一次。第三天傍晚，陈小琴带着一份起诉书的范本到李梅她母亲家，她原以为自己做了一件好事，但她从李梅的母亲那儿得知的是李梅已经走了，头天晚上就走了，具体是被李梅的丈夫王强用车子接走的！

　　陈小琴一时转不过这个弯，她问老太太："李梅不是很坚决要离嘛，这么快就好了？"李梅的母亲，独居多年的一个老寡妇了，这时候正坐在一张藤椅上看电视，一件背心差不多撩到肚皮上，阴森森地摇着蒲扇没有吭声。陈小琴又说："算了，懒得管她，随便她！"她气得要命，打算把那份起诉书丢在牛奶盒里就走的。这时候李老太太却站起来，隔着防盗门让陈小琴把那玩意带走。老太太是过来人了，她用蒲扇指着陈小琴的鼻子，用过来人阴森毒辣的腔调地说："你一个姑娘家，劝人哪有不劝人好的，老话讲，宁拆七座庙不拆一张床，你跟她都说了哪样？"陈小琴被问得说不出话，想反驳都没机会，到这时候她才恍然跳到别人夫妻间是多么愚蠢，虽然从头到尾都是李梅一个人在闹，她不过跟着帮了帮忙，敲了敲边鼓，可结果呢，别人和好了，挨骂的却是她。

　　李梅的妈是真不客气，追着陈小琴的背影让她以后别来了，还说再看到就用口水淋她……陈小琴跌跌撞撞地朝楼下跑，还能听到李梅的母亲骂声："看你以后怎么嫁人！"当时她真恨不能比声音还要跑得快。就像超音速飞机跑在那句话的前面，刚一转弯，眼泪就从她的眼眶里涌了出来。

又过了一天，李梅出现在陈小琴的单位，那时已经是中午快下班的时候，李梅人还在过道里，嗒嗒的皮鞋声已经像节目预告一样传了过来。李梅走路的声音和她为人一样都是大大咧咧的，极有个性，所以老远就可以听得出。陈小琴猜到李梅会来找她，故意把头埋在一堆报表里，假装没听到，也看不到。李梅走到陈小琴办公桌前，就像什么事也没有发生过，就像往常她偶尔过路上来看看陈小琴，约她去买一件她才看中的衣服。她端起陈小琴面前的水杯先喝了一大口，然后才说："这鬼天气太热了，真要热死人了。"这句话，陈小琴自然不会去理，李梅也知道，接着说："下班没有？下班我们去吃麻辣烫，我请客。"李梅这么说，陈小琴倒沉默不下去，她把手里的笔一扔，用她能做到的最冷漠的口吻说："不敢，免得我把你教坏了。"她一想李梅母亲的刻薄，心里的恨意就深了一层，头干脆朝窗口别过去。李梅做出吃惊的样子："哟，还在生气啊，和他们一般见识干什么，那些人，说了就忘噢，走、走，吃饭去，这么晚了你还不下班？"这时候已经是中午下班的时间，陈小琴的同事都在收拾东西准备回家，李梅朝每个人笑着打招呼，又朝陈小琴的头顶无奈地撇着嘴角，好像她对付的是一个正在撒娇的孩子，她毫无办法。"走不走？不走我就拉你去嘞！"李梅最后说，说着她真伸出手来抓陈小琴的胳膊。"走吧，我找你还有事情,大小姐。"陈小琴知道李梅这种人是说到做到的,说不定真的就在办公室动粗,办公室主任老王中午是从不回家的,也不急着下去吃饭,好像存心要看她们怎样拉扯。陈小琴只得站起来,从屋里朝外面走时,她心里弥漫的懊悔却越来越浓厚,她想李梅是好了伤疤忘了痛,那么她呢,她算不算?不过另一方面,她积郁了一夜的仇恨好像也在这个时候土崩瓦解了,随着自己丁丁当当的步点被炸得粉碎,剩下的已不能阻止她跟在李梅身后。陈小琴既沮丧又懊悔,只好承认,对李梅这种人要恨起来还真不容易。

她们俩找了一家小饭馆,一入座李梅就告诉陈小琴一个好消息——至少她是作为好消息来宣布的:王强昨天给了她一笔钱让她出去散心。"我们一起去北京玩吧?一起出去痛痛快快地玩几天,管他——你请一个星期假,你只出路费就行了,其他的我来出,好不好?"李梅捡起一串木耳扔进汤锅里。对陈小琴这当然不算什么好消息,她无动于衷地说:"我哪有你那样好的命,不上班也有人养,一个星期假我们单位怎么会准?"

好命的说法李梅显然也同意,她颇有得色地笑起来,骂陈小琴取笑她。那天她脸上敷了一层粉,眼角的淤青也差不多散干净了,不认真已找不到她被王强暴打的痕迹。陈小琴的目光从李梅身上瞥过去,再想想这两天发生的事更觉得像是儿戏,轰轰烈烈闹了一通,又雨过天晴,而且除了她别人都似乎有了补偿,于是嘴角忍不住自嘲地撇了一下。李梅说:"我算想通了,这个时候不好好玩,将来想玩可能连门都没有了。"李梅说着手里拿的一支筷子也忍不住在汤锅上敲起来。陈小琴假装听不懂她的话,说:"我不管,反正以后你的事我再不管了。"李梅听了一愣,觉得陈小琴是十足的孩子气,便大度地说:"行,行,你不管就不管,不过,你的事我可要管,等我回来就给你找个人,把你嫁出去!"

李梅说话算话。她在北京玩了两个星期,两个星期后她给陈小琴打电话约她去玩。陈小琴去李梅家通常有两种情况,一种是玩,玩肯定是打麻将;另一种是有事,有事就是不打麻将,大多数时间她们闲聊一阵然后去逛商场。那天很奇怪的是李梅临挂电话前又加了一句:"穿漂亮点。"陈小琴当时没在意,直到她到了李梅家才明白为什么。那也是陈小琴自从李梅闹离婚后第一次上门,她运气好,最不想遇上的王强也跑车去了。她到时王佳洁在走廊上跳房子,陈小琴问:"你妈呢?"还没等王佳洁说什么,李梅就从门口的水管旁伸出头来,她嚷道:"天,叫你早点来,我菜都洗完了你才来。"陈小琴只得说路上塞车。

李梅家是那种老式房子,一排红砖房,住了三四户人家,旁边顺着院墙有一溜煤棚,煤棚前各家都有自己的水管。陈小琴问李梅什么时候回来的,问的时候她已经进房间去放提包,靠窗那排沙发角坐着一个男的,陈小琴一点防备都没有,几乎吓了一跳,她犹豫着要不要把包放在沙发上。那人正在翻一本杂志,陈小琴进来时他刚好抬起头,两个人飞快地交换了一下眼色,又飞快地把视线移开了。李梅这时在外面喊:"嗨,你干脆帮我淘米吧。"陈小琴答应了一声,从厨房找了口饭锅准备盛米。忽然陈小琴想起一件事,盛了米出来,问李梅:"你今天怎么想的,要在家里吃?"从前李梅吃饭差不多都是从门口的小饭馆叫来的,很少自己动手。"我还不是想让你表现一下,"李梅说,又压着喉咙凑到陈小琴耳朵边问:"怎么样?"陈小琴立即明白了,但她装糊涂,反问道:"什么怎么样?"李梅急得要掐她,又不好声张,只能用手朝窗口不停地指。"你干什么——烦人!"陈小琴说着,脸却一下子就红了,李梅说:"可以吧,我说过的,一回来就找个人把你嫁出去,我哪个时候骗过你?"李梅的腰上立即被打了一下。从窗口只能听到水管旁响起一连串压抑的笑声。

那个在沙发上看杂志的年轻人叫赵醒,省二医内科的一名医生。李梅很快就进来为陈小琴和赵醒相互作介绍。赵醒家在一个小县城,他是毕业后分到二医的。陈小琴觉得他是个老实人,好像也不太会说话,而且她和李梅聊天时他一直在喝水,这也是那天赵醒留给她最主要的一个印象。那天赵醒还有个举动让陈小琴觉得奇怪,赵醒不久起来去倒水,他喝了一口,然后把杯子留在了冰箱上。陈小琴觉得怪是因为赵醒一直坐在沙发上,沙发离冰箱中间还隔着一大段距离,这当然也可以解释成赵醒把杯子忘记了,忘记带回来。如果这个失误还不够显眼,那么李梅又把它强调了一下,这时候陈小琴看到李梅把那只空杯子冲上水又送了过来,重新放到赵醒面前的茶几上,李梅脸上浮着一种很诡秘的笑容,然后她好像松了口气,对赵醒说:"小赵,随便点,在我们家随便点,就像在自己家一样。"这句切口似的话也让陈小琴听着有些发懵,这类客套话多半应该进门的时候说的,但她又不能问,所以只能假装没听到,不过她很快就明白是怎么回事了。

那天晚上他们吃的是火锅，按李梅的想法，那天本来是让陈小琴来做晚饭，可陈小琴说吃简单点，就做了火锅，这种天气吃火锅可能太热了，不过他们今天主要是来玩牌的，也只好将就。吃完饭，李梅就去隔壁找人，通常他们玩麻将都是这么凑人头。陈小琴在屋里摆桌子，外面叮叮咚咚地传来李梅挨家挨户的敲门声。屋里很安静，陈小琴慢慢地把麻将牌取到一张垫毯上，耳朵却在听李梅在外面叫人。这时候李梅的女儿王佳洁到沙发下拣一粒玻璃珠，陈小琴听到赵醒拉着她问："你几岁了，上幼儿园没有？"问了半天王佳洁都没吭声，而且挣扎着要从赵醒的腿上蹭下来。赵醒放过她，解嘲地对陈小琴说："她好像不喜欢说话？"陈小琴说："她家姑娘怪得很，不要说你这么问她了，有一次她被烫了手，手心都烫了一串泡，硬是一声不吭，过了几天手都灌脓了，她妈才看见。"李梅不知什么时候回来的，站在门边说："好嘛，又在背后说我的坏话。"陈小琴没料到李梅会听到，一急连调门也抬高了："你的坏话还要我来说，事实明摆的嘛。"李梅笑了笑，把话题转到麻将上，她说："完了，完了，今天看来打不成了，一家都没人，最后一家有人又不打。"李梅说完可惜得直摇头，陈小琴："没人就不打了嘛。"她抓起麻将牌朝桌子中间丢，弄出稀里哗啦一连串怪声音。赵醒也说："不打算了，我平时也很少打的。"结果他们一起看了会儿电视，赵醒就起身告辞了。

李梅把赵醒送到院门口，陈小琴为了避嫌只能在沙发上坐等，足足过了十来分钟，才听见李梅哼着歌从外面回来。李梅说："怎么样，不错吧，哥儿们的眼力。"陈小琴没吭声，这个时候她已经知道赵醒是李梅从北京回来的路上认识的，就凭着这一面，李梅就把这个人介绍给她，而且事先也没说清就把她叫来了，她开始怀疑这件事的可能性。但李梅说："这有什么区别吗？噢，非要一生下来就认识，问题你认识的人里面有几个是合适的？关键——人家可是对你印象不错噢。"陈小琴以为是李梅出去送赵醒时问他的结论，谁知道李梅又说漏了嘴，把她和赵醒事先做的约定也暴露出来：赵醒要是觉得陈小琴不错，就把杯子搁到冰箱上；如果陈小琴也同意了，李梅就把杯子再给他送回来。难怪李梅会那么笑，陈小琴肚子里的火腾地就上来了，她冷冷地一笑，说："起码你要先问一下我嘛，怎么说也是我的事。"陈小琴这么一说真觉得自己就是个受害者，而刚才发生的一切也越来越像李梅和赵醒编织的圈套，她们虽然作了十几年的好同学，还是被李梅骗到一个圈套里。

李梅见陈小琴发火赶紧认错："错了，错了，我错了，我悔过行不行——不过你凭良心说这个赵醒怎么样，不错吧？真的，如果不是他，我在火车上还不和那个湖南婆娘打起来，当时她家男的也在，他们两个对我一个，赵醒不站出来，我还不晓得怎么收场。"

凭良心说这个赵醒还算不错的，至少他留给陈小琴的印象还不坏。那天李梅终于好说歹说地把陈小琴的怒气和委屈打消掉，又让她相信她和赵醒在一起的话其实是天造地设的一对，就连他们俩的鼻子都长得十分像，都是直长的，带点鹰钩鼻，这可是夫妻相。磨到最后，陈小琴也终于同意和赵醒来往了，她的说法是先接触一下。陈小琴后来又和赵醒见了五次面,有两次还有李梅在场,然后他们的接触才告终结。

　　也许那个开头的方式使这段感情从一开始就隐藏了先天不足的成分,陈小琴说她自己也觉得很怪,那段时间她的情绪一直不太好,又调整不过来,赵醒这个人应当还不错,可不知为什么,她就是动不动就会生起气来,那股无明的火怎么都压不住,好像她在为李梅恋爱,而她就是不想让李梅得逞。后来,陈小琴就再没见过赵醒,与李梅的来往也明显地少了。几个月后她通过别人介绍认识了我,又过了半年陈小琴和我结了婚,如果没有后来发生的事,陈小琴也不会让我知道赵醒这个人的,她也不会把事情发生的前前后后全告诉我。那不过是一个长度为五周的花絮,比起我们的年龄,这一个多月其实就像过眼烟云一样,根本就不值一提。当然,没有后来发生的事,我也不会对李梅这个人发生兴趣,并且想要把她写下来。

　　那时候我只知道李梅的一件事,是陈小琴告诉我的。陈小琴说:"李梅原来在玻璃厂上过一段时间班,一个月挣六十九块九毛四,每次一发工资李梅都把钱存到银行,每次她都带上我,她总跟我要六分钱,说是要存一个整数,那六分钱李梅从来就没有还过。"陈小琴说完这件事就看着我,她当时并没有急着下结论。

　　上面这个故事是有一天深夜陈小琴告诉我的,当时我们俩从省二医急诊室里出来,我送陈小琴回家,就在她家楼下的小花坛上陈小琴和我聊起来。我想如果那一天不是遇上她的老同学李梅自杀,大概陈小琴也不会对我提起这件事,毕竟我们俩就要结婚了,以陈小琴的性格,结婚前她不会和我谈这类让人扫兴的事情。

事情发生在那天下午,陈小琴还在单位上班,忽然收到李梅的一个电话,电话里李梅只说了一句话,她说:"小琴,你再不过来,就见不到我了。"说完李梅就把电话挂了。那时候因为介绍朋友的事,陈小琴和李梅彼此心里都有了一层隔膜,她们已经很长一段时间没有联系了,不过她们对对方的情况还是有所了解,李梅知道陈小琴又在谈朋友了,而陈小琴也知道李梅和那个叫赵醒的内科大夫还在进一步交往,他们一起去游泳,看到的人说两个人当时有说有笑的,像一对恋人一样。这自然也成了她们拒绝恢复联系的理由,直到那天下午。

陈小琴对我说,她当时真吓坏了,有些不知所措,第一个反应就是要赶紧找到李梅。这样她请了假,打了一辆车赶到李梅家所在的那条叫瑞花巷的小巷道。陈小琴在院门外就听到有人在敲李梅家的大门,是她们同院的一个收卫生费的老太太。老太太敲了半天也无人理睬,嘴里嘟嘟囔囔地正朝外面走,她看到陈小琴,问:"是不是来找李梅的?她没在!"陈小琴说:"不会吧,她刚才还给我打过电话。"她来到李梅家门前,边喊李梅的名字边用力敲门。同样也没有回应。陈小琴没有停下来,她有一种不祥的预感,她觉得李梅就在里面。陈小琴又敲了几下,这一次她听见门锁"嗒"地一响,门忽然开了,原来房门一直虚掩着。陈小琴冲进去,她径直去了卧室,还有她孩子的房间,到处都没有看到李梅,等她回过身时才在大门后发现了李梅,李梅其实一直站在大门背后。

"李梅就这么定定地看着我,我说:'李梅你搞什么名堂?'李梅说：'小琴，我吃药了。'说完，她的眼泪就下来了，然后她顺着墙面慢慢地倒在地上……"陈小琴向我描述时，还重复了一遍李梅倒下来的动作，那一次她是情不自禁，显然陈小琴也受了刺激，以后她再学这个动作时就多了一些调侃，我们在这个动作中找到了一些喜剧因素，很长一段时间我们都喜爱演练这个动作，轮番模仿，我还加入了吐舌头的细节，我倒在沙发或床上时嘴里还不停地朝外吐刚喝的一口茶水，然后不停地翻白眼。的确这个动作让我们快乐过一阵子。

那天傍晚我收到陈小琴的呼机后就赶到了医院，这也是我第一次见到李梅，这之前我对李梅只有一个很笼统的概念，谈不上好坏，但这时候我却对她的遭遇充满了同情，怎么说她也是个自杀未遂的女人，我感到去医院的道路也被一种忧伤、凄婉的氛围笼罩。我在电话中问陈小琴："她没事吧？""没有，已经抢救过来了。"陈小琴说。在医院门口我给李梅买了一堆水果和一束鲜花。等我来到抢救室时，李梅躺在病床上，正在打吊针，和我想象的一样，李梅默默地流着眼泪。我进来时，她眼睛还倔强地看着窗外，连我给她带来的水果和鲜花都没有看一眼。

那天接下来我却做了一件尴尬的事情，我跑到内科替李梅——准确地说，是按陈小琴的意思去找赵醒。我来之前，李梅和陈小琴一直都在谈这件事，她一直想让陈小琴把赵醒请来。这时候我已经开始怀疑这个叫赵醒的人与李梅自杀之间的关系了。李梅说："这狗家伙，明明知道每天晚上我都来医院找他，他硬是有本事不回来，我问他：'躲我干什么？'他说：'没有嘛，我为什么要躲你？我躲你干什么?'"陈小琴说:"那你还见他,这种人。"李梅说:"我对他难道还会有什么企图,我都结婚这么多年了,我姑娘都这么大了——我还不是希望他能回心转意,哪一次我不在说你的好话。"按李梅的说法,她做的这一切都是为了陈小琴。她们说到这儿的时候便不再吭声,两个人都变得气呼呼的。陈小琴最想不通的就是李梅把自己和赵醒的交往理解成了成全她的举动,那么李梅自杀当然也是为了陈小琴?问题是李梅就是这么看的。

我赶到内科,一名正在换衣服的护士说赵医生已经走了。都这个时候了,他当然已经走了。不过赵醒在医院背后一幢单独的院子里有一间宿舍,我去了那儿。那幢楼是医院的设备仓库,院门紧锁,我敲了一会儿门也没人应,便点了一支烟在门口一个花坛边坐了下来。按李梅的说法她应该每天晚上都是坐在这个地方等赵醒的,从这里到医院的主楼有一段距离,晚上应该非常黑,李梅说有一天晚上下起了雨,四周连个避雨的地方都没有,但她又不敢走开,她怕她一离开赵醒就回来了。我朝四周看了看,李梅没有说谎,如果下雨的话,这附近的确连个避雨的地方都找不到。我一连抽了五六支烟,这时候我猜想李梅等候赵醒的心情应该和我此刻的心情是非常接近的。赵醒是个什么人呢?我想着心里隐藏的这个疑问,随着时间推移,它也变得越来越清晰,也越来越重要了,赵醒和李梅的关系,赵醒与陈小琴的关系,以及李梅为自己还是为陈小琴的自杀,还有她们匪夷所思的争吵,这些念头纠缠在一起,就像五六个人的群架在我的脑子里翻腾开了。那天晚上我在赵醒的门前坐了整整两个小时,我一直没能见到赵醒，这个神秘人物并没有因为夜幕降临或李梅的自杀而出现，相反他就像一起谋杀案的元凶吊足了我的胃口。

后来我还真有点坐怕了，医院在我印象中一直就是死亡和不洁的，天黑后这种感觉更加突出。院子前那条漆黑的道路上忽然刮过来一阵旋风，挟着灰土扑了我一脸，就在这时候远处的一盏路灯又突然间亮了，我已经打定主意再坐五分钟就回去，我差不多在数时间，不停地看表，好容易熬到我对自己的约定，但事实上我肯定没坐够就站了起来。我在赵醒的房门上留了一张条子，我摸黑写道："李梅自杀了，在抢救室！"条子被我塞进大门的锁眼里，这样我想赵醒没有理由看不到。

我回抢救室不久，李梅的丈夫也赶来了，外表上看，他应当是一个十分粗糙的男人，由于长期在外面跑车对这件事情还一无所知，也可能这个原因，我一见到他就非常同情，这时候我的心理已经发生了微妙的转变，至少我已经不认为李梅是唯一的受害者。而对那位可怜的丈夫，李梅和陈小琴的解释却惊人的一致，大概她们已经商量好了，都说李梅是食物中毒，我看到李梅的丈夫这时候摇了摇头，无奈地说："我跟你说了多少遍了，你就是不听，喊你不要去吃那些乱七八糟的东西，你又不是没时间，自家做一点嘛，你不听。"他说话的同时不停地摇着头，也许真相就在他摇头的时候悄悄地溜过去了。还有半瓶盐水时我和陈小琴离开了医院，我还有些担心，我怕赵醒会到抢救室来找李梅，结果却与李梅的丈夫撞上了。陈小琴说："管他的，来了也活该！"陈小琴终于发起火来，从医院一出来，离开那个濒死的殉情者,她的脾气也冒了出来。也许她是故意的,故意发给我看,但我能理解,任谁都不能接受这样一个结论,陈小琴与赵醒的分手导致了李梅的自杀,你肯定不会相信,我也不相信这是真的。

这之后的两个月我和陈小琴的婚事也提到议事日程。我们不停地聊李梅,聊李梅自杀的含义,我们就像在剥一根竹笋,你撕一层我撕一层,真相渐渐毕露。当然它也有另外一个效果,就是我和陈小琴的感情也变得越来越融洽了,我们开始谈到婚事,记得我第一次求婚前,有一段很漫长的沉默,我们俩心里都一惊,是不是到了该结婚的时候了。结婚却是件很烦琐的事,一旦目标确定,我们俩不是一同去检查身体,就是到各自单位去打证明,各式各样花样繁多的证明和收费,还有装修房间,买家具,做衣服这样的杂事,让我们忙得头昏眼花,毫无幸福感可言。布置新房那几天李梅出现了,算起来,李梅离婚应该就是那几天,这一次她谁也没告诉,悄悄地就和她的司机丈夫办理了离婚手续,这些都是我们后来才知道的。那几天李梅成了我们新房不请自来的高参,家具无论怎么摆放都入不了她的眼,这可能和她当时的心情有关系。李梅显得兴高采烈的,我应当为她高兴,这么快就恢复了,但我心里多少还是有些疑问:一个刚自杀不久的人能这么兴高采烈吗?我和我的几个同事根据李梅的意见,把家具横摆竖摆来来回回搬了好几次,后来我怀疑入不了她眼的正是那些家具,她说:"看上去就像纸糊的一样,好好挑嘛,家具又不是明年又要换新的。还有窗帘,那颜色不正,卧室里面还是用浅色的好!"一开始我还把李梅当成一个大难不死的殉情者,一个苦尽甘来的过来人,可我发觉,我那点可怜的敬意也正在慢慢地被她自己一点点抹掉,我还闻到一股理直气壮的东西,我不清楚李梅是从什么地方又是从什么时候获得的,它的锋芒正把我的生活分割成几个断面。我终于生了气,多少有些气急败坏地说:"只要我高兴就行了!"但李梅天生就不是容易挫败的,她说:"摆不好是会影响风水的。"我说:"倒霉也是我的事,那时候再去找你吧。"结果,我让我的同事把摆乱的家具又归到了原位。李梅最后气汹汹地走了,我和她的冤仇就这么结下了,那以后每次见面互相抬杠便成为惯例,我们俩就像一对你死我活的天敌,打嘴仗,因为一点小事——比如一件衣服适不适合,王靖雯的颧骨是不是克夫,我们俩都可以闹得不亦乐乎,反正她左我右,她右我左,我受不了李梅的自以为是,咄咄逼人,而她看不惯我的自命清高的穷酸气,互相挖苦一度成了我们见面时的开场白。有段时间李梅叫我酋长(因为我的脸黑),我也不是省油的灯,我当面叫她半仙(李梅自称会看手相),背后我叫她李二×。刚开始我还担心陈小琴会生气,毕竟她们是多年的老朋友,但很快,我发现陈小琴并没有在意,她甚至没怎么劝过我,只是脸上隐忍地笑着,听着,就像重看一部早知结局的戏剧。我当然把这当成对我的一种鼓励,李梅是离不开陈小琴的,她们是朋友,李梅自己有这么多的倒霉事需要找陈小琴来诉说。

有一次我忍不住和陈小琴谈起李梅,其实我是想解释一下我为什么会这么受不了李梅,当然是想说明一下本人的性情和品质都没有问题,问题全在李梅身上。我说:"李梅这个人也太嚣张了,你记得那次,我们在病房里,要走了,你去厕所,就这么两分钟,她对我说什么——你对我们小琴好一点噢,不好,我可饶不了你噢!"头一回见面,她就跟我说这个。关键——没完,在我和陈小琴的婚礼上,李梅又拿出来说一遍。别人说的都是白头偕老,恭喜祝贺,只有李梅说的是这个。我把李梅的话又学了一遍,李梅说话的腔调,手势,我学得真像,陈小琴一看就认出来,她开始嗬嗬地笑,然后抱着肚子,倒在床上差点笑昏过去。我于是怀疑,陈小琴嫁给我就是因为她喜欢我对李梅的那种态度,她拿李梅没办法,却嫁给了一个唇剑舌枪的丈夫,而且她谈了那么些男朋友只有我从不讨李梅的好。

当然我和陈小琴也并不是老这么一帆风顺的,我和她结婚差不多快一年的时候终于出了一件大事。有一次我和小琴坐单位上的一辆顺路车去一个小县城看我的外婆。那是辆桑塔纳轿车,中途超车时为了躲开对面突然冒出来的一辆东风车,司机师傅的手在方向盘上下意识地一带,桑塔纳轿车就载着我们从旁边的山坡飞了出去,车上除了我和陈小琴,还有我们单位的两个同事。桑塔纳依着山坡一路颠簸翻滚而下,在路旁的深沟里再依次把我们蹦了出来,两个同事都受了重伤,小琴最惨,断了一根锁骨四根肋骨。更大的麻烦还在后面等着我,到医院时我们才知道陈小琴已经怀孕了,但车祸却让我们永远地失去了第一个孩子。陈小琴第一天晚上在医院里喊了一夜,因为要观察还不能打麻药,痛得她整整一夜都在说胡话,接下来的一周都是小琴的危险期,几乎每天我都能接到医院的病危通知,真不敢想象那几天都是怎么过来的。

那次车祸中我是唯一没有受到大伤害的,除了一点皮外伤我差不多可以说完好无损，这简直是个奇迹。但那段时间我却一直都沮丧得要命，因为在我意识到老天爷让我完好无损是要我承受更大的磨难的。死亡的阴影一直在我前面盘旋着，我动不动就想起那段动荡地摇晃，天地倒悬，白天还好，我必须为单位上不负担的那部分医药费四处筹款，但到了晚上，我却时不时惊厥地坐起，我走到小琴的床边，一直要确定她还在呼吸，我才能放下心来。当然这些也很快就过去了，小琴毕竟年轻，恢复得很快，只是她的右手医生说即便好了也很难再提什么重物了。

　　一个星期后，李梅来看我们，她给小琴带来花篮和水果，当然还有她的最新动态。我承认李梅来了之后，小琴高兴了些，这对她恢复，从丧子之痛中挣脱出来非常有好处，毕竟她们是知根知底的老朋友。有时候李梅每天来一次，有时候则一天来好几次，她给我们带来的消息是现在有几个优秀的男士正在同时追求她，两个公司经理，一个派出所所长，她正在考虑取舍。又过了两天，她又告诉小琴她发现有两个人其实都有老婆的，和她好的话还必须先离婚，这个问题同样也让她苦恼。李梅对我还是那种咄咄逼人的态度，也只有她把出车祸当成我对陈小琴不够照顾的结果（你为什么不受伤？有了娃娃，你还带她去看你的外婆？）一想到还要和这个浑人解释什么是天灾什么是人祸我的头就大了，我忙不迭地说"是，是"，我赶紧认错，诅咒发誓，我说："我要是知道她怀孕了，连班都不让她上了。"李梅很满意，她说："也是，谁能算到呢，想开点吧，是福求不来，是祸躲不过。"这个说法我同意的。我把李梅送出住院部，道别的一瞬间，我不知是不是眼花,一下子看到她那绺黄头发下不及掩饰的白色的发根,于是我呆呆地看着她消失在前面那排浓密的树荫里。回来后我把这些告诉小琴,小琴说:"李梅也不容易啊,你知道吧,她刚和那个派出所所长吵翻了,可气的是李梅给他打电话,他还把他老婆喊来和李梅对吵。李梅又没工作,还要替人家去跑推销……"我想起李梅消失在暮色中那个孤单的背景,也不由地感叹,是啊,在这个世上,谁是容易的?都他妈不容易。

怎样给别人，也给自己一个机会

　　老许回"那边"是取他漏在那儿的几个笔记本，他儿子打电话问他还要不要。这已不是第一次了，前几回老许的精力都放在衣服和书籍这些容易想到的东西上，轮到收拾小杂物时尽管他提醒自己一定要小心，不要遗漏，但百密一疏，总会有几样从他眼皮下溜过去。其实也很自然，毕竟这个家他已经生活了二十多年，他就是一棵植物，根须也应当从各个方面和它联系在一起，纠缠在一起，因此清理或者说剥离得并不顺利，都得掉层皮。

　　家里装修了一遍，儿子替他开门时，老许立即发现了这个变化：上一次来时还是水泥地的地板上已经铺上了白瓷砖，墙上是新刮的磁粉，莹莹闪光。他们甚至还买了音响。他敲门前在楼道里听到的《红梅花儿开》，原来发自他老婆的喉咙，当然是他的前妻，年轻时前妻最喜欢这首歌。老许注意到儿子脚上穿着一双拖鞋，他犹豫着要不要换，从前他们家没有换鞋的习惯，他也不用换，现在他是客人，客人对主人家的习惯总是应当尊重的。儿子却没有理会，引着他朝厨房边的阳台上走过去。外面刚刚下过一场雨,老许看到他那双布满泥点的皮鞋在瓷砖上留下一只污浊的脚印,接着是每二只,他小心又无奈地走着,心里面一下子布满了揪心的歉意。儿子停在阳台门边,指着阳台上一只网兜说:"全在那儿了。"儿子不看他,自从老许和老婆决定离婚时起,老许就没看见儿子对他笑过。老许低下头,假装看网袋里的本子,有几张是他得过的奖状,底下那只盆是他洗下身用的,现在它们和一堆垃圾放在一起。"对不对?"儿子问。"对,对!"他的态度绝对像在认领失物,这很别扭,好像取笔记本是他找的借口。

老许开始在口袋里掏烟,离开前他打算跟儿子再聊上几句,但就在这时候他注意到里屋的歌声忽然停了,连音乐也停了,沉默变成他前妻怒气冲冲的样子,他还能想象她坐在床头扭着身子生他的闷气,她一生气就不吃饭,然后心口痛。他得赶紧离开这个地方,老许果断地朝身后丢了一句:"走啦!"提着网袋急急忙忙地朝外面走,即使这样他也没忘记踩着来时的脚印走出去。到三楼时老许听到一声猛烈的撞门声,他原本就走得很快,因为这声关门他走得更快了,简直就像在逃命,搪瓷盆底不停地和楼梯撞击,但老许还是有了一种的感觉,这种感觉一旦产生就不那么容易摆脱了,老许觉得不是他要离开这个家——他是被人合伙赶出来的!

那一年老许五十五岁,离婚一年,新婚四个月。老许的新婚曾经是单位最引人入胜的话题,爆炸性绝对超过了克林顿和莱温斯基。以他的高龄而能娶到一位年轻女人,自然免不了一连串各式各样的猜测和议论，这一点老许非常清楚，但他把这全当成了羡慕——对他的羡慕，人们只有对他们办不到的事情才会投入这种谈论的热情。像他这样年龄的人有几个能从原来的生活里脱身？而且脱得那么彻底！他们全是口头革命派，说得热闹，是调侃是嘲笑是惊奇，骨子里谁不往肚子里吞咽口水？看他们和他打招呼时含义丰富的表情就知道了。从前老许也是这么一个往肚子里咽口水的人，好在他现在不是了，他已经身体力行，就让别人来咽他的口水吧。

也是这个原因，在他那个简单朴素的第二次婚礼上，老许请来的宾客差不多都是年轻人，年龄比他的孩子们大不了多少。他们单纯的祝愿是和婚礼相配的，他们不会把他当成对手或者讥讽的对象，他们话里没话，直截了当，他们的狂放只会让老许觉得年轻，他虽然被旧的世界所抛弃，却被另一个更新的世界接纳了。他甚至把自己的冠心病都放在了一边，无需深劝就和他们喝酒划拳。

新娘子叫冯丽，三十六岁，中学老师，结婚是第一次，也没有性经验。他们是在一次交流会上认识的，两个人坐在一起，简单的闲聊后，彼此都留下了好感。冯丽觉得他风趣，而他惊叹的是冯丽在纸上留下的一连串娟秀的字迹。那张会上用来闲聊的字条一直由老许保留着，再转给冯丽收藏，上面除了双方的姓名、工作单位，还有不少趣事，比如老许写的：请注意主席台右数第三位，他的头发全是假的，一根真的都没有！这段话没有回答，被冯丽现场压抑的笑声所取代。老许还记得当时冯丽为了掩饰笑声，不得不埋下头，把嘴摁在自己的手背上。会议上的文字游戏使他们远离了报告的无趣和冗长，也使他们在会后的联系有了铺垫,他们开始通信,即使再次见面、热恋,甚至他被离婚闹得焦头烂额这种游戏都没有停止过。

自然,通信最初并没有谈婚论嫁,比起那些更年轻的笔友,他们是不太容易滑到主题上去的,都在绕山绕水地说闲话。是那次不期而遇使这种平衡发生了变化。有一天老许站在大十字附近一家报摊前翻看报纸,忽然就听见身后有人喊,回头发现是冯丽。冯丽说:"你走得真快——我在对面就看见你啦。"她一边说一边用一块手巾往脸上扇风。这么说她应当是从对面跑过来的了,先上天桥,再从大转盘上下来,赶上他。可她说得那么轻易,好像遇上他也有巨大的欢喜。回去后老许脑子里乱了套,全是那块手巾飞舞的动作,还有那块白净的脖颈,他忍不住写了封信,加了些亲近的话,它们是朝冯丽脚下垫的石头,就看她愿不愿意踩。冯丽很快回信了,自然已经踩在那块石头上。

原本老许准备过一年再结婚,这一年应当从他离婚那天算起的,这是老许对自己的一种约定。他需要一段时间调整一下,而且结婚是件严肃的事,需要慎重。结果他们都没有给自己时间,老许发现他和冯丽其实都耽搁不起,尤其冯丽,她虽然没明说,可他离婚的轻松丝毫就没有感染她,她会突然地陷入沉默,这种沉默是有含义的,因此沉重。她是不是在怀疑他与她的交往动机,他只是在借助她的力量离开原有的生活?而她的不安也反过来让他烦躁,他的付出她怎么就视而不见呢?那时候他已经搬到他哥哥家,虽然是哥哥家,但也是别人家,儿女成群,又不是很宽敞,老许只能赖在冯丽那儿很晚都不想离开,影响他哥不说,连冯丽也休息不好。持续了一段时间,老许终于退了一步,他这么想:我们现在这样其实和两人世界没有什么分别吧? 我到底需要什么呢? 冯丽不是完人,真是完人他才会受不了。这个结论或许有些自欺欺人,真正让他动心的是一个平静温馨的生活其实就在他身边,他不可能长久地视而不见,于是老许对自己宣布考察结束,正式向冯丽求婚。

新婚生活虽然并没有让老许脱胎换骨,但他还是觉得很满意,尤其是他脑子里对新旧两种生活不断也是无法控制地比较——女人有女人味,也有品位,虽然略微地有些神经质——看来真得感谢当初那个抛弃冯丽的人,没有那次刻骨铭心的痛,难说冯丽还会这么完好地把自己留给他。他们的新家就安在冯丽那儿,冯丽的房子,他出钱装修,他十来年积攒的私房钱差不多全投在上面了,终于弄出一个不输于任何新婚家庭的新房,对他们来说它就是宫殿。他哥哥说他傻,他也知道这是补偿心理作祟,可是控制不了。他知道自己的毛病,只是希望不要做得太明显,明显得冯丽都觉得他吃亏,他是要冯丽体会到他的付出,她对他的重要,有时候他甚至像一个刚恋爱的男孩那样希望发生点什么事,好让他证明这一点。老许正在体会一种近乎完美的幸福,他受的一点小小的挫折与这种幸福相比是根本不值一提的。所以那天他离开"那边"后,提着那只网兜在街上漫无目的地走着,仅仅几条街下来,他就恢复了常态,刚刚还在困扰他的那种伤感的失落,也像那天的大雨,由滂沱而到淅沥,最后又被蒸发得无影无形。他到家时一缕夕阳正巧落到他们家阳台上,而这时他手里除了那只网兜外还有他为新娘子专门买的两斤红富士和一束红玫瑰。他是作为一个体面丈夫从外面回来的。

晚饭照常进行。吃完饭冯丽才想她的疑问，她先吃完，走到门边打开了老许从"那边"提来的网兜。她迟迟没提这个疑问是因为觉得多余。那天他们吃的是山东肉饼卷大葱就皮蛋粥，老许记得那么清楚是因为晚上他不习惯吃面食，他一吃面食就反胃，这一点冯丽显然还没弄清楚，需要找个时机巧妙地提醒一下。冯丽这时候把那一堆东西翻完了，她甚至还拿起那只掉了瓷的盆问明了它的用途，最后她才发现里面什么也没了，"我的信呢，你没要回来？"

老许立即意识到他犯了一个多大的错误，这个错误比他晚上吃面食可要严重多了，但他还是坚持把剩余的半碗粥全喝完，他尽量慢条斯理，其实已经开始想对策，对策也是立即有的，就是不能承认忘记！忘记的另一面就是不重视，另外忘记是老年人的专利，所以承认忘记就等于承认不重视和衰老，老许像忌讳他的冠心病一样忌讳这个字眼。就在他仰脖喝最后那口粥时，他突然说："她不肯给。""她"自然是他的前妻了。老许说完连自己也被吓了一跳，他没想到慌忙之下会撒一个谎，但很快他就可以看到这个谎的好处，它显然比忘记更有说服力。

冯丽当然信以为真，她原本蹲在地上，这时候猛地站起来，说："她不给——凭什么，这又不是她的东西！"冯丽的脸上涌起一团红晕，她停了一下，才想起要批评老许，"那你刚才进来那么高兴——我还以为你拿到了！"

冯丽说的信其实就是她和老许大半年的通信,自然是她写给老许的那部分,结婚前冯丽就让老许拿给她,她准备和老许写的那部分合在一起,比照着阅读,以后也是个纪念。她已经催促老许好几次了,但他左拖右拖,起初说在办公室,后来又说可能在他前妻那,怎么能让她不生气? 这一次去"那边"她千叮咛万嘱咐,结果还是没拿来。

　　冯丽一屁股坐到沙发上,第一次没去厨房刷碗。"怎么办呢? 她那种人要是真来闹,把信复印了再贴遍学校,你看我还怎么活?"冯丽这么一想,几乎就看到那些信布满学校的样子,学生们人手一份,交头接耳再接着狂笑,还有她同事诡秘的笑容,她的脸在里面越缩越小……冯丽越想越害怕,况且那些信都写了些什么她一点印象都没有了,但那是情书,情书的热度她是知道的,所以冯丽又忍不住在沙发上跳了一下说:"怎么办嘛?"她使劲甩自己的手。

　　老许收拾着桌上的碗筷,安慰起他的新娘子:"不会的,你放心,她不会这么不理智。"但他也知道这样的事很可能发生,离婚时他前妻那几场又泼又蹿的大闹可以证明这一点。

　　冯丽不吭声,她的意思更明白——不会才怪!

　　老许只得放下手里的活儿,在冯丽旁的沙发扶手坐下,说:"你放一百个心,我再去找她,就是跑断腿,我也会把它要回来,只是我们要讲点方式方法,对不对? 把她逼急了,没什么好处,对不对?"老许发觉冯丽已经开始同意他的说法了,只是低着头啃自己的手指甲,啃得很专心。老许觉得刚才的话太像个领导甚至像个父亲,所以他换了种口气说:"看看,我的小丽丽急成什么样子了,我这就去要,我这就去要。"说着他把冯丽的手拉过来,搁到自己的掌心里,捏着拍着,冯丽挣了两下才把自己交给他。

其实,那些信究竟在不在他前妻手上,老许也不能确定。他记得那些信是藏在办公桌里的,他闹离婚那段时间,听同事说有一天中午他老婆来过了,打开他的抽屉又取走了什么,那一摞用皮筋扎好的信可能就在里面。老许气愤他老婆这种赶尽杀绝的态度,又庆幸有先见之明,事先把两张存单送到他哥哥家里。那些信他自然不会看得像冯丽这么重,如果真是她拿的,就让她看好了,另一个女人如何对他好——不气死也得气个半死!他只是不好先开这个口问"刘锐英,这信是不是你拿的?"她要是反咬一口呢,或者干脆说"是我拿的,怎么样?"除了生气你还有什么办法,逼急了她真可能去单位上闹,那个女人他算是了解的,毁掉他半辈子,还想毁掉他一生。她自以为拿到一颗定时炸弹了,你越当回事儿,她就越相信它的威力。只是目前他还不清楚刘锐英拿了这几十封信的意图,甚至他怀着一种侥幸心理,希望刘锐英仅仅出于无法克制的好奇心,当然,这又有些自欺欺人了。

老许把女儿约出来,因为是上班时间,他把女儿请到一家冷饮店,选了一个不容易被人发现的角落。女儿是他和刘锐英的混合体,三分像她妈,七分随他,因此女儿有着和他一样的肉墩墩的脸,这种脸当然说不上漂亮。她高考失败后就进了一家报社当打字员,可能工作上不如意,她脸上也很少看到笑容,他离婚就是她刚进报社不久,现在还很难说对她算不算个打击。老许看着女儿用吸管拼命地吸着酸奶,那只酸奶瓶是放在桌上的,这样女儿不得不将身体向前倾。这个姿势说不清为什么会让老许看得有些揪心,这种感觉只有看到小孩故意作践自己来气大人时才会有。老许看着女儿用这种笨拙的姿势把一瓶酸奶吸完了,他没有说话,只是结束时他才问她还要不要?女儿用纸巾擦着嘴,摇摇头。

不管怎么样都得开口了,指望女儿问他是不可能的,所以老许咳了一声,润了润嗓子,开始磕磕巴巴地解释来意。这让他觉得痛苦,因为这样一来他就得解释那些信的来由了——和你"冯姨"是如何认识的,如何交往,为什么通信,又为什么藏在办公室最后又被你母亲拿走。女儿听他说着,无动于衷,至少看起来她是不感兴趣的,他说的时候她一直不停地在用纸巾擦嘴。

"那你为什么不找哥哥呢?现在妈什么都听他的。"女儿突然冒出来一句。

的确,那小子可能更管用,长得漂亮又能说,刘锐英从小就对他偏爱,说不定他一开口什么问题都能解决。"你又不是不知道,你哥哥理都不理我。"老许发觉这句话说得有些低声下气的,但他猜想中更可能的情形是儿子肯定会么反问:"谁?哪个'冯姨'?"一副桀骜不驯的样子,弄得你根本没法下台。

"那么我替你跟哥哥讲嘛。"

他的本意是想让女儿替他在家里找一找,趁她母亲不在的时候把那些信拿出来,现在,他再也开不了这个口了。

女儿原本想走的,她站起来,大概是不忍心看到他那副挫败的样子,才重新坐下。她说:"你也不要怪哥哥,你要是那时跟我们讲讲,商量一下,哥哥也不会这样子。"

是啊,如果讲一讲,商量商量,肯定不会这样子,但商量什么,怎么讲,他在和一个三十多岁的老姑娘恋爱? 可笑! 但他还是点点头,表示同意,表示不该这么不把他们兄妹放在眼里,才导致了今天这种格局。女儿走了,老许有些后悔写那些信了,为什么放在办公桌里呢,不一起放在他哥哥家? 他自怨自艾,黯然神伤,女儿走时那种不以为然的表情也深深地刺激着他。

儿子的电话打到单位,大概女儿立即和他联系了。"小莘说你找我!"儿子现在经营着一家电脑公司,生意不错,让他听上去总这么咄咄逼人。

"是啊是啊,她都跟你说了吧?"

"她就跟我说你找我!"儿子显然要逼他再说一遍。但现在在单位,谁不竖着耳朵等他的新闻。"什么事?"儿子又逼他一下。

老许对着话筒压低喉咙说:"我把一些信放在办公室,是冯丽写给我的,被——"

"什么?"儿子打断他。他是故意的,但没办法,他只得咬咬牙,说得大声些,让儿子听得见,也让他的同事听得见,他们果然有反应了,每个人都朝这边张望了一下。他豁出去了。

儿子在那边笑,幸灾乐祸地说:"有这种事?"然后停了停,问:"你要我怎么办?"

"你能不能让你妈把它们还给我?"

儿子沉吟了片刻才答应，但又说不能保证拿到这些信。老许觉得自己尽了最大的努力，如果这样都不成功，那他也没更好的办法了，只有等那颗定时炸弹自己上门了。

　　晚上他把情况告诉冯丽，但这和没取到又有什么区别呢，冯丽不为所动，她甚至陷入一种更难堪的境地，现在可能连那两个孩子都会看到她的信了。

　　老许进门时，冯丽正躺在床上看老许给她写的那些信，那些信现在都是按顺序一封封排好的，有序号。有一段老许是这么写的："一个健康的家庭应当就像一架可以正常航行的飞船，左右两翼是平衡的保证。"另一封信老许又这么写："你的信是我现在最梦寐以求的东西，它们像一支支排列成行的爱情的利箭朝我射来，可我却总嫌不够。希望我的信也有丘比特之箭的效果，将你打动。"冯丽几乎想恸哭，现在那些利箭，她发出去的爱神之箭已经没有了，很可能它们还会变成一枚枚毒箭朝她射来，无论她怎么躲，都逃不掉。能不焦心吗？一连数天，她都梦到自己住在一幢没有地基的楼房里，它危险地耸立，成为一幢空中楼阁。她恨老许，不把她当回事儿，不爱惜她，她原本以为一个老点的会待自己好些，其实全都一样，他哪是那些信里面的那个男人，这么自私又无能。

　　这是冯丽第一次和老许闹，当然她是另一种闹，她不听解释，不让老许碰她，不到九点就说头痛然后蒙头大睡。老许也有些火起，一想到自己在小孩面前丢失的威信，就十分委屈。这还不是为你冯丽？那些信又能怎么样，难道真能把你杀了？难道不是我把你从老姑娘的队伍里解救出来？他抱着被子睡在客厅里，对着电视机睡着了。半夜，老许被电视里哗哗的声音吵醒，屏幕上一片雪花，不知道几点了，电视节目早已结束，他蹑手蹑脚地走进卧室，爬上床，轻轻地吻了一下冯丽的脸庞。她并没有睡，一下子睁开眼睛，开始哭着说："你来干什么，你去那边好了，就我不好，不会让你高兴，只会让你生气。"他们把信的问题放在一边，和好如初。

那次约会是儿子给老许安排的。儿子回去问他母亲，那些信果然在她手里。母亲说："什么信，鬼才知道他们的信！"但小许一听就知道信肯定被他母亲拿去了，这一次他决定站在父亲这一边。他说："妈，你就把信还给他们吧，你们——你拿着又没有什么用。"刘锐英的态度是斩钉截铁的："不给！我凭什么给？他们做的那些丑事——一个老莲花白，老不收心，一个三十多岁不嫁人，不是变态是什么？"小许再一劝，刘锐英就哭开了，说："儿子，我是不服这口气呢，你知道你家老子在别人面前都是怎么糟践我的吗？说我不会持家，一天到晚凶巴巴，还说他从来就没得到爱的感觉，他一个老家伙还爱的感觉，好不好意思？"又说："把我逼急了，看我不去泼治他们，我就是要让他们学校的老师都看看，为人师表，就是这样破坏别人家庭！"

小许劝了五天，五天后他给老许打电话，他告诉老许，他可以去和他母亲谈一次，他已经做好工作了，剩下的事就得看他的了。

那是个星期五的下午，老许如约去"那边"。一路上他都在惴惴不安地想象会遇到的各种情形，因为那些信他显得心虚，但有一点，他知道这一次就是为了谈判来的，而且是不平等的谈判，谈不好就没有下一次,因此除了像儿子说的那样多说好话或者少说话外没有别的办法。她要闹的话就由她闹,老许决定任刘锐英如何撒气都不还口。

还是儿子替他开的门。这一次他叫他了:"爸爸,来啦。"但老许怀疑这一声是故意喊给他母亲听的,老许嗯了一声,这一次他换了拖鞋,跟在儿子身后朝客厅走过去。拖鞋是塑料的,拖在瓷砖上有点滑。他们其实应该弄地砖的,他铺的就是地砖,这样走在上面才比较稳当,当然这已经不是他的事情了,老许这么想着临到客厅时真的差点滑一下。

客厅里摆着新买的大彩电和音响,两只大落地音箱分放在两边,老许都是头一次见到,它们的对面是一个高档原木沙发,大茶几,刘锐英和一个留短发的小姑娘就在那儿坐着。这屋里只有那排书柜还是原来的,有一多半还空着。刘锐英当然知道他来了,故意装着和小姑娘聊天,把头朝窗口那边扭着,弄得那个小姑娘看到他进来站也不是坐也不是。她是儿子新交的女朋友,这当然是大好事,儿子给他们作介绍,小姑娘终于有机会站起来,用清亮的嗓子喊了一声"伯伯"。老许点头,忙说"好好,来了"。他注意到刘锐英这时候虎着脸,假装在看电视。他想接着问一下小姑娘的职业、年龄,刘锐英却把话题抢过去,继续她们刚才的谈话,小姑娘看过刘锐英漏看的一部港台连续剧。这样轮到老许看电视了,他留心刘锐英的表情,至少她没有刻意地生气,看起来她对儿子的新女朋友还是比较满意的,其实在她眼里儿子什么都好,他交的那么多女朋友,她好像个个都喜欢,老许偷偷松了口气,心想只要她不乱发脾气就行了。

女儿也回来了,身后也跟着个小伙子。女儿也恋爱了,他不知道,这当然也是天大的喜讯。据说男朋友还是儿子的同学,儿子做的媒。女儿的脸上现出一丝她那个年龄应有的活力,她甚至爱笑了,能开玩笑了,她介绍那个略为拘谨的小伙子时甚至说他是他那所医院最帅的帅哥。小伙子脸红了,女儿又笑他居然敢承认。

做饭时几乎所有的人都抢着去了厨房,刘锐英是不想和他在一起的,这一点老许知道。其他人,儿子女儿的女朋友男朋友都乐于表现,跟着去打下手,择个葱剥个蒜,一阵一阵的笑声从外面和着油烟味飘进来,只有儿子女儿穿梭在厨房和客厅之间,陪他聊两句,女儿还记着给他倒杯茶。那时候他一个人在客厅里,眼睛在那几个他认为可能藏信的地方搜索着,但他不想动,总不至于搜吧,有一刻他甚至想问女儿她母亲藏信的地方,但她知道吗,她就是知道会告诉他吗?而且这么做是不是太下作?老许庆幸自己没冲动到问出这种无趣问题的地步。

吃饭时,儿子刻意的安排更加明显了。他甚至想让他母亲和他父亲坐在一起,但刘锐英死活不干,结果她坐在女儿和儿子中间,他则坐在未来女婿和媳妇中间,刚好是刘锐英的对面。晚餐是丰盛的,那天他还喝了点酒,儿子和女儿的男友陪他,他喝了两口开始对他们说:"别客气,放开了吃,多吃点菜。"这样的话他重复了两遍,刘锐英不住地看他,他才发觉自己说了错话,他早已不是这里的主人了,可偏偏还是一副主人的腔调。

儿子的安排,吃完饭他们四个小辈在他妹妹的房间里打麻将,让他们两个老的在这边聊天,但刘锐英说"聊什么聊,我也要打牌",就把老许晒到这儿了。老许只得坐在沙发上看电视,因为喝了点酒,身体也有些乏,真想躺下来,舒舒服服地睡一觉,可惜的是他不能这么做,这地方尽管熟悉,甚至很可能还残留着他的影子和气味,但实实在在不属于他了,地板换了,书柜空了,他也只能将就着把头靠在沙发靠背上,把眼睛合拢。他听到哗哗的洗牌声,和牌者的尖笑。电视里的男女微妙地调情,他的对面原来是一帧一挂二十多年的结婚照,最后那张照片被刘锐英用剪刀一分为二,现在那地方挂了一把大红折扇,折扇上有个缘字。他不想,也不愿意回忆过去,但朦朦胧胧之中还是身不由己地追了上去,他看到 25 岁的他,22 岁的刘锐英,就在公园一棵大樟树下,他们的手让介绍人拉到了一起……

他是被他们母子的对话吵醒的,刘锐英说:"我真的不想谈,有什么可谈的!"儿子压低声音说:"他能和你离,为什么不能和她离?"儿子的话显出他的用心,最后他用了蛮力才把母亲推进来。那时候老许真有一种不知身在何处的感觉,他也许真的睡着了,可能是五分钟,也可能只有几秒,一下子他觉得脑子里空空荡荡。刘锐英重重地在门边的一张小方凳上坐下,她的架势摆明了就是他在缠她,她厌烦,"那么,聊嘛!"刘锐英说。他还没有完全清醒,嗯了一声,然后喝了口茶,用这口茶漱口。

"说嘛,你想聊什么?"刘锐英又重复了一遍,这一次她眼睛甚至挑衅地朝他一翻。

老许想知道几点了，叹了口气，说的却是："你啊，就是这样。"

"是啊，我就是这样，这张嘴啊，全都怪这张嘴啊，这张嘴除了吃喝，最好一声不吭，你才称心，要不然你怎么找到我的毛病?!"

"你看，你看，我哪是那个意思。"老许打断她，他忽然有些上气不接下气，声音是沙哑的，很可能中间某种哀婉的东西打动了她，也可能听上去有些像他发病的前兆，刘锐英的调子才跟着和缓下来，她抱着腿说："我就这么让人讨厌，就这么烦人，这二十年了，你说，小武小莘，这家里什么大事小事不要我操心，现在好了，儿子也大了，老婆也老了，就开始动歪心思，你就动坏脑筋也用不着这样贬损我!"老许插话说"我怎么贬损你啦?""没有? 那姑娘信里面写得清清楚楚。你说你的生活就像一座坟墓，无法呼吸，还有，你说你就像生活在黑暗中，被乌云笼罩着。白纸黑字你赖得掉?"

老许的脸倏地一下红了，因为刘锐英在引冯丽给他的信时，有意念得抑扬顿挫，他忽然间就觉得肉麻得厉害，好在他刚才喝了酒，脸上的红润还未褪尽，为了摆脱那种印象他忍不住想笑。

"你还笑，还有脸笑，不要脸。这么大的人还——我都说不出口!"刘锐英的脾气又被他逗上来。

她最让他生气的就是这些话，骂他几十岁的人，儿女多大了。她说了多少遍了，别人早该听烦了，可她还兴致勃勃，老许忽然间有些心酸，她真以为揪住他的把柄了? 很可笑吧，但也可怜。可能是刚才那个梦境，他想起当年那个温婉羞涩的小姑娘，她走到今天毕竟是和他在一起，再被他甩掉，也是事实。老许垂下头，看着自己两只叠在一起的手指慢慢地缠绕着转动,他说:"对不起,对不起了。"他说得很轻,这应该是他的杀手锏,路上早就想好的,不到万不得已绝不出手,但老许说的时候觉得自己的眼睛都有些湿润了。这是他第一次说这几个字,这句话。

刘锐英明显一怔,但她立即用更大的声音说:"迟啦!我不会原谅你的,这些信我也不会还你的,你总要我公道点,若想公道打个颠倒,你替别人想过没有?想一想这辈子你是怎么过来的,你亏不亏心!我这辈子都不会原谅你!!"

显然,她又一次误解了他。不过她不再说"这辈子都不放过你啦",她的语气尽管激动,但已经没有原来那么饱满的怒气,她侧过身去擦了一下眼角,这个刚烈如男子般的刘锐英,母亲过世都没淌过一滴眼泪,现在还不是让他感动得流泪?

老许回到家后向冯丽汇报他去"那边"的进展,他告诉她信虽然没拿到,但刘锐英的口气已经明显松动。奇怪的倒是冯丽,似乎对他的话并不怎么在意。那天她去了一趟她姐姐那儿,带回来两件香港时装,她站在他面前慢慢地试,冯丽一直在谈她去姐姐家的感受,她们姐妹小时候的事情,那些信她好像已经不在乎了。老许默默地听着,心里面却一下子低落下去。他有些奇怪,他觉得自己是个有婚姻经验的人,为什么却总是不懂女人?

那几天老许都是在"那边"度过的,听儿女们唱歌或者坐在一起打小麻将。刘锐英甚至都和他说话了,虽然只是递烟的时候狠狠地说"接着!"或者把茶杯蹾在桌上,说"拿去!"他不再提那些信的事,刘锐英也不再提。晚上他回去向冯丽汇报这一天的进展,他都是说"快了,快了"。

那是一个周末的下午,老许下班后回了趟家,和冯丽照了个面,然后照例去"那边"。老许兴冲冲迎着落日走着,因为一连半个多小时都没经过一辆顺路车,老许还显得有些焦急,于是他干脆伸手拦了个的。那辆绿色的桑塔纳猛地在他的身边刹住了,车篷却在他进门前将他的头重重一撞,等他稳稳地把自己放到椅背上,才觉出自己有些急相,于是老许哑然笑开了。这时候阳光透过街上的梧桐树枝,从车窗不时落到他微合的眼皮上,在他面前形成一片鲜艳的红光,那情景仿佛触手可及,就像他此刻是在一条红色的管道中飞行着。这是一种什么样的情景呢,老许想,就这样飞吧,一直飞到"那边"去吧,不要停,他甚至觉得他的生活如果总是这样在"这边"和"那边"连成的管道中穿行,也很好。

老许认为他看到了真相,那是他下车的时候。当初是刘锐英把他逼出去的,然后再由冯丽把他送回来!然后老许扶着路边的一株梧桐树,慢慢让自己滑到人行道上。汽车已经不见了,老许看到有许多双脚在他头顶上匆忙地走过去,各式各样的脚都有,都没有停下来,也许它们此刻都走在去"那边"的路上。

手心的温度

镜子里的人面色灰暗,至少和昨天比起来,徐明义已经不再喜欢这张脸,如果可能,他一定会像块面膜那样揭下来,再从窗子里丢出去。

这种自怨自艾的情绪是徐明义翻来覆去摆动脖子时产生的,并且开始弥漫——可能这个原因,剃须刀才会猛地在他的下巴上留下一道血痕,疼倒不是太疼,只可惜一整天都得扛着这道印记了。

出现这种失常很明显与李敏的那句话有关系,尽管这句话,可能李敏已经说了大半年了,但遗憾的是直到昨天才落进他耳朵里。徐明义自认不是小气的人,但这句话透露的信息太多,凭他的记忆,似乎谁对他的鉴定都没这么彻底,所以他才会这么触动,这么感慨,以致当时就像被武林高手点中了穴道。他宽慰自己,深呼吸,多想点高兴的事,偏偏这句别人的转述(还不是李敏亲自告诉他的)就有这么大的威力,他整晚都在床上翻腾,上洗手间,开关电视,结果,还是失眠了。看来接下来的几天,甚至更长一段时间他都得在这句话的阴影下生活。

到昨天为止,李敏结婚已经大半年了。这是她的二婚,一年前,也就是李敏和莫同离婚时,徐明义和王则迅速成了她身边两个最活跃的追求者。两人心照不宣,各献各的殷勤,吃饭,看电影,辅导孩子……表面上他们俩旗鼓相当,结果不到两个月,李敏就决定嫁给王则。做出这个选择一定有原因,但直到昨天徐明义才真正弄清楚,他已经忘了李敏当初是如何解释的,但肯定不是昨天这个意思。

聚会并没有王则夫妇,但聚会的由头却是他们一个共同的朋友要去美国,王则夫妇因为缺席,就成了一个公共话题。在场的人都知道徐明义参与过那场婚姻竞争,并且成了王则的手下败将,因此他也弄不清当时大家谈他们俩是不是针对他来的。反正这半年,这件事并没有过去,最清楚这一点莫过于徐明义,他原本懒洋洋地缩在沙发里,酒吧的灯光很昏暗,酒精外加空调吹来的暖风,他已经昏昏欲睡了,但李敏两个字还是如雷贯耳。

"……你下午不是喊过李敏啦?他们两口子到底来不来?"

"谁知道,她随口这么答应,我看最好别当真……"

"前天,我还在街上遇到他们俩,手拉手,两个好像刚玩三亚回来,一个个晒得——我说李敏怎么弄了副墨镜,原来脸上都晒出了疙瘩……"

"他们倒会玩,这个时候跑去三亚。"

"她家那个很会玩的……"这个"玩"字显然有别样的理解,有人因此笑了。

徐明义耳朵支楞着，他想确定李敏到底来不来，膝盖却被人敲了一下，打得倒不重，可那位置刚好可以表演条件反射，于是他的腿弹簧一样竖起来，看情形反应有些过头。

打他的人叫刘奔，就是那个预备去美国的。

人家要走了，徐明义也不好生气，但还是忍不住抱怨："搞恐怖活动小心美国佬把你送到牢里去！"

刘奔才不理会这中间的调侃，一把将他的手握住了，然后乘着他惊讶，另一只手就在掌心摩挲起来，刘奔说："我要不把这个事弄清楚，就是去了也不心甘——果然是凉的——李敏是这么说的吧？他的手心是凉的，你们也来摸摸，还真是这么回事，一个人的手心怎么可能是凉的？……"

刘奔的话是冲他老婆说的。结果，他发懵的当口，在场的人依次都把他的手拿去摸了一遍。那场面就像遇到了超市大减价，不看白不看，不摸白不摸，完事了所有人还乐呵呵的，纷纷点头认可。

原来，这便是李敏没有选择他的原因。

但为什么掌心发凉就会落败，这里面有什么讲究？这似乎又不是谁都说得清道得明的，有人说会不会和身体有关系，或者与性能力挂上钩？但马上有人站出来替他说话："徐明义身体很棒的！"但谁都清楚这种辩驳很软弱。最后的结论，大家一致认为，不管是不是真的，肯定不会是刘奔编出来的，因为它很女性化，不像哪个男的能编得出来。

李敏的婚姻危机还是徐明义最先看出来。

那时还是个苗头,很多大变革毫无例外要从苗头开始,表面上风平浪静,真正的风暴却在不为人知地方酝酿,当然这并不是说徐明义有什么洞察力,相反,如果别人脸上没留下疤痕,或者闹上法庭,他其实也很难注意周围又多了几个男女单身。但误打误撞是不是更有说服力?李敏的例外说明他们有缘,接下来的事他将粉墨登场,只是,这个缘字好像也有大有小。

那是在一个规格很高的接待会上,从部里来的领导,连同省厅领导来了一堆。会议要开一整天,长篇大论的讲话让人昏昏欲睡。徐明义同往常一样缩在门边,他冲了一小段瞌睡,正打算偷个空子出去抽支烟。外面却进来一个黑影,黑影猫着腰,穿过媒体席,小心地在他旁边坐下来,这样一来他出去的通道也被堵死了。

不过,等他看清楚来人,烟瘾也随之消散,因为来人正是李敏。李敏的丈夫莫同和徐明义是大学校友,比他高一届,两人只是一起打过几次篮球,本来也不怎么熟悉,完全是李敏的缘故,徐明义才高看他,校友会后还坚持走动,一起打打牌。

李敏和徐明义在一个系统,虽属于不同的单位,但隔三岔五地在会议上也能见到。

她是这样一个女人,任何场合都未必最醒目,比她艳的、活泼的、风骚的女人都大有人在,但过一段时间你却发现还是这个温和可人的李敏是真妖艳,不是那种化妆品包装的会一洗就掉的。

徐明义和李敏还有一次特别的经历,也是这段经历让他们较之同事、校友家属又多了层不为人知的默契。那是有一年中秋,两人分别替单位采购月饼,他们在批发市场大门口不期而遇。

徐明义帮李敏找了个月饼商。东西地道,价钱也不贵,关键是徐明义伏到李敏耳朵边悄悄说:"一盒大概可以赚一百左右!"李敏原本就有心想吃回扣,这样一来等于有人直接把钱送到她包里,何乐而不为?徐明义以后也没跟她提这事,而且从事后的迹象上看,他和任何人都没提,包括莫同。

"今天这种时候你也敢迟到?副省长已经讲完了,一会儿就该你们头啦!"

徐明义埋下头,压着喉咙发出恐吓的口吻,其实他只是想同李敏开开玩笑。

"是吧,我家里有事……"

李敏的反应显得有些麻木,这多少不像她的为人。

"怎么,昨晚又扑金花啦?"

李敏很喜欢打牌,而且麻将和金花相比,她似乎更喜欢后者。据说它刺激,不确定因素多,表演的成分大。徐明义认识好几位女性都热爱扑金花,三张牌已经是最简单的道具,却也是最阔大的舞台,唉声叹气也好,不露声色也罢,再或者声东击西,桃代李僵,总之一切手段,肢体语言都是打牌的组成。

"唉,哪有这个心情。"李敏意外地摇头,手指上绕着一堆钥匙串,一把接一把地撸着。

"怎么,吵架啦?"

徐明义想起李敏有过一个成功的案例,曾经用最小的牌赢了最大的牌,对手当时拿着一副 A 豹⋯⋯徐明义想任何人都愿意听这种恭维的。

这时会场却响起一片掌声,原本台上一位领导的发言结束了,上午的会也随即结束。乘大家纷纷从座位上站起来,徐明义对李敏说了句:"你要当心呢,眼圈都是红的。"他说这话绝不是有所指,纯粹是有口无心,其结果呢,他看到李敏马上像闹牙痛,手一伸开把半张脸都捂了起来。

会后有聚餐。但他们一起下楼,徐明义才发现,李敏捂脸不是闹牙痛——她哭了,这一点出乎他意料。顿时,他变得手足无措,A 豹也不敢提了,忙摸出张纸巾给李敏递过去。

李敏说:"我们到外面吃点啥吧,别跟他们吃了。"

"好的好的。"徐明义不敢反对,尽管他的胃早就准备好消化会议伙食,还是顺从了李敏的意思。

那顿饭也成了莫同的声讨会。李敏向徐明义展示了藏在小臂内侧的一块淤青,并说这并不是她身上唯一的。

徐明义看得发呆,半天才想起问"为什么?"

"不为什么,过不下去了。徐哥,你也是有过家的人,你老婆出门时,你会不会掀起她的裙子,检查透不透明? 她稍晚回来一点,就满世界打电话,搞得所有人都知道她不顾家?"

徐明义很惊讶,当然与其说惊讶不如说欢喜。这么说,从前他们两口子过得还像那么回事,全是莫同作秀了,他其实早就看出来了,他才不相信莫同的那些鬼话。

轮到徐明义开口了,他只是泛泛地劝了两句,他离婚时别人劝的话,又被他原封不动地找了出来。那时候他是当事者,麻木不仁,现在呢,他是劝说者,才发觉这些话全言不由衷。什么叫劝合不劝离?离了才叫皆大欢喜!反正,他发现自己听到李敏要分手,惊讶的背后竟是高兴,最初他以为自己在幸灾乐祸,这世上又多了两个倒霉蛋,他为这个高兴。这显然低估了他自己,不过,说到底他又没太当真,以为只是李敏的气话。

又过了两个星期,他听到一位女同事也在说这件事,才相信是真的。徐明义心里一振,不知为何,这个辗转的消息竟比他亲自听来的要真实。忽然,他就觉得有一肚子的话想找个人倾诉,这个人当然最好是李敏,给她一点安慰和鼓励。但他遇到了王则,他告诉王则:"李敏要离婚啦。"

王则是李敏母亲的学生。如果单凭这层关系,或许他也没有理由继续在李敏身边出现。有一次他们去看一个得肺结核的朋友(医院在郊区),用了王则的车,于是他不时地会参加一些他们的聚会。你想一个人如果什么事都不做,还有辆车,大概谁都不会把他忽略的,况且,在女人眼里王则那种慵懒的神情是不是异常迷人也说不定。徐明义倒霉就倒霉在这不期而遇上。

当然,徐明义说的都是虚拟语气,可能,也许,大概——他们就在路上遇到的,然后一起面对面抽了一支烟! 当时王则也没什么表示,徐明义也就没意识到这个消息有多宝贵。一个星期后,他打电话去李敏的办公室,得知李敏病了。犹豫再三,他决定去李敏的父母家看看。

徐明义到楼下才打电话。李敏说:"是吧,我正在下楼,我们正准备出去呢。"

徐明义没有注意李敏电话里说的"我们"。他原地站着,手里提着一袋子水果,芝麻糊,早餐奶,反正一堆不太贵,也不太贱的东西。

他的确用了心,在超市里,花了近一个小时,他不知道就是这种挑挑拣拣的毛病,有人在他前面捷足先登了。

楼道里响着高跟鞋的咯咯声,李敏转了出来。随即在她背后出现的人竟是王则。当时那种尴尬——主要是徐明义,因为他提着东西,倒像偷东西时被人抓了现场。

"要出去? 好了点吧?"徐明义的眼睛只好紧盯李敏。

"给我老爹他们去买台电视,要不你也去和我们去吧?"

"那——"他无奈地将把袋子举了举,这些礼品最终被留在小区的值班室,回来时也好像被忘掉了。

应当说王则把一种还在朦胧中的东西挑明了,他的举动让徐明义明白,他其实也可以这样做,他也有这个权利的! 但无形中他迟到了一步,追上去不仅让人滑稽,还有一种不沉着的印象,而且分明像一个不成功的模仿。因此,徐明义跳出来跳得有些被动。他痛恨这种感觉,也就越觉得王则这个人阴险。

那时候,李敏的离婚还没有成功,还在进行之中,这也是徐明义需要顾忌的。但王则不一样,他是李敏母亲的学生,说起来较他离李敏更近。更何况他还年轻,也就有了直截了当的权利。从这件事上徐明义看出自己一开始犯下了多大的错误,他瞻前顾后,担惊受怕,只希望李敏和莫同脱得干干净净,好让他适时出场,就像球赛的上半场下半场,他把所有的注意力都放到莫同身上了,没想到半道上有人截和。

这或许才是他不情愿的,王则不光年轻,他父母那一辈在整座城市为他组成一个庞大的网络,据说他们的家族有铺面,还有人做了省厅一级的官。这种人徐明义平常懒得去碰,他瞧不起莫同,但王则又瞧不起他,他不得不和一个更年轻的人去比拼,这似乎超出他的能力了。

那天他们抬着一台大彩电上五楼,虽叫了两个卖气力的背兜帮忙,还是费了不少劲,李敏在后面不停地问要不要歇一下。都累得够呛,但徐明义为了抹掉年龄,更准确是体力上的差距,硬是一步没停,结果他回家连拿钥匙开门的力气都没有。

他们最后一次对峙也是在李敏的父母家。不同的是,这一次徐明义抢先到的。后来,他打算问一问李敏,她和莫同离婚办到什么程度,他正在心里斟字酌句,如何才不显得那么不善良,门铃却响了。徐明义心里一颤,最难过的这时候进来的人是莫同。

还好,是王则。进门之后,他们就没有看对方一眼。

那天他们三个人围着李敏的儿子,看他做作业。

"小明的早餐是面包,面包烤一面需要二分钟,烤背面需要一分钟,一只烤炉一次可以烤两片面包,小明烤三块面包最少需要几分钟?"

巧了,这个题目徐明义的儿子也遇到过,正好帮着辅导。他听到王则用一种近乎耳语的声音在描述他同学也就是李敏母亲的学生的一段趣事,然后一起吃吃地笑。过了一会儿,孩子又要完成一项手工,用纸做出一个金字塔。这一次,王则也参加了。两人的进度不分先后,只是王则的个头略大。李敏于是只好问儿子:"你觉得,叔叔的好,还是伯伯的好?"

徐明义听到耳朵里觉得话里有话,他笑了一下,发现王则抿着嘴,嘴角饱含深意地翘起来。

两个星期后的一天李敏告诉他她想去南方散散心。徐明义去定的机票,又找车把李敏送到机场。

过安检前,李敏说:"谢谢你啊,这么多天,真够辛苦你的。来,拥抱一下。"

他听命地和她抱在一起,很用力,当时徐明义沉醉在那股从李敏头上冒出的气味当中,李敏顶在他胸前那对小乳房让如醉如痴。他不知道李敏这是在跟他告别了,间接也把她的决定告诉他。

原来王则已经提前到了广州,两人为了避人耳目,才决定各走各的,结果,一时疏忽他们把身份证一起落在一家酒店,好心、负责任的酒店又把它们寄了回来……

莫同打来的电话。

每天下午五点钟的时候，徐明义的手机都会响一次。莫同的公鸭嗓传过来："我们在'老朋友'……"不等他答应，那边就挂线了。

莫同说的"老朋友"其实就是他们接下来打牌的地点。除了他们俩，最近还有两个老单身投身到这种没头没脑的夜生活，这其中变动最大的就是地点，他们不停地更换地点，有时候就像歌星串场，一晚上要去三个以上的咖啡厅、酒吧。

徐明义也没想到他会和莫同走得那么近，对莫同他一直心怀愧疚的，因为他打过李敏，也就是他前妻的主意，哪怕结果没有得逞，还是让他有些不忍，而从结果看，他被某种不可言说的神秘推到莫同的战壕里，成为某个目标的对立面。当然，都有过程。

有一天夜里，大概快十二点，他接到莫同的电话，当然当时并不知道，所以把他惊诧得挖空心思想找出对方的居心。

"老同学来玩吧……"听上去莫同已经喝了不少，舌头都在嘴里打转儿。"大哥，你就不能心痛心痛兄弟？"这时候电话显然转到一个女人手里，"来吧来吧！"

"你——哪位？"

"哟，听声音就够性感的，来吧来吧。"随即挂断。

徐明义发了半天愣。

那天他到底没去成，因为直到天亮都没人再打来电话，他既不知道喝酒的地点，也不知道跟他说话的女人是谁，莫同的朋友还是夜总会的小姐？莫同会不会没带钱被人扣住？……不过，第二天他们联系了一次,莫同解释了一下当时的状况(的确喝高了),此后他们就开始频繁走动。怪的是,他们的牌友,还有那些小姐都像走马灯,在他们之间来来往往,唯一固定的就是他们俩,两个人真像被什么力量推到一起。

他到"老朋友"的时候,莫同已经占了个靠窗背门的位置,正歪着脑袋看街景。

"都先喝上了?"桌上放着一扎啤酒。

"我只是漱漱口——哟,盖章了? 谁给你盖的?"莫同指了指他的下巴。

"妈的,就你眼睛好,看不出来啊,刮胡子刮的?"

徐明义假装生气的样子让莫同很高兴,所有的皱纹能翻的全翻了出来:"刘奔走了?"

"是啊,他说你不去送他,他以后也不会理你啦!"

"哎,我不是不方便嘛。"

"有什么不方便的?"

徐明义明知故问,这其实是莫同的老毛病,凡李敏可能出现的场合,他都不愿意去。但他不知道昨晚李敏也没去成,徐明义不打算说得这么清楚。他转去问为什么老七还有伟章——他们近期的两个牌友——没来,莫同果然不再追问,说快了,全在路上了。正这么问,弹簧门开了,两位新搭档不约而同从外面进来。看上去就像同路,其实却不是一回事。

伟章说:"我倒想一起,人家未必愿意。"再看看跟在后面的老七,就明白怎么回事了。莫同惊叫着说，别是他把网友也带了吧？

老七身后跟着个女的，浓妆艳抹的。伟章说这家伙肯定不喜欢人家才把她带过来的。

女孩紧跟着老七，小眼睛大鼻子，果然丑得厉害。这种场面可能老七没交代过，让她很意外。不过遇到点惊奇对她显然是好事，至少眼睛大了些，也像那么回事。但等她坐下，还是惹得一阵骚动，虽然女孩长相不佳，但毕竟年轻，扭扭捏捏的样子也蛮动人。老七一本正经地给她做介绍，"徐哥，伟哥，这是莫哥——"

"什么莫哥——叫叔叔，叫叔叔。"

"老七，你好下得了手。"

"来，小妹，坐我这儿来，这些家伙都不是好东西！"

小女孩倒沉得住气，刚开始还云里雾里，只待一会儿，就把每个人的脾气全吃透了。"打牌有什么意思？大叔，我要是你，我情愿在家里待着——我才不想打牌——要不，我们去 JJ 蹦迪！"

一席话让几个老男人头顶能站的头发全站了起来。莫同岁数最大，首先反对，说："跳舞有什么意思？一进门头就要像当头被打一懵棒！"折中的办法是他们放弃打牌，小华也不去什么迪厅，大家找一桩都愿望都不会反感的事，而这种事大概也就剩下去 KTV 唱歌了。

这是个年轻的晚上。大家轮番表演歌声，这种地方也有些日子没来了，现在要是没个理由谁还跑出来唱歌？不过，这样一来上 KTV 反而有了新鲜感。徐明义说："莫哥当年可是男高音，帕瓦罗蒂十一世。"莫同摆手，说："老了老了，能唱准音就不错了。"小华问："你会唱《菊花台》吗?"

除了独唱,他们主要就是和小华对唱,等他们选歌时才发觉要和小华对在一起也并不容易,尤其像莫同、徐明义,童安格之后就没再学过什么歌,所以唱来唱去无非是《明天你是否依然爱我》《一无所有》。莫同本身喜欢出风头的,拼了命才找到一首小华也会的《童年》。唱完一副成就斐然的样子。

徐明义唱了一首《我是一只小小鸟》,这首歌难度很高,但唱完却不讨好。莫同说:"你怎么把隐私也暴露了?"结果还没等徐明义问,小华在那儿已经心领神会地笑了。

徐明义看出他有出风头的意思,便想恶心他,故意问:"是不是对小姑娘有意思? 我去帮你问问老七,让他让给你?"

果然,莫同一副受到污辱的样子:"哼,就她,可能吗?"幸亏小华已经开始唱歌了,没听到。

那天他们一共叫了两件啤酒,五瓶红酒,结果啤酒喝了一件,红酒喝个精光。莫同看唱歌没他什么事,就倡议斗酒。哪知就这个平时的长项也撞到人家枪口上了,那个叫小华的姑娘酒量好得惊人,丝毫不怯场,所谓的高来高接,低来低挡,"莫大哥,要不我们来个双杯吧?"

莫同知道被人架住了,也不好退让。有人提议他们喝交杯酒。

"交杯就交杯!"

于是两人兴致勃勃,各自抬两只杯子在手上,再把手臂蛇一样缠绕到一起,这么一来,再低头够酒杯就必须扭成一个动人的姿势。徐明义也是第一次看到这么复杂的喝酒方式,兴奋得直拍桌子。忽然间他脑子里就翻出一个念头,他问小华:"老莫的掌心冷的还是热的?"

"热的啊!"小华摸完了说,并问:"为什么?"她自然不清楚这中间的差别。

徐明义也不清楚,说:"你问老莫啊,老莫你告诉她。"

莫同有些不行了,眼睛也睁不开,"哎"了一声才解释:"这还不简单,冷的就是冷血动物呗,我肯定血热得要命……"

这会不会是答案?徐明义也无法确定,也可能莫和李的答案原本就不一样,否则他们为什么要分手?

他们十二点才散。通常是轮流结账,这一天本来轮到老七,但他和伟章领着小华早走了,莫同喝得有些人事不省,只好由徐明义掏钱,看账单的时候徐明义的眼睛都绿了,所幸的是他一直担心不够,没想到钱包还是给他面子。

徐明义原本想让莫同自己回去,他自己第二天有事,便问莫同行不行?

莫同摆手,说:"行、行,你走吧!"然后一头扎在路边的花坛上。徐明义忙去扯他,莫同说:"拉什么,我想解个手。"

徐明义看他成了这副德性,只好咬牙替他拦车,这个点空车倒很多,徐明义一伸手就停了两辆,他把莫同塞到后座,自己跟着也钻了进去。原打算把莫同丢在他们家楼下,如果路上有背兜,给别人五块钱让他把莫同背上楼。但一到莫同那个院子,徐明义一看黑灯瞎火的,哪有什么背兜?这世上也没哪个傻瓜守在这儿等他们,只有我当这个苦力了,得,省五块钱吧。但莫同家在七楼,爬上去,不光要向上的力,还得纠正莫同的地心引力,以及他东倒西歪莫名其妙的力量,所以,一通楼爬下来,徐明义觉得这活不是省了五块,而是赚了一百块不止。

徐明义已经有两三年没上这里来了。

头几年莫同刚成家,也是他们两家走动最频繁的时候,那时莫同刚娶了个漂亮老婆,还有些显摆的意思,加上他也好热闹,常在周末在家里弄个饭局加赌局。那时候,莫同还兼了份职,替人画画图纸,赚些小钱。别小看这几个小钱,硬就让李敏把别的同学太太全比了下去。几乎所有的女人都认为李敏的漂亮是因为她会穿着,而会穿着是因为有个能赚钱的老公,这给当时还在做别人老公的徐明义带来不小的压力。莫同还把家里刷成粉红色,柜子也是一种离经叛道的银灰色。李敏和他互相讥讽对方的欣赏水平,不过听到旁人耳朵里,又成了一种显摆。当然,那是他们还好的时候。

让徐明义吃惊的是,那几间屋子,颜色虽然还是那种让人不安的粉红色,但屋子却像遭到打劫,甚至更糟糕,像搬家公司刚搬完家:客厅里就剩下两张椅子,中间则是一张办公桌,也像哪个单位淘汰下来的。

莫同一进家门酒仿佛一下子全醒了,问徐明义喝不喝水,自己却跑到卫生间去小解。出去再要给徐明义倒水,徐明义嫌他没洗手,忙说不要。这时候他才注意到顺着客厅墙根还有个衣柜,衣柜旁是一排空啤酒瓶。

"你这是怎么了,让人打劫了?"

莫同却不理会,说:"我这儿可是顶级铁观音,我的一个老关系给的,不喝白不喝。"说完只顾上厨房。徐明义看他这么固执,也就不再拦。

"这酒喝得——连尿都是股酒味!"莫同拎着一只玻璃瓶重新回来,他的步态倒看不出醉意了,但话里却透着酒气。怎么泡茶却又扯上尿?徐明义皱了皱眉。

莫同把一只玻璃瓶往桌上一顿,说:"你还没回答我!"

"什么?"

"前面我问你——他们去送刘奔没有?"

徐明义摇了摇头,他知道这个他们其实指的是王则。

莫同叹了口气,说:"早知道这样就去了,刘奔的孩子怎么说也叫过我干爹的……"

"你怎么——又喝上了?"徐明义发现莫同刚顿在桌上的不是茶,还是酒,一瓶烧菜用的黄酒。

"醒一醒,没酒了,这是料酒——你也来点吧?还是几年前李敏买的,有一回大减价,她一口气买了十多瓶……"

"我算了吧,你这儿怎么了,出什么事?"徐明义指了指空荡荡的房间,这里他第二次问。

"怎么,不好吗?"

"你自己搞的？我还以为出了什么事？"

"能出什么事，都这样了……"莫同嘿嘿一笑，又把皱纹全翻出来，突然间他诡秘地把头伸过来，声音也压低，味道却更浓了："有一天，我心里一烦，全把它们堆到了隔壁，结果，我刚一顺完，就发觉天全亮了！"

莫同说到这儿发出几声干笑，好像天亮是件很滑稽的事。

徐明义很吃惊，因为他前面猜想的是莫同把这些烦人的家具卖了，再不就是劈成柴，一把火烧光，没想到，这家伙再心烦，也只是把它们锁起来。徐明义一直有些同情莫同的，倒不是丢了个老婆，而是快一年了，这家伙愣没从这件事情中走出来。莫同家是二室一厅，这么说，那把上锁的房间里堆着他们用了十五年的旧家具。

"老莫是情种啊！"徐明义这句话说得很感叹，颇有些肺腑之言的意思。"你打算怎么办？以后经常进去，像哪部小说里写的，坐在里面追忆往事？"

莫同喝了口料酒，他不说话了。也不知道是累了，还是不想说，这么沉默了一会儿，才放下酒瓶，两眼直勾勾地盯着天花板，说："她结婚前我还打过一个电话，问她要不要这些家具，要的话，我就送给她，结果……"

莫同停下来，徐明义知道不用问，结果也该是拒绝，于是很同情地看着他。

"其实她误会我了，她这样一个人，我怎么会去伤害，我只是想让她省点事——她过好了，我能不高兴吗？我们都会替她高兴的，是吧？……"

徐明义一怔，他忽然意识到，莫同应当没醉。而且，有一段他以为莫同不知道他追过李敏，做丈夫的通常都会蒙在鼓里，作为这世上最糊涂最不省人事的那一个——现在看来误会的是他。莫同什么事都知道的——是啊，就像喝醉酒，他坐在从前那些家具堆里，也该摸索出点门道来了，当然他想得更多是李敏，是王则，真正击败他的是他们！

"别发呆了，干脆陪我再喝点吧，都过去了，我不会有事的……"

莫同把他面前的茶水泼掉，又把酒瓶里沾了他口水的料酒倒了进去，再推回来。

看情形这酒他还非喝不可，徐明义有些犹豫，前面莫同没有嫌弃他，他就该投桃报李。只是，他这一天似乎明白了一个道理，过去他把自己的失败全归结到王则身上，但王则没将他放在眼里，莫同同样也没把他放在眼里。

他们都没把他当回事！徐明义窘得只想变成那杯料酒，然后被自己喝下去。

靠　近

　　学校里的人都说钱贵平怪,是个怪人,至少表面上不是这么回事儿,钱贵平既不缺鼻子也不少眼睛,相貌平平却十分正常,第一眼看上去比他怪的大有人在,可连他们也说钱贵平是怪人,要同他区别开来。

　　证实这个说法最好的办法当然是进入钱贵平的世界,这远比想象的要容易,钱贵平的世界原本就像一只开放的猪笼草,只要你像一只苍蝇那样有一点不小心,一小点盲目就成了,当然你要出来也会像那只苍蝇那样不容易。这是我事后的印象。

　　那是1989年,用时髦话说,是上个世纪的事情了。当时我刚刚毕业,刚分到这所中学教地理,学校没有多余的宿舍,便把配电室连着整幢教学楼都交给我。最初当然是意外,因为总有些不长心眼的小偷摸进来偷东西,所以有那么几个晚上我们都在为捉小偷忙碌着,对平淡的生活来说,抓小偷当然是很好的调剂,所以很兴奋。

　　这是其中的一个晚上。

照例我们挨着楼层一间教室顺着一间教室把灯全部打开，没开灯的教室越来越少，也意味着小偷藏身的空间也越来越小，就要到水落石出的时候了。不过这一次的小偷却不愿意这么简单就束手就擒，最后他被我们逼到三楼的电教室里，拉着扇窗户，把半个身子都吊在窗外，电工带来的那匹大狼狗可不吃这一套，它朝窗台一扑就把他扑了下去。小偷发出一声惨叫随即从我们眼前消失，接着是"扑通"一记落地声，当然他没有死，小偷要死也不容易，他只是断了一条腿，在一楼那块煤渣地来回地打滚呻吟。事情到这儿性质发生了一点变化，也就是说在我们送他去派出所前得先送他去医院。两个工人不知从哪儿找来只破竹筐，然后把小偷装进去，连拖带拽地朝医院方向走。他们可一点都不同情他，小偷哼的声音略大，他们就气汹汹地骂起来。

那天去医院的除了我、那两个工人外，还有我们学校的一个副校长和总务处长。这时候大概快夜里12点，医院的急诊室是唯一热闹的地方，因为撞车断了腿的、醉酒杀了人的多半总要这时候送进来，大门像个无底洞那样迎候着这些客人们。两个工人已经累得筋疲力尽，他们吭哧吭哧用尽全身最后一点气力把那个负了伤的小偷拖进走道右侧的外科诊室，跟着他们的自然是忧心忡忡的副校长、总务处长，其次是我。奇怪的是在拐角那儿，副校长和他身后的总务处长都不约而同地来了个90度的急转弯。这个多余的动作令人生疑，对他们的年龄来说自然显得生硬而滑稽，尤其第二个也就是我们的总务处长，已经一头白发了，他就像在模仿走在前面的副校长，做这个动作让他一下子变成一个笨拙又顽皮的孩子。

　　当然轮到我时，我就明白了，因为就在对着大门的那间病房里我看到了钱贵平，我没有选择急转弯而是走进去。现在，我当然知道这是因为我没有经验，也就是没有成见，我才会比关心一个断腿的小偷更关心钱贵平。

　　钱贵平当时就冲着门口站着，脸色惨白，手里拿着一只巨型的白瓷杯，里面是一种蓝阴阴的药水，药水的波纹印在他的眼镜片上。床上躺的是他的老婆蒋文丽。我见过钱贵平，学校就这么大，不可能没见过，所以一进门我就认出来了，可能我出现时脸上的表情是你们怎么在这儿？但对钱贵平来说这是无须解答的问题，看到我他就像看到了救星一样，说："小谢，来，来你帮我抓住她的手。"就像我是为了帮他抓手才走进来。

　　凭着那点粗浅的医学知识，我也猜到这是在替蒋文丽灌肠。我要抓的就是蒋文丽的手，蒋文丽也让我抓她的手，她把手软软地放在我的掌心，同时她却在床上扳起来，说："我不喝了，我不喝了，太难喝啦！"那张被日光灯印得发灰的脸左右躲闪着那个不断靠近的白瓷杯，最后被逼无奈，她才喝了一口。蒋文丽商量着说："就一口噢，就一口！"钱贵平却咧着嘴狠狠灌她一大口，药水从蒋文丽的嘴里溢了出来，她被呛住了，开始剧烈地咳嗽。

　　"再来一口！"这一次蒋文丽开始坚决抵制，连我也揪不住她了。

　　钱贵平走到一只蓝色的塑料桶前，用一根树枝拨着里面的秽物，"53、54、55……"，他数了两遍，还是只数出55枚药片，于是狠狠心又提着药水上来了。

"我不喝,我不喝啦!"蒋文丽又开始闪避,这一次听得出她是坚决的,她甚至不让我再抓她的手臂,卷起身来准备来个彻底的反抗,"平时我都要吃十多颗才睡得着。"

钱贵平能做的只是重新蹲到塑料桶前去数药片,我听到的仍然是55。这时候蒋文丽用手巾抹了抹嘴,她看着我说:"你就是谢顶吧,我看你头发蛮多的,为什么他们都叫你谢顶?"没人回答她,我是不知道怎么答复才好。我看着钱贵平,他茫然地举着那个瓷杯在塑料桶和病床之间徘徊着,无计可施,又欲罢不能。

这件事怎么收场的我就不知道了,那天我一定是先回去了,所以我不知道蒋文丽是否吐出那些药片,还是她的确对安眠药迟钝,并不需要把它们全吐出来。几天后我又见到了活着的蒋文丽,所以我想她是应当抢救回来了。可能这个原因,从此钱贵平就和我成了好朋友,有事没事他都爱去我那间配电室里坐一坐,课间10分钟去抽支烟,再闲聊几句。两个不太熟的人变成朋友理由很多,最初我还认为是因为看到了别人不该看到的秘密,钱贵平为了这个秘密来跟我发展友谊,但后来我发现钱贵平却似乎对这件事并不忌讳,我不止一次听到他当着我的面"教育"小蒋:"如果她再这样,我肯定不管了。"小蒋则软软地反击:"你不那样,我会这样。"他们"好"的时候常常在我面前吵这种"媒子架",也就是假的,专门吵给别人看的意思,这时候我会想,他们怎么会成为一家人的?两个人这么相像,都叽叽歪歪的,还能走到一起?

关于他们的事我后来多多少少听到了些,一旦什么事情上了心,总会有一些转弯抹角的信息流到你耳朵里,有一次一位知道他们底细的老师这么谈到钱贵平,她说钱贵平就是太老实,也不管蒋文丽是怎么回事就跟她好上了,后来想甩都甩不掉。她似乎在暗示蒋文丽不干净,他们的孩子也长得不像钱贵平,他们的婚姻完全是因为蒋文丽耍赖的结果。蒋文丽又不上班,长期在家泡病假,靠钱贵平那点工资,他们自然免不了要争吵。我记得最后这位老师似乎还让我少跟钱贵平来往,免得麻烦,这句话显然我没听进去,当时我23岁,哪是怕麻烦的年龄,我只是需要友谊,友谊再多也不嫌多,况且钱贵平还说过一句话,他说:"我们就算了,小谢真不该来教这个书!"我是真被这句话感动过的,这么多人,我父母,兄弟包括王岚都没说过的话让钱贵平给说了,虽然我也不知道自己该干什么,但至少不该来这个该死的学校,把时间都消耗在一帮没心没肺的小兔崽子身上,为了这一点我也该对钱贵平另眼相待吧?

那时候王岚还是我的女友,她一个星期来看我一次,一起吃顿饭,等我刷完碗筷再一起看场电影。我们原来是同学,现在她是一家银行的秘书,而我则是一所中学的地理教员,我们关系中自然隐藏着危机。钱贵平和蒋文丽都不怎么喜欢王岚,他们认为她对我不够好,既然是谈朋友,何必把自己弄得假模假样的,他们是替我气不过。有一次蒋文丽就不客气地对王岚说:"你应该帮他收拾一下,你看他这儿这么乱。"结果王岚没动,倒是小蒋帮我把一张方桌上的书重新归拢起来,再把堆在地上的垃圾撮到垃圾箱里。小蒋似乎在用行动告诉王岚应该怎么做,应该怎么对待自己的男人。我担心王岚会生气,所以小蒋做这些事情时我一直都在拦阻她。果然,等他们离开后,王岚低低地骂了一句"变态!"我以为说的是钱贵平他们,结果错了,王岚在说我,她说我跟两个人加起来快80岁的大男人大女人混在一起真变态!

王岚说的没错,是变态,如果你是中学地理老师,一个月拿70块钱,你的女朋友只会和你拉拉手,不让你碰她,你就肯定会变态的!那时候我和王岚交往两年了,我们却还停留在接吻时不把嘴巴弄潮湿的程度。那一天我多么希望她能留下,哪怕不接吻,不拉手,只是静静地陪着我。我都要准备出卖朋友了,只要王岚肯留下,我可以保证今后再也不理钱贵平他们。但王岚不会在乎的,她也不会管接下来的一星期我会怎么过,她离开了我会多难过、孤单,这些全部加起来也抵不上她受的委屈。

那一段真是我这辈子最低潮的时期,无聊,因为没有性,也没有钱,而爱呢,又是岌岌可危的。每天上完课吃完饭,除了看电影只能在录像厅里打发时间,在录像厅我最担心就是遇上我的学生,别处他可能不喊,但录像厅里没准他劲头上来了,一鞠躬,再喊声老师好——那天王岚用她短风衣把她两瓣圆滚滚的小屁股一裹就气冲冲地出门了,我送她到家门口(自然是不能够上去的),然后一个人恹恹地走回来。在离学校不远的地方新开了一家五金店,重要的是里面坐着一个奇丑无比的姑娘,后来我发现她不光丑,而且五官和胸部都极大,脸上该描该抹的地方一样不少。当时正有几个人替她的店里下货,她坐在柜台后面,仰着脸,胸部杵在玻璃柜上,然后毫无心机地看着他们。后来我发现这几乎是她的标准姿势和神态,因为五金店并不是时时有生意,所以她也几乎不怎么动,最多在门边散散步,看几个老头下象棋,也是这么背着手,挺着胸,像一个退休老干那样坦然、无辜。

有一段时间我几乎每天都要借故从她的门面前经过,目的就是看看她的样子,我不知道究竟什么原因会让这个形象这么吸引我,甚至我还会有些兴奋,就像即将到来的是一个令人高兴的目标,而且每次我都会加深从前的印象,她的确丑,真丑,而且丑得那么让人伤心。我想我是被她迷住了。

下一个星期六,我带着王岚去参观这个重大发现,我们故意去看电灯看水管,还问了钉子、螺丝的价钱,眼睛当然一刻不停地盯着那张脸。后来我们终于兴味盎然地走出来,王岚同意我的看法,也认为极丑,末了,她忽然笑着摇起头来,自言自语地说:"悲剧啊,悲剧!"我不知道她指的是什么,反正左一个变态,右一个悲剧是她随时随地的口头禅。

自然悲剧发生了。两个月后我收到了王岚的绝交信,又过了那个漫长的假期,我收到了她的结婚请柬。现在我当然不想再否认这次分手对我的打击,当时我已经做得够漂亮了,不光西装革履地出席了庆典,还送去了我两个月的工资。但回来后,我就发觉不行了,我已经忍到了极限,已经无法从那种遭到遗弃的情绪中解脱出来,我开始变得自怨自艾,破罐子破摔。

那几个月我不洗澡，不刮胡子，不剪头发，上课时我卷着裤腿就像老农民进庄稼地那样进了教室，而学生们稍稍有些吵闹我就停下来，我不讲课了，我让他们上自习。这本来是钱贵平教我应付学生的方法，但我却做得变本加厉，这时候我才发觉自己已经变得毫无耐心，对任何不如意都失去了承受力。学校已经注意到这一点，校长亲自找我谈话，结果毫无作用，对此他们也毫无办法。学校已经连续两年没来新老师了，而且来一个走一个，没有走的就得去参加女朋友的婚礼。

我很想离开学校，离得远远的，一走了之，去广州、海南、深圳，任何一个地方都会比我此刻的处境好。那是 1990 年，各种关于特区的传闻充斥在我们的生活里，但那几乎都是会计师、建筑师、计算机专家、企业家的神话，惟独没有地理教员，特区似乎不需要地理教员，不过也对，那是连王岚都不需要的东西，我猜想正是这种自暴自弃的想法让我最终留了下来。

冬天来了。我们的城市也随之进入一个沉闷的时间，长达数月的阴雨天气，寒冷潮湿，而即使不下雨，低垂的黑云也似乎总能找到你，并在你的头顶上悬浮着，让人觉得压抑、绝望，我不知道就在这样的氛围中，我身边的一场战争（或者叫战争的游戏）正在悄然地地衍化、升级，无情的战火就要将我席卷进去，把我那点残存的留下来继续做地理教员的想法统统烧个精光。当然这也可以看成是个巧合，时间上的巧合，说到底对这场战争来说我只是个旁观者。

你应该猜到了，我说的就是钱贵平和蒋文丽，我已经有段时间没见到他们了，这说明他们很"好"，过得不错。有一次我在钱贵平家房门上看到一块写着"机织毛衣"的牌子，这就是说钱贵平或者蒋文丽开始做生意了，问题是这是学校，满打满算也就百十来户人家，况且又都是熟人，谁又会上门去机织毛衣呢，所以不久牌子摘掉了，接着我听到了蒋文丽去某个商场替别人看柜台的消息。

那是12月的一个晚上，我记得很清楚，那一天很冷，从录像厅出来后已经快12点钟了（看完录像后，我又在夜市上吃了碗面）。校园里一片漆黑，也很安静。当时我吹着口哨，边用僵硬的手指摸出钥匙准备开教学楼的大门，钥匙串发出哗哗的响动，很清亮地在球场上回荡着。这一点我也记得很清楚。就在这时，大门边的最黑暗的地方突然间分离出一个黑影，黑影慢慢地长高长大，慢慢地变成一个人。如果是一只猫，一只狗，我都不会这么惊奇了，但那是一个人，凭空钻出一个人来，我被狠狠地吓了一跳。

黑影还在移动，"它"的头朝我这边延伸过来，就在我忍受的极限到来之前，黑影终于开口说话："是小谢吧？"原来是蒋文丽！她的脸还在朝这边延伸，还在无限地靠近，我已经可以看清那张打着粉底的白脸了。

我后退了一步，从鼻腔里重重地咦了一声表示不满，接着我说："你在搞什么，吓了我一跳！"但我随即想起这是蒋文丽，对蒋文丽来说，这些都毫无用处。我有一种不祥的预感。

果然，蒋文丽说："小谢，你能不能帮我去看看钱贵平，他刚刚差点要勒死我，吓死我了，我真怕他出什么事。"

我故意打了个呵欠，说："累死了。"我知道这没用，但还是把情绪都做出来。我想起明天的课程，第一节就是我的课，如果睡晚了起不来，肯定又会有一个漂亮的小女孩被打发来敲我的房门，最近他们就用这一招来对付我，他们觉得这样一来我顿时就会无地自容了。不过，即使这样我也要去钱贵平家看看吧，他是我的朋友，而且很可能快要死了，我只是希望他们不要闹得太厉害，太出格了，连我的睡眠都被剥夺掉。

我把钥匙重新挂回腰上，然后朝钱贵平家走去。我走得大步流星，目的就是不想让蒋文丽那么轻易地跟上我，不想让她那么顺心如意，果然蒋文丽在我身后深一脚浅一脚地走着，走得气喘吁吁，通往家属区的那条小路没有路灯，她要追上我的确很费劲。这时候我注意到蒋文丽身上大概只有一件薄毛衣，所以她那两只打哆嗦的手一直交叉着抱在肩上，更走得摇来晃去的。

我问蒋文丽："又怎么了，怎么回事？"蒋文丽哼哼叽叽地说："还不是他，你又不是不知道他，神经兮兮的。"这种话听了只会让人糊涂，我猜倒不是蒋文丽存心不说实话，有些人的确是这样，永远都不清楚自己在干什么。

家属区在学校的最深处，这边似乎更安静，也更黑暗。都睡熟了，连我脚底踢到几枚石子都听得很清楚。钱贵平家住的是老楼，就在水池边那一间，我正想敲门，一伸手才发现门根本就开着，门"吱"地一声开了。蒋文丽靠在门框上，伸手在墙上找灯绳，她一把没抓到，就开始咦咦啊啊地叫起来，我赶紧把这个倒霉女人推开，也伸手在同样的位置摸了几下，还好，灯绳只是挂在一颗铁钉上改变了方向，我深吸了口气就把灯打开了。

泛蓝的日光灯下什么也没有，一切正常，只有桌子边的地上不知什么原因倒扣着一只塑料烟灰缸，烟蒂像水花一样朝四处溅开，这也是唯一让人起疑心的地方。里屋的门同样虚掩着蒋文丽不敢进去，她只会跟在我身后探探头，又是我深吸一口气后把那道门踢开来，还好，里面虽然混乱，床上堆满了被卷和倒腾的衣物，却没有钱贵平，也看不出他藏在哪个柜子里的迹象。最后我连厨房也去看了一遍，里面也还是厨房，没有成为我想象中的凶案现场。我松了口气，一下子变得很高兴，路中间倒着的一张小圆凳被我一脚踢开，接着我又把掉在地上的几件衣物拣起来，丢回床上，我注意到那是两件镂花女式内衣，应该是蒋文丽的。

蒋文丽抱着双肩站在床头，她的样子就像在冥思苦想，现在钱贵平的下落当然是个疑问，所以蒋文丽才会问："他会去哪儿呢？这么晚了，他会去哪儿？"说完她就满怀期望地看着我。我警觉起来，我害怕蒋文丽一高兴又要我陪她满世界去找什么钱贵平，

所以趁她那些想法还没成形，我抢先说："算了吧，你也别管他了，今晚你也别在这儿住了，你看看要不先哪儿躲一躲？"这句话我不说，我猜蒋文丽这辈子也不会想起来。它就像一句指令，一个命令，所以我说完，蒋文丽就开窍了，她终于知道怎么打发接下来的时间，蒋文丽说可以去她妹妹那儿住一晚上。

说完她就开始急匆匆地收拾东西，蒋文丽找来一个纸袋，把一些

乱七八糟,很可能是无用的东西统统装进去。

那天我真乐观地以为就要这么结束了,我就要回去睡觉了,我做了一回好人,所以干脆好人做到底,我把走投无路的蒋文丽带到大街上,准备亲手替她拦辆出租车。那真是个倒霉的晚上,平时到处是空出租车的大街上空空荡荡,足足 20 分钟,我们都没有看到一辆空车,所以那段时间我一直在冲着蒋文丽说一种叫做好离好散的道理,那情景真像是在上课,课已经讲完了,口水也说干了,但就是听不到下课铃。

终于一辆空车经过我们身边,就在我伸手拦车时,蒋文丽忽然拉拉我的衣袖,她指了指对面,示意我说:"钱贵平。"我仔细看了看,果然在马路对面的一棵树干后仿佛站着一个人影,蒋文丽当然没理由认错。我冲过去,那时候我应当是满腔愤怒,一想起被他们合伙谋杀的睡眠和明天的课,我就气不打一处来。

是钱贵平,他靠在一棵树上,手里面也提着一个提包,他应当看见我的,看见我满脸杀气、理直气壮地冲过来,但他却盯着对面,眼光柔软和顺地看着学校那幢已经渐渐清晰的教学楼。

"钱贵平你要干什么?你知不知道我们找你一晚上,你不好好过日子还要杀老婆你这种人也配当老师?也配活在世上?"应当是我让自己停下来,因为就在我滔滔不绝发泄愤怒的过程中,钱贵平的脸色根本没有变更,他的小眼睛一直在镜片后面一眨一眨,他的眼睛压根就没有离开过教学楼,也就是说他压根就没有看过我一眼。他就这么无愧于心?这么一想我的怒气自然消失了。他在想什么呢?这个杀妻未遂犯,我该拿他怎么办?

此时我仍然觉得自己有责任,这该死的责任感,如果是把鼻涕你可以糊在墙上,但钱贵平和蒋文丽你真不知道该怎么办才好,我想起校长,副校长,保卫,的确他们都应该比我更有理由负起责任,但现在他们却睡在床上,夜已经很深了,他们却可以像猪一样熟睡。最后我脑子里一闪念,想起了派出所,我对钱贵平说:"走吧,上派出所吧!"他应该反抗的,理论上他至少应当抵制,但钱贵平同意了,他无动于衷,面不改色心不跳,就是同意的意思。

我没想到,你大概也不会想到钱贵平会这样出现在派出所,他甚至抢在我前面,目的也是为了表明他虽然杀妻未遂,却有自投罗网的勇气。当时钱贵平把两只手腕一靠,就冲着派出所那两个警察过去了:"我是来投案自首的!"神情大义凛然。

那一天真是个太平的夜晚,没有小偷没有抢劫也没有强奸,只有杀妻未遂,但这时候好人和坏人都必须坐在炉火边那条长椅上。为了澄清,我自我介绍和钱贵平一个学校的,专门送他过来。

这也是我第一次进派出所,所以钱贵平没有被马上送进小黑屋的确有些出乎我的意料,两个警察显然也没把这当回事儿,慢条斯理地继续他们的事,小的那个打开我们面前的炉子,趁我和钱贵平一闪身,把一铁锹煤块送进炉膛里。老的那个终于喝够了茶,过来拿起钱贵平的提包,他打开来,从里面抽出一条绳子,他看看钱贵平,又看看我说:"这是准备逃跑吧,杀了老婆,再逃走?"钱贵平仍然眨着他的小眼睛,就像他刚才看教学楼,不置可否,老警察从提包里拿出的东西越来越多,内衣裤,一件外衣,一条长裤,还有一本英汉词典,逃跑的说法越来越像真的。

这时候进来一个年岁更大的警察,从他们的态度和称呼上我知道是这个派出所的所长。所长进门后扫了我们一眼开始洗手,洗完手才问怎么回事,老的那个介绍:"这个要杀老婆。"所长点点头,说:"那个呢?"他的头朝我一点,我的介绍和那个老警察一样快:"我(他)是他(杀妻犯)的同事,送他来的。"所长又点点头,点完头后说:"上午不是来过吗?"

原来钱贵平他们已经闹过一次,因为闹得过火,学校才把他们送到派出所来解决。蒋文丽甚至在派出所还一头撞进一台风扇里,幸亏当时停电,否则后果不堪设想。我注意到屋角果然有台立式电扇,因为早不是夏天了上面落满了灰尘,会不会就是这台?只是这时候插头已经被拔下来。"你们这些老师啊——"所长大概是要去休息了,临走时他感叹了一句,他是看着我摇着头说这句话的,他应该知道这一来打击面就太大了,但他并没有改口的意思。老的那个忽然问:"你家婆娘是搞哪样的,偷人啦?"他的问话实在像闲聊,而不是审讯,所以钱贵平身体扭了两扭,喉咙哼哼啊啊地却没有回答,眼光仍旧是迷离的。年轻的那个还在玩炉钩,不时地把炉盖掀开,让里面带蓝焰的火苗蹿出来,这时候他对那个老的警察说:"他还是我们的老师呢。"

他当然是钱贵平老师了。

"真的? 你也是我们学校毕业的,哪一届的,那我们是校友啦!"

我的兴趣上来了,这也是这一晚上我唯一高兴的时候。我注意到钱贵平老师的身体又扭了两扭,他应当也认出来了吧,他的学生正坐在他的对面,而他刚刚还杀妻未遂。钱贵平的眼睛不再是迷离的了,他的脸上第一次有了些愧色,这对他的学生们来说未必是什么秘密,老师经常自杀,经常吃药,经常玩杀妻游戏——这样的人现在就站在他们面前的讲台上。钱贵平的头已经埋了下去,他似乎陷入一种深深的自责中,这让他显得无助而又可怜。我甚至觉得自己已经在可怜他了,但我不准备这么做。后来我发现自己正在不停地和小警察套关系,我准备请他去作客,请他回学校去玩,但结果证明这是没用的,我还是无法把他的老师留下来,送进小黑屋里,就因为他只是杀妻,但未遂。大概四点钟的时候终于送来一个小偷,一个真正的小偷,我们离开的时间也就到了。

我一直沉浸在一种一事无成的情绪里,瞎折腾白忙活了一夜似乎还站在原地,什么问题都没有解决,而我也累了,极度地厌倦。出门时我才发觉蒋文丽从墙边站起来,她硬是在那儿乖乖地蹲了两个小时,而这时天色已现晨曦,他们也才像两个玩累的孩子一样,跟着我,一左一右,一前一后地回家。到校门口时,蒋文丽又追上来,她问我能不能把钱贵平带到我那儿,因为她害怕。"你害怕什么?"我没等她说完就发起火来,我知道这时候只要稍稍一犹豫,连钱贵平也会同意跟着我回去。所以我说:"你进去后,把里屋的门锁好,谁喊都不要开!"

你们自己玩吧,两个人加起来都快80了,为什么还要我这个小兄弟来替你们负责任？当然，如果那天晚上，他们中任何一个死去，我仍然会内疚的。所以第二天一早，下了第一节课我就赶紧去传达室探听消息，结果没事，他们中间谁也没有死，这也证明了那句话，死其实也并不容易。出事是第三天晚上，蒋文丽割腕，听说当时钱贵平用一床毯子把她包好了送往医院。知道底细的人都说，下一个应该轮到钱贵平了。

我说过这是上个世纪发生的事情，1990 年冬天，就要到 1991 年了，1991 年元旦，市里搞了一次歌咏比赛，我们学校那个造反派出身、热爱群众运动的校长非常看重这次比赛，他的理想是我们学校虽然是个后进单位，但我们的教职工生活却照样可以生龙活虎，比先进的还要先进。离比赛还有半个月我们就进入了倒计时状态，每天下午练歌一小时，另外为了保证演出质量，校长还专门跑到歌舞剧院为我们每人租来了一套礼服。

彩排那天我们才知道原来礼服是男生一套白色的西服，女生则是一条紫红红的连衣裙。千万不要小看这身衣服，人靠衣服马靠鞍，穿上这身礼服后，果然就产生了不一样的效果，那些徐娘半老的女老师，腰身虽然早已消失，但胸脯照样可以挺起来，这一变化同样让那些上了年纪的男教师心里发潮，他们的青春同样也回来了，他们的脸也开始幸福地红润，腰板也挺得笔直。所以我们的歌声与没换衣服时相比就是不同，饱满、有力，当然校长也体会到了，但他为了让我们不骄傲，还是说情绪应该更饱满一点的，更自豪一点的。

你可能不相信我们激昂的旋律竟招致漫天飞雪。下雪了，这是这个冬天的第一场大雪，我们这座城市已经有多少年没下雪了，现在因为我们的歌声却让它下起了大雪。先是地面上铺了一层雪粒，融化后，就飘起了鹅毛大雪。

当然钱贵平和蒋文丽也要出场了，这毕竟是他们的故事。就在我们第三遍演唱《长征》时，我看到了蒋文丽，当时她埋着头从我们的临时舞台前匆匆经过，说实话，我并没有要出事的预感。

"金沙水拍云崖暖，大渡桥横铁索寒——更喜岷山千里雪，三军过后尽开颜——"

这时候钱贵平出现了，显然他是出来追他的老婆蒋文丽的，钱贵平喊："你站住！你站不站住?"钱贵平的喊声插入我们的歌声中，就像一根棍子在烂泥巴里用力搅了一下，还好，歌声受到打扰，明显慌乱了一下又稳稳地站住，但我们情绪却受挫明显，因为都知道钱贵平，都了解他的，只有蒋文丽还在坚定地朝校门外走着。

"你再走，再走!"

钱贵平拿出一只瓶子，他几乎就在我们的舞台对面，就像我们这儿不是舞台，而是他站在舞台上，我们只是一群盛装的观众。他从裤包里掏出一药瓶，我们已经都不唱歌了，只有很少几个老师，凭着惯性在跟着旋律往下哼。"要出事，要出事。"我听到我身后一个男老师这么说。

钱贵平仰起脖子，把整瓶药都倒进嘴里，然后他看着校门方向，一边用手捧住脖颈，一边用力地往下吞咽，钱贵平老师就像在急匆匆地偷吃什么好吃的食物，那些咽不下去的药片，情急之下还是不停地从他的嘴角冒出来，最后落在雪地里，和那些没有融化的雪花混在一起。蒋文丽终于回头了,只有等到蒋文丽回头,钱贵平才放任地让自己倒在地上。

应当说那时候我们都没有动,因为一时我们都没有反应接下来应该做什么,只有几个善良的女老师在喊:"不好,不好,出事了。"蒋文丽几乎尖叫着跑回来:"你搞什么,你搞什么?!"但她回来时,钱贵平已经把眼睛闭上了,他干脆来个眼不见为净,所以蒋文丽只好看着我们,她朝着我们这队奇形怪状的人群喊起来,直到今天我还能记得她的喊声。蒋文丽一开始就喊的是"救命",她把钱贵平抱起来,但很显然钱贵平老师不愿意站起来,所以蒋文丽一松手,他又倒回地上,躺在那层潮湿的雪地里。

我猜校长其实恨死了钱贵平夫妻,因为被他这么一闹,我们演唱就再没有找到刚穿上礼服时的那种激动了,相反,我们的声音里总有种懒洋洋的疲倦。当然,厌恶归厌恶,却不能见死不救,校长点名了,他点了我,还有一个和我几乎同一年来的年轻老师,他让我们俩把钱贵平老师抬走,送往医院。

我和那个叫陈武的老师从队伍里出来了,我们俩嘻嘻哈哈地朝医务室跑着,一到楼梯口,我们的脚步就放慢了,我们都有些恼怒为什么这么轻易地就被挑出来。我也不知道是不是这个原因,1991年我们俩都先后离开了那所学校。

我们拿着担架回到操场,再把钱贵平抬上去。钱贵平很轻的,真的很轻,就像不存在,就像一根羽毛一样被我们抬起来。这时候他闭着眼睛,不知是不想看到我们,还是不想见到蒋文丽,反正他像一条死鱼那样被我们抬起来,由我们摆布,如果不是亲耳听到他哼过一声,我甚至怀疑他是不是已经被药毒死了。歌声在我们离开学校大门时重新响起来,但情绪明显没有那么高昂了。我知道我们完了。

现在回想,那一幕真不像是真实的,两个白衣青年在一个大雪纷飞的黄昏,抬着一个正在死亡的人,走在前往医院的路上,连街上的行人也在配合我们的情绪,我听到他们在说:"搞哪样,搞哪样? 拍戏啊?"他们为我们让路,随即目送我们,并四处寻找隐藏的摄影机。我和陈武一直都在笑,我们也不想把这弄得太认真,就当拍戏吧,不是真的,我们跑得跌跌撞撞,按我的意思最好把钱贵平老师摔在地上,然后我们再把他捡起来,放回担架上,这样就更不像真的了。当然更好的办法是雪再下得更大些,这样我和陈武都会消失,而钱贵平老师就会像躺在一副会飞的担架上,自己朝着医院飞过去。

我们走到中山路口时,一直跟在我们身后的蒋文丽忽然气喘吁吁地追上来,她又喊起来,:"左,往左,去二医去二医!"我感到担架晃了几下,显然是钱贵平坐了起来,然后他拉了拉我的衣袖,也说:"往左,去二医,二医洗胃洗得要好一点!"

我该说什么呢,那时候我的两眼竟有些潮湿,大家都在等着我的决定。我的前面是不尽的绵绵而降的大雪,这个冬天的第一场大雪啊,它们堆积在路面上,被汽车碾碎,被行人的脚底融化,它们就这么轻易地被毁掉了,而我呢,我不知道怎么才能从我已经被毁掉的生活中走出来!

后　窗

　　那条叫扣子的狗是他们花了 200 块钱在市场路买来的。那时候李昊的公司刚刚上路并逐渐红火起来,买狗一是因为他在家的时间少了,温姜难免寂寞,另外他确实也想找个地方花一点钱。李昊带着两个手下在市场上逛了一圈,出来时手里便很体面地多了一只全身金毛的北京狗。买来时扣子大概只有几个月,李昊喜欢它的一双肉眼睛,看上去怯生生的,像一个无告的孩子。几天后狗毛开始褪色,没染过的新毛从耳朵尖先冒出来,接着是全身,越来越多,竟然黑白相间,气得李昊当即就要去市场路找那个拍胸脯捶大腿的狗贩子。

　　温姜最初看到狗时并不怎么热心,她对白毛黑毛倒无所谓,只是知道这个肉团子的价值时她心里非常的不安,"好日子才过几天啊",她几乎对李昊这么说。那狗却认她,仿佛与她有缘一样,刚一下地就知道摇摇摆摆地朝她奔过去,晃到她脚边又稳稳地停住,它的舌头一触到她的脚面她便接受它了,她抱着它去厨房给它找吃的,心里像有什么东西化开一样,暖洋洋的。晚上她和李昊一人坐一个沙发,两人交替着拍手让扣子在他们中间跑来回,他们一起给它想名字,加起来有二三十,都不怎么称心,温姜倒想起不少小时候的事,有快乐的也有伤心的。李昊听她说过几个,但更多的他也是头一次听说,他点上一支烟静静地听她讲扣子,那个长睫毛,长得像瓷娃娃的小女孩。温姜说她总用手去捻衣服上的扣子,不多会儿就能捻下一个来。扣子总爱偷家里的糖给她吃,她自己到不怎么喜欢吃。扣子后来死了,他爸爸给她做了一副小棺材,只有课桌那么大……那时候大概已经到了夜里十一点,下雨了,雨点落到雨篷上发出咚咚地细响,温姜捧着一杯茶很出神地谛听着什么,她腿上的小狗似乎已经睡着了,屋里飘着发蓝的烟雾,这种情景很像早期默片中的一个片断,李昊想着第二天一份急用的报表,可奇怪的是,他觉得舒服极了,就是不想起身离开,身体反而往下一伸,更深地陷进那张沙发里。过了会儿,温姜从那杯茶水的雾气中回过神,说道:"干脆我们就叫它扣子吧。"李昊说:"好。"温姜摸了摸怀里的狗,喊了一声"扣子",扣子耳朵一动,醒了,它看看温姜,把眼睛落到前面的暗影里,再伸出舌头来舔舔她的手指尖。

那一段扣子成了他们的中心,他们的孩子、心肝宝贝。它长得很快,四五个月就长到它丢之前的体型,并且一直停在那儿没有再长大,这一点狗贩子倒没有骗他们。温姜每天多了一个任务,吃完饭便带着扣子去散步,她先抱着它走过一段闹市,到贯河桥时再把它放下来,以前她很少散步的,也很少在街上停下来。那时候贯河桥还是一个工地,没有通车,在那儿可以遇到成堆的遛狗的人和被遛的狗,有一对老夫妇,牵着两条大狼狗,一直攮着绳子不肯放开,狗在旷地上总很兴奋,拖着后面的主人,都不知道谁遛谁。他们总在某个钟点出现,雷打不动,见多了就和温姜成了朋友。温姜记得第一次去贯河桥时是农历十六,一轮硕大无朋的月亮停在高架桥的坡顶,就跟落在上面一样。扣子兴奋地跑过去,任她怎么喊都不听,到坡顶扣子才发现月亮还远,它像受骗上当一样冲着月亮狂叫,惹得那两个随后跟来的老人也一起哈哈大笑。有时候李昊也会陪她一起去,不过这种机会总是很少。

扣子就这么成了他们那条街的明星,很多店主或摊贩因为它而认识了温姜。她去买东西,他们总喜欢问:"你家的扣子呢,今天怎么没看到?"卖给她的东西也要比往常便宜。还有那些放学的孩子,总是一窝蜂拥上来,"真好看",他们说。胆大的还要摸一摸扣子头顶的小辫子,那是她给扣子梳的,因为扣子头上的毛太长,把眼睛全盖上了。喜欢扣子的还有常矛,熟人中只有常矛不叫它扣子,他叫它狗毛,理由是扣子长了一身狗毛。他这么喊时,扣子也会答应下来。温姜和李昊在一起的时候都管常矛叫狗毛,当然这只是个玩笑。他们都是好朋友,李昊和常矛还一起做过生意,不知怎么没有继续下去。常矛先和她认识的,追过她,可她却选择了他带来的李昊。有一段时间,常矛来的次数明显的多了,当然这是因为扣子,他的狗毛。来的时候,常矛总要带一节火腿肠。扣子发情了,不知什么时候开始的,是人就趴到别人腿上乱颠一气。头一回还真把常矛吓一跳,弄明白了红了半天脸才想起问:"母的吧?"温姜点点头。他大概想开玩笑,连说扣子有眼光,不知道指什么。

扣子的性别是那对老夫妇帮着辨认的,起初温姜一直以为扣子是只公狗,它一向喜欢电线杆,喜欢树,嗅嗅上面的气味,再翘起一条后腿,每棵电杆或树上都尿上一小滴,只有母狗才喜欢蹲着撒尿,可扣子不,从来不这样。刚知道扣子是条母狗真让她绝望了一阵子。常矛问"为什么?"但温姜也说不清,反正公狗比母狗好,她一直这么觉得的。小孩也是这样。

温姜说:"有时候我想,要是我给他们家生个女孩还不知道怎么恨我呢?"

"怎么会?"

"怎么不会,他们家就李昊一颗独苗,再生个女儿……我都不爱去,每回都压抑得要命,弄得我都觉得自己欠他们的。最怕的就是过节了,他姐姐姐夫妹妹妹夫还有他们的小孩,一大家子,闹哄哄一大堆,我只能看电视。李昊说:'咱爹妈对你多好啊,什么事也不让你做。'我说:'那又咋样,还不是得仰着脖子看电视。'可搞笑了,他家电视放在五斗橱上,非仰着头不可。"

他爹妈倒从不跟我说,他妹妹却来旁敲侧击。告诉我孩子有怎样怎样的好处,我跟她说:"你哥都失业两个月了。你知道春节那段时间李昊的公司还没怎么上路。生倒是容易,养不好怎么办?养个蠢货还真不如不养。"

对养孩子常矛更没有主意,他只能静静地听。

如果到七点钟李昊还没有回来,他们就随便吃一点什么,然后一起去遛狗。常柔把扣子夹在胳膊下，扣子小得只能露出头尾，脑袋昂得高高的，眨着眼睛，显得很委屈。贯河桥上有许多狗主温姜已经认识，扣子也有很多狗朋友，但同温姜不会同谁都打呼一样，扣子对一些狗也十分矜持，只有它感兴趣的才会去嗅对方的下身。温姜一路上不停地向常矛介绍那些狗和狗主。比如她这样说那个弯腰驼背的老男人："他养那条狗纯粹为了赚钱，配一回种就要收五十元。而那个把狗抱在怀里遛狗的女人，她说她的狗叫贝贝——这儿的狗几乎全叫作贝贝，有一回她还跟我说她的狗是怎么跟别的狗配的，说得特别细，恶心死了！"

如果扣子跑远了，温姜就会停下来喊："扣子——扣子——"扣子从两个逗它的孩子中间穿过来，擦着地面跑起来像一阵风。

晚上李昊回来，会盯着那只烟灰缸发一下愣，温姜说："常矛来过了。"李昊点点头，意思来就来吧，温姜还是要补一句："他来看扣子的，咦，扣子呢？"但这个时候扣子已经不知道躲在哪个角落里睡着了。

扣子丢的时候，她正在菜市上买菜，她把扣子带去了。菜市总是一个让她沮丧的地方，她不会说方言，普通话总让那些城边的菜农把她当成外地人，不光价钱高，有时候还乘她不注意玩一玩秤上的把戏，比如小指乘机点一下秤端，那秤就旺旺地翘起来——其实嘛吃了不小的亏。这一项李昊占有明显的优势，他买的菜总是便宜得吓人，分量也足，可他买菜的机会却越来越少。李昊说："你得凶一点，他们就怕这个。"又说："贵就贵点吧，咱俩现在还在乎这几个钱吗？"可她还是不忍心自己吃的茄子扁豆比别人的贵上一倍。终于，她逮着个机会，也是忍无可忍了。那天她买的两斤半花菜，竟然少了四两，她在另一个摊位上复的秤，然后慢慢地走回去，运足了劲，把一袋子花菜全砸在那个小个男人身上。几乎所有围观的人都帮她的忙，等她闹够了，那男人才灰溜溜地退她钱。接着他弯下腰到摊子下捡那些沾满泥水的花菜，一个菜摊塌了半边，他嘴里骂骂咧咧却又不敢太大声。那情景让她痛快得一连两三天无论做什么都兴冲冲的。

丢狗的时候她正在买洋芋，她很细心地还了价，选了五个洋芋，再仔细地看摊主用秤，接着打开皮包付钱。她记得选洋芋时，扣子还在她身边转来转去，尾巴擦着她的小腿肚，痒痒的。那也是她最后一次看见扣子。等她转过身，面前到处都是过往的行人，唯独没看见扣子。她那么茫然地站了五秒钟，才回头问摊主见到她的狗没有。没有，没有一个人看见扣子。这时候她才不把这当成一个玩笑来看，她在菜市上转来转去，提着五个大洋芋，所有的人都变成了嫌疑犯。那一刻她几乎失掉了理智，急冲冲地在人群里走着，发疯一样大声地在人堆里喊着狗的名字。前面有一个卖完菜预备回家的菜农，看上去简直就像在躲她，她抓住别人箩筐上的麻绳不让离开："我的狗在你筐里!"菜农放下箩让她查看。她看了一只又看另一只，都是空的，只有一杆秤，一把小葱。菜农等她走远了才敢追着她的背影骂"有病啊!"但她已经顾不上了。她就这么看了一只又一只竹筐，所有能藏东西的地方都让她起疑心，来来回回走了十几遍，如果不遇到常矛，那一天她大概怎么也无法从这个菜市上走出去。

那天刚好常矛也带着他的女友到菜市上来买菜,两人手拉着手。看到温姜时,常矛并没有发现有什么异常,他停在温姜的面前说:"你买菜啊,这是温姜,这是小辛。"温姜盯着常矛,仿佛不认识,眼泪却下来了,她举着一只空塑料袋让他们看,然后说:"扣子,我的扣子丢了。"

常矛把李昊从公司叫回来,两人又分头顺着周围的几条街去找了找,都没有找到。常矛先回来,温姜说:"找不到扣子我就和他离婚。"但李昊也没有找到,他空着手在门边换鞋,低着头说:"算了吧,明天到花鸟市场看看吧。"李昊和常矛坐在客厅里聊天,等着温姜给他们煮面,这种局面没有什么事情好谈的,他们近来似乎越来越找不到话讲,不过常矛问问李昊的生意,李昊问问常矛的新朋友,后来聊到一场足球赛他们的谈话才没有停下来。温姜在厨房往锅里煮了四包方便面,又把一根肉肠剁茸了混在里面,再加上香菜。煮着煮着,温姜就喊起来:"扣子——扣子——"吓得客厅里的两个人全冲过来。温姜眼睛盯着窗外,用手朝空中虚虚地指着,她看上去有些歉意,说:"我好像听到狗叫,就那边那个院子里。"狗似乎响应她又叫了两声,但温姜再喊时就再没有声音传过来。

常矛吃完面回去了。李昊在客厅里看一场意大利足球甲级联赛,他把声音调得很低,为的是不打扰在里屋的温姜。温姜整整一晚上都在卧室里整理房间,她坐在地毯上,把书架上的书搬下几摞堆在自己前面,台灯拉得很低,光线刚好落在她胸口那块衣襟上。书几乎都是她当学生时买的,已经很旧了,开始泛黄。温姜随手操起一本

《语言表达的内外部技巧》。她之所以选择这本书是因为书里夹着一条包扎礼品用的彩带。就在那一页温姜看到这么一段话，很显然是她上课时无聊随手记在空白边上的：

> 我爱过吗，别人甚至我自己。我对我父母都是这种态度，我关心他们只是希望他们过得好，不要来打扰我，就像对待我的胃一样。

温姜慢慢地一个字一个字把它们念出声来。

那时候城里很流行一种用彩带扎成的风铃，先用彩带扎成幸运星串在一起，再绕出一道弧线，下面缀上一些小铃铛。温姜无师自通，学这门手艺几乎没费她什么心思，几个关键的技术问题都是误打误撞就过来了，之后，她不分白天黑夜沉溺在这种简单又机械的创造中。缎带的光滑与恰到好处的硬度一直让她体会到一种令她心惊的触觉，某一时刻这也是她所能理解和接受的世界，还有它们的形状，因为她的指力而改变，也让她满足，所以只要有时间温姜就让自己停留在编织这个动作上。她不停地编织着。

很显然的是时间变得富余了。没有扣子，屋子里空旷也冷清了许多，而往常只要听到她的声音，扣子总会贴在门上用爪子在里面挠门，她在门洞里慌忙寻找着钥匙，一边说不要慌啊小宝贝，钥匙在锁眼里把门转开，扣子就跳着欢欣地扑上来。每到这个时候，她就说：

"知道了知道了"。这是李昊的话,李昊遇到相似的情形总是这么说的,她觉得很有意思。现在下班后,温姜还会急匆匆地往回赶,这是扣子让她养成的习惯,很长一段时间她还保留着,无法改变。然后,她颓然地坐在沙发上,很清醒地体会到那个没有被扣子占领的空间。一个看不见的扣子还在那里跑来跑去,但那不过是窗纱在风中摇曳带出的影子。光线越来越暗,最后,屋里被各种姿态的扣子占据了。

　　李昊原本打算再给她买一条狗,但温姜只能接受扣子。她说:"要是孩子丢了,怎么办?你再生一个?"是的,扣子是她的孩子,她的心肝宝贝,这世上任何别的东西都替代不了的。最初一两天,她一想到扣子的处境就觉得心寒,左不过是死,可她眼前却现出扣子被人扒了皮,剁了骨,鲜血淋漓的样子,那些背背篓的什么事干不出。李昊说:"我们的扣子这么乖怎么可能会被人吃,再说它也没有多少肉,还不如卖掉值几个钱?"可温姜在市场路转了一个月也没有见到扣子。有一天她梦见一大堆虱子伏在她的小腿上,用手怎么也扒不掉,只好用剪刀把它们全剪下来,她腿上因此留下无数个小血坑,开始冒血了,再看那些虱子,原来全是扣子,只有指甲盖这么大。她醒过来,团成一堆坐在床上,她就这么抚着脚踝,痴痴地坐到天亮。

　　他们台里都知道了扣子的事,大概谁也不会同情她,这一点她非常清楚。她的主任就带头说她的坏话,常常她一走进办公室就撞上个静场,而刚才走道上她还听见里面正在高声谈论着什么。她的失误是越来越多了,而且越来越不能够让人原谅。主任找她苦口婆心地谈过两次,他故意没去提那条狗。他说:"我们这个节目可是我们台里的王牌,你也是我们这儿的老主持了,你看你这个样子,今后我们怎么搞下去呢?"她主持的节目叫"市民时段",是他们台自建立以来就有的栏目。可那天她却愣了足足有五秒钟,脑子里一片空白,听着热线里的声音就是什么也进不去,这当然算得上一次重大的失误了。一连几天她都语焉不详抑或语无伦次,她的经验只够她插上一段应急音乐,或者说这个朋友的电话出了故障,她把一个电话掐断,再去接另一个,可另一个也未必有什么好结果。她看着主任胸口的那条油光鲜滑的领带,双手搭在一起,手指一直在发痒。主任说:"这个节目可是市长都关心的,你那种娓娓道来,循循善诱的风格哪儿去了,你自己的荣誉为什么都不爱惜……"她一直想劝主任换一条领带的,至少也要换一套西服,可她没说,她在想别人的愚蠢与她有什么相干呢?主任看着她不再说话了,他开始摇头,一摇起来就好像不打算再停下来。

隔了两天,台长也来找她,很委婉地说出他们的研究决定:"你先带一带她吧,她是个新手……你先给她当一当导播,顺便呢,也把她带一带,不会有什么想法吧,小温?"她松了口气,台长是在说她现在的导播,那姑娘对她这个位置早就虎视眈眈了。现在当然是个机会。她应该有什么想法的,可没有,她反而松了口气,起码这样不会再有人因为她而难受了,她不再会打扰别人,这样对谁都会有好处的。她的同事包括台长都对她的顺从无法理解,她对自己的态度也觉得震惊,可究竟还是顺理成章的过来了。

有段时间她就坐在那块大玻璃后面"带"着她的替身,把电话接起来,候着新手一段话的结尾再把它们接进去。这样的动作至少不会再有什么大的错误,她也有时间可以想一点别的。她隔着玻璃看着那个伶牙俐齿的姑娘,有时候也会认真地听上一段,她发觉那个姑娘并不像她自己想象的那样强大,她因此也忍不住很真心地替她捏一把汗。有电话进来了,是找她的。听众的耳朵是"雪亮"的。他们问"她怎么就不干主持了呢,换上这个小女孩胡扯?"一个怒气冲冲的声音说:"我的问题还没有说完为什么就掐断了,你们不是残疾人怎么能体谅我的难处……她都在干什么,从前,坐在一大堆问题中间,学校乱收校服费了,上馆子被宰了,路灯灭了半年没有人修……"其实她和他们一样无能为力,可她笑眯眯的,得慢悠悠地循循善诱,再作出一副善解人意的样子来,好像她真有什么洞察实质的本领,或者,那些问题都经不起诱惑,被她三言两语就击中了要害。"你要坚持住……"这是她最喜欢的句式,还是那个女孩发现的,接下来的该是"失败是成功之母",再不就是"大多数人还是好的……",她说了这么多年,从未想过改变,也从未意识到。慰问她的电话越来越多,一个声音说:"温小姐,下班我能来看你吗?""下班我要回家。"她说。一想到下班,温姜的手指就开始发痒。

李昊把她折的一个风铃送到一家礼品店,很快就以不菲的价格卖了出去。折风铃原本是好玩,可能够卖钱也没有理由不继续干下去。为此她把别人的风铃找来研究了一下,她做的风铃因此更具商业性,更具形式上的变化。温姜后来一般都是自己把风铃送到商店里,挂上两三天,最多一个星期总会卖出去的。这样到明年的这个时候她就会有一笔钱,可以供她一个人去一趟黄山,买一台电脑,或者别的她还没有意识到的东西。用李昊的话说,"这样不是很好嘛,上上班,找点零花钱,你现在应该觉得非常充实了。"

那天她把一个藕荷色的风铃送到礼品店,和店主客气了几句就从店里走出来,她悄悄地到对面的一家冷饮店要了一瓶汽水,并选了一个邻街的座位坐下来,在这里,隔着玻璃和街上掠过的不多的几辆汽车,她能看见那间卖花卖礼品的商店,以及从门口进出的几个悠闲的客人。这时候一个店员正把她才做的那只风铃挂在橱窗后一个显眼的位置上。

老板说她的风铃除了零卖,主要是有些公司买回去当作礼品送人的,每次别人都指名要买有她签字的风铃。她心里实际上很愿意看一看那些买主的样子,她想象不出她的风铃是怎么被卖出去的,站在交易的旁边看交易,在她想象中是一件乐事。很遗憾的是她一直没碰到这样的机会,每次不是来早了,就是她等不及已经走掉,渐渐这桩心事也成了一个淡淡的念头,变成得可有可无。

看到那个熟悉的影子时她正预备起身。冷饮店一下子涌进来不少中学生,座位在瞬息之间被填满了,他们把零用钱全掏出来,在柜台上花出去,变成冰块,然后他们又吃又叫,叽叽喳喳的喊声也宣布营业到了高潮。与温姜先后进来的还有一对男女,男的与女的闲聊还不时用目光照顾她的侧影,几乎他的每一次抬头温姜都能够感觉到。她看着对面的橱窗玻璃像镜面一样把街面拓深了一倍不止,她注意到这个阳光玩的把戏,把一把钥匙串在食指上玩着,并没有任何惊异,这一段她已习惯坐在玻璃后面看别人,所以到目前为止这还不过是她心目中一个极平淡的下午。温姜想离开纯粹因为她适应的环境已经被破坏了,她身不由己。等她站起来,准备收起皮包,就在这时候她又捏着她的钥匙重新坐了下来,那个她怎么也无法忽视的影子现在正走在对面那排商店前的人行道上。他和一个身穿黑衣的女孩走在一起,他们在一片女贞树荫里说说笑笑,两个人的手指严丝合缝地攥在一起。

温姜感到一种类似犯罪的紧张,这令她非常不自在,这不是她的本意,她知道。可几乎同时她还是强迫自己从座位上伏下身去,想当然地躲在那只乳白色皮包的阴影里。很清楚,一刹那间,她发现她的目光可以穿过前面任何阻挡她的物体:墙,连续不断的车流,还有玻璃上充满迷惑的带有隐藏意义的反光。她看见了那个发生在礼品店中的交易,橱窗里的风铃被取下来了,包扎好,经过他的手再转到黑衣女孩的手上,然后是付钱。他掏钱的时候还在说笑,以她的了解,他会说:"可以了,赚的也够多了,你吃肉还不是要给我们剩点汤?"应该是这样,因为他的话引来了周围几个女人的笑声。这笑声她听不到,但她知道的。他们现在出门了,一起出现在大门口,两人又笑着看了看那只包扎好的风铃,对着它说了句什么,才由原路从她面前那块硕大的玻璃上消失。

这应该就是那个已经被人议论很久的情景了,她还是第一次看到。温姜想起有一次,常矛大汗淋淋地跑到她家里就是为了告诉她这个重大的发现。从他的形容来看,他们看到情形应当非常相似。

可她那天却对常矛发了火，她说："你别跟我说这个，我不爱听。"把常矛弄得僵在那儿，不停地擦汗，走也不是，不走也不是。两个人隔着一张茶几坐着，盯着一部新加坡电视剧整整半个小时没有再说话。温姜的身体绷得笔直，她的眼角还能看见常矛的手正在不停地擦脸，他早应该没汗了，可他的手还在脑门上不停地动作，她越看越心烦，忍不住想：他跑了这么远的路为的就是要告诉我这个，换成李昊会不会？最后她甚至觉得她当时选择李昊而不是常矛是对的。

温姜没有问过，这种事情她从来就没问过。倒是李昊自己有时候会漏嘴说他和秘书上了哪儿哪儿，她顺着他的交代开一个玩笑："秘书，总是女的吧。"李昊半认真地瞧着她，说："不放心？那干脆下午你上我那儿打工去吧，给我当秘书。"她当然不能太认真，于是她说："那我不是太贤惠了？"她接着说："把空调买来，省得来不及了。"两个人都想了想才一齐笑了。

那块玻璃看上去又变得十分空洞而平静了，像往常一样把外面嘈杂和喧闹的忙碌透射进来，变化的仅仅是对面的橱窗，那只风铃不见了，现在它成了一件礼品。温姜一想到自己的编织在整个交易中的意义就忍不住想笑。她把面前汽水瓶里的那支吸管含在嘴里不停地吸，不停地吸，很快，她就发现她自己都厌烦那种"咯咯"吸空瓶的声音，可她不知道怎么才能让声音停下来。她正在想，李昊对着她的风铃说了句什么，李昊这时候能够说什么？他对着一个女人和一只风铃。

那条新买的狗还是叫扣子,或扣子二世,它是一条成年狗,可能比扣子丢时还要大些。看上去同它的前任非常像,无论毛发还是体型,他们的本意,最好能买到和老扣子一模一样的,但他们也知道这是不可能的。买狗的时候李昊也去了,最后是温姜定的狗,李昊付的钱。当天夜里他们就带着新扣子去一家宠物医院打了狂犬疫苗。

　　新扣子刚来时老实得连沙发也不会上,但没过几天,温姜就发现它给她制造的麻烦,它不仅像老扣子那样爱咬拖鞋,爱咬沙发垫,而且还随时随地大小便顺带咬人,这两样任她怎么教育都无法改掉。后一样当她知道新扣子是只公狗时原谅了它,前一样却让她想起来就忍不住向李昊抱怨,不是自己养大的,就像抱来的孩子,怎么也亲不起来。她问扣子:"你爹你妈都是什么人啊?拉屎拉尿都不教你,还特能吃,一碗白饭都能吃个精光。瞧你,饿成什么样了?"

　　当然也会有一些戏剧性的转机,那是她又被新扣子咬了,她对李昊说:"你看看,又咬我了,你也不管管,它怎么只咬我不咬你。"李昊便用皮带抽地板吓唬新扣子,或者干脆把它关进卫生间,后来,他发现让新扣子四肢不着地更能产生惩戒效果,便找了一只手提袋,把扣子装在里面再挂到墙壁上。新扣子无助地叫着,每每这时又是温姜最心软,她把扣子从困境里解救出来,作为补偿,她给它吃火腿肠吃红烧肉,李昊爱吃的红烧肉大半都喂了新扣子。

　　温姜又去贯河桥遛狗了。那时候贯河桥高架桥已临近竣工,桥上安的路灯都开始使用了,工地上一片光明,看上去除了没通车已经和其他热闹的街道没什么两样。温姜在新扣子脖子上套了一圈绳子,让它只能在自己周围两三米的地方活动,就这么她慢慢地出现在贯河桥上,没有人认为它不是从前的那只扣子。但新扣子在路上本性大暴露,总兴奋得要命,仿佛不愿意承认绳索的权利,它起劲地挣扎着,带着温姜在后面时跑时停,每块可疑的脏东西前它都要停一下,气得温姜这时候只好在后面狠拽。事后她想象自己在别人眼中的形象,于是她想起那两个遛狗也被狗遛的老人。

最让温姜吃惊的是新扣子对时间的记忆,每到遛狗的钟点,它就开始躁动不安,然后理直气壮地咬她的拖鞋,把她拖向门边。并不是所有时间她都有遛狗的心情,有时候温姜不想出门便跟它讲道理,但很快就被缠烦了,她气呼呼地把房门打开,然后冲着扣子喊:"走吧,你走吧,看你能到哪儿去!"

扣子显然懵了,它摇摇晃晃地跑到门口又留恋地回过头。温姜想看它是不是真走,接着说:"走吧,你走了,我们就去买新新的扣子。你走不走?"

等她重新打开门时,发现扣子一动不动地蹲着,眼睛藏在一丛细毛里正可怜兮兮地望着她。

肉　身

　　李明起和叶蓓原本就是一个单位的同事,虽不在一个科室,也没怎么说过活,但上下楼碰头的机会总是有的,有时候突然间在电梯里遇到,他们还会朝对方点一下头。这一天,他们却又一次相识了,只是这二度相识并不是在现实的空间,那地方没有身体,没有相貌,甚至连姓名都没有,极其虚幻。准确地说,他们是在网络的世界重新认识的。

　　那一年李明起33岁。33岁时李明起才开始正式接触网络,对网络这种早已家喻户晓的东西他完全是个新手。当时单位预备设计一个网页,作为对外的窗口,当然有必要弄一台电脑以备随时上网。办公室用这台电脑最多的是一位刚分来的大学生,除了往网页上增补资料,就是利用中午休息时间玩各种卡通游戏。李明起在学校曾学过电脑,但那时候他吊儿郎当的,上机票几乎都被他送了人情,学习效果可想而知,所以对电脑的认识也仅仅是打几个字,外加上附件中的那副扑克牌,电脑游戏何止千万,但李明起就只会玩扑克牌,好像他就对扑克牌感兴趣。

有一天中午,李明起早早地到了单位,看到房门紧锁,李明起心里还暗暗高兴,因为平时大学生总是中午不回家,现在没在,他当然可以玩一会扑克牌。没想到,他一扭开门,就看到大学生触电一样腾地从电脑边站起来,他显然没想到李明起会出现,吓了一跳,而李明起反过东又被他吓了一跳。

大学生第一个反应就是手忙脚乱地关屏幕,李明起看到他脸红筋胀的样子,笑着说:"怎么,看黄片呢?"大学生脸红得更厉害,证明他的推测不错,其实李明起倒没看到什么,那么两秒钟,就是个真人立在那儿也未必看得清。

大学生定了定神,然后笑着说:"我还以为是王科长呢?"意思是,你李明起看到无所谓,或者你想看看也是可以的。大学生说着伸手重新把电脑屏幕打开,屏幕跳了一下,一个穿比基尼的美女就稳稳地出现了,尽管很风骚的样子,却不是李明起想象中的图景。

"嗬,看内衣呢,我还以为光着的!"

大学生故作老练,说:"光着有什么意思,还不如这种倒遮不掩的有意思。"李明起拍了他后脑勺一下:"你小子鬼名堂还挺多,童子鸡早就开叫了吧?"

大学生又做出鄙夷的表情,说:"你想把我憋死,就是聊天也能随随便便约到一个嘛……"

为了证实,大学生开始做示范,七拐八拐进了一个聊天室。李明起说:"聊天啊,中学生玩的嘛,你中午吃的什么,我白天没吃,所以中饭晚饭一起吃……"虽然这么说，李明起对大学生说的那种邀约还是蛮有兴味的，毕竟这种发生在网上，陌生人中间的调情他还没有见识过。

那个叫动物凶猛的聊天室此刻足足泡着近百人，以他这时的认识水平，这些人当然是中学生，再不就是白痴。大学生选中一个叫蕙风如潮的人，打了一行字：我很恐怖的！

李明起吃惊地要笑。可惜一分钟过去，蕙风如潮没有回应，倒是屏幕上别人的对答如潮水一样席卷而去，什么怪模样都应有尽有，有一个似乎正在喊：有上海的想419的没有，随叫随到……大学生开始骂：狗日的，吓昏过去了。正要换人，突然一个叫红酥手的跳了出来：我很喜欢恐怖的。

大学生很快打了排字：公的给我滚蛋！

红酥手回答：我是母的，母得要命！

他们一起笑起来，大学生边骂边对李明起说："网上尽他妈是这种人，明明是男的，硬要给你装女人……"

那天大学生到底也没能约出个人向李明起炫曜一下，不过聊天室的风景李明起还是领教了，应当说算得上五花八门、丰富多彩，他因此也改变了不少看法：第一，他不再认为聊天是小儿科；第二，他似乎一下子就领悟到这种游戏的妙处，那就是，在这个地方你尽可以说任何你想说的疯话、废话，不管你说得多假多狂，都不会有人要你负责任。

李明起第一次聊天就在聊天室遇上了叶蓓，当然那个时候他还不知道这个人就是叶蓓,和他聊天的只是一个叫菜心蓝的女人,当然也可能是男人假扮的。李明起最初没有名字,他的名字只是一连串数字,是一串掉线后就会发生变化的数字,后来为了配合菜心蓝,他才给自己起了个九斤黄的名字。

李明起选择菜心蓝除了觉得这三个字很别致,还因为前面的两个字母:SB。如果没猜错的话,这应当是他们这城市的拼音缩写,同有些人喜欢专找远地方的人聊天一样,李明起从一开始就愿意在自己身边寻找谈话对手。当然,李明起还有更严重的怪癖,比如看电影中途去解手,回来后,无论影院里多空旷,他都会坐到刚才的位置。那一次也是李明起头一回进网吧,他坐在一个靠卫生间的地方,被一团混浊的臭气笼罩着,接下来的几天他都是在这个位置上同菜心蓝聊天。他的头一句话你可能已经猜到了:我很恐怖的!

李明起倒没想过要剽窃别人,只是觉得这句话很有意思,容易引起注意,而且他的运气显然比大学生要好,菜心蓝显然受不了这种刺激,很快就给他回话:你没穿衣服吗?

李明起眉心一跳,用自己最快的速度开始打字:是啊,你怎么知道?

屏幕上却抢先跳出一行字:你在同几个人聊,这么慢?

李明起只好先解释:就你啊,我的速度慢。

接着他又补了一句:我得先把我弄硬了,才能给你打字!

这句话跳到屏幕上时,连李明起自己都忍不住呵呵笑,他有些吃惊,如果换个时候,换个地点,他都不可能说这样的话,甚至转个身他就会怀疑这还是不是自己写下的。恐怖，真的很恐怖！李明起怀疑自己这么快就要被电脑异化了，当然，这同时也说明他对网络没有隔膜，具备了大学生说的那种在网上神游的天赋。

关键是菜心蓝没扫他的兴：那你可别伤着自己……

李明起又开始笑，他觉得很有意思，无论是这个女人，还是这种说话方式。网上聊天就是彼此怂恿吧，你刺激我一下，我再还你一下，寻找对方的底线。正因为看不到，才会比看见的更直接、更刺激。也是这时候李明起想到了改名，他给自己起名叫九斤黄。

菜心蓝：为什么改成这个名字？

九斤黄：好吃你啊，我们家以前养过一只大公鸡，就喜欢吃菜心，特别是菜心蓝……

随着聊天的深入，他们的秘密，以及那些编造的隐私也被炽热的言辞带了出来，却又像女人谈天时嗑出的瓜子皮，被他们随说随丢，至少这时候他们还没有要见面的意思，只是觉得愉快，甚至是痛快，时间正在不知不觉中飞快地过去，又到了要说再见的时候了，于是他们收整身心，约好下一个开心的时刻。

这种情形持续了几天，第四次聊天时却遇到点麻烦，因为到了约定的时间，甚至过去半个多小时，李明起都没在聊天室里发现菜心蓝的踪迹。李明起猜想菜心蓝会不会遇到了什么事，停电或者交通事故，再或者，最糟糕的，被一个男人绊住了？这么一想，他的心情也随之变得恶劣，别人的疯言疯语使他变本加厉地烦躁，这个世界有多混乱？竟会让一个人好端端地失踪。现在，他和这个叫菜心蓝的女人就像认识很多年了,这也许才是最要命的。而这种熟稔还不能保证他们不失散——一切都不可信,也不可靠。后来,他改了一次名字,把"九斤黄"改成了"九斤黄专等菜心蓝",李明起就像要坚定自己的信心一样,准备对任何打扰他的人一概不理。

菜心蓝还是来了,另一个面目(李明起记得是一大串数字),数字菜心蓝向九斤黄专等菜心蓝发出问候:您好? 可以和你聊天吗?

九斤黄专等菜心蓝:对不起,我在等个人,可能没时间陪你。

数字:在网上和谁聊天不一样?

九斤黄专等菜心蓝:不一样,我们是朋友!

数字:你很喜欢她?

九斤黄专等菜心蓝:是的!

数字:我就是菜心蓝!

九斤黄专等菜心蓝:??????

数字:我很恐怖的!

这几个字出现时竟能让他眼前泛起金光,李明起可能都没料到,他就像死刑犯忽然被释放,晚期癌症患者忽然间又起死回生,或者读高中时重遇一个不知名的外校女孩。是的,他又回到少年了,只有少年人才有这样的激情,一下子李明起就被一种感恩戴德的情绪所淹没。

事情来得这么突然,那么富于戏剧性,以致李明起都觉得自己无法承受这么强烈的反差,他甚至无暇去责备菜心蓝,而是在狂喜的情绪中打出下面的一句话:我以为再也见不到你了! 现实中的李明起已经有些哽咽。

菜心蓝显然也被触动了:对不起,我不知道你这么看重!

九斤黄专等菜心蓝:那当然,这是第一次上网,你也是我遇到的第一个女人……你信吗?

菜心蓝:信,我信!

九斤黄专等菜心蓝:我们见个面嘛,不做什么,哪怕只是见个面……

李明起知道自己出格了,违反了游戏规则,但事到如今,他却只能这么做,他不想失掉菜心蓝,那么轻易地就把她丢掉,他不想再重复第二遍。但菜心蓝那边很久都没有动静。

九斤黄专等菜心蓝:不行吗? 那算了,就当我没说。

又过去很久屏幕上才跳出一行字。

菜心蓝:我不漂亮的。

九斤黄专等菜心蓝:我也很普通,还戴副眼镜。

菜心蓝:我骗了你,我比告诉你的胖,腰上全是肉……

九斤黄专等菜心蓝:我也是,前面我告诉你我 36 岁,其实我今年33……

菜心蓝:那你比我还要小两岁……

事后来看,这段时间他们其实是在重新塑造自己的形象,有了这番铺垫,他们才有了可知可感的真实,并且穿越时空,从虚幻世界转入物质世界。李明起默默地看着屏幕,就像菜心蓝坐在对面,他把自己的投影想象成菜心蓝的脸。

菜心蓝就是叶蓓，这看上去就像一个恶意的玩笑。天啦，他不就是上一次网嘛，第一次上网就要受这样的惩罚？好在叶蓓已经笑了，她既没有坐下也没有转身，只是冲着他脚底下的那块地板砖咧开嘴开始痴痴地笑，她的惊愕并不输于他，显然也觉得事情来得荒谬和滑稽。笑声有传染性，李明起也跟着笑，而且笑着笑着他们俩都有些收剎不住了，到最后性质也起了变化，最初的笑，他们是有些尴尬，转眼间却发现真有可以开心的地方。好在茶座生意不好，有足够的空间容纳他们转瞬的变化。

叶蓓终于坐下来，坐到李明起的对面："太搞笑了，太搞笑了。"她一连说了两遍才开始摇头。

李明起同意，小心地附和："我们这儿就是太小！"

服务员来打扰他们，问："小姐吃点什么？"

"茶，就喝茶。"

"你还是吃点什么吧，这样我也好受些。"李明起故意把声音变怪，变成讲笑话的腔调。玩笑有时候是混淆是非的好办法，表示你已经不在意了，已经解脱。

叶蓓却冲着李明起的头顶叹了口气，终于有些要平静的意思，但很快她又埋下头笑了两声，李明起替她倒茶，忍不住追问："你笑什么，笑什么？"这么一招惹，两人刚平息的笑声又响起来。

"我在想，我们这种人就算了，你看连李明起这样的老实人都这么坏了，这世道看来真是坏到底了。"

"我坏吗?"李明起故意显得委屈,但脸上还是有点红,他明白叶蓓的意思,他后悔没有喝酒,如果喝点酒就会把这一切都遮掩过去。

"你还不坏啊——你是在家上网的吧,你老婆——就没发现?"

"她去北京了,明天才回来。"他说了句实话,因为还在想究竟哪句话让叶蓓觉得他坏,可惜的是这些天他说了那么多"坏"话,最"坏"的那句他已经毫无印象。

"我说嘛,这人胆子怎么这么大?"

"我可是头一回上网!"

叶蓓又笑,笑得有些不屑:"你们男人大概都喜欢这么讲。"

"真的!"李明起正色说,只差要拍胸打肚了,"你要不信,问我们科才来的那个小陈,上个星期他才教我。"

"好,我信我信,那你也太能了吧,头一回就这么放肆,多有潜力!"

"人总是复杂的嘛。"李明起笑起来,这一次却笑得意味深长,叶蓓既然相信他的话,他也不妨大度地退让。"网上真的很怪,什么都敢说敢做,忍都忍不住。"

"是这样,那些话我相信你现在怎么也说不出来。"

他想了想,的确是这样,倒不全因为叶蓓的相貌,即使对任何人他都不会这么说,那些话的确像出自另一个人,那个人借了他的大脑和双手。

半个小时后他们走到了河堤上,他准备送叶蓓回家。李明起模模糊糊地记得,同事好像告诉过他叶蓓是个单身,不久前刚和她丈夫离了婚。

李明起倒不是忽然间有了什么责任感，如果没有前面的事，为了避免尴尬，他也应当匆匆地告别，最多以后见面时把微笑点头全部免掉。只是这样一来他没有把握，叶蓓会不会把这件事告诉别人？这件事虽然对她也未必光彩，但一个离过婚的单身女人，他无法猜透她的心思，因此李明起觉得有必要再陪陪她，最好能赶在她到家前把种种可能存在的不安定全部消灭。

"你们那儿最近很忙啊？"他好像已经在没话找话。

叶蓓叹了口气，说："会太多，什么都要找我，打字、复印全是我一个人的事！"叶蓓的声音里忽然间充满了怨恨，李明起怀疑他没找对话题。

"你们那儿不是还有个小张——"

"她？买三样东西就会算错钱，擦擦玻璃扫扫地还行！"

"还有你们金处……"

"不要提那个杂毛，狗东西——"叶蓓的声音猛然间提上去。李明起想起来，有一次叶蓓和老金在走廊上大吵一架。具体的情形他也没看到，只是听同事说，老金当时喝多了酒，对叶蓓污言秽语，最后事情怎么了结的他当然不好细问。

"他那点小九九当我不知道，有事没事就喜欢在我旁边蹭过来蹭过去，原来我还憋得很，以为领导关心，狗杂种，有一回假装替我拍灰，一巴掌打到我的屁股上……"

"万一——人家真的喜欢你？"话一出口李明起就知道坏了，他赶紧补了声干笑,证明这其实是句玩笑。

叶蓓倒不以为意,说:"稀奇,你看他那块泡粑脸,老太婆一样,看着就让人恶心!后来,还害得我和他大吵一架!"说到这儿,叶蓓胜利地笑起来。从她得意的表情来看,那场架应当是她赢了,而且以后应当再也没有发生拍屁股的事情。

他们走过一座步行桥。结果那个转弯,把单位那幢高楼显露在一排屋檐之上,但此刻那儿一片漆黑,稍不留意就会和夜幕混淆。李明起想起来,叶蓓的家离单位并不远,她就快到家了。这时候有一对恋人模样的人从他们面前经过,他们立即警觉地沉默,奇怪的是那两个人也一样,女的低着头,男的却大胆地朝叶蓓望着。

"搭偏厦的,信不信?"等那两个人走过去,叶蓓还回了一下头,结果发现那男的也在回头。李明起奇怪她的嗅觉,也回了一下头,这次和他对视的却是女的,他问叶蓓:"你怎么知道?"

叶蓓笑了笑,狡猾地看着他说:"你没搭过偏厦?"

李明起摇头,他的脑子里正在搜索这两个人的形象,他想那男的一定和女的说了什么,她才会回头看他们,他怀疑那女人会不会认识他,是他老婆的朋友或者同学?叶蓓却暧昧地笑起来,故意笑出声。走出去几步,李明起才醒悟,叶蓓指的其实是他们的关系,李明起心里一阵乱跳,他们这种关系怎么能算第三者呢?八字没一撇的事,他们最多只能叫网恋。李明起觉得沮丧,如果不是叶蓓,是另一个人呢?结果他无法想象,更无法说服自己。

"不过,"叶蓓就像他肚子里的蛔虫,说:"我有些不懂,我都算了,一个人,你怎么会想起玩这个?"

他有些痛苦,如果不见面,也许什么都不是,只是一段梦,清醒时做的梦,可现在性质好像变了,他跨过了界线,只有后悔的份。

"好玩嘛。"李明起强笑了一下,声音是干涩的。

"倒也是,老婆不在家,男人们嘛,全这样的。"这句话几乎在救他的命,等于放过他了。

"我以前那位还不是这样,心花得——男人有几个好的!"叶蓓的话显然在调侃。

这时候对面又有两个人直直地朝他们冲来,一对少男少女,勾肩搭背,狂笑着奔跑,这一次他们俩只好停下来让路。一阵风从他们脸上刮过去,那对年轻人的确像一缕轻风,快活,无所顾忌。

"唉,人都是这样开始犯错误。"叶蓓看着他们的背影,说不清是不是羡慕,也许她的想象中那个女孩就是十几年前的自己。

李明起皱起眉头,别人不知道,反正他不想犯错误,也犯不起。他看着前面他们单位的那幢大楼,已经很清晰,连办公室的窗户关没关都可以看见,就在这时候他心里又升起一种担心,这种担心立即让他焦躁起来。

又走了几步,其实他们的步子都开始放慢了,不像送人倒像在散步。叶蓓冲着河面上刮过来的潮湿,带腥味的风做了次深呼吸,然后就选了块护栏靠上去。叶蓓也在看着单位那幢黑漆漆的大楼,她对李明起说:"你看我们那里像不像个大网络,每个房间也像个聊天室,里面的人窜来窜去……"

李明起却表现得心不在焉,他没有叶蓓的好心情,所以才会东张西望,好像叶蓓停在了一个不该停留的位置。

"怎么啦,你——"

李明起却凑上来,他忍了忍,才伏在她耳朵上用蚊子叫唤一样的声音说:"要不——我们上去坐坐?"

叶蓓脑袋里嗡的一响。她看着李明起,李明起的眼睛却落到漆黑的河面上,一副等着挨拒绝的样子。大概他在电脑前请她出来时也是这副模样。叶蓓从心里开始软起来,软得她无法开口说话,到最后,她的头不得不朝胸口点下去。

那个点头李明起当然看见了,他的眼睛却仍然留在下面看不见流动的水面上,"我们可以分两路,一个从前门一个从后门进去。"他的意思,这样做,管前门的老张和管后门的老李从始至终都只能看到他们其中的一个,或许谁也看不到。应当说李明起已经变成了一个排兵布阵的将领,他的脸上透着坚毅——一种不达目的绝不罢休的坚毅,这种果敢让叶蓓惊讶,因为陌生,她不知道这究竟是李明起玩熟的游戏,还是情欲原本就可以把一个看上去的弱者变成狂人?但她的脚已经动起来,有些不由自主地跟着走在前面的李明起。

大楼过厅旁有一个楼梯间,平时用来摆放消防器材一类的杂物,叶蓓就在那儿被一个突然闪出的黑影抱住了,接着一个僵硬的身体撞上来,然后,一张温润带烟草味的嘴唇堵住了她的喊叫。叶蓓的喊声原本就很克制,立即就被这个果断的攻击彻底地吸吮掉。

这个人自然是李明起。叶蓓虽然有所准备,却还是意外,等她反应过来恐惧也随之消除了,但她心里却没能唤起足够的欢喜,她只是有些发懵,头皮如同过电,一阵麻酥酥的触电感,所以她软软地容忍着这种侵略。她觉得李明起呼吸沉重,他的手用力地在她胸脯上抓挠着,接着是挟裹着口水的舌头,以及他下体的直立……

这个过程持续了一分钟,然后李明起把叶蓓松开了,右手还停在她肩头上。李明起问,"没人看到你吧?"

"没有,老张喝醉了,一只脚倒吊在床架上在看电视。"

"老李也是。去你那儿还是我那儿?"

"我那儿吧,你那儿要多爬三楼。"

虽然知道这时候整座大楼里除了他们就没有别人,他们说话还是尽量用了最压抑的声音,但大厅里还是很忠实地响起了嗡嗡的回声。因此接下来,他们都不再说话,但脚步声是无法克服的,无论怎么小心,都显得跌跌撞撞。李明起的手已经伸进叶蓓的领口,她打开门后,几乎是被李明起顶进了房间。

里面自然黑漆漆的,借着外面的夜光,李明起看到正对大门的那张大班桌,他抱着叶蓓朝那个方向送过去。大班桌越来越清晰,也就越来越宽阔,它看上去像一张深色正在做梦的床。

"这儿好吗,菜心蓝?"李明起问。

叶蓓的喉咙里模糊地哼着,她已经睡到大班桌上。李明起的呼吸越来越粗重,借着那点夜光,他费力地解着她的衣服,不过胸罩好像被内衣挡住了。

"你——好像对女人有些陌生了。"

"乱讲!"他的手探进去,拿出来已经潮湿。

"九斤黄对菜心蓝,开始!"李明起把自己送上去,却听到地上冒出一声脆响,就像腾起一股烟雾,大概是个文具盒掉到地上。李明起吓了一跳,为了掩饰他骂了一句娘。

叶蓓却借机挣扎着坐起来。

"怎么啦?"

朦胧中他看到这个披头散发的女人开始摇头:"算了吧,我们……"

"为什么?"他不解,仅仅因为落了一个文具盒?

叶蓓已经用最快的速度穿好了衣服,她低头开始整理头发。

"你不喜欢我喊你菜心蓝?"李明起还这么站着,有些狼狈,裤子吊在小腿上。他以为这是暂时的。

"算了吧,真的!"

这时候他终于明白机会已经彻底地消失了,他有些气愤,有些不甘心,被人戏弄却无可奈何,只能讪讪地提裤子,拉链发出"唰"的整齐而委屈的声音。

叶蓓坐在张转椅上,用纸巾擦着脸。"不做就不做吧",他尽管显出大度的样子,无所谓,"可干吗偏偏在这时候,忽然间——刚才还好好的嘛!"

李明起看着地板,地板上模糊一片,什么也看不到,不过什么地方应当有一片麻麻匝匝的回形针或者人头针。

"就是突然间不想啦!"

"没理由咯？"李明起发觉自己想消遣叶蓓。

"今天晚上就是老金都可以，就是不想和你——"这句话等于说这世界上所有的人中，只有他是敌人。"回去吧，反正你老婆明天就回来啦。"

"和这有什么关系？"他笑了笑。

"我听说你们挺好的……你们好像还是她爸爸介绍的？"

是这样，他毕业时是她父亲把他招进来的，他愿意把女儿嫁给他，也许招他时就有这层意思。他于是很顺利，房子，职务在老头退休前就已经安排好。

"她去北京出差吗？"

"她家来了个美国亲戚，一家人都去了。"

"你怎么没去？"

他们开始拉家常，就像广播操的最后一节——整理运动。李明起的平静、无所谓终于被破坏了："那是她家亲戚，我去干什么？"

李明起压着一肚子火气和不高兴。

回到家，电话铃在他开门时响了。他老婆的电话。

"老婆啊，怎么样啊？"李明起显得比平常要激动些。

"你去哪儿了，我都打了两次了。"

"我在下面吃东西，你看你再不回来……"

"吃这么久？"

"楼下卖电器的那个小工喊我喝点酒……"

他知道以他老婆的智力和骄傲都不会怀疑的，再说他又的确没做成什么。他们很快就道了晚安。洗完澡,上床的时候,李明起在他的裤管上发现了一枚大头针,他拿到手上,心里一阵庆幸,如果是在屁股上,再一屁股坐下去的话——这么想既让他后怕也觉得安慰。

如果这是个小变故,李明起却发觉他再也睡不着了。最后他一狠心,重新爬了起来,穿上衣服,打开门,下楼转个弯,就有一家通宵营业的网吧。

"先生包机吗?"

"包机!"

这时离天亮还有三个小时,还有足够的时间,网上也有足够的闲人,李明起开始在一片空灵的世界里放飞,他无拘无束,就像孩子那样固执而简单,他打的最多的一行字就是:

"有没有想 419 的,过一个恐怖的 419 之夜……这是最后一个晚上啦!"

兄弟，再见

　　我在车站没等到安子，只好一个人去找老万，这也是我们事先商量好的。老万把我安置在翠湖边一间烂平房里，据说这是他女朋友家的房子，后来我才知道不是，这房子其实是他弟弟的女朋友家的，省略掉弟弟两个字就成了两码事。我不知道老万这么说是为了图省事，还是为了让我踏实，反正等一切弄清楚就有些晚了。

　　但当时并不知道，我也不知道这地方挨着翠湖，可以说跨过一条马路，甚至我翻个身就可以掉进去。我到的时候天色已经擦黑，我和老万在一家小馆子里喝了点酒，叙了会儿旧，时间就很晚了。到了那间小破屋，不光外面漆黑一团，就是屋子里也伸手不见五指，一拉灯绳，竟然没电！照明的是床头一棵有小孩手臂粗细的红蜡烛，老万说是他弟弟从庙里扛来的。人在异乡就有这点好处，老万还打算替房子客气，我却觉得没比这更好了，当时我一定处在某种不可靠的错觉中，只是我不清楚这是酒精，还是那只红蜡烛带来的。在我眼里这间冒着红光的屋子肯定透着某种风花雪月的味道，它就像一间新房那样暧昧,我很高兴老万把它借给我。我问老万:"翠湖呢?"我的头两场恋爱可都是在翠湖边绕出来的。

老万说,明天吧,现在醉成这样,明天早上起来就看见了。

我不记得老万是什么时候走的,还有那只巨型的蜡烛怎么处理的,我都没印象。一定是他临走前吹灭的。老万说:"你别一高兴,泡到翠湖里了……"他应当更担心我高兴过头,把他的破房子烧掉。

第二天,我几乎在一堆垃圾中间醒过来。一时间,我真不知道自己在哪儿,被人打劫了?我老婆呢,儿子呢?

屋子里除了我睡的那张床,就是床头用来替代床头柜的一只竖立的木箱,此外再没有别的东西。主要是脏,很难说要多久不打扫才能堆积出这么多的垃圾,地上的烟头、瓜子壳、纸片,夹杂着灰尘和痰迹,像页岩摞在一起。我盖的那床被褥竟然是破的,露着里面发黑的棉絮。万幸的是,我睡的时候没有灯,但我还是忍不住恶心,我真怀疑自己在这种床上过了一夜。还有,就在我头顶上,顶篷已经烂了个大洞。昨天晚上好像没有刮风,我记得昆明的春天总是要刮几场大风的,那样的话我不是让被子臭死,也该让顶篷上落下的灰尘给呛死。

我赶紧爬起来,再想起老万就有些抱怨,这家伙把我丢在了这儿,自己却跑了,他当然睡在某个干净的地方,却拿出这么个破烂对付我。当真人情薄如纸,我们大学四年在一间宿舍同吃同住,像亲兄弟一样,结果还不是把我丢在这么个鬼地方。

我走到门边,发现门是从里面勾上的,当然,站在外面从窗口也可以办到。就在这时,我看到翠湖了,隔着一条马路,我说过是条几乎可以忽略不计的马路,过去就是翠湖的石围栏。那天是个大晴天,应该还是上午,太阳还不算大,天那么蓝——是那种真正的宝石蓝,只有昆明或者海拔更高的地方才会有这种蓝色。仿佛整个天空都在溶化,慢慢地溶化,我还看到,远远的湖面上有几只红嘴鸥,也就是那一瞬间,我的眼泪好像就要下来了,我好像不相信眼前这一切都是真的!

我和安子,老万都属于命运不济的人,离开学校那一刻开始,我们好像就和厄运结了伴,它随时随地地光顾,想来就来,像老子进儿子的房间一样方便。也怪,在学校的最后一年我们总爱在一起,或许这也叫物以类聚吧。

毕业生应当是学校最不安定的一族,这种不安定既让学校紧张,又使门口的小摊小贩受益匪浅。就说分配方案下来那几天吧,安子为了他在沈阳的女友的去留,光长途就打了好几个小时。他们是从西宁出来的,说好了一起去沈阳,而恰恰我们班就有去沈阳的名额,安子为了去沈阳,费了不少力气,一到晚上就泡在班主任家里。他一回来,迈进门的当口多半也是熄灯的时候,安子说:"走,走,到门口吃烤豆腐去,我请客!"安子边说边打开抽屉掏饭票。这说明,去沈阳有戏!人都是有感情的动物,系里大概也开始正视安子长达五年的感情问题。

但安子的女友却没这么好的运气,她留沈阳成了问题,她先给安子发电报,哭诉她留沈阳的事情黄了,回西宁已经是板上钉钉。这可是安子无法解决的。他慌了手脚,一个人去沈阳肯定行不通,因为他一个孤家寡人去那疙瘩能搞些啥?到哪儿也得跟着恋爱五年的女朋友在一起。安子先给女友发电报表示安慰,接着他找到隔壁同省的孙海林同学。安子备了一桌好酒好菜,要求孙海林同学把去西宁的名额让出来。

这其实是件很容易的事。因为,就算安子不请客,孙海林也肯定愿意用"西宁"来换"沈阳"的,稍稍脑子管用的人都会这么做。问题是等安子把这边刚刚搞定,他女朋友的电报也立即拍马赶到:留沈成功! 但安子再找孙海林,却没这么容易了,前面别人已经"帮"了你一回,现在再把"沈阳"换成"西宁",没这么便宜!

我们几个平常和安子玩得好的,轮番找孙海林谈心。说实话,我们也觉得这种事不会有结果,只是尽人事。孙海林果然咬紧牙关,他看起来就像个坚毅的地下党,誓死捍卫"沈阳",看来不用刑是不行了。

"算了吧,不忙活了,我回去吧!"有一天深夜,我们在校门口吃臭豆腐,喝了半天闷酒,安子把手里的烟头一扔,做了个决定的手势。这种手势通常我们会在某个讲大人物的电影里看到,大人物在重大决策前才会使用,安子就是这么一挥手,说:"操,我怕什么,大不了死在那儿吧!"

后来我知道这种死啊活啊的话是不能乱讲的,否则很难说就会应验,没应验大概也是没到时候。反正据我所知,安子以后再没离开过青海。

当然,那时候我们只顾悲壮了,安子的义无反顾让我们很欣赏,青春有时候就是不讲理的,就是逆流而上,正话反说的,它的不可靠和它的可能性一样迷人。

离校前三天,我一大早就把安子和老万捅了起来。当时天才蒙蒙亮,通常这时候人被吵醒都会很生气。安子就睁着一只眼睛骂我"是不是疯啦?"我憋了半天才说"你忘了,她今天走!"他揉了会眼睛才想起来,头两天我就让他和老万陪我去北站送周艳。老万没吭声,耷拉着脑袋坐起来。

我们都来不及洗漱,差不多跳上单车就开始拼命地朝北站赶,但到了车站,才知道去开远的小火车要8点半才开,我们几乎早到了一个小时。这时候自然看不到周艳的影子,我抱歉地掏出一包春城烟,给安子和老万散烟,这时老万终于绷不住了,一边打呵欠,一边骂:"你小子也不知哪根筋涨了,你喜欢周艳我咋个不晓得——你知道吧?"

"我又不是他肚子里的蛔虫,我怎么知道?"安子也跟着打呵欠。

其实我也不知道。这种"喜欢"也许来得连我都觉得有些突然。这之前我好像也没太留意过周艳,她长相很一般,眼睛本来就小,还戴了副眼镜,唯一的好处就是学习好。和学习好的人接触我向来有压力,这个大学读下来挂过多少盏红灯,我都不知道,磕磕碰碰混到毕业,我都替我妈高兴。

当然,最后一门过关,我靠的是周艳,她的笔记是全班记得最全的。考试前一晚，她把白天老师说的几个重点都透漏给我，当然这样还不能保证。第二天我坐在周艳的后面，靠她递的一张纸条，我才不用参加补考。

毕业前大家都忙着送照片留念，我给周艳的一张是我认为最好的，已经不像我了。周艳说："哟，你还蛮帅的嘛。"一句话说得我心颤，再看周艳果然就有些不同了。

但我们这次送行，还是送得非常狼狈，因为校车一来，下来的除了周艳的弟弟，还有一个穿绿衬衣的男人，后来我才知道那是她在部队的男友。人长得小眉小眼，鼻子一细溜，到末了感觉被人往高处一提。周艳的几件行李被这几个人一瓜分，就所剩无几了，所以我们再跳出来就有些没道理。而且，周艳可能猜到我的想法了，为了避嫌，或者别的考虑，她竟正眼都不朝我看一下。要不是那天坐火车还有其他系的校友，老万假装送人跑去打了个招呼，我们几个站在那儿别提多尴尬了。就这样，回去还是被老万骂了一顿。

老万说："也不知道这小子中了什么邪，把我们叫到站台上站着，像个傻逼一样，你说去送周艳吧，从头到尾就没跟别人说句话，连握手都没得握——这事以后就莫麻烦我啦，要找你找别人！"

回去后，我蒙头睡了整整一天。晚上我还想睡，安子把我叫起来："走吧，喝酒！我说我不去，不想去。"安子说："走吧，这世界哪怕所有人都抛弃了你，还有哥哥我陪着。"

这话说得很动人了，但我还是不动心，主要是提不起劲，哥哥陪我有什么意思？但他一揪被子我就不得不起来了，安子指着我裤裆笑:"来看啊,才几点,这小子就晨勃!"

我趿着一双拖鞋,跟在他们后面,一边走一边抹眼屎,当然也就开始清醒。我们到楼下时,宿舍楼灭灯了,黑暗伴着一片叹息扑面而来,紧接着凭空飞出几只酒瓶子,轰然地落在一幢和二幢之间的走道上,有几个下晚自习的女生叽叽喳喳不敢过,值班室的老头冲着楼上对她们说:"你们走,我看哪个还敢砸!"但他话音刚落,一只热水瓶就飞了下来。

"走了,走了,你两个格是要卖马(告密)咯,毕业嘛就像这份啦,哪个叫他们关灯嘞!"

老万的昆明话引得我们一笑,我们也说:"砸得好,该砸!"直到我们走到大门口,还能听到不时有酒瓶子飞下来,在我们身后炸开。

我们找了个豆腐摊,豆腐摊上燃着个瓦斯灯,瓦斯灯呼呼地喷着怒气冲冲的火焰,也把一种不安的情绪传递给我。我盯着瓦斯灯看,却发觉摊主也死盯着我,就像我头上刚被人扔了酒瓶。我左右看看,再问摊主:"我没吃白食吧?"

摊主忙说:"莫误会,我是记着上回你还有半瓶肥酒留在此点。"摊主一口开远话,转过身,从背筐里摸出个酒瓶,里面装着一半绿颜色的液体。

我想起来了,是有这么回事,这是和我们一个化学系的老乡喝剩的,上前天或者上上前天的事。

这种酒老万最恨的,他说这颜色让他想起阴沟水,那表情就像他已经喝了不少阴沟水。他和安子只喝摊主的包谷酒,这下把摊主高兴坏了，忙替他们取包谷酒。我把酒瓶旋开，也不要杯子，就着瓶子狠狠地往嘴里灌了一大口。这酒是够恶心的，又烈又上头，它还让我想起以前生物实验室里泡着的一具婴儿尸体。

我把酒往地上一顿，说："以后啊，我要发明一种酒，让你们喝了觉得又恶心又好喝，一直喝到死为止。"

安子和老万听了哈哈笑，这个说"那肯定是假茅台，这像你小子干的事"，那个说"老子以后不喝酒了，戒酒"。

这时候我对面的老万突然把背伸起来，手像直升机的螺旋桨一样在头顶上一阵乱晃，然后，他干脆站起来，说："来嘛，喂——这里！"我和安子都没弄明白，只能顺着他的视线朝黑影幢幢的马路对面看过去，终于，我们在邮筒旁看到一个架着肩膀、看着像驼背的人，犹豫了半天他才朝我们挪过来。

"你喊他干什么？"

"是孙海林。"

"小狗日的，要教训他一下。"老万笑起来，只有我的角度才能看出他的嘴角咧得有多坏。

那天到这时候其实就变坏了，可能我们大学四年甚至更多的光阴都坏在这个瞬间，但我们都不知道，我们的校园生活戛然而止，并非我们就要毕业，而是被老万一个恶念搞完蛋的。老万当然不可能有诚意请孙海林喝酒，他就是想胡闹，表面上替安子出气，其实就是想胡闹。

孙海林还差几步就被老万接住，顺势按在他先前的位置，倒像来了个久盼不至的老朋友。"哟,海林可以嘛,都这么晚了还去老师家送礼?"

"没,没有,就是去瞎转转。"孙海林的背本来就驼,再一压就更显驼,尤其被老万压得很难受,他朝前挣了挣也没挣脱,于是只好把嘴角提起来,干干地笑。

"来,喝酒。"老万不由分说,就把自己的杯子塞过去,我看他杯子里的已不足一半,也把手里的肥酒倒过去,结果酒满出来了,淋了孙海林一裤裆。

"喝了,喝了。"老万的口气很坚决,我也说"喝了喝了"。也可能孙海林心虚,他举着酒杯,犹犹豫豫地扫了我们一眼,才喝了一小半,另一半被老万一掀,全部灌进脖子。

"海林,啥时候走?不够意思嘛,也不说一声,我们去送你嘛。"

我看出老万的意思,知道这时要哄出点气氛,所以配合他又给孙海林把面前的杯子满上了,我说:"海林,来,刚才老万敬你,现在,我敬你!班里的同学我佩服的没几个,你算其中之一!"

但孙海林用手擦擦衣服上的酒渍,看着安子,没有再吭声,他也没动面前那只酒杯,整张脸难看地虎着,明显有些不安。

"怎么,海林,我的酒不喝?看不起我是吧?"我装得有些气愤,酒瓶子直直地伸出去,直差戳到他脸上。

他还是不喝。

显然孙海林也意识到自己落到一个陷阱里。后来我才知道,这时候孙海林已经被自己的绝望淹没了,他不知道自己还能不能去得了沈阳,甚至过不过得了这个晚上?他的手开始抖起来,脸色也越来越难看。我的酒瓶过来时,他会象征性地闪一闪,只是他硬着头皮不说话,唯一的动作就是不时地瞟一眼安子。安子也不说话,这时候安子面露微笑,一只手架着一边的胳肢窝,就像手里的烟卷很沉重,烟蒂已经很长了,安子也不去吸一口。安子也不像要放过他的样子。

孙海林把酒杯端起来,他哆嗦的手把杯里的酒撒了不少。

"安子,我也是没办法,对不住,这样吧,我干了,好吧?"

孙海林做出很诚恳的样子,然后仰脖把酒喝了,安子却还是一动不动,老万看情形就知道他气还没撒出来,忙说:"这咋行?还得来一杯!"示意我再把酒满上。但孙海林先崩溃,他猛地就把我手里的肥酒瓶夺过去。我手里一空,我们都被他吓了一跳,他站起来,我们也都跟着站起来,我甚至还朝安子这边跳了一步,然后我们就看着孙海林把那只泛绿的酒瓶举起来,连酒带瓶一起扣在自己的脑瓜顶。

酒瓶在孙海林额头上碎开来时,我们听到不知是酒瓶还是他的头顶发出一声开裂的闷响,那些发绿的酒液兜头而下,顷刻间就把孙海林变成一株植物,然后一些鲜红的东西嘀嘀咕哒地淌下来。

当时已经很晚了,但我还是听到周围有几个吃宵夜的人朝这边跑过来:"整哪样,整哪样,打架了咯……"

我得承认,当时我们都被孙海林的举动吓傻了,我们呆呆地站着,表面上是对峙,其实是发傻。我想说,那天我也不知我们要做什么,但这个结果肯定不是我们想要的,但孙海林肯定比我们有想象力,而且他比我们悲观。

孙海林被缝了五针。问题是他一和我们回到宿舍，刚分手就溜进了校本部，他敲开了系党委书记的家门。深更半夜，一身血水的悲剧形象把善良的老头吓得够呛，都要走了都要走了，怎么得了，党委书记哆哆嗦嗦给系主任打电话，再给学校保卫处打电话，要求严惩——按孙海林的说法，他是被人打了，他服从分配，却被人打击报复。

保卫处人员大概凌晨四五点钟到的。因为我们都睡得迷迷糊糊，他们也就没遇到想象中的抵抗，但学校还是如临大敌，一下子派了十几个校工，每个人手里都拎着一根木棒，倒像来找我们打群架。我和安子、老万都很配合，揉着眼睛爬起来。"去保卫处啊？行！"的确没什么好反抗的，酒瓶是孙海林自己砸的，跟我们无关。

我们被带到保卫处，分别走进不同的房间交代问题，此后我们就再也没有见过面。但我想安子和老万在这个问题上口径肯定是一致的，的确，我们没有打过任何人，不信可以找人问。但学校显然不相信，而且这个孰是孰非的问题，弄得校方心力交瘁，也无心再查出什么结果。我和安子被勒令立即离校，并由专人送上火车。

老万因为是本地人，所以通知了家长。老万的父亲心急火燎地赶到学校，听说儿子不光打坏同学，还没有拿到毕业证，立即劈头抽了他两大耳光。

去昆明两个月前我和老万通了次电话，电话是我给老万打的。老万说："生意不好做，就过来嘛，叫上安子，我们一起做！"

老万的意思我们可以一起去缅甸做点边贸，在边境要混日子还不容易？这是云南，又不是别处！这其实不是我的原意，我本来就想找老万借点钱，多则一两万，少则三四千，但还没开口就被老万堵死。从前老万问我的酒厂怎么样？我都会说不错不错。做买卖的，谁不图个吉利？虽然那家酒厂到我手里，就跟我老婆一样要死不活的，但表面上我还得涂脂抹粉，装装门面，我把它夸得像一朵花。但这次不行了，厂里已经三个月没发工资了，工人来家里堵了好几回，我真有种走投无路的感觉。

我不知道是不是因为好酒，才让我和那烂酒厂拴在了一起。像我们这种没拿到毕业证的，国家通常都不愿意搭理，找多了就翻出个乡村教师的位置，问你去不去？问题是这活儿哪是我们这种人干的？我自然也不搭理。家里给我一点钱，让我摆个菠萝摊。这个好，可我削出来的，被我吃掉的比卖掉的还多，我不干了，我姐问"为什么不干？"我说："过敏。""过敏？那你喝这么多？"

龙昌酒厂的刘厂长来我的菠萝摊消费，几句闲话一聊，立马对我刮目相看，不仅请我去他们厂，还愿意把他病快快的女儿许配给我。记得刘厂长把他女儿介绍给我时，一脸的喜气，真比他自己搞对象还高兴。他对女儿的鼓励近乎放纵："放开点放开点，小徐这小伙子我一看就不错。"这话哪像一个父亲对女儿说的。所以，结婚两月，我就有了一个病快快的儿子。可惜老头福薄，有一次喝多了酒，竟当场中风，在床上睡了半年才死翘翘，都说看不出来，他这么壮硕的身体——也是这时候我才发觉，酒厂也是个烂摊子，和我病歪歪的老婆

一样,让我应接不暇

老万叫我打扫一下,把厂子卖出去,把钱带着一起上云南发展。我说好的好的,马上办。我没说那厂子已经没有转让的价值了,现在倒贴都不会有人要。这话我没有说,我得给自己留点余地,毕竟都是同学,以后老万干董事长,我也得弄个总经理,大家一直是平起平坐的,因此一开始我还是有所图。我跟老婆说:"等着我吧,多则三五个月,少则小半年,我一定带点钱回来。"

我老婆哭起来,无奈地说:"行吧,你去吧,这家里能拿的都拿光了,莫非他们还来抢菠萝?"

老婆在门口支了把红伞,开始卖菠萝。她削菠萝的手艺真好,比我好,嚓嚓几下,一个漂亮的菠萝就从壳里掏出来,所以那只小玻璃缸里全是削好的菠萝,金灿灿的。但这个位置有点背,学生上学放学都不经过,所以生意一直不好。我有些哽咽,老婆重操我的旧业,自然有点宿命的味道,但我又不敢保证,"面包会有的,一切都会有的"这种骗老婆的话我不敢说。

约安子是老万的意思,他说安子那种班,也没什么上头,干脆办个停薪留职算了。随后,他给安子打电话,等安子回电话过来,已经是下午四点。我是在隔壁夜校等老万的电话,校工因为老到厂里要酒糟,欠我的人情,也不好说什么,但他真怕哪个老师,尤其校长提前到来,所以一直在旁边催促。

"他同意了!"老万报喜,"可以了,这家伙正愁找不到事做,你想想,就几个人泡在观察站,打打麻将,憋都要憋死啦——我让他买25

号的票,你晚一天,你们就可以同时到了……"

联系安子一直是老万的事,离开学校我们联系有限,也可能我们活得都不好吧,老万活得比我们滋润些,所以常在我们中间倒腾消息。也是这样,我得知安子回去也没能留在西宁,他被分到一个叫卡布的小县城,从此蹲在观察站那几间小黑屋里躲风躲雨。恋没恋爱不知道了,但一直没成家是真的。卡布那个地方太阳来得很晚,也落得很晚,没几个人会说汉话。

临到挂电话了,老万又想起件事,他问我:"金彩凤还记得吧?"

"谁是金彩凤?"

"就是安子的女朋友,孙海林现在跟她结婚了!这小烂厮……"

我冲着墙角吐口痰,我的反应不及老万那么大,因为一边的校工急着催我挂线,他的焦躁冲淡了我对安子的同情。直到我离开学校,走到大门口,前面老万留在我耳朵里的嗡嗡声还在响,我这时才意识到,安子是不是有点惨?他甚至比我还要惨,我虽然有个病怏怏的老婆,但她对我总是死心塌地的,绝不可能甩了我还要在我头顶上拉泡屎。但我忘了问老万这件事是安子亲口说的,还是班里别的同学转告,通常这种事当事人都会蒙在鼓里,我希望安子能蒙在鼓里,不过也难说,可能安子更倒霉也说不定。

我到外面买了几个包子,就匆匆地赶回来。我在等老万,从我醒来那一分钟开始,我就在等。因为安子到的话,也必须先找到老万,所以我也用这种方式等安子。但几乎整整一个白天过去,我都没看到他们俩。开始我倒不怎么着急,我想会不会安子找不到老万,车站的电话又不好打？后来，我又想会不会安子其实已经见着老万，两个家伙先找个地方吃喝开了，这是完全可能的事。这时候已经是中午了，我饿得饥肠辘辘，真想跑出去随便找个菜馆点个回锅肉解解馋，但我也怕他们找不到我。我只好睡到床上，把早晨买来的包子又吃了一个。我迷糊了一阵，仿佛看到我老婆走了进来，将一个病孩子往我怀里一丢。那个孩子显然不是我儿子，长得像个球，冲着我就叫"妈妈"——我大吃一惊，随即醒来，刚好看到阳光落到对面的灰墙上。这道阳光给房间添了层亮色，也是这个原因，我早上还在嫌弃的房间已不再那么肮脏了，墙上的光斑里有一丛瑟瑟发抖的凤尾树影在弹动。我从床上跳起来，忽然有了种离开的冲动，我想不能再这样等下去了，我得走，离开这里，不行就回家！等我背上背包，拉开门，几乎迎头撞到一个人身上，是老万。老万点着一支烟像小马哥一样立在风口，他好像在那里已经站了很久了。

"不好弄，不好弄，搞不好只能坐大车了。"老万看到我就开始摇头说。

"什么不好弄？"

原来是去芒市的汽车，老万原本说跟他朋友一辆拉设备的车子下去，现在人家有亲戚要去，我们的位置就被占了。

"安子没来？"

"晓球他，上车不得也不晓得，电话打过去，也没得人接。"

"会不会没请到假？"

老万不接话，他脸上罩了层黑气，眼睛在黑边眼镜后显得心事重重。十来年不见,我们都蜕掉了稚气,至少相貌上那种愣头青的感觉不在了,虽然我们牢骚怪话都不少。

我们决定先去吃饭。吃饭其实就是喝酒,昨天喝的是瓶四川酒,今天点的是瓶云南酒。四川酒就算了,云南酒却像个粗鲁的男人,敞胸露怀在那里骂大街,一点遮拦都没有,全是火气,一入口那酒水就化成一团煤火,我好不容易才咽下去。

这个不行的。我让我老万等会儿,自己一溜烟上了街,我走了两条街才找到一间小药店,买了一包头痛粉、一包阿司匹林和一包棉纱。我到时,菜已经上齐了,老万有点不高兴,说:"咋个整,吃都没开吃就跑路,怕我喊你结账咯?"我呵呵一笑,也不说话,叫伙计拿了几只白瓷碗来,我把酒和阿司匹林泡在一起,然后是头痛粉。一搅,再用棉纱过滤,然后我把兑好的酒重新倒进老万杯子。老万有点看傻了,说:"要我喝啊?"他不敢喝。我拿过来喝了一点,刚刚好,我说:"你喝吧,还差一点后劲就是茅台了。"

可能是茅台的诱惑,老万小心地抬起酒杯,呡了一口随即眉开眼笑:"不一样,真不一样,你小子咋整的?"

"你不看到了?"我掩住得意,吃了一口蒜泥木耳。

老万又喝了一口,然后举着酒杯,仔细地端详,喃喃自语:"你小子现在是化学家了,这种味道也能够调出来。"

"勾兑!"我说了一个专业词,"几个瓶子,倒来倒去,这几年我就在这么过日子。"我做了个倒瓶子的动作,但看起来应当更像在洗牌。

"那你是生物学家!"老万调侃我。

我想起昨天他絮絮叨叨说了一晚上滇池。他说："滇池污染严重，几乎一夜之间就长满了西葫芦，政府派人捞，捞光了发现又冒出蓝藻，那玩意比米粒还小，咋捞，好，请海军来捞——你水质富营养，它咋个不长西葫芦，长蓝藻？你不让它全部长，就让它在规定的地方长，扯淡！捞你捞得完？违反规律能搞得成？"老万还和学校时一样，对啥事都容易冲动，愤青的本色他还留着，他说把滇池交给他只要两三年，用他的方法就可以让滇池水变清。我好像没怎么接话，相对于老万的纯粹，我早已陷入现实的沼泽里，见招拆招，无暇顾及其他，接着说："就是几个瓶子，倒来倒去的！"

"那要加什么后劲，才能让现在的酒像茅台？"老万又喝了口酒，猜想那些酒水在他嘴里分解了，成为分子，原子，但他找不到秘密。我没马上说，而是卖关子，说："这可是秘密啊。我在茅台镇上请一个老酒师光吃饭就吃了一个月，还包了个红包给他才告诉我的。""那是什么，我又不给你传出去！"老万还是兴趣盎然的样子，眼睛在镜片后面一闪一闪，这时候怎么做假茅台和滇池去污是一回事。"其实没这么复杂，就是按比例在合适的时候加一点药——一点敌敌畏。"我小声说。老万嘴张开了，仿佛听到了谎言，说："怕不是真的吧？"他看看我，又看看手里的酒杯，就像他刚喝下去的是毒酒。我不置可否，而是笑着说："一点点怕啥？你以为你吃的菜里没有吗？"老万跟着叹了口气，开始摇头。

那天晚上我们都喝多了，这种调制的酒尤其容易上头，所以八点来钟，我就有点打晃晃，我去了趟厕所，回来还想喝，老万说："算了，还是回去睡了，如果安子明天上午还不来，我们吃过中午饭就走。"我同意了。

外面起风了，昆明的春天温差很大，我迎风打了个喷嚏，然后自嘲老婆想我了。我问老万："你老婆干吗要跟你离婚？"这是老万昨天告诉我的，他老婆和他三年，生了个女儿。老万不直接回答，想了想才说："女人这种东西哪个时候想了得不到？"我听了咯咯一笑，承认有理，但我想不明白我老婆为什么不和我离婚，她为什么要对我死心塌地的？

我们在巷子口分的手，老万让我自己回去，他再去看看车。我说好。我们点了一支烟，可能我手有点抖，老万把两支烟一起点燃了，才从嘴里抽出一支递给我。

那个破烂平房小屋从外面看不出什么，总之它又黑又安静，显得很神秘。我拿出钥匙，推开门，等我走进房间，才发现门其实是虚掩的。屋里有人！这个念头刚一冒出，我就感觉从黑暗中冲出几股力量，我就像根落在漩涡中的羽毛被这几股力量擒住了。我被它掀翻，腾到半空，再按回地上，那股晕眩让我想起一个著名的醉酒相声：啪叽，马路落到我身上——我真是这种感觉，从屋顶到地面，整个世界都统统落到我身上。

"不准动！"

至少有三把大电筒同时打开，三道光柱追光一般汇集到我脸上。我看到的就只有几双苍白的手，它们冲进光柱里，有的负责按我，有的在翻我的身体、衣服、背包,接着有道光柱跳到屋角:"看看！是不是他?"屋角现出两个被捆绑的人形,靠近我的暴露在光柱里,他惊恐地地点头,之后才支吾着说"是的"。"大声点!""是的!"后面我才知道,他就是老万女朋友的弟弟,那天晚上他早早地就和一个叫小四的人候在房间里等我。

抓我的是公安局便衣。他们今晚的行动是抓一个叫小四的专盗保险箱的惯犯,没想到的是却顺藤摸瓜遇到了我,顺便就破了这起案中案。小四背后的主谋自然是老万。小四说,其实昨晚,老万都把我的背包拿到手了,我却意外地追出去,要他还我的枕头——我把包里的钱包叫作枕头,我当时一直在哈哈地笑,老万犹豫我是不是装醉,就让我很轻易地把"枕头"从他手里夺回来。

那只"枕头"便衣也打开来看了看,其实只是一摞裁好的报纸,两头各有三张五十元的绿色的老人头,看上去,很像一捆五十元人民币。

"这是整哪样?"

"面子嘛,我来找同学办事,也不显得太穷啊!"我哈哈地干笑,"装面子不犯法吧?"

我到局里配合录完笔录,本以为可以很快离开的,谁知前面那个公鸭嗓的便衣一脸喜气地冲进来,向所有在场的人宣布一条令人振奋的好消息,当然,除我之外,对我来说这自然不是什么好消息。

"你走不了啦!"便衣指着我说,原来他刚和我们那边公安局联系上,发现我是在逃的假酒制贩商:18 个人中毒,1 个脑死亡,8 个重度昏迷——大案子嘛。

那天晚上，我一直处在一种欢快的节日气氛中，甚至，我怀疑自己也被这种情绪所感染，毕竟，它是我带来的，与我有关系。派出所好久没破大案了，这种环环相扣的案中案不仅十分精致，关键是得来全不费功夫。当然，唯一的遗憾是主犯老万下落不明。很久以后我才得知，老万当天晚上就离开了昆明，他向南去了河口，经越南去了缅甸，三年后他成了缅甸反政府军的后勤采办。

我不久被遣送回原籍。还好，那些中毒者都活了回来，因为没有死人，我只被判了三年，后来又因为表现好，减刑一年。我出狱时，正赶上儿子第一天上学。看得出这小子很郑重也很激动，气鼓鼓地在房间里毫无目的地杀来杀去，他故意不跟我说话，又非常想跟我说点什么。但到了晚上，他终于忍不住了，脸憋得通红，虽然他也不看我，但我也知道这句话是对我说的："如果你再不改，我们就把你送回去！"

"好的，儿子，我一定改。"我乐呵呵地点头答应，事实上我应当改好了，我后来一直没被送回去。

最后我再说说安子。安子的事也是过去很久才知道的。安子很惨，他其实一直都没离开过卡布。那天他请完假，准备提前去西宁，但站长发话，让他再打几圈牌。其实从时间来说，是完全来得及的，安子想提前去西宁，也无非见见家人，然后乘火车南下。但地震观察站就这么几个人，站长说："你走了，我们打牌的人都凑不齐。"所以等奶牛场的张技术员来之前,他必须顶着。结果这一打就是十个小时,安子到天亮才被人从牌桌上换下来。然后他回到自己的宿舍。这时候他发现炉子已经熄了,而春天的卡布又很寒冷。安子摸了摸炉膛感觉尚有热气,就往炉膛里塞了几块柴,又压了几块煤。从卡布到西宁的车是下午的,还有四五个小时,所以安子决定再等一等,既等前往西宁的班车,也等那些火焰从灰烬里冒出来——但安子睡着了,这一睡就是十多天,他再也没从那场酣畅淋漓地长眠中醒过来。没有人知道安子还在熟睡,都以为他去了昆明,去了母校。

此刻,卡布零下十几度,正是滴水成冰的天气,安子却能置身春城,沐浴着昆明暖洋洋的阳光,每个人都有理由羡慕他。